입장
×
정리

입장 정리

1판 1쇄 찍음 2017년 8월 30일
1판 1쇄 펴냄 2017년 9월 6일

지은이 | 정지유
펴낸이 | 고운숙
펴낸곳 | 봄 미디어

기획·편집 | 김민지, 김자우, 홍주희, 김현주
표지 디자인 | 박현진

출판등록 | 2014년 08월 25일 (제387-2014-000040호)
주소 | 경기도 부천시 원미구 길주로 64, 1303(굿모닝 오피스텔)
영업부 | 070-5015-0818 편집부 | 070-5015-0817 팩스 | 032-712-2815
E-mail | bommedia@naver.com
소식창 | http://blog.naver.com/bommedia

값 9,000원

ISBN 979-11-5810-374-3 03810

입장 × 정리

정지유 장편 소설

contents

1화 · 간 보기

칼바람이 매섭게 불어오는 1월의 어느 날.

흩날리는 눈발이 창가에 소복이 쌓여 갔고 성에가 생길 만큼 집 안의 온도는 뜨거웠다. 트레이닝복 차림에 긴 머리를 질끈 묶고 안경을 쓴 전형적인 집순이의 모습을 한 여자는 한시도 가만히 있지 못하고 통화를 하며 씩씩거리기 바빴다.

"그래서 나더러 어쩌라는 거예요!"

─박 작가더러 어떻게 하라는 게 아니라…….

"지금 그 얘기는 나보고 이강현 포기하라는 말이잖아요!"

─5월에 촬영 들어가려면 이강현을 캐스팅하는 건 무리야. 박 작가도 알잖아. 이강현 2년 전부터 작품 하나도 안 하고 있는 거. 영화까지 전부 고사하고 있어. 시나리오를 보내도 소속사에서 바로 킬이라고.

"안 돼요. 이강현 아니면."

—박 작가, 제발!

"최 감독님은 뭐래요? 감독님도 다른 사람으로 가재요?"

—일단 박 작가부터…….

"절대 안 돼요. 무슨 수를 쓰든 이강현이어야만 해요. 대표님도 아시잖아요! 기획할 때부터 이강현 염두에 두고 쓴 거. 이번 캐릭터는 무조건 이강현이어야 한다고요!"

벌써 한 시간째 전화를 붙잡고 입씨름 중이었다. 긴 통화로 인해 액정이 뜨겁다 못해 볼이 붉게 달아올랐지만 그녀는 고집을 꺾지 않았다.

재영은 SBC 방송국에서 10월 편성을 받은 드라마 작가였다. 촬영이 들어가는 5월까지 고작 4개월밖에 안 남았는데, 아직도 남자 주인공이 캐스팅되지 않아 제작사 대표는 물론 방송국에서도 난색을 표하는 중이었다.

편성까지 순전히 그녀의 이름 하나로 이뤄진 결과였다. 그동안 세 편의 드라마로 공전에 히트를 기록해 최연소 스타 작가 반열에 올랐고, 재영에 대한 관심은 고스란히 차기작으로 쏠렸다. 제작사에서는 그만큼 기대를 거는 관계자들의 눈치를 살펴 남자 주인공 캐스팅은 쉽게 갔으면 했지만 그녀는 뜻을 굽히지 않았다.

이강현, 그를 꼭 잡아야 했다. 이번 드라마의 성공을 위해선 멀리서도 후광이 비친다는 잘난 얼굴 말고도 그의 출중한 연기력이 필요했다. 숱한 영화제에서 남우 주연상을 수차례 받음으로써 이미 검증됐지만 2년 전 돌연 활동을 멈추고 그 흔한 CF에서도 찾아볼 수 없게 됐다. TV 속에서 아예 사라져 버린 것이다.

그런 이강현을 두고 호사가들은 입방아를 찧었지만 그녀는 아랑곳없었다. 38선만 넘지 않았다면 반드시 찾아내 캐스팅하고 말겠다는 의지가 확고했다.

"이강현 아니면 안 돼요. 절대!"

―바, 박 작가!

수화기 너머에서 들려오는 대표의 음성에도 불구하고 그녀는 전화를 끊어 버렸다. 바깥 날씨는 영하를 기록 중인데 온몸에서 열이 뿜어져 나와 미칠 지경이었다. 재영은 손부채질을 해 가며 롱 패딩을 걸쳐 입고 칼바람 속으로 뛰어들었다.

맨발에 슬리퍼를 질질 끌고 아파트를 나온 그녀는 단지 밖에 위치한 편의점으로 들어가 아이스크림을 잔뜩 골랐다. 한겨울임을 생각하면 조금 아이러니한 선택이었지만 속에서 천불이 나 냉수를 들이켜도 시원치 않을 판이었다.

검은 봉지에 아이스크림을 가득 담아 편의점을 나온 그녀는 한 손에 꽈배기 모양의 아이스크림을 든 채였다. 어느새 입술은 붉어졌고 답답했던 체기가 조금은 내려가는 듯했다.

이번 드라마는 판타지 요소가 많은 사극이라 반 사전 제작이 불가피했으며 5월 촬영 전에 대본을 8회까진 뽑아야 했다. 사전 제작으로 손해를 본 드라마가 많았기에 그 점도 염두에 둬야 했다. 세트까지 지으려면 시일이 촉박한데 캐스팅 문제로 여기저기서 압박을 해 오니 대본도 통 쓰질 못하고 먹는 것도 시원치 않았다. 한숨을 쉬며 엘리베이터에 오른 그녀는 29층 버튼을 눌렀다.

그녀가 살고 있는 아파트는 작년 연말에 마련한 강남의 타워펠리스로 재영의 드림 하우스였다. 지난 6년 동안 제작사에서 마련해 준 작업실에서 먹고 자면서 차곡차곡 모은 돈으로 집을 장만했다. 한강이 내려다보이는 집에서 우아한 클래식을 들으며 고상하게 대본을 쓰고 싶었다. 그래서 2주 전에 이사를 했는데 이 집이 문제일까. 하루가 멀다고 방송국과 제작사 대표에게 오는 전화 때문에 머리가 터질 지경이었다.

이강현, 그자가 문제였다.

─29층입니다.

나긋한 안내양 목소리가 스피커를 통해 흘러나왔다. 엘리베이터에서 내린 그녀는 앞집 현관문 앞에 쭈그려 앉아 있는 작은 아이를 보고는 멈칫했다.

빨간 구두를 신은 아이는 붉은 망토를 두른 채 노란 가방을 어깨에 메고 있었다. 이사 온 지 얼마 되지 않아 앞집 사람을 본 적 없었던 재영은 아이에게 슬쩍 다가갔다.

"여기에 사니?"

아이스크림을 손에 들고 다가간 그녀는 눈높이를 맞추기 위해 허리를 굽혀 아이의 어깨를 툭툭 건드렸다. 쭈그리고 앉아 고개를 무릎에 파묻고 있던 아이는 낯선 손길에 살며시 얼굴을 들어 그녀를 바라보았다.

"누구세요?"

아이의 맑은 목소리에 그녀는 순간 귀가 정화됨을 느꼈다. 몇 십 분 전까지만 해도 방송국 관계자와 제작사 대표에게 되도 않는 소리를 들어서 귀가 따가울 지경이었는데 아이의 목소리는 아이스크림보다 더 달콤했다.

"나는 여기 앞집에 살아."

뽀얀 얼굴에 쌍꺼풀이 진 큰 눈으로 그녀를 바라보던 아이는 천사 같은 목소리를 뱉어 냈다.

"안녕하세요. 여섯 살 이하린입니다."

아이가 손을 내밀자 놀란 것도 잠시뿐이었다. 그녀는 아이와 악수를 했다. 하린의 손은 얼음장처럼 차가웠지만 보들보들했다. 이래서 젊음이 좋은 건가 싶은 찰나의 멍청한 생각이 머릿속을 스치고 지나갔다. 아차, 싶어 고개를 내저은 그녀는 아이를 향해 입을 뗐다.

"반가워. 언니는 박재영이라고 해. 음, 스물아홉 살이야."

참 귀엽고 예쁜 아이였다. 추위에 두 볼이 빨개진 아이는 양쪽 귀도 얼어붙은 듯 붉게 물들어 있었다.

"혼자 왜 나와 있어?"

재영은 아이를 좋아했다. 길을 걷다가 지나가는 아이에게 인사를 할 정도로. 아마 조카가 있었더라면 물고 빨고 했을지 모른다. 안타깝게도 외동딸인 그녀는 친조카가 없었다. 사촌 언니와 오빠가 낳은 조카들이 있긴 했지만 자주 볼 일이 없었던 탓에 철마다 옷가지들을 보내는 것으로 위안을 삼았다. 그녀가 저 초롱초롱한 아이의 눈빛을 무시한다는 건 말도 안 되는 일이었다.

"엄마는 원래 없고 아빠는 일하러 갔어요. 그래서 아줌마가 집에 있는데 오늘은 아줌마도 없어요."

엄마가 원래 없다는 말에 흠칫 놀란 그녀는 멋쩍은 듯 웃으며 아이스크림 하나를 아이에게 건넸다.

"이, 이거 먹을래?"

멜론 맛 아이스크림을 한참 바라보던 아이는 고개를 내저었다.

"아빠가 먹으면 안 된다고 했어요."

교육을 제대로 받았네. 어릴 때부터 이런 거 먹으면 안 좋지.

재영은 아이스크림을 다시 봉지에 넣곤 얼음장처럼 차가운 아이의 손을 잡아끌었다. 바닥에 쭈그려 앉아 있던 하린은 그녀의 손에 이끌려 자리에서 일어났다.

"밖에 추우니까 아줌마 올 때까지만 언니 집에 가 있자."

아빠가 재혼해서 새엄마가 있는 거 같았다. 그녀는 나름대로 가계도를 머릿속에 그리며 아이를 집으로 이끌었다. 하린은 아무런 거부감 없이 그녀의 집으로 들어왔다.

바깥 날씨와 달리 훈훈한 온기가 가득한 집 안은 아직 정리하지 못한 이삿짐이 곳곳에 있어 난잡한 분위기를 연출했다.

"여기 잠시 앉아 있어."

재영은 소파 위에 산더미처럼 쌓인 옷가지를 한쪽으로 밀어 놓고 검은 봉지를 냉동실에 쑤셔 넣었다. 그리곤 냉장고에 있던 우유와 오렌지 주스를 컵에 따랐다. 뭘 좋아할지 몰라 두 개 다 가져와 하린에게 내밀자 아이는 잠시 고민하더니 우유가 든 곰돌이 모양의 컵을 집어 들었다.

"잘 먹겠습니다."

아이는 예쁜 얼굴로 고개를 숙이며 인사를 잊지 않았다. 인사성이 밝은 듯했다.

"유치원 다니는 거야?"

"네에, 오늘 빨리 집에 가는 날인데 집에 아무도 없었어요."

어린아이를 혼자 두고 새엄마라는 사람은 어딜 간 걸까. 혹시 신데렐라에 나오는 못된 계모일까.

순간 스치는 생각에 그녀는 고개를 내저었다. 해피엔딩만 추구하는 드라마 작가라는 사람이 이런 몹쓸 생각을 하다니. 아주 별로였다.

"언니는 혼자 살아요?"

우유 한 컵을 금세 비워 낸 하린이 호기심 가득한 눈빛으로 물었다. 입가에 하얀 우유가 묻은 모습이 귀여워 절로 미소가 지어졌다. 그녀는 티슈를 꺼내 아이의 입가를 닦아 주었다.

"혼자 살아. 언니 부모님은 전부 외국에 계시거든."

"아, 그렇구나."

"하린이는 언니나 오빠, 동생 없어?"

"아무도 없어요. 아빠만 있어요."

아이의 얼굴에 잠시 처연한 빛이 보였다. 자신이 잘못 본 것이라 믿고 싶었던 그녀는 미소를 지으며 하린의 보드라운 머리를 쓰다듬었다. 이렇게 곱고 예쁜 아이가 계모에게 괴롭힘을 당할 리 없었다. 아이를 위해 밤낮없이 일하는 탓일 거라 믿으며 환한 웃음을 지어 보였다.

띠리링— 찰칵, 쾅—

순간 미세했지만 앞집에서 문을 여는 소리가 들려왔다. 재영보다 아이가 먼저 벌떡 일어났다.

"고맙습니다. 안녕히 계세요."

잘 가라는 인사를 채 하기도 전에 하린은 고개를 숙인 뒤 문을 열고 나가 버렸다. 마치 신기루였던 듯 순식간에 사라졌다. 쟁반 위에 있는 곰돌이 컵만이 아이가 이 집에 잠시 머물렀었다는 걸 증명했다.

"되게 예쁘네."

소중한 인형을 빼앗긴 어린아이 같은 표정을 지으며 그녀는 작업실로 쓰는 서재로 들어갔다.

데스크톱과 노트북이 나란히 놓인 널따란 책상 위에는 온갖 자료들이 널브러져 있었고, 한쪽 벽면엔 또 다른 자료들이 빼곡히 붙어 있었다. 드라마 작가로 데뷔한 후 줄곧 보조 작가 없이 홀로 작업을 해 온 그녀는 3백억 원이 투입되는 이번 작품의 자료 조사도 혼자 시작했다.

며칠 동안 한 글자도 쓰지 못해 겨우 4회 대본까지 완고한 상태였다. 서둘러야 했다. 제주도 로케이션 촬영까지 고려되고 있어 재영은 속이 타들어 갔다.

노트북 전원을 켜고 의자에 앉은 그녀는 안경을 추켜올리며 키보드에 손을 올렸다. 하지만 머릿속에 떠오르는 건 주인공의 대사도 아니고 지문도 아닌 앞집 아이의 동그란 두 눈이었다.

"아악!"

천사에게 홀린 것일까. 그녀는 머리를 헝클어트리며 절규했다. 남자 주인공 캐스팅으로도 모자라 앞집 아이에게까지 발목을 잡혀 버렸다. 이래서 대본 작업을 할 땐 집 밖으로 나가지 않았다. 바깥은 온통 자극적이고 유혹적인 것들이 너무 많았다.

이게 다 이강현 때문이다. 그 망할 놈의 자식만 아니었으면 속에서 천불이 날 일은 없었을 테고 아이스크림이 생각나지도 않았을 텐데. 망할.

아침이 밝았다. 대본을 쓰기 위해 밤새 컴퓨터 앞에 앉아 있었지만 한 글자도 쓰지 못하고 해가 떴다. 정말 최악이었다.

재영은 퀭한 얼굴로 작업실에서 나와 갈아 놓은 원두를 커피 메이커에 넣고 전원 버튼을 눌렀다. 잠시 뒤 진한 원두커피가 가득 내려졌다. 머그잔에 담아 거실로 나온 재영이 소파에 앉아 안경을 벗어 내려두고 뜨거운 커피를 한 모금 마셨다.

원고를 한 글자도 쓰지 못하는 상태가 일주일째 지속되었다. 원인은 이강현. 그 문제를 없애지 않는 한 대본에 지문 하나 쓸 수 없을 것이다. 그녀의 입에서 한숨이 나왔다.

지난 드라마들은 진행하는 데 막힘이 없었다. 4부작 극본에 당선된 초짜 작가의 첫 미니시리즈 대본에도 톱스타들이 캐스팅됐었다. 그 드라마를 필두로 차기작으로 선보인 두 작품 역시 내로라하는 톱스타들이 함께해 시청률은 두말할 것도 없었다. 그해 연기대상에서 작가상과 작품상은 물론 주·조연들이 모두 상을 휩쓸었었다. 캐스팅 문제에 난항을 겪은 적이 없었기에 재영은 지금 그로기 상태였다.

그녀는 소파에 던져두었던 휴대폰을 집어 들었다. 수십 통의 부재중 전화가 재영을 반겼다. 역시나 드라마국 국장과 제작사 대표, 그리고 이번 드라마를 총괄하는 최우식 감독의 전화가 대부분이었다.

제작사 대표나 드라마국 국장한테 전화해 봤자 똑같은 소리만 할 테니 같은 편이라 자부하는 최 감독에게 전화를 걸었다.

이윽고 수화기 너머에서 들려오는 격양된 음성에 재영은 잠이 다 깨는 듯했다.

—박 작가, 왜 이렇게 전화를 안 받아!

"밤샘하느라고요. 그런데 감독님, 하나도 못 썼어요. 나 지금 미쳐 버릴 거 같아요."

—일단 제작사로 와.

"갑자기 왜……."

—이강현 매니저랑 미팅하기로 했어!

"진짜요? 매니저랑 연락 안 되는 거 아니었어요? 전부 잠수 탔다면서요!"

—나도 몰라. 갑자기 먼저 연락이 왔어! 나 지금 제작사로 가는 중이니까 박 작가도 빨리 와!

"네, 네!"

전화를 끊자마자 재영은 허겁지겁 욕실로 달려 들어갔다. 며칠 동안 씻지 않은 탓에 몰골이 말이 아니었다. 대본을 쓸 때엔 시간이 아까워서 잘 씻지도 않았다. 이번엔 원치 않았던 스트레스로 인해 의욕을 상실했던 터라 씻는 것도 귀찮았다. 그런데 이강현이라니! 그의 이름을 듣자마자 순식간에 모든 힘이 솟아나는 듯했다.

샤워를 마친 재영은 드레스 룸으로 들어가 빠르게 외출 준비를 했다. 옷걸이에 걸려 있던 목도리와 코트를 챙긴 뒤 가방을 들었다.

"아, 대본!"

현관 앞에서 그녀의 발걸음을 붙잡은 건 4회까지 완고된 대본이었다. 제작사에도 있겠지만 혹시나 싶은 마음에 대본까지 챙긴 뒤 부츠를 신고 집을 나섰다.

이사한 뒤로 2주 동안 타지 않았던 차를 몰고 가기 위해 재영은 지하 주차장으로 내려왔다. 냉골이 따로 없는 차에 올라탄 그녀는 지하 주차장을 빠져나와 10분 거리에 있는 제작사 사무실로 향했다.

"감독님, 헉…… 제가 좀 늦었죠."

허겁지겁 도착한 재영은 미처 말리지 못한 머리카락을 쓸어 넘기며 최 감독의 옆자리에 앉아 냉수를 들이켰다.

"저도 조금 전에 도착했습니다."

부드러운 음성이 회의실 안에 울려 퍼졌다. 냉수를 마시던 재영의 시선이 맞은편에 앉은 이강현의 매니저에게로 향했다. 배우를 해도 될 정도의 외모였다. 저 얼굴로 매니저를 한다니. 안타까운 마음에 재영은 매니저를 뚫어져라 쳐다봤다.

"처음 뵙겠습니다. 강현이 담당 실장 윤동찬입니다."

"아, 반갑습니다. 박재영입니다."

"박 작가님에 대해서는 많이 들었습니다. 하성이도 저희 소속사 식굽니다."

"아, 맞다. 그랬죠."

지난해 10월에 종영한 '그대가 가르쳐 준 이별'의 남자 주인공이었던 류하성은 이강현과 같은 소속사의 배우였다. 생각해 보면 내로라하는 톱스타들은 죄다 더블에이치 소속이었다. 아쉬운 쪽이 먼저 손을 내밀 수밖에 없는 현실 앞에 그녀는 그저 미소를 지을 뿐이었다.

"작가님과 감독님이 강현이를 원하신다고 들었습니다. 그동안 저희도 정신이 없어서 미처 연락드리지 못했습니다. 죄송합니다."

매니저가 민망할 정도로 고개 숙이며 사과하자 덩달아 최 감독도 고개를 숙였다. 재영은 최 감독의 허리를 손으로 쿡쿡 찔렀다. 이강현의 캐스팅이 절실하긴 했지만 감독의 위신을 떨어트리면서까지 굽실거리는 행동은 옳지 않았다. 그녀가 눈치를 주자 최 감독은 헛기침을 내뱉으며 말문을 열었다.

"5월부터 촬영 들어가야 해서 캐스팅이 빨리 끝나야 합니다. 남자 주인공이 안 정해져서 주·조연 캐스팅도 마무리가 안 됐습니다. 저희는 이강현 씨를 1순위로 생각하고 있고, 그 외에 다른 인물은 생각하지도 않은 상태라 조급한 건 사실입니다."

솔직한 최 감독의 말에 동찬은 미소를 띠며 입을 뗐다.

"기획안은 물론이고 대본도 모두 봤습니다. 박 작가님의 명성에 걸맞은 작품이어서 고민할 건 없었습니다."

"그래요?"

동찬의 말에 최 감독은 웃음꽃을 활짝 피웠다. 그에 반해 재영은 의구심이 가득한 눈빛으로 입을 뗐다.

"대본이 좋아서 고민할 게 없었다는 건 매니저님 생각인가요, 아니면 이강현 씨 생각인가요?"

허를 찌르는 질문이었다. 그녀의 물음에 매니저는 여전히 미소를 띤 얼굴로 말을 이어 나갔다.

"제 생각이 곧 강현이 생각입니다."

역시 만만치 않았다. 연예인들의 연예인이라 불리는 이강현의 필모그래피는 화려했다. 그 화려함 속에서 드라마는 시청률로, 영화는 관객 수로 보증했다. 광고주들도 줄을 섰고, 차기작은 물론 차차기작까지 시나리오가 그에게만 몰려 다른 배우들이 불만을 표기기도 했다. 그런 강현이 지난 2년간 어느 곳에서도 모습을 드러내지 않았기에 이번 캐스팅은 신중에 신중을 기해야만 했다.

"이강현 씨는 이번 작품을 하고 싶어 하나요?"

또다시 날카로운 질문을 던졌다. 그녀의 눈에 비친 이강현의 매니저는 뭔가를 숨기고 있는 듯 단단한 껍질에 둘러싸인 호두 같았다. 그 속을 숨긴 채 입에 발린 소리나 하는 속물처럼 보여 더 믿을 수 없었다.

"해야죠. 박 작가님 작품인데."

그 대답은 이강현 스스로가 원하지 않는다는 뜻이었다. 소속사에선 원하지만 배우가 하고 싶어 하지 않는 작업. 아주 최악의 조합이었다. 소속사와 배우 사이에 트러블이 생기면 온전히 집중할 수 없어 작품을 망치기 십상이었다.

"배우가 원하지 않으면 진행할 의미가 없습니다. 제 작품이 산으로 가는 거, 저는 용납할 수 없거든요."

"작가님이 오해하신 듯한데 강현이도 하고 싶어 합니다. 다만 조건이 있습니다. 그 조건을 맞춰 주셔야 함께할 수 있을 거 같습니다."

그럼 그렇지. 원하는 바가 있었어.

재영은 최 감독과 시선을 마주치며 실소를 뱉었다. 이 바닥에 오래 있지 않았지만 이런 일들이 아예 없었던 것은 아니었다. 톱스타를 데리고 작품을 할 땐 으레 있는 일이었다. 그러니 이강현은 오죽할까. 먼저 미팅을 하겠다고 연락이 왔다는 것 자체가 기적이었다.

"말씀해 보세요. 맞출 수 있는 부분은 조율해 봐야죠."

최 감독이 대답하자 동찬은 기다렸다는 듯 준비해 온 서류를 작가에게 건넸다.

"촬영은 주 5회로 진행하고 밤샘 촬영은 할 수 없습니다. 또한 키스신도 찍지 않고, 액션신은 무조건 대역으로 진행하겠습니다."

서류를 보기도 전에 재영과 최 감독은 말을 잊지 못했다. 그가 말한 조건은 불가능한 사항이었다. 재영은 손에서 서류를 떨어트리다시피 내려놓고 말문을 열었다.

"지, 지금 그게 말이 된다고 생각하세요? 드라마 제작 시스템이 어떻게 돌아가는지 누구보다 잘 아시는 분이."

"누구보다 잘 알기에 말씀드리는 겁니다. 배우가 연기를 하기엔 최악의 시스템이죠. 배우의 컨디션을 최상으로 만들어 좋은 연기를 끌어내는 게 좋지 않겠습니까."

"그렇다고 키스신을 찍지 않는다뇨! 장르가 판타지 사극이지만 로맨스인 거는 알고 말씀하시는 거죠?"

"키스신을 찍지 않는다고 해서 로맨스가 안 되는 건 아니지 않을까요? 작가님 정도면 해내실 수 있을 거 같은데요."

웃는 얼굴이 침 못 뱉는다고 딱 그 짝이었다. 재영은 어이가 없어 냉수를 벌컥벌컥 들이켰다. 이강현 캐스팅하려다가 코 꿴 듯했다.

"촬영 스케줄에 맞추다 보면 밤샘 촬영이 불가피할 수 있습니다. 대역은 박 작가도 그렇고 저도 쓰지 않습니다."

재영과 최 감독은 액션신은 물론이고 다른 장면에서도 대역 없이 진행하기로 유명했다. 무엇보다 디테일과 퀼리티를 중요하게 생각하기에 대역을 받아들이기는 무리였다.

"요즘 촬영 기법이 좋아서 그 정도 대역은 티도 안 날 겁니다."

"이보세요!"

재영이 참다못해 소리를 내지르며 박차고 일어났다. 해도 해도 너무한다. 배우가 원하는 조건은 전부 드라마 제작 환경과 맞지 않는 무리한 요구였다.

"하기 싫으면 하기 싫다고 하세요. 이런 말도 안 되는 조건들 들이밀면서 요구하는 거, 너무 몰상식한 거 아닌가요?"

"이 정도로 몰상식하다고 하시면, 작가님. 제가 드린 서류 보시면 기절하시겠습니다."

"네?"

"강현이 회당 출연료는 2억 원으로 책정했습니다."

결국 감독까지 자리를 박차고 일어나는 사태가 발발했다. 최 감독까지 언성을 높이며 삿대질을 해 댔다.

"앞에 요구 조건도 터무니없는데 출연료가 뭐요?"

"이강현 정도면 회당 출연료로 2억, 부족하지 않나요?"

"하."

"영화 한 편에 이강현이 받는 개런티가 얼만지 아시죠? 러닝

개런티도 받습니다. 드라마 한 편에 파급력을 계산해 보면 그렇게 무리한 요구도 아닐 텐데요. 거기에 최 감독님과 박 작가님 작품인데."

어처구니가 없다는 건 바로 이런 상황에서 쓰는 말일 것이다. 재영과 최 감독은 실성한 사람처럼 웃어 재꼈다. 그 모습을 지켜보던 동찬은 여전히 미소를 짓고 있었다.

이쯤 되면 남자 주인공을 다른 배우로 돌려야 할 상황이었다. 그럼에도 재영과 최 감독은 동찬에게 때려치우자는 소리를 선뜻 할 수 없었다.

특히 타 방송사에서 최윤과 수아를 캐스팅해 의학 드라마를 10월 중으로 편성한다는 소식이 제일 문제였다. 대세 중에 대세인 최윤이 캐스팅됐다는 기사 하나만으로 드라마에 붙으려는 광고주들이 줄을 섰다는 후문이 들렸다. 웬만큼 잘나간다는 배우를 가져다 놔도 시원치 않을 판이었다. 거기다 이강현부터 캐스팅한 뒤에 여자 주인공을 물색하려고 차일피일 미뤄 두고 있었기에 그가 꼭 필요했다.

그녀도 알고 있었다. 제아무리 필력이 좋고 대본이 좋은 작가라고 해도 스타성이 있는 배우가 필요하다는 것을.

"일단 제작사와 상의한 뒤 다시 연락드리겠습니다. 출연료는 저희 두 사람이 어떻게 할 수 있는 문제가 아닌 거 아시죠."

"그럼요. 연락 기다리겠습니다."

이 상황에서 매니저와 더 나눌 말이 없었다. 그들의 입장은 확고하니 문제는 제작사에게 떠넘겨졌다.

동찬이 나가자마자 최 감독과 재영은 의자에 풀썩 주저앉아 한숨을 내뱉었고 그 순간 제작사인 데이드림 픽처스 김지훈 대표가 들어왔다.

"어떻게 됐어?"

지훈은 강현의 매니저가 있었던 자리에 앉아 호기심 가득한 눈으로 물었다. 그 물음의 대답은 테이블 위에 널브러진 서류를 건네는 것으로 충분했다.

"이게 뭐야?"

"이강현 요구 조건. 충족시켜 줘야 작품 하겠대."

최 감독의 말에 지훈은 서류를 훑어보기 시작했다. 큰 맥락은 매니저가 쏟아 내고 간 말도 안 되는 조건들이었지만 세부 사항까지 적힌 서류는 대한민국 그 어디에서도 볼 수 없었던 조건들이었다.

두 시간이 넘는 장거리 이동은 하지 않는 것부터 시작해 무더운 여름에 야외 촬영할 시 에어컨이 있는 대기실을 따로 설치해 달라는 개떡 같은 소리까지 포함되어 있었다. 지훈이 입을 떠억 벌렸다.

"지금 이걸 말이라고 가져온 거야?"

"그래, 박 작가. 이 정도면 병이야. 이런 조건으로 촬영 들어가면 다른 배우들만 말 많아지고, 선생님들은 어쩔 거야. 그분들 연세가 몇인 줄 알아? 이강현한테 할 대우를 선생님들한테 해 드려도 모자라."

"다시 생각해 보자. 제작사도 먹고 살아야지. 박 작가 회당 원고료 주기도 우리 빠듯하다."

지훈과 최 감독이 애걸복걸하듯 안 되는 이유를 줄줄이 읊었다. 말도 안 된다는 걸 그녀도 알고 있다. 주인공이 주 5회 촬영이라니. 촬영 스케줄을 어떻게 짜야 주 5회 촬영, 그것도 밤샘 촬영을 안 할 수 있단 말인가. 회사원도 아니고 칼퇴근을 왜 하려고 하는 거야, 왜!

"이강현만 한다고 하면 붙을 투자자 많잖아요. 광고주도 줄을 설 텐데 그 요구 조건 못 맞춰요?"

그녀는 욕심이 많았다. 제 작품이 그 어떤 드라마보다 뛰어나기 위해선 배우의 연기력이 가장 중요했다. 주·조연은 말할 것도 없고 단역 또한 마찬가지였다.

특히 이강현은 작가가 요구하지 않아도 맡은 캐릭터를 스스로 잘 살려 냈다. 그가 맡았던 배역 중 흥행하지 않은 캐릭터는 없었다.

이건 작가로서 커리어에 중요한 문제였다. 비록 허무맹랑한 요구 사항들을 들어줘야 할지라도.

"일단 수용할 수 있는 것만 추려 보죠. 안 되는 건 어떻게든 설득해 보고요."

"그쪽에서 우리 말을 듣겠어?"

"감독님도 이강현이랑 작품 하는 거 소원이라면서요. 소원을 이렇게 쉽게 놓칠 수 있어요?"

"그건 이강현이 싸가지가 있는 줄 알았을 때 얘기고!"

"감독님, 연기하는 애들 중에 싸가지 있는 애 본 적 있어요? 저는 없네요."

"크흠……."

"뒤에서 호박씨 까는 것보다 지금 까는 게 나아요. 촬영 들어

가고 나서 못 찍겠다고 나오는 것보다 대놓고 해 달라고 하는 게 백번 나으니까 접어줄 건 접어주자고요."

그녀의 말이 백번 옳았기에 최 감독과 지훈은 입을 꾹 다물었다. 작가의 의도가 확실하니 어떻게 해서든 이강현을 데려다 눈앞에 앉혀 놔야 했다. 이강현만 계약서에 도장을 찍으면 해외 수출로도 문제없을 테고, 한국에서의 파급력은 말할 것도 없을 테니 당장은 적자를 보더라도 최대한 맞출 수밖에.

"전 5회 대본 써야 하니까 가 볼게요. 이강현 쪽 정리되는 대로 연락 주세요."

이강현 문제를 그들에게 떠넘긴 재영은 조금이나마 홀가분한 마음으로 제작사를 나섰다.

한편 데이드림 픽처스를 나와 더블에이치 엔터테인먼트 사옥으로 돌아온 윤동찬 실장은 소속사 대표가 있는 사무실로 올라와 노크를 하고 문을 열었다. 검은 가죽 소파엔 소속사 대표인 유인후와 이강현이 마주 보고 앉아 있었다.

"뭐래?"

동찬을 보자마자 인후가 물어왔다. 썩 좋은 표정도, 영 아닌 표정도 아닌 어색한 미소를 지으며 입을 뗐다.

"말도 안 된다고 길길이 날뛰는데, 뭐 별수 있겠어요. 그쪽에서 강현이만 원하니까."

"미친다, 진짜. 이게 무슨 개쪽이야."

"박재영 작가가 시놉 쓸 때부터 강현이 염두에 두고 쓴 거 이 바닥에서 모르는 사람 없어요. 박 작가 성격은 대표님이 더 잘 아시잖아요. 한다면 하는 거."

"그러니까 말이야. 내가 박 작가 얼마나 좋아하는데 이 자식 때문에 미운털 박히겠어."

인후는 강현에게 삿대질까지 해 가며 혈압을 높였다. 하필 강현의 사정이 말이 아닐 때 그를 원한다니.

2년 전부터 강현이 골질을 해 대는 바람에 눈앞이 깜깜하던 차였다. 그때 박재영 작가의 기획안이 방송국에 들어갔다는 소식을 들었다. 2년 동안 숱한 루머에 쌓여 복귀하지 못한 강현에게 이처럼 완벽한 복귀작은 두 번 다시 찾기 힘들었다. 반드시 박재영 작가의 드라마로 복귀해야 했다. 더 흉흉한 소문에 휩싸이기 전에.

하지만 강현이 문제였다. 복귀는 하겠으나 그가 내민 조건들이 너무 터무니없는 것들이라 생각할수록 속이 뒤집혔다.

"그 말도 안 되는 계약서를 어떤 제작사가 받아들이겠어. 안 그러냐, 이 무식한 놈아!"

언성을 높이던 인후는 태연하게 어깨를 으쓱거리는 강현을 보며 테이블 위에 놓인 재떨이를 손에 움켜쥐었다. 마음 같아서는 당장 던져 버리고 싶지만 화를 억누르며 꾹꾹 참았다.

"내가 안 한다고 했잖아."

이윽고 들려오는 묵직한 강현의 음성이 또 한 차례 속을 뒤집어 놓았다.

"2년 동안 말도 안 되는 개소리들이 얼마나 많은 줄 알아? 광고까지 안 하니까 너 죽은 줄 아는 사람도 있어!"

"뭐 어때. 나 살아 있잖아."

26

"이 자식이 진짜!"

"재떨이는 내려놓고 말해. 그거 나한테 던지면 바로 죽겠어. 나 죽으면 안 되는 거 형이 더 잘 알지?"

"미친놈. 이 자식 내 눈앞에서 치워 버려!"

혈압이 쭉쭉 올라가는 듯해 인후는 동찬에게 강현을 내보내라며 손짓했다. 동찬이 나서지 않아도 강현은 자리를 털고 일어나 사무실을 유유히 걸어 나갔다. 그런 그를 뒤따라 나가는 건 로드 매니저인 세훈이었다.

주차장으로 내려온 강현은 혹여 기자들이 소속사 앞에 기다리고 있을까 싶어 서둘러 차에 올랐다. 스케줄이 있을 때 타는 밴은 사용하지 않은 지 오래였다. 2년 전 개인적으로 차를 새로 뽑았고, 기자들이 모르는 강현 소유의 차는 스케줄이 없을 때도 세훈이 운전했다.

"형, 집으로 가면 되죠?"

백미러를 통해 뒷좌석을 힐끔거리던 세훈은 강현이 고개를 끄덕이자 시동을 걸고 소속사 주차장을 빠져나왔다.

창밖을 바라보던 강현은 동찬이 읽어 보라며 준 대본을 힐끔거렸다.

〈불멸의 사랑〉
감독 최우식
작가 박재영

제목부터 아주 촌스러웠다. 어디 하나 마음에 드는 게 없었다. 일단 지금 제가 드라마를 찍을 환경이 아니라는 것부터 마음에 들지 않았다. 그럼에도 불구하고 터무니없는 요구 조건들을 들어준다는 조건 하에 드라마를 찍겠다고 한 이유는 특별하지 않았다.

"가는 길에 길 베이커리 들려."

"꼬맹이 마카롱 사려고요?"

"어. 꼬맹이 거기 마카롱 좋아하잖아."

먹고 살기 위해. 정확히 말하면 잘살기 위해. 그 이유뿐이었다.

그는 불멸의 사랑 1회 대본을 펼쳐 들었다. 자신을 염두에 두고 초고를 썼다던 박재영 작가의 대본은 이미 예전에 받았지만 출연할 마음이 없었기에 당연히 거들떠보지도 않았다.

첫 지문부터 읽어 가는 그의 시선이 글을 따라 빠르게 내려가고 있었다.

2화 · 새로운 국면

불이 꺼진 어두운 방 안에 있던 재영은 오로지 모니터에서 나오는 빛에 의존하고 있었다. 키보드를 두드리는 그녀의 손길이 빨라지며 막혔던 5회 대본이 도착점을 향해 순항 중이었다. 이강현의 캐스팅 건이 어느 정도 진척되었다고 생각해서일까. 대본이 술술 풀렸고 막혔던 체증도 내려가 속이 한결 편안했다.

쿵쿵, 쿵쿵쿵— 쿵쿵.

남자 주인공인 무현과 여자 주인공인 단아의 감정이 절정에 다다른 중요한 신을 쓰던 중 정체를 알 수 없는 소음이 들려왔다.

재영은 눈살을 찌푸리며 고개를 들었다. 의심할 여지도 없이 위층에서 나는 소리였다. 간만에 술술 풀리던 참인데 소음이 들려와 짜증이 일었다. 이사 오고 나서 처음 들어보는 층간 소음이었다.

집필 중엔 신경이 예민해 층간 소음을 걱정하지 않을 수 없었다. 이웃끼리 얼굴 붉히고 칼부림까지 나는 요즘 세상에 그녀에겐 특히나 중요했다.

그래서 제일 상층인 30층에 입주하고 싶었지만 그곳은 펜트하우스로 한 가구만 사는 곳이라고 했다. 매매가도 재영이 생각한 예산과 전혀 맞지 않아서 하는 수 없이 29층으로 들어왔다. 고작 한 층 차이인데도 가격의 차이가 상당했다. 30층엔 금을 발라 났나. 왜 그렇게 비싼지는 몰라도 그 가격에 방음은 포함되지 않은 게 확실했다.

소음이 점점 심해지자 참다못한 재영은 경비실로 인터폰을 걸었다. 위층에 바로 했다가 고성이 오갈까 싶어 경비 아저씨를 통해 조용히 해 달라는 의사를 전달하고 다시 컴퓨터 앞에 앉아 키보드를 두드렸다.

두두두둥— 쿠우웅— 쿵쿵쿵쿵.

하지만 소음은 멈추지 않았다. 인내심이 좋지 않은 그녀는 결국 자리에서 벌떡 일어나 3003호로 인터폰을 걸었다.

이 시간에 천지 분간 못 하고 뛰어다니는 애를 어떤 부모가 키우는지 궁금했다. 스피커 앞에 선 재영은 이내 들려오는 목소리에 신경을 곤두세웠다.

—뭡니까.

아주 건방진 목소리와 말투였다. 저렇게 나온다면 자신도 굳이 예의를 차릴 필요가 없었다.

"아래층인데요. 지금 시간이 몇 신 줄 아세요? 이 시간엔 뛰어다니는 거 아니라고 애한테 가르쳐야 하는 거 아니에요?"

—내 집에서 마음대로 뛰지도 못합니까.

뭐 이런 또라이가 다 있어! 재영은 두 팔을 걷어붙이며 언성을 높였다.

"여긴 아파트예요! 공동으로 사는 곳이라고요. 집에서 뛰어다니고 싶으면 주택에 살아야죠."

—어디에 살든 아래층이 신경 쓸 일 아닌 거 같은데.

"뭐, 뭐라고요? 지금 말이 상당히 짧은 거 아세요?"

—그렇게 시끄러우면 그쪽이 주택에 가서 살면 되겠네.

"뭐요? 이, 이봐요! 3003호! 야! 야!"

대꾸하기도 전에 끊어져 버린 인터폰은 그녀의 외침을 전하지 못했다. 인내심에 한계가 온 것은 참 오랜만이었다.

이렇게 매너 없고 싸가지 없는 인간이 이웃이라니. 기가 막힌 재영은 씩씩거리며 현관을 나섰다. 도대체 어떤 놈인지 그 상판대기를 두 눈으로 확인해야겠다는 생각에 슬리퍼를 직직 끌며 비상계단을 올랐다.

딩동— 딩동—

3003호의 초인종을 눌렀지만 반응이 없었다. 신경질이 머리 끝까지 난 재영은 초인종 버튼이 부서지라 눌렀다. 역시나 반응이 없자 한 판 뜨자는 마음으로 현관문을 향해 발길질을 해 댔다.

"이봐요! 집에 있는 거 다 아니까 문 열어요! 아래층이에요! 문 안 열면 신고할 거예요!"

신고할 명분은 조금도 없었으나 재영은 이성을 잃어 멋대로 지껄였다. 그때 현관문이 벌컥 열리며 장신의 한 남자가 튀어나왔다.

"그렇게 해서 문이 부서집니까."

검은 트레이닝복 차림의 남자는 160cm의 재영이 고개를 들어 쳐다봐야 할 만큼 키가 컸다. 검은 머리카락에 유난히 하얗게 보이는 그의 얼굴은 그녀의 눈에 너무나도 익숙한 생김새였다.

"……이강현?"

입을 다물지 못한 그녀는 온몸에 소름이 돋는 것을 느꼈다.

그는 이강현이었다. 이강현이 확실했다. 지난 두 달간 그녀를 애태우다 못해 신경을 죄다 갉아 먹은 그가 눈앞에 버젓이 서 있었다. 촉촉이 젖은 머리카락을 하얀 수건으로 탈탈 털면서.

"귀신 봤습니까."

"아, 아니. 이강현 씨가 왜 여기에!"

"내 집이니까."

"여기 산다고요? 이 집에? 우리 집 위층에?"

강현은 그녀의 물음에 대답 대신 고개를 끄덕였다.

맙소사. 이강현이 자신의 머리 위에서 살고 있었다니!

왜 진작 알지 못했을까. 조금만 일찍 알았더라면 대본을 손에 직접 쥐여 줬을 텐데.

"우리가 이렇게 만난 건 운명입니다!"

다소 뜬금없고 이상한 소리라 할지라도 재영은 거침없이 말을 뱉어 냈다. 일단 이강현부터 구워삶아야 했다.

"반가워요. 저 박재영이에요."

갑자기 악수를 청하는 재영 때문에 강현은 움찔하며 한 발짝 뒤로 물러났다. 아랫집 여자의 고함 소리에 못 이겨 참다 참다문을 열었는데 이게 무슨 상황인가 싶었다.

박재영. 아는 사람이었던가? 아무리 생각해도 기억이 나지 않았다.

"그게 누굽니까."

"……네?"

"박재영이 누구냐고."

상당히 까칠한 태도에 재영은 기가 막혔다. 이 작자가 장난하자는 건가 싶어 팔짱을 끼고 눈을 치켜떴다.

"내가 박재영 작가라고요. 불멸의 사랑. 이래도 몰라요?"

아, 제목부터 유치하던 그 드라마. 이 무슨 개떡 같은 우연이 있나. 강현은 몰래 인상을 찌푸렸다.

"이런 자리에서 다 만나네요. 그동안 그렇게 안 보이시더니."

그가 자신을 어떻게 보든 상관없었다. 지금 재영에게 급한 건 하루라도 빨리 이강현의 도장을 계약서에 찍는 것이었다.

생글생글 웃던 재영은 강현에게 다가가 재차 손을 뻗었다. 호의를 보이며 악수를 청하는데 그는 그녀의 손을 매정하게 쳐다보다 현관문을 닫으려 했다.

"어, 사람이 왜 이렇게 매정해요! 반갑게 악수를 청하는데."

재영은 문을 닫지 못하도록 강현의 손을 온몸으로 밀치며 흥분조로 말을 이었다.

이강현에 대한 주위 사람들의 평은 익히 들어왔다. 예의가 바른 사람이라는 것이 대다수의 의견이었으나 자신이 보고 있는 그는 싸가지가 없었다. 그것도 아주 많이. 어쩌면 조금은 무례한 인격을 탑재했을지도 모르겠다. 그 뻔뻔한 요구 조건을 들먹인 것만 봐도 알 수 있는 사실이었다.

"지금 반갑다고 악수할 상황입니까? 그 차림으로?"

"예?"

재영은 순간 자신의 몰골이 어땠는지 한참 생각했다. 맨발에 슬리퍼 차림인 것부터 무릎 나온 트레이닝복에 늘어난 하얀색 티셔츠, 앞머리는 집게 핀으로 고정하고 뒷머리는 시원스레 올림머리를 한 채였다. 거기에 다소 멍청해 보이는 검은 뿔테 안경을 낀 모습은 스스로가 보기에도 민망했다. 재영은 서둘러 양손으로 얼굴을 가렸다.

젠장. 싸가지 없는 윗집 남자에게 훈육 좀 하려다가 이게 무슨 봉변이람. 이런 추한 모습으로 이강현을 만나다니.

"그, 그러니까 이강현 씨가 왜 거기에 있냐고요!"

"지금 내가 내 집에 있는 게 불만이라고 말하는 겁니까?"

"아니, 그게 아니라…… 하여튼! 나는 이강현 씨랑 할 말이 있으니까 해야겠어요."

몰골보다 중요한 것은 이강현이었다. 지난 2년간 파파라치 기자들도 그의 머리카락 한 올 찾아내지 못해 흉흉한 루머들이 판을 치는 판국에 그냥 넘어갈 수 없었다. 이건 하늘이 주신 기회였다. 재영은 비장한 각오를 다지며 비상계단을 통해 아래층으로 뛰어 내려갔다.

"딱 기다려요. 금방 올 테니까 어디 가지 말고!"

자신의 집을 놔두고 어딜 가겠는가. 홀연히 사라져 버린 재영의 뒷모습을 지켜보던 강현은 알 수 없는 실소를 터트렸다.

백수 같은 복장으로 다짜고짜 악수를 청하며 할 말이 있다던 그녀는 제가 생각했던 박재영 작가의 모습이 아니었다. 인후가 입이 마르고 닳도록 글 잘 쓴다고, 성격 좋고 예쁘다며 칭송하던 미모의 작가는 어디 가다 죽었나 보다.

금방 올라온다고 했으니 문을 잠그면 동네 시끄럽게 또 난리를 피울 게 뻔했다. 강현은 잽싸게 현관문을 닫고 들어와 테이블에 놓인 스케치북과 크레파스, 여기저기 굴러다니는 인형을 품에 가득 안고서 테라스 구석에 뻥 뚫려 있는 구멍 속으로 황급히 던졌다.

갑자기 뭐하는 짓인가 싶은 찰나의 생각이 머릿속을 스쳤지만 남들 눈에 띄는 상황은 만들지 말아야 했다.

대충 거실을 훑어본 강현은 이내 들려오는 초인종 소리에 현관으로 나가 문을 열었다.

무릎 나온 트레이닝복 대신 검은 팬츠, 목이 늘어난 티셔츠 대신 단정한 하얀 셔츠, 멍청해 보이던 안경과 빨간 집게 핀을 벗어 깔끔한 얼굴로 눈앞에 나타난 박재영 작가는 꽤…… 아니, 상당히 예뻤다.

"크흠. 짧게 합시다, 짧게."

강현은 현관 앞을 막고 서 있다 재영에게 길을 터줬다.

말끔해진 모습과 달리 재영은 여전히 맨발에 슬리퍼를 신고 있었다. 현관으로 들어선 그녀는 맨발이 민망해 괜히 꼼지락거렸다. 양말이라도 신을걸. 뒤늦게 후회한들 소용없는 짓이었다.

"앉아요."

강현은 재영보다 한발 앞서 들어가 소파에 앉은 채였다. 쭈뼛쭈뼛 들어선 재영은 눈동자를 굴리며 집 안을 스캔하는 걸 잊지 않았다.

"서서 얘기할 겁니까."

"아뇨!"

여기저기 둘러보는 그녀의 행동을 눈치챈 그가 퉁명스레 재촉했다. 재영은 강현과 멀찌감치 떨어져 앉아 목청을 가다듬었다. 민망한 꼴을 보였지만 이제라도 작가의 위엄을 뽐내며 위신을 챙겨야 했다.

"배우와 미팅을 해야 하는데 도통 이강현 씨를 뵐 수가 없어서요. 때마침 윗집에 사시니 제작사와 제작진의 입장을 제가 대신 전달해야겠네요."

잘했어. 아주 똑 부러졌어. 위엄 있는 작가의 모습을 보여 줬어.

재영은 속으로 흐뭇해했지만 그의 표정은 썩 좋지 못했다. 인상을 쓰는 거 같기도 하고, 어찌 보면 표정이 아예 없는 거 같기도 했다.

"요구하신 것들 중에 무리한 조건이 많은 거 아시죠? 우리 작품 안 하고 싶으신 거 같은데, 또 어떻게 보면 그런 조건들을 미리 까 버린, 아니, 미리 말해 주신 걸 보면 하고 싶은 거 같기도 하고……. 도대체 이강현 씨의 생각은 뭡니까!"

얘기하다 보니 계약서의 조건들이 떠올라 끝내 언성을 높이고 말았다. 고개를 떨어뜨리며 속으로 욕을 읊조리던 재영은 이윽고 들려오는 묵직한 음성에 그를 힐끔 쳐다보았다.

"내가 그 작품을 하기 싫은 이유는 많은데, 해야 하는 이유는 하나뿐입니다."

하고 싶다는 거야, 하기 싫다는 거야. 아리송한 강현의 말에 재영의 표정이 일그러졌다.

"돈을 벌어야 하거든요, 내가."

지금 돈이 없다는 거야? 그 많은 출연료 다 얻다 썼는데? 돈을 갈고리로 쓸어 담은 양반의 입에서 나올 말이 아니었다. 지금 자신을 우습게 보고 장난을 치는 게 확실했다. 저 싸가지 없는 스타 놈이.

"그 대답은 저랑 장난하자는 말로 들리는데요."

"장난 아닌데. 작가님만큼이나 저, 지금 엄청 진지합니다."

"그동안 돈 많이 벌었으면서 그런 헛소리를 해요! 돈 많다고 자랑하는 거예요? 이렇게 좋은 집에 살면서!"

또다시 언성을 높인 재영은 다시금 고개를 떨궈야만 했다. 왜 자꾸 이강현 앞에서 몹쓸 꼴을 보이는지 모를 일이다. 작가로서의 위엄과 위상은 바닥에 죄다 떨어진 듯했다.

그녀는 강현을 힐끔 쳐다봤다. 그의 묵직한 저음은 귀를 솔깃하게 할 만큼 달콤했고, 어디 내놔도 빠지지 않는 얼굴은 눈을 홀리게 만들었다.

"박재영 작가님 작품에 주인공으로 나오는 거, 배우로서 영광이죠. 박 작가님 드라마 출연하고 나면 광고를 얼마나 찍는지 아십니까."

"그거야 뭐…… 대충?"

"지난 작품에 하성이 광고를 스무 개나 찍었습니다."

"엄청 찍었네요."

지난 작품 주인공이었던 류하성은 그해 연말 시상식에서 대상을 받았고, 작품상과 작가상을 포함한 주요 부분 상을 모두 휩쓸었다. 그 덕에 주연 배우들에게는 광고가 물밀 듯 밀려왔고 조연 배우들까지 CF를 찍는 등 유명세를 탔다. 재영의 작품들이 방송됐다 하면 생기는 현상이었다.

그녀는 어렴풋이 짐작만 하고 있었다. 다음 작품 구상만으로도 머리가 복잡한데 작품 끝난 배우들의 일까지 속속들이 알아야 할 여유는 없었다. 강현을 통해 듣는 이야기는 입이 쩍 벌어질 정도였다.

스무 개를 찍으면 그게 다 얼마야. 이강현이 집에 처박혀 있는 동안 류하성이 다 쓸어 담았네.

"2년 동안 작품 하나도 안 하고 놀았습니다. 아무리 연기를 잘한다고 해도 회복하려면 시간이 걸릴 테니 최상의 컨디션을 만들기 위해선 제가 요구한 조건들이 필요합니다."

"누가 그걸 몰라요? 하지만 제작 시스템은 이강현 씨도 잘 알잖아요. 다른 배우들은 쥐꼬리만큼 출연료 받으면서 밤낮없이 24시간 촬영하는데, 이강현 씨 혼자 주 5회 촬영에다가 직장인도 아니면서 6시 정시 퇴근이 말이 돼요? 두 시간 이상 이동은 절대 안 되고, 에어컨 달린 대기실에 밥도 삼시 세끼 먹어야 한다는 게 상식적으로 말이 안 되잖아요."

곱씹을수록 어처구니가 없어 헛웃음만 터져 나왔다. 재영은 팔짱을 끼고 다리까지 꼰 채로 강현을 노려봤다. 자신은 이강현이 필요했고 그는 어처구니없는 계약서에 도장을 찍기 원하니 한쪽이 포기해야 했다.

"그럼 다 같이 주 5회 촬영하죠. 밤샘 촬영도 하지 말고, 삼시 세끼 제때 챙겨 먹고. 다 같이 건강해지면 좋지 않습니까."

"하, 뭐라고요? 지금 저랑 장난하자는 거 맞죠!"

미친 사이코가 틀림없었다. 돈이 필요하다는 소리도 다 개소리였다. 그는 작품을 하고 싶은 마음이 단 1%도 없어 보였다. 적어도 그녀의 눈에 비친 이강현은 천하태평이었다. 소파에 기대앉은 채 팔짱을 낀 모습이 시건방져 보이기까지 했다.

재영은 결국 자리를 박차고 일어났다. 상식이 통하지 않는 그와 계속 대화했다간 화병으로 졸도할 것만 같았다.

"나머지 얘기는 그쪽 매니저랑 하도록 하죠. 이강현 씨는 이 작품 안 하고 싶은 거 같으니까."

불과 1분 전까지는 매달려서라도 계약서에 도장을 찍게 만들어야겠다고 다짐했었다. 이강현의 출연을 확실시 하고 싶은 마음이 굴뚝같았지만 자존심이 상할 대로 상한 재영은 코웃음을 치며 등을 돌렸다.

쿵쾅쿵쾅 신경질적으로 걸음을 걷던 재영은 순간 발치에 치인 딱딱한 물건에 발가락 찧고 말았다.

"악!"

그녀에 입에서 나온 괴성에 강현이 후다닥 뛰어나왔다.

"뭡니까. 괜찮아요?"

재영은 쭈그려 앉아 발을 부여잡은 채 맺힌 눈물을 닦으며 조잘거렸다.

"이 씨. 짜증 나 죽겠는데 별게 다 거슬려, 진짜."

재영은 발에서 손을 떼며 신경질적으로 상체를 일으켰다. 괜찮으냐고 묻는 강현을 철저히 무시하며 딱딱한 물건의 정체를 확인했다. 그녀는 자신의 두 눈을 의심했다. 허깨비를 본 것일까. 딱딱한 물건을 집어 든 재영이 입을 떠억 벌렸다.

동그란 눈과 오똑한 코, 붉은 입술과 갈색의 긴 머리카락의 이것은 그 이름도 유명한 바비 인형이었다. 조금 다른 게 있다면 그녀의 손에 쥐어진 인형은 나체였다. 발가벗은 바비 인형이 이강현의 집 한복판을 나뒹굴다니. 그의 취미가 비비 인형 수집인가. 아니면 발가벗은 바비 인형 수집인가.

놀란 재영이 강현의 얼굴 앞에 인형을 들이밀었다. 그녀는 눈치채지 못했지만 그는 사색이 되어 표정을 굳혔다.

"이런 취미 있어요? 나이가 몇인데……."

취미 생활에 편견은 없었지만 조금 충격이었다. 이강현에게 바비 인형은 너무 어울리지 않는 조합이었다. 이 사실을 팬들이 알면 그의 집 앞엔 한정판 바비 인형이 그득그득 쌓이겠지. 생각만으로도 소름이 끼친 재영은 그의 품에 던지다시피 인형을 건네곤 재빨리 현관으로 돌진했다.

아무런 변명도 하지 못한 채 그녀를 보내고 말았다. 저 엉뚱한 작가가 혼자서 무슨 상상을 할지 알 수 없어 강현은 바비 인형을 바닥에 던졌다.

"인형 가지고 올라오지 말라니까!"

괜히 신경질을 내며 테라스로 유유히 사라져 버렸다.

❉   ❉   ❉

재영은 지난밤도 꼴딱 새우고 말았다. 벌써 이틀째 밤을 새웠지만 5회 대본을 끝내지 못했다. 잘 나가다가 위층의 층간 소음으로 인해 신경이 예민해졌고 종말엔 이강현과의 설전으로 더 날카로워진 탓이었다.

그 상태로 쓰다가 지우기를 반복하며 지문 하나 제대로 쓰지 못했다. '손을 뻗어 단아의 볼을 감싸는데'라는 지문 하나를 써 놓고 날밤을 새워야만 했다.

재영은 평소 대본을 쓰는 데 있어서 누구보다 빠른 속도를 자랑했다. 쪽대본을 극도로 싫어하기 때문에 촬영 전에 6회까지 대본이 나오는 건 물론이었고, 10회 차 촬영을 할 때 마지막 회 대본을 뽑곤 했다. 그런 그녀가 2주째 대본 하나를 마무리하지 못한 상황은 비상사태나 다름없었다. 우아하게 앉아 커피를 마시면 뭘 하나. 다크서클이 턱까지 내려와 몰골이 초췌한 것을.

"내가 무슨 부귀영화를 누리자고……."

드라마 작가로서 승승장구하고 싶은 욕심은 크게 없었다. 애초에 그녀가 펜을 잡기 시작하게 된 계기는 그저 드라마 보는 걸 좋아해서였다.

그녀는 한국대 국어국문학과를 입학하고 졸업 전에 넣었던 드라마 공모전에 덜컥 당선되어 드라마국에 입성했다. 보조 작가로 1년 동안 생활하다가 제가 쓰고 싶었던 대본의 초고와 시놉을 드라마 국장에게 무턱대고 보여 준 뒤 바로 편성을 따내는 기염을 토해 냈다. 스타 작가가 되기까지 드라마틱한 삶을 살았다 해도 과언이 아닌 그녀에게 요 며칠은 참 판타스틱했다.

특히 어제는 충격 그 자체였다. 만인이 동경하는 이강현의 실체를 본 것은 물론이고, 그의 이상한 취미까지 알게 되었다. 종국엔 나체의 바비 인형이 모니터에 둥둥 떠다니기까지 했다.

딩동— 딩동—

바비 인형을 떨쳐 내려 도리질하던 그녀의 귀에 초인종 소리가 들려왔다. 집에 올 사람이 없는데 누군가 싶어 인터폰을 확인했지만 모니터 속에 사람의 형상을 한 이는 보이지 않았다. 동네 꼬마들이 장난을 친 건가 싶어 인터폰을 끄려던 찰나 스피커를 통해 달콤한 목소리가 들려왔다.

—언니, 하린이에요.

놀란 재영은 현관으로 달려가 문을 벌컥 열었다. 그 앞엔 분홍색 원피스 차림에 사과 머리를 한 앞집 아이, 하린이 서 있었다.

"안녕, 하린아. 무슨 일이야?"

재영은 하린의 눈높이에 키를 맞추며 머리를 쓰다듬었다.

"쿠키 만들었어요. 언니 주려고."

"진짜? 나 주려고?"

하린은 고개를 끄덕이며 재영의 손을 잡았다. 뭐라 말하기도 전에 그녀는 실내 슬리퍼를 신은 채 아이의 손에 이끌려 앞집으로 향하고 있었다.

하린은 신고 있던 신발을 가지런히 벗어 놓고 집 안으로 들어가 빨리 들어오라며 환한 미소를 지어 보였다.

"언니 진짜 들어가도 돼? 아, 아빠랑 아줌마는 없어?"

그녀의 물음에 아이는 살짝 뾰로통한 표정으로 입을 뗐다.

"오늘은 아줌마 일찍 가는 날이에요. 아빠는 일하러 가서 나중에 온대요."

하린의 말을 들으면 들을수록 의문 투성이었지만, 재영은 호기심을 뒤로한 채 아이를 따라 쭈뼛쭈뼛 안으로 들어섰다.

하린이 잰걸음으로 주방에 갔을 때 재영은 자신의 집과 똑같은 구조 속에서 이상한 점을 발견해 냈다. 거실엔 그 흔한 TV는 물론 소파도 없었고, 바닥엔 방음 매트 위로 아이의 장난감이 가득했다. 그네와 미끄럼틀을 시작으로 벽면 가득 책도 꽂혀 있었다. 놀이방을 연상케 하는 풍경에 그녀는 입을 떡 벌렸다.

"언니이."

주방 쪽에서 들리는 하린의 목소리를 따라 그녀는 걸음을 옮겼다. 환하게 불이 켜져 있는 주방은 다이닝 룸과 붙어 있었다.

식탁 앞에 앉아 자신의 옆자리를 손으로 톡톡 치며 하린이 조잘거렸다.

"어제 아줌마랑 만들었어요. 엄청 맛있어요!"

하린의 환한 미소가 너무 예뻐 재영의 입가에 절로 미소가 드리워졌다. 어느새 그녀는 아이의 옆자리에 앉아 곰돌이 모양의 쿠키를 한입 가득 베어 물었다. 달지 않은 쿠키는 맛있었다.

재영은 자신의 걱정이 기우여서 다행이라고 생각했다. 아이의 새엄마는 쿠키도 함께 만들 만큼 다정한 사람인 듯했다.

"혼자 있기 심심해서 언니한테 왔구나?"

"오늘은 아빠랑 노는 날인데 일하러 갔어요. 집에 혼자 있으니까 무서워서⋯⋯."

"그랬어? 무서웠구나. 언니랑 아빠 올 때까지 같이 있자. 마침 언니도 할 일이 없었거든."

할 일이 없긴 왜 없어. 당장 5회 대본도 마무리 지어야 하고,

제작사에 전화해 이강현의 계약서가 어떻게 되었는지 체크도 해야 했다. 만약 캐스팅 건이 엎어지면 다른 대안을 찾아야 하고, 대본도 수정해야 했다.

그럼에도 재영은 한숨을 뒤로한 채 환히 웃었다. 천사 같은 아이를 나 몰라라 한다는 건 불가능했다. 아이를 좋아하는 그녀에겐 거부할 수 없는 유혹이었다.

재영은 우유가 묻은 아이의 입가를 티슈로 닦아 내며 슬쩍 주방을 스캔했다. 집에서 밥을 잘 해 먹지 않는 그녀가 보더라도 주방은 비정상적으로 깨끗했다. 대리석 상판 위엔 파리가 미끄러질 정도로 먼지 하나 없었고, 쿠키를 만들었다는 아이의 말대로라면 오븐이 있어야 정상인데 그마저 보이지 않았다. 그 흔한 전자레인지와 가스레인지도 없었다.

"하린아, 집에서 밥 안 먹어? 가스레인지도 없고…… 아하하, 언니가 괜한 걸 물었나?"

"우리는 위에서 먹어요."

재영은 고개를 갸웃거렸다. 무슨 소린가 싶은 찰나, 어딘가에서 익숙한 음성이 그녀와 아이의 사이를 비집고 들어왔다.

"꼬맹이. 아빠 왔다."

묵직한 음성은 멀리서부터 들려와 다이닝 룸으로 모습을 드러냈다.

"으아악!"

갑작스런 남자의 등장, 그리고 아빠라는 사람의 실체. 검은 팬츠에 하얀 셔츠, 갈색 코트 차림을 한 이와 시선이 마주친 순간 재영은 뒤로 넘어가 버렸다. 그녀의 입에서 터져 나온 괴성은 대리석 바닥에 뒤통수를 찧으면서 자연스레 내질러진 음성이었다. 놀란 아이가 그녀의 곁으로 다가와 외쳤다.

"병원에 가자, 병원에!"

재영은 눈물을 훔쳐 내며 고개를 내저었다. 잠시 안정을 취하면 통증은 금세 사라질 것이다. 병원보다는 눈앞에 있는 저자가 문제였다.

"그렇게 넘어져서 어디 머리 깨지겠습니까."

낯익은 목소리가 그녀의 귓가에 꽂혔다. 자리에서 일어난 재영은 식탁 위에 투명한 봉지를 내려놓는 남자를 보며 허탈한 웃음을 터트렸다.

"지금 그게 할 소리예요?"

"그러게 여기에 왜 있습니까. 머리통 깨지게."

"이봐요!"

"도대체 뭡니까."

"뭐, 뭐가요!"

적반하장도 유분수지, 지금 누가 누구에게 정색하며 신경질을 부린단 말인가. 따끔한 남자의 눈총에 재영이 움찔하며 목청을 높였다. 그러나 곧 들려오는 남자의 낮은 음성에 그녀는 입을 꾹 다물어야 했다.

"당신, 뭔데 내 집에 있습니까."

그의 낯빛은 한없이 어두웠고 목소리는 섬뜩했다.

"박재영 작가. 내 집에서 나가요."

다그치는 그의 태도에 재영의 어깨가 움츠러들었다. 어디에서든 당당하던 그녀가 이토록 가슴이 쪼그라든 적은 없었다.

"무사히 촬영 들어가고 싶으면 당장 내 집에서 나가."

소름 끼치는 목소리에 재영은 아이를 뿌리치고 허겁지겁 뛰쳐나와 현관문을 열었다.

찬바람이 훅 끼쳐 왔다. 재빨리 집에 들어온 재영은 행여나 그가 쫓아와 해코지할까 싶어 안전 고리까지 걸어 잠갔다. 안도의 한숨이 터져 나옴과 동시에 강현이 눈앞에 있는 것처럼 재영은 현관문을 노골적으로 째려봤다.

"지가 잘났으면 얼마나 잘났다고 작가한테 협박질이야!"

생각할수록 어이가 없었다. 이 상황이 어떻게 된 건지 머리를 굴리지 않을 수 없었다. 지금 자신이 무슨 짓을 당한 건가. 나는 왜 평소 답지 않게 당황한 거지. 이강현은 정말 앞집 아이의 아빠인 것일까.

여섯 살짜리 아이의 아빠라면 이강현은 6년 동안 대중들을 감쪽같이 속인 거야? 대박.

3화 · 선전 포고

　하루 종일 머릿속을 헤집는 이강현이라는 존재 때문에 재영
은 책상 앞에서 단 1초도 앉아 있지 못했다.

　이건 보통 문제가 아니었다. 자신에게 불리한 영향을 초래할
수 있는 긴장 상태가 계속 지속된다면 군사 개입의 가능성이 있
는 데프콘 3의 상황이었다. 조금만 삐끗하면 곧장 데프콘 1의 전
쟁 준비에 돌입할 정도로 심각했다. 사건이 생긴 지 꼬박 하루
가 지났음에도 재영의 신경은 여전히 이강현에게 향해 있었다.

　"아오!"

　재영은 소파에 드러누운 채 팔다리를 허공에 마구 떨며 이강
현이라는 존재를 떨쳐 내기 위해 안간힘을 썼다. 하지만 그럴수
록 더욱더 선명해지기만 했다.

　이강현의 치부를 알아 버렸다. 그것도 치명적인. 지난 2년 동
안 잠적한 이유가 아이 때문이라면 아이의 엄마가 짠, 하고 나

타나 '이 아이가 네 아이다!' 라면서 같이 살고 있을지도 모른다.

여기서 또 걸리는 게 하나 있었다. 아이는 왜 엄마가 없다고 했으며, 아줌마의 존재는 뭐란 말인가. 엄마라는 여자가 하린을 버리고 떠났다면 새엄마가 생겼다는 가설이 들어맞았다.

차라리 전자인 편이 아이에게 덜 잔인했지만, 만약 후자가 사실이라면 2년의 공백기가 설명된다. 방송 관계자들뿐만 아니라 총무로 관계자들도 찾아 헤매던 이강현이 육아를 하고 있었다니. 기함할 노릇이지만 어디 가서 말할 수도 없었다. 미쳐 버리기 일보 직전인 재영은 발을 동동 구르며 냉수를 들이켰다.

"왜 제게 이런 시련을 주시나이까!"

이건 이강현에게만 국한된 문제가 아니었다. 언론 쪽에서 이 사실을 알게 된다면 문제가 커질 것이다. 당장 캐스팅이 엎어지는 건 물론이고 캐스팅 1순위가 이강현이라는 걸 웬만한 관계자들은 알고 있었기에 차선책으로 선택할 수 있는 배우가 한정된다. 드라마의 흥과 망에 이강현의 스캔들이 직결되어 있었다.

왜 하필 그 작자를 염두에 두고 대본을 쓴 건지. 스스로를 책망하던 재영은 들려오는 벨소리에 손을 뻗어 휴대폰을 집어 들었다. 고개를 푹 숙인 채 전화를 받은 그녀의 입에선 걸쭉한 목소리가 흘러나왔다.

"여보세요."

쩍쩍 갈라지는 목소리엔 절망이 가득 묻어 있었다. 이 답답한 마음과 복잡한 머릿속을 털어놓지 못하는 내 심정을 누가 알아주리오.

이내 수화기 너머에선 지훈의 목소리가 경쾌하게 들려왔다.

—박 작가, 빅뉴스!

"뭔데요."

재영의 목소리는 여전히 힘이 없었다. 그 어떠한 희소식에도 기분 전환이 되지 않을 정도였다. 일단 들어나 보자 싶어 수화기에 귀를 기울인 그녀에게 청천벽력 같은 소식이 들려 왔다.

—이강현이 연락 왔어! 오늘 미팅하재!

시기가 옳지 못했다. 왜 하필 오늘이야. 그를 만나면 뭐라 말해야 할지 정리가 되지 않았는데 갑자기 만난다는 것은 치명적이었다.

그녀는 자기 자신을 잘 알았다. 필터를 거치지 않고 생각하는 대로 내뱉는 성격은 꼭 고쳐야 하는 단점인 걸 알면서도 잘 고쳐지지 않았다. 그녀의 입에서 한숨이 풍풍 튀어나왔다.

—뭐야, 안 좋아? 이강현이랑 오늘 12시에 미팅이라니까! 시간 맞춰서 모란으로 와.

"예? 점심 먹어요? 이강현이랑?"

—그래! 소속사 대표도 같이 온다니까 늦지 말고 와.

이런 젠장, 망할!

전화를 끊으면서 재영은 한숨과 함께 소파에 얼굴을 파묻었다. 이번 작품은 이강현과 하지 말라는 하늘의 뜻일지도 모른다.

벽에 걸린 LED 전자시계는 밝은 빛을 내뿜으며 11시를 알리고 있었다. 시간이 촉박했지만 재영은 느릿느릿 몸을 일으켜 욕실로 들어갔다. 찬물로 샤워하면 복잡한 머릿속이 말끔해질까 싶어 온도를 파란색으로 거침없이 돌렸다.

"아악!"

한겨울에 찬물로 샤워하는 건 미친 짓이다. 새로운 진리를 깨달으며 온몸이 익을 만큼 뜨거운 물로 샤워를 마친 재영은 외출 준비를 위해 드레스 룸으로 향했다.

칼바람은 여전했지만 춥다는 감각이 느껴지지 않을 만큼 재영의 머릿속은 복잡했다. 이강현을 만나면 알은척을 해야 하는 건지, 아니면 처음 본 사람처럼 반갑게 행동해야 하는 건지 갈피가 잡히지 않아 머리가 아플 지경이었다.

"박 작가!"

식당 입구에 다다랐을 무렵 주차장 쪽에서 뛰어나오는 최 감독이 반갑게 손을 흔들며 다가왔다.

"김 대표 말이 이강현이 먼저 연락이 왔대. 만나자고."

"그렇겠죠."

"박 작가 표정이 영 별로다?"

"제가 뭘요. 아하하."

재영은 입만 웃고 있는 채로 최 감독과 함께 직원이 안내하는 룸으로 들어갔다. 지훈과 이강현이 먼저 와 있었고, 인후와 실장인 동찬도 함께였다.

"우리 박 작가님, 오랜만입니다!"

재영에게 손을 뻗으며 반갑게 다가온 사람은 이강현 소속사 대표인 인후였다. 재영은 반갑게 악수를 하며 인사를 건넸다.

"오랜만이네요. 잘 지내셨죠?"

"저야 항상 무탈하죠. 작가님은 못 본 사이에 더욱 예뻐지셨네요."

"칭찬 감사합니다."

"우리 감독님도 더욱 멋있어졌습니다!"

"하하, 그런가요?"

최 감독과 재영은 벌써 네 번째 작품을 함께하고 있었고, 지난 작품의 인연 덕분에 인후와도 안면 있는 사이였다.

"앉으세요."

지훈의 옆자리에 최 감독, 그리고 재영 순으로 자리에 앉았다. 그러다 보니 자연스레 이강현과 마주 앉는 자리가 되었다. 재영은 시선을 어디에 둘지 몰라 동공을 부산스럽게 움직였다.

"오랜만입니다, 박재영 작가님."

그녀의 동공이 이내 한곳으로 고정되었다. 그의 입에서 흘러나온 안부는 모든 이들의 호기심을 자극했다.

"뭐야. 너 박 작가님이랑 아는 사이였어?"

호기심을 참지 못하고 먼저 물어온 것은 인후였다. 강현은 고개를 끄덕이며 입을 뗐다.

"몇 번 만났지. 가까운 곳에서."

왜 저러는 거야. 가뜩이나 심장 쫄려 죽겠는데.

뼈가 있는 강현의 말에 동요하는 건 재영뿐이었다. 다른 이들은 오다가다 몇 번 만났나 보다 하며 넘어가는 분위기였으나 두 사람 사이에선 불꽃이 튀는 듯했다.

강현이 물을 들이켜자 재영도 물을 마시며 시선을 떼지 않았다. 마치 이 공간에 단둘만 있는 듯 서로를 의식하며 행동했다.

"저희가 드린 계약서는 검토해 보셨나요."

"예. 전부 확인했고 저희 쪽에서 가능한 것들을 살펴보고 있었습니다."

"조건들이 과하다는 거 저희도 알고 있습니다. 자세히 말씀을 드릴 수는 없지만 그럴 만한 사정이 있다는 것만 알아주셨으면 합니다."

그 사정을 설명할 생각은 조금도 없어 보였다. 듣고 싶은 마음도 없었다. 그저 요구한 조건을 들어줄 수 있는지, 조건들을 뺄 수 없는지만 중요했다. 대표끼리 얘기하는 중에도 강현과 재영의 시선은 여전히 뜨거웠다.

내가 여기서 다 까발릴까 봐 감시하려는 거야, 뭐야.

"일단 저희 쪽에서 최대한 맞춰 보려고 노력했습니다. 여기 수정된 계약서입니다."

인후의 입에서 수정이라는 말이 나오자 강현을 노려보던 재영의 시선이 자연스럽게 옮겨졌다.

수정됐다던 계약서를 지훈이 받아 찬찬히 읽어 갔다.

"그래도 주 5회 촬영과 밤샘 촬영 건은 불가피합니다."

제일 허무맹랑한 조건이 바로 그거였다. 촬영하다 보면 날씨나 기타 상황으로 인해 딜레이될 수도 있고, 스케줄이 현장에서 바뀌기도 하는 등, 변수가 많아서 밤샘 촬영을 할 때가 부지기수였다. 누구보다도 잘 알면서 끝까지 포기하지 않는 그를 재영이 살벌하게 노려보았다.

"전 계약서보다 많이 심플해졌네요. 에어컨 달린 대기실도 사라지고."

어이없는 웃음이 그녀의 입에서 터져 나왔다. 지금 이런 계약서 조항보다 제일 중요한 건 따로 있었다. 두 대표의 말만 듣고 있던 재영이 두 사람 사이에 끼어들었다.

"그 계약서 검토 전에 추가할 사항이 있어요."

"박 작가, 무슨 소리야?"

"드라마 촬영 중, 혹은 후에 이강현 씨의 사건·사고들로 드라마에 타격이 온다면 고스란히 손해 배상을 한다는 조항을 추가해야 할 거 같아서요."

재영은 회심의 미소를 띠며 강현을 바라보았다. 분노로 속이 뒤집히는 그의 심경을 눈빛에서 읽어 낼 수 있었다.

스캔들이 터지면 시한폭탄을 떠안는 건 이강현이 아니라 드라마 제작진 쪽이었다. 그러니 숙이고 들어갈 건 없었다. 허무맹랑한 조건을 들어주겠다는데 아직 일어나지도 않은 스캔들 조항 하나 추가한다고 계약을 엎을 수는 없는 일이었다.

그녀의 예상대로 소속사 쪽은 고개를 끄덕였다. 저들은 알고 있을 것이다. 이강현의 시한폭탄을. 계약을 무리하게 진행하는 이유가 반드시 있을 것이다. 재영은 모르는 척 앙큼하게 미소를 지었다.

"감독님이랑 작가님이 생각하신 여배우가 있습니까."

테이블 위로 일식 코스 요리가 하나씩 들어오고, 대화는 자연스레 주요 인물 캐스팅 건으로 넘어갔다. 인후의 물음에 최 감독은 재영을 슬쩍 쳐다보다 조심스레 말문을 열었다.

"강지아가 어떨까 생각 중입니다."

"강지아는 안 됩니다."

음식을 향하던 젓가락질들이 모두 허공에서 멈추었다. 감독의 말이 끝나기 무섭게 가라앉은 음성이 모든 이들의 숨통을 꽉 틀어막았다. 마른침을 꿀꺽 삼키며 최 감독이 멋쩍은 듯 웃었다.

"하하…… 강지아 정도면 상대 배우로 손색없는데. 두 사람 광고도 한 번 같이하지 않았었나? 화보도 찍은 걸로 아는데. 그림 꽤 좋았다고."

"안 됩니다, 강지아."

"연기도 곧잘 하는데……."

"못생겨서 안 됩니다."

"푸읍!"

재영이 입에 머금고 있던 물을 내뿜었다. 순식간에 맞은편에 앉은 강현의 얼굴로 물줄기가 쏟아졌다. 룸 안에 있던 이들은 일제히 당황한 시선으로 그녀를 바라보았다. 재영도 너무 놀란 나머지 강현의 얼굴을 냅킨으로 닦아 주었다.

"죄, 죄송해요. 너무 놀라서."

"제가 닦겠습니다."

강현은 재영의 손길을 뿌리치며 얼굴과 머리카락에 묻은 물기를 냅킨으로 닦아 냈다. 민망해진 손은 이내 제자리로 돌아왔고, 주변 사람들은 멋쩍은 웃음을 터트리며 분위기를 바꿔 보려 했다. 그럼에도 재영은 한없이 쪽팔렸다. 왜 거기서 못생겼다는 말이 나오느냔 말이다.

강지아는 연기보다 예쁜 얼굴로 주목을 받은 케이스였다. 데뷔 초엔 발연기라는 소리를 많이 들었지만 이젠 연기도 곧잘 해서 지난해 MBS 방송국 연말 시상식에서 최우수 연기상도 받았다. 그런 여배우에게 못생겼다고 하는 강현의 뇌 구조가 심히 궁금해졌다. 처음엔 또라이, 그다음엔 변태 사이코, 이젠 좀 괴짜 같았다.

"상대 배우가 싫다는데 굳이 캐스팅할 이유는 없지. 다른 인물 찾아봐야겠어. 안 그래, 박 작가?"

"그럼요. 이강현 씨 입맛에 맞춰 드려야죠."

웃으며 하는 말이었지만 가시가 박혀 있었다. 말도 안 되는 계약서도 모자라 이제는 여배우 캐스팅까지 좌지우지하겠다는 이강현의 행태는 용납할 수 없는 범위였다. 캐스팅은 전적으로 작가와 감독의 권한이었다. 그것을 배우가 쥐고 흔드는 순간 드라마는 산으로 가고 만다.

눈에 보이지 않는 눈치 싸움 때문에 재영은 제대로 먹지도 못하고 체기만 얹힌 채 식사를 마쳐야 했다.

식당을 나오자마자 지훈은 세부 사항을 조율하기 위해 사무실로 돌아갔고, 인후도 오후 미팅이 있다며 서둘러 소속사로 향했다. 최 감독 역시 제작 준비에 박차를 가하기 위해 방송국으로 들어갔다. 식당 앞에 덩그러니 남은 건 주차장으로 간 동찬을 제외한 강현과 재영이었다.

숨 막힐 듯한 침묵을 먼저 뚫고 들어온 것은 강현이었다.

"얘기 좀 합시다."

무슨 할 얘기가 남아서 목소리를 깔고 난린지 모르겠다. 재영은 강현을 힐끗 올려다보며 말했다.

"여기서 할 얘기는 아닐 거 같은데요."

재영과 강현의 앞에 차가 정차했다. 강현은 손을 뻗어 뒷좌석 문을 열었다.

"어차피 집으로 갈 거 아닙니까."

차에 타라는 소리였다. 어처구니가 없어 코웃음을 뱉었지만 이미 강현은 올라탄 뒤였다.

"뭐합니까."

결국 재영은 뒷좌석에 오르며 차 문을 닫았다. 운전석에 있던 동찬이 놀란 눈으로 강현과 재영을 번갈아 쳐다보았다.

"작가님은 왜…… 너 집에 간다며!"

"알고 보니 이웃사촌이더라고."

"뭐?"

"박 작가님 하린이 앞집에 살아."

"뭐?"

그의 입에서 하린의 이름이 나온 것도 놀라웠지만, 더 놀라운 건 강현의 얘기를 들은 동찬의 반응이었다. 미소를 잃지 않고 침착하던 동찬이 입을 벌리며 경악을 금치 못하자 재영은 멋쩍은 듯 입을 뗐다.

"어쩌다 보니 그렇게 됐네요. 그렇게 놀라실 거까지야."

"아, 아니 그게 아니라. 하린이……."

"글쎄요. 저도 자세히는 몰라서…… 하하하."

오가는 대화 속에 늘어나는 건 그녀의 민망한 웃음뿐이었다. 덩달아 동찬도 어색한 웃음을 지으며 고개를 돌렸다. 아파트에 도착할 때까지 차 안엔 적막만이 감돌았다.

"우리 집으로 갑시다."

엘리베이터에 타자마자 30층 버튼을 누른 강현은 그녀의 의사엔 조금의 관심도 없어 보였다. 자신의 집으로 강현을 데려갈 마음은 없었으니 그의 집에 가는 것도 나쁘지 않았다.

30층에 도착하자마자 재영은 강현보다 앞서 내렸다. 뒤따르던 강현은 현관문 앞에 당당하게 서 있는 그녀의 뒤로 다가가 도어록 쪽으로 손을 뻗었다.

"누가 보면 박 작가님 집인 줄 알겠습니다."

그의 목소리가 목덜미를 스치고 지나갔다. 재영은 흠칫 놀라며 가방을 두 손으로 꽉 움켜쥐었다.

현관문이 열리자 재영은 자신의 집인 것처럼 집주인보다 먼저 안으로 들어갔다. 그 모습을 보며 강현은 또다시 알 수 없는 미소를 머금으며 재영을 뒤따랐다.

이틀 만에 방문한 이강현의 집은 여전히 깔끔했다. 바닥이며 벽이며 온통 하얀색으로 돼 있어 흡사 정신병원에 온 듯한 착각을 불러일으켰다.

소파에 앉아 여기저기 둘러보던 그녀에게 뜨거운 커피 한 잔을 건넨 강현이 맞은편에 앉았다. 조금은 가까운 듯한 거리감에 재영이 괜스레 웃음을 지으며 커피 잔을 받아 들었다.

"잘 마실게요."

강현은 무표정으로 그녀를 바라보았다. 노골적인 시선이 느껴지자 그녀는 어색한 웃음을 지으며 커피를 입에 가져다 댔다.

"우읍!"

다급하게 커피를 마신 재영은 식도가 타들어 가는 고통에 몸부림쳤다. 밥 먹을 때도 그러더니 지금도 여전했다. 그녀를 바라보는 불같은 그의 시선은.

"그렇게 먹어서 입천장이 까지겠습니까? 원샷하시죠."

그의 비꼼에 재영은 커피 잔을 테이블에 내려놓으며 강현을 째려봤다. 눈물이 핑 돌았다. 이 집에만 들어오면 하나씩 사고가 터지는 듯해 마음이 불안했다.

강현은 주방으로 들어가 뜨거움에 몸서리치는 그녀에게 얼음물을 가져다주었다. 잽싸게 컵을 뺏어 든 재영은 숨도 쉬지 않고 물을 들이켰다.

"이에 다 당시……."

입에 얼음을 문 채 대답하는 그녀를 보며 강현이 차갑게 말했다.

"다 먹고 얘기하죠. 더러운 거 같지 않습니까."

재영은 못마땅하게 강현을 쳐다봤다. 이강현은 별종이 틀림없었다. 태생부터 싸가지가 바가지일 거라고 단정 지으며 얼음을 모조리 씹어 삼켰다.

"이제 얘기하죠. 하고 싶은 말 많은 거 같으니까. 내가 잘 들어 줄게요."

그녀가 강현에게 할 얘기는 없었다. 단지 들을 말이 조금 있을 뿐. 경청해 줄 의향은 있었다.

재영은 팔짱을 낀 채 강현을 곁눈질하며 자세를 고쳐 앉았다. 할 말이 있으면 쭉 해 보라는 듯 허리를 곧게 폈다.

"아무도 모릅니다. 그러니 새어 나간다면 범인은 박 작가님이겠죠."

"네?"

"제 스태프들을 제외하곤 아는 사람이 아무도 없다는 말입니다."

"그러니까 지금 이강현 씨의 숨겨 둔 따, 딸의 존재를 아무도 모르니 스캔들이 터지면 다 나 때문이다, 이 말이에요?"

"잘 이해하셨네요."

뭐 저런, 개새⋯⋯.

입 밖으로 튀어나오려는 욕을 꾹꾹 눌러 담았지만 허탈한 웃음만큼은 참을 도리가 없었다. 재영은 미친 사람처럼 손뼉까지 쳐 가며 웃기 시작했다.

"으하하하!"

강현의 눈빛엔 정말 미친년을 보는 듯 황당한 기색이 역력했다. 도대체 이 여자는 뭐가 그렇게 웃기기에 실성한 듯 웃는 걸까. 도무지 이해할 수 없어 그는 그녀와 거리를 두었다. 한 발짝 뒤로 물러나 앉으며 강현은 여전히 실성한 사람처럼 웃는 재영을 향해 입을 뗐다.

"지금 웃음이 나와요?"

"하아. 아, 눈물 나."

재영은 눈물까지 훔치며 다소 실성한 자신의 감정을 가라앉히기 위해 심호흡을 했다.

"나한테 책임을 전가하고 싶은 마음은 알겠는데 상대를 잘못 골랐어요. 내가 입이 또 엄청 무겁거든요. 특히 내 작품의 흥망과 연관된 일엔 더욱이요. 그 스캔들 한방이면 드라마 쫄딱 망하는데 내가 어디 가서 입을 놀리겠어요. 안 그래요?"

논리 정연한 재영의 말에 강현은 입을 꾹 다물었다.

자신도 알고 있었다. 기우라는 것을. 그래도 확실히 해 둬야 했다. 누가 알게 될까 싶어 지난 2년 동안 은둔 생활을 하며 살아왔다. 공식 석상에도 나가지 않고 작품 활동은 물론, 광고까지 뒷전으로 미룬 채 집에만 틀어박혀 지냈다. 자극적인 것을 좋아하는 기자들이라면 사실 여부를 떠나 멋대로 기사를 쓰고, 자신은 물론 하린까지 잘근잘근 씹을 게 분명했기에 어떻게든 보호해야 했다. 자신이 아닌 아이를.

박재영이라는 여자를 믿지 못하는 건 아니었지만 당부는 해 두어야 했다. 그는 누구보다 잘 알고 있었다. 사람 일은 언제 어떻게 될지 모른다는 것을.

"근데 진짜 이강현 씨 딸 맞아요? 애가 여섯 살인데 도대체가…… 고, 곤란하면 얘기 안 해 줘도 돼요!"

손사래를 치며 재영이 겸연쩍게 웃었다. 순간의 호기심이 강현의 심기를 건드린 듯했다. 하린에 대해서는 입 밖으로 꺼내면 안 될 듯한 분위기가 풍겨 왔다.

"지나친 호기심은 사양하겠습니다."

작정하고 정색하며 말하는 강현에게 그녀라고 별수 없었다. 입을 꾹 다문 채 고개를 끄덕이는 것으로 다시는 묻지 않겠다는 무언의 약속을 했다.

"뭐 합니까."

입장이 바뀐 거 같은 이상한 예감이 들던 찰나 그의 목소리에 그녀는 고개를 갸웃거렸다.

새끼손가락 걸고 도장이라도 찍자는 거야, 뭐야.

"안 가고 뭐 하냐고요."

"네?"

"할 말 끝났습니다. 여기서 나랑 살 겁니까."

"아뇨!"

살긴 뭘 살아. 재영은 놀란 마음에 벌떡 일어나 뒤도 돌아보지 않고 현관으로 내달렸다. 덩달아 소파에서 엉덩이를 뗀 강현은 현관문이 닫히는 소리가 들려오자 그녀가 지나간 자리들을 힐끗 뒤돌아봤다.

위험한 여자다. 묘하게 신경을 툭툭 건드리는 재영의 쾌활함이 기분 나빴다. 웃는 모습도 보기 싫었다.

강현은 주방으로 들어가 냉장고를 가득 채운 캔 맥주를 꺼내들었다. 타들어 가는 목을 축이기엔 시원한 맥주만 한 것이 없는데 왜 이렇게 미적지근한지 모르겠다.

한편 강현의 집에서 뛰쳐나온 재영은 복도에 서서 닫힌 현관문을 힐끗거렸다. 찍소리도 못하고 순순히 나온 것은 강현의 이글거렸던 눈빛 때문이라고 단정 지으며 비상계단을 통해 아래층으로 내려왔다.

정중하면서도 불쾌한 이 느낌은 뭘까. 이 찜찜함을 어떻게 설명해야 할까. 그녀는 굳게 닫혀 있는 앞집 현관문을 바라보았다.

저 집엔 아이가 산다. 아이는 이강현의 딸이고, 그는 톱스타다. 그는 위층에 산다. 딸과 아빠가 위아래로 살고 있다. 아이를 위해서일까. 아니면 자신을 위해서일까.

더 이상의 오지랖은 그만둬야 했다. 이대로라면 오늘도 5회 대본을 마무리하지 못할 것이다.

재영은 도어록 비밀번호를 누르고 집 안으로 들어가 현관문을 쾅 닫았다. 일단은 해결됐지만 하나의 문제가 터지면 또 터지고, 하나가 해결되면 다른 하나가 미제로 돌아온다.

이 집이 문제야, 문제. 집터가 좋지 않아. 불길해.

4화 · 태클

큰 시련을 하나 덜어 낸 까닭일까. 지난밤 5회 대본을 마무리하고 나흘 만에 꿀잠을 잔 재영은 해가 중천에 뜨고 나서야 이불 밖으로 모습을 드러냈다.

5회를 마무리하자마자 최 감독에게 초고를 보냈다. 신 몇 개만 수정하는 게 좋겠다는 감독의 의견에 알았다는 답변을 하고 잠을 잤는데 일어나 보니 오후 2시였다.

재영은 패딩을 입고 지갑을 챙겨 밖으로 나왔다. 달달한 것이 먹고 싶어 집 앞 편의점으로 가 아이스크림을 한가득 골라 담았다.

멜론 맛 아이스크림을 입에 물고 검은 봉지를 손에 든 채 터덜터덜 걸음을 옮길 때였다.

"하늘유치원 친구들. 배꼽 손!"

"선생님, 감사합니다!"

아파트 단지 입구에 노란 버스가 몇 대 보였다. 유치원에 간 아이들이 돌아오는 시간인 듯했다. 선생님께 인사를 하는 아이들은 저마다 엄마, 혹은 집안일을 해 주는 아줌마의 손을 붙잡고 각자의 집으로 돌아갔다.

그 속에서 홀로 쓸쓸히 걸어가는 한 아이가 있었다. 갈색 망토에 원피스를 입고 양 갈래로 머리를 묶은 예쁜 뒤통수가 누구인지 그녀는 한눈에 알아볼 수 있었다.

"하린아!"

재영은 목청 높여 아이의 이름을 불렀다. 저만치 앞서가던 하린이 걸음을 멈추고 고개를 휙 돌렸다. 아이의 얼굴에서 천사 같은 웃음꽃이 피어났다. 작은 보폭으로 와다닥 뛰어와 재영의 다리로 폭 안겼다.

"언니, 이제 머리 안 아파요?"

재영은 지난번 뒤로 나자빠진 일이 번뜩 떠올랐다. 뒤통수를 긁적이며 괜찮다고 고개를 끄덕였다.

"하린이 왜 혼자 집에 가? 아줌마는?"

사람들 속에서 홀로 집에 가는 하린이 안쓰러워 보였다. 그러고 보니 하린에게 새엄마가 있다는 것은 이강현에게 여자가 있다는 말인데, 만약 터진다면 꽤 큰 스캔들이 될 터였다. 하지만 재영은 내색하지 않고 하린의 손을 붙잡았다.

"아무도 없어요."

나란히 아파트 단지를 걸을 때 시무룩한 아이의 말이 들려왔다. 그놈의 집구석에 제대로 된 사람이 있기나 할까.

재영 또한 어렸을 적 부모가 맞벌이를 해서 집에 혼자 있었던 시간이 많았었다. 하린에게서 자신의 어린 시절 모습을 투영한 그녀는 아이의 손을 꼭 붙잡고 엘리베이터에 올랐다.

"아줌마가 이 시간에 항상 없니?"

"아줌마는 저녁에……."

하린이 말끝을 흐리자 재영은 더는 묻지 않고 아이의 머리를 쓰다듬어 주었다.

아빠가 이강현이라는 것부터가 그녀의 마음을 쓰이게 했다. 단언컨대 그는 아빠로서 빵점일 것이다. 사람을 대함에 있어서 까칠하고 이상한 남자가 아이에겐 오죽할까.

엘리베이터가 29층에서 멈췄다. 재영은 앞집 현관문 앞에서 하린의 손을 놓으며 잘 들어가라고 인사했다.

"하린이, 안녕."

손을 흔드는 그녀의 옷자락을 하린이 붙잡았다. 재영의 시선이 어쩐지 애처로워 보이는 아이에게 머물렀다.

"언니 집에 가 있을래? 아줌마 올 때까지."

또 괜한 오지랖을 부렸다. 이강현이 알면 얼마나 잔소리를 해 댈지 예상되면서도 그녀는 아이의 초롱초롱한 두 눈에 마음을 빼앗겨 버렸다. 결국 재영은 하린의 손을 붙잡고 자신의 집으로 들어왔다.

휑한 거실에 온기가 채워졌다. 재영은 주방에서 아이가 먹을 만한 빵을 챙겨 나와 하린에게 건넸다.

"만화 영화 볼래?"

"네에!"

조금은 예스러운 단어에도 아이는 해맑게 웃으며 대답했다.

하린이 웃자 그녀의 얼굴에도 덩달아 미소가 만개했다.

TV를 켠 재영은 아이가 볼 만한 애니메이션 카테고리를 뒤적였다.

"엘사예요, 엘사!"

벌떡 일어난 하린이 TV 앞으로 다가가 손가락으로 가리켰다. 아이의 들뜬 목소리에 재영은 '겨울왕국'의 결제 버튼을 눌렀다.

이윽고 TV 화면 속에 어린 안나와 엘사가 나오기 시작했다. 즐거이 감상하던 하린은 안나가 엘사를 찾으러 눈밭을 헤맬 때 훌쩍이기도 했다. 감수성이 풍부한 아이 같았다.

자느라 아침밥도 못 챙겨 먹은 재영은 아이에게 주려 했던 빵을 절반이나 먹어 치웠다. 훈훈한 온기와 배 속까지 든든해져 저도 모르게 까무룩 잠이 들었다. 그녀가 잠든 와중에도 하린은 초롱초롱한 두 눈으로 화면 속 엘사와 안나에게 집중했다.

엔딩 크레딧이 올라갈 때쯤 아이는 재영을 따라 소파에 기대어 잠이 들고 말았다.

✼   ✼   ✼

띠리링—

전화벨 소리가 조용한 집 안에 울려 퍼졌다. 잠들었던 재영은 겨우 정신을 차리고 협탁 위에 있는 휴대폰을 집어 들었다.

"네……."

—박 작가, 잤어?

"아, 대표님."

―깨워서 미안하네. 좋은 소식 전해 주려고.

"뭔데요?"

―이강현, 계약서 도장 찍었어!

"아, 그래요."

―이제 박 작가는 걱정하지 말고 대본에만 전념해.

"네."

난 또 무슨 소린가 했네.

재영은 무거운 눈꺼풀을 부비며 전화를 끊었다. 도대체 얼마나 잔 걸까. 부스스 눈을 뜨자 사위가 어두웠다.

미쳤다, 박재영!

눈을 번쩍 뜬 재영은 자신의 옆에서 불편한 자세로 자고 있는 하린을 발견했다. 화들짝 놀라 휴대폰 화면을 켰다. 저녁 6시를 알려 주는 시계가 야속하기만 했다.

재영은 서둘러 아이를 둘러업었다. 옷걸이에 걸어 두었던 망토와 식탁 위에 둔 가방을 챙겨 들고 현관을 뛰쳐나와 앞집 초인종을 눌렀다.

―누구세요?

"앞집인데요! 죄송해요. 하린이 저희 집에 있었어요."

아이가 없어진 줄 알고 얼마나 걱정했을까 싶어 미안한 마음이 앞섰다. 현관문이 열리자마자 그녀는 고개를 숙였다.

"죄송합니다. 집에 아무도 없다고 해서 잠시만 데리고 있다가 보낸다는 게…… 누, 누구세요?"

연신 고개를 숙이던 재영은 뜻밖의 인물에 놀라며 몸을 주춤

했다.

그녀의 눈앞에 있는 사람은 얼굴에 주름이 많았고 흰 머리카락이 희끗희끗 보이는 중년의 여성이었다. 새엄마가 나이 지긋한 분이었다니. 이강현의 취향이 참 독특하다고 생각될 무렵 아주머니가 말문을 열었다.

"어머나, 그런 것도 모르고 아기 아빠한테 전화까지 했는데. 큰일이네."

"아, 그런데 누구……."

"아기 봐 주는 사람이에요."

하린이 말하던 아줌마는 새엄마가 아니라 베이비시터였던 모양이다.

맙소사. 계모가 아이를 학대하는 건 아닐까 하며 혼자 오만 가지 생각을 했었는데, 왠지 모를 허탈함과 동시에 안도의 한숨이 터져 나왔다.

"아기 아빠한테 빨리 알려 줘야겠네. 나도 방금 와서 애가 없어 가지고 얼마나 놀랐는지."

"앞집에 있었다고 말씀 좀 해 주세요. 제가 하린이 방에 눕힐게요."

"그래 주겠어요? 고마워요."

재영은 하린을 업은 채 아주머니가 알려 준 방문을 조심스레 열었다.

베이비 로션 냄새가 나는 방 안은 침대와 책상, 그리고 인형들이 가득했다.

침대 머리맡엔 곰돌이 인형과 바비 인형이 나란히 앉아 아이를 지켜 주고 있었다. 강현의 집에서 본 바비 인형의 주인은 꼬마 아가씨였나 보다. 하마터면 이강현을 변태 사이코로 오해할 뻔했네.

아이가 곤히 잠든 것을 확인한 재영이 이내 몸을 일으켰다.

"잘 자."

인사도 잊지 않은 그녀는 천사 같은 아이를 뒤로한 채 걸음을 옮겼다. 혹시라도 발소리에 깰까 싶어 살금살금 걷던 재영은 활짝 열려 있던 방문 앞에서 딱 멈춰서야 했다.

"당신 뭐야."

그자다. 까칠 대마왕. 재수 옴 붙었다.

"뭔데 자꾸 알짱거려."

강현은 얼굴색 하나 변하지 않고 딱딱한 말투를 내뱉었다. 그것이 그녀를 더 움찔하게 만들었다.

"이게 어떻게 된 거냐면…… 어어!"

빈집에 아이가 혼자 있는 것이 안쓰러워 집으로 데려온 것까지는 좋았다. 하지만 깜빡 잠이 드는 바람에 저녁이 되도록 아이를 돌려보내지 못했고, 부모가 걱정하는 것은 당연했다.

까칠 대마왕이 화를 내는 게 지극히 정상이었지만 강현은 설명을 들으려 하지 않고 재영의 손목을 낚아채 테라스로 끌고 갔다.

테라스의 구석엔 웬 나선형 계단이 설치되어 있었다. 강현은 아랑곳 않으며 그녀를 끌고 계단을 올랐다. 계단 끝에 다다르자 위층 테라스가 나타났다. 입이 떡 벌어지는 순간이었다.

"뭐가 알고 싶습니까. 뭐가 궁금해서 하린이 앞에 자꾸 알짱거리냔 말입니다!"

강현은 붙잡고 있던 재영의 손을 뿌리치며 언성을 높였다. 그녀의 입에선 옅은 신음이 터져 나왔다. 그에게 붙잡혔던 손목이 붉게 달아올랐다. 욱신거리는 손목을 감싸 쥐며 재영은 허탈한 웃음을 내뱉었다.

"알고 싶은 거 하나도 없어요. 알짱거리긴 누가 알짱거려요! 여긴 내가 사는 아파트고 하린이 앞집은 내 집이에요. 알짱거릴 범주가 아닌 건 아시죠?"

"뭡니까, 그럼. 뭔데 자꾸 하린이 근처에서 맴돕니까. 이웃사촌의 정, 뭐 그런 거라고 말할 겁니까?"

"하. 이것 보세요, 이강현 씨. 내가 잘못한 건 알아요. 깜빡 잠이 들어서 하린이를 데려다줘야 한다는 걸 잊었어요. 근데 그전에 당신 잘못부터 따져 보죠!"

"내 잘못이요?"

"네! 이강현 씨 잘못이요!"

그냥 미안했다, 죄송하다, 다시는 이런 일 없게 하겠다. 그런 말 정도면 무마될 일이었다. 하지만 재영은 혼자 걸어가던 하린의 모습이 생각나서 차마 멈출 수 없었다.

"저 어린애를 집에 혼자 두면 어떻게 해요! 애가 혼자 있으면 무서워하는 거 몰라요? 하린이라고 나이 많은 나랑 놀고 싶겠냐고요. 집에 혼자 있어야 한다기에 안쓰러워서 우리 집에 잠시 데려왔었어요. 어쩌다 보니 둘 다 잠들어서 집에 갈 타이밍을 놓친 거고. 이래도 나 혼자 잘못한 거예요?"

재영은 거친 호흡을 뱉으며 짝다리를 짚었다. 누가 잘못한 건지 조목조목 따져 보자는 심산인 듯, 한 치의 물러섬도 없어 보였다.

강현은 갑자기 거실을 나가더니 주방으로 사라져 버렸다. 왜 저러나 싶어 그를 쪼르르 따라간 재영은 생수를 벌컥벌컥 들이켜는 그를 보며 팔짱을 꼈다.

"얘기하다 말고 뭐 하는 거예요?"

500mL 생수 한 병을 남김없이 들이켠 강현은 빈 페트병을 쓰레기통에 툭 던지며 재영을 지그시 바라보았다.

"하린이는 낯선 사람을 경계합니다."

강현이 말하는 의미를 알 수 없었으나 재영은 그의 말에 귀를 기울였다.

"하린이가 네 살 때 형이 죽었습니다. 그 뒤로 하나 남은 가족인 나한테 왔는데 어린애가 말을 제대로 못해서 정신과 치료까지 받았습니다. 어려서 기억을 못 해 치료는 무사히 끝났고 일상생활 하는 데도 지장은 없었지만 문제는 나죠."

이강현과 이하린의 관계에 대해 궁금했던 적 없었다. 아니, 사실 궁금했지만 물어볼 생각은 전혀 없었다. 괜히 남 일에 끼어들고 싶지 않았고 계약서에 도장까지 찍어 줬으니 그걸로 족했다.

자신이 원하는 것은 이강현의 출연뿐이었다. 그것을 성사시키기 위해 다른 부조리한 것들은 어느 정도 눈감고 넘어갔다. 어차피 이 바닥에서 이강현보다 더한 놈들도 수두룩하고, 그의 비밀스런 사생활도 관여할 부분은 아니었다.

그런데 강현은 묻지 않은 말을 술술 내뱉었다. 귀를 틀어막고

71

싶었다. 분명 마음은 듣고 싶지 않았는데, 자꾸만 그의 목소리에 귀를 기울이게 되었다.

"내가 이강현이라서, 내가 하필 대중들의 관심 속에 살고 있어서 문제가 됐습니다. 나를 아빠로 알고 있는 애가 나중에 사실을 알게 된다면 그 아이가 받을 충격, 나는 별로 생각하고 싶지 않습니다. 그래서 꽁꽁 숨겼어요. 나도 숨었고요."

"……."

"그런데 하린이가 친하게 지내는 낯선 사람이 하필이면 박재영 당신입니다."

왜일까. 그의 목소리가 처연하게 들리는 까닭은.

"하린이한테 잘 자라는 말은 하지 않는 게 좋겠습니다."

뭔가 잘못됐다고 생각했다. 머릿속 회로가 고장이 난 듯 멈춰버리고 심장이 쿵쾅거렸다. 천사처럼 예쁘던 아이의 얼굴이 강현의 얼굴과 오버랩됐다.

고개를 돌리며 재영은 현관문 쪽으로 걸어갔다. 그와 같은 공간에 있으면 안 될 거 같다는 생각이 번뜩 들었다.

그녀가 나가고 난 뒤 바람과 함께 현관문이 쾅 닫혔다.

"엉망이네, 아주."

이마를 매만지며 홀로 남은 그는 냉장고에서 캔 맥주를 꺼내 거침없이 마셨다. 식도를 타고 넘어가는 맥주가 며칠째 계속 시원하지 않은 건 왜일까.

❈   ❈   ❈

밝은 햇살에 눈이 부셨다. 자리를 털고 일어난 강현은 테라스의 나선형 계단을 내려와 아래층으로 들어섰다.

거실 테이블 앞에 앉아 있는 하린은 스케치북에 그림을 그리고 있었다. 아이의 얼굴이 유난히 해맑아 보였다. 활짝 웃는 모습을 본 게 언젠지 기억도 나지 않았다.

강현은 하린의 곁으로 다가가 그림을 살펴봤지만 정체를 알 수 없는 낙서만 가득했다.

"뭘 그린 거야."

"엘사야, 엘사. 아빠는 그것도 몰라요?"

방글방글 웃던 하린이 고개를 휙 들어 정색하고는 핀잔을 줬다. 아빠를 무시하는 말투가 압권이었다.

"엘사가 뭔데?"

"어제 재영이 언니랑 봤어요. 안나도. 이거는 올라프."

하린의 입에서 익숙한 이름이 튀어나오자 무심결에 얼굴이 굳어진 강현은 아이를 번쩍 안아 들었다.

"그림 그만 그리고 아침부터 먹자."

오늘은 주말이었다. 주말엔 아이를 봐 주는 아주머니가 오지 않았다. 온전히 하린과 함께 있는 시간이라 그가 일찍 일어난 이유이기도 했다.

위층으로 올라온 강현은 어린이용 의자에 아이를 앉히고 냉장고에서 달걀을 꺼냈다.

"노란 거 빼고."

프라이팬에 달걀을 깨트린 순간 뒤통수에서 하린의 음성이 들려왔다.

아이는 노른자를 먹지 않았다. 그럼에도 강현은 완숙의 달걀 프라이를 접시에 담았다. 즉석 밥도 꺼내 전자레인지에 돌리고 아주머니가 해 놓은 각종 밑반찬들을 식탁 위에 차례로 펼쳐 놓았다.

"물물."

하린은 숟가락을 들기도 전에 물부터 찾았다. 선반 안쪽에 두었던 유아용 컵에 물을 담아 밥과 함께 아이에게 건넸다.

"이하린."

"네에."

"밥 먹으면서 아빠 말 잘 들어."

아이는 숟가락을 들어 밥을 푹 펐다. 하얀 쌀밥을 입에 넣으면서 눈을 깜빡였다.

"앞집 여자."

"재여 어이."

"입에 밥 넣고 말하지 말라고 했지."

"으응."

하린은 밥을 꼭꼭 씹어 삼키고 초롱초롱한 두 눈으로 강현을 바라보았다.

"재영 언니, 좋아."

아이는 배시시 웃음을 보였다. 뭐가 좋아서 자꾸 웃는 걸까. 강현은 속으로 혀를 찼다.

"앞집 언니랑 놀지 마."

"왜애?"

"앞집 언니 바빠. 하린이랑 노느라 일 못 하면 큰일 나. 높은 사람들이 혼내서 잘리면 돈도 못 벌고 굶어 죽잖아."

"죽어? 나랑 놀면?"

"아니, 그게 아니라. 하린이랑 놀아 주다 보면 일을 못 하게 되니까 그렇게 되면…… 후우, 내가 널 데리고 무슨 말을 하냐."

"으응?"

"아니다. 밥이나 먹어."

하린을 앉혀 두고 유치한 소리나 하고 있다니. 어쩌다 이 꼴이 됐을까 싶을 때 초인종 소리가 들려왔다. 달걀흰자만 골라 먹던 아이도 고개를 돌려 현관문을 바라보았다.

의아한 표정으로 인터폰을 확인한 강현의 안색이 썩 좋지 못했다.

―문 열어요!

스피커를 통해 우악스러운 아래층 여자의 목소리가 쩌렁쩌렁 울렸다.

어제 심하게 대한 거 같아 미안하면서도, 하린에 대한 걸 타인에게 말한 건 처음이라 왠지 모를 민망함도 함께 찾아왔다. 왜 술술 떠벌렸는지 모르겠지만, 그는 이미 현관문을 향해 걸어가고 있었다.

―빨리 열어요! 문 부숴 버리기 전에!

어제 일 이후로 일적인 것 외에 얽힐 일이 없을 거라 생각했는데 아침부터 다시 마주하게 될 줄이야. 현관문을 열자 그 앞에 있던 재영의 머리엔 수건이 둘둘 말려 있었다.

순간 강현은 마른침을 삼켜야 했다. 수건 사이로 삐져나온 머리카락에서 뚝뚝 떨어지는 물기가 그녀의 목덜미를 타고 쇄골로 흘러내렸다. 하얗던 피부는 더욱 투명해 보였고 붉은색의 입술이 시선을 잡아챘다. 티셔츠 안에 검은 속옷이 비쳤고, 바디 워시 향기가 그의 코끝을 스치고 지나갔다.

이 여자는 날 남자로 보지 않는 건가. 고요하게 잠들어 있던 본능이 꿈틀거리며 스멀스멀 몰려왔다.

"이강현 씨! 사람 그렇게 안 봤는데 너무한 거 아니에요?"

"또 뭐가 말입니까?"

"말도 안 되는 계약서도 백번 양보해서 오케이해 줬는데, 이제 여배우 캐스팅까지 마음대로 하려고요? 이강현 씨 계약서엔 캐스팅 디렉터 역할까지 하겠다는 조항은 없었거든요!"

이 여자가 왜 아침부터 물에 젖은 모습으로 자신을 찾아 왔는지 알 만했다. 그의 입에서 피식 웃음이 새어 나왔다.

"강지아는 못생겼다고 싫다더니 이번엔 뭐예요! 한별은 왜 싫은데!"

어제 계약서 도장을 찍은 뒤 제작사 대표가 한별이 여주인공으로 어떠냐며 넌지시 묻더니 최 감독이 한별을 고려하고 있다며 귀띔해 줬다.

강현은 강지아 때와 마찬가지로 단호하게 반대했다. 그 일을 제작사를 통해 들은 모양이다.

강현은 팔짱을 낀 채 재영을 지그시 바라보며 입을 뗐다.

"왜 싫은데, 는 반말이고."

"뭐요?"

"한별. 연기를 발로 합니다."

저가 생각해도 어처구니없는 이유였지만 그는 그렇게 말할 수밖에 없었다. 재영이 언급하는 배우들이 하나같이 자신과 과거지사가 있는 사람들이었다. 강지아와 한별. 특히 못생긴 강지아.

"지금 나랑 농담 따 먹자는 거예요? 한별이 연기를 발로하면 연기 잘하는 배우가 어디 있어요!"

"다른 배우 많잖아요. 박 작가님 작품 노리는 여배우들 많을 텐데."

"스케줄이 안 되잖아요, 스케줄이! 이강현 씨, 나랑 무슨 원수 졌어요? 사사건건 왜 이래요, 진짜. 가뜩이나 대본 안 써져서 미쳐 버리겠는데!"

찬바람이 불어왔다. 활짝 열린 현관문을 사이에 두고 마주 선 두 사람 사이에는 불꽃이 파르르 튀었다. 그동안 작품을 함께하는 배우와 이렇게까지 트러블이 난 적이 없어 당황스럽기까지 했다.

재영은 속에서 끓어오르는 열불을 가라앉히기 위해 손부채질까지 해 가며 심호흡을 했다.

"재영 언니?"

하린의 목소리가 들리자 그녀의 손이 허공에서 멈칫했다. 순식간에 화가 가라앉는 듯했다.

밥을 먹던 아이가 재영의 목소리에 슬며시 현관 쪽으로 걸어 나왔다.

"가서 밥 먹어."

둘이 만나 봤자 하린에게 안 좋은 영향만 끼친다는 걸 알기에 강현은 아이와 재영의 사이에 서서 시선을 가렸다.

하지만 하린은 환한 미소를 지으며 재영에게 다가갔다. 강현이 아이를 붙잡으려 손을 뻗었지만 하린은 빠르게 나가 재영의 바지 자락을 붙잡았다.

"언니, 아빠가 언니랑 놀지 말래요!"

아뿔싸. 이래서 아이 앞에선 말도 함부로 하면 안 되는 거였다.

해맑은 얼굴로 조잘거리던 하린은 그녀의 손을 잡아끌었다. 강현의 얼굴은 사색이 되어 갔고, 그를 째려보는 재영의 눈초리는 뜨거웠다.

이젠 하다하다 놀지 말라는 소리까지 하다니. 이강현의 뇌 구조가 궁금한 대목이 아닐 수 없었다.

"밥 먹어요, 밥!"

아이는 주방 쪽으로 재영을 이끌며 말했다. 그 모습을 뒤에서 지켜보는 강현의 표정은 자못 심각했다. 재영의 손을 꼭 잡은 아이. 하린을 보며 웃는 재영. 그 모습이 한눈에 담기자 명치끝이 뻐근해졌다.

아주 불쾌했다. 상당히. 매우. 박재영이라는 낯선 존재가 조용히 살던 부녀 사이에 들어와 거센 파동을 만들어 내고 있었다. 특히 아이에게 큰 동요를 불러일으켰다.

낯선 사람과 말을 해선 안 되고, 눈도 마주치지 말고, 절대 따라가서도 안 된다고 질리도록 가르쳤었다. 낯선 사람과 친하게 지내면 아빠랑 같이 살 수 없다는 극단적인 말까지 했다. 그 탓이었는지 아이는 말을 잘 들었다. 그런데 왜 박재영은 그 범주에 포함되지 않는 건지 이해할 수 없었다.

어느새 강현은 다이닝 룸으로 들어섰다. 아이와 함께 식탁 앞에 앉아 해사하게 웃는 재영의 모습이 보였다. 그녀의 미소가 눈에 닿자 미동조차 없던 심장이 꿈틀거리기 시작했다.

이건 아니다, 정말.

5화 · 전방 주시

"그러고 밥 먹을 겁니까."

다이닝 룸으로 들어선 강현은 하린과 나란히 앉아 있는 재영에게 한마디 하며 맞은편에 앉았다. 재영은 퉁명스러운 그의 목소리에 눈살을 찌푸리며 곁눈질했다.

"그 꼴로 아침부터 들이닥친 걸 보니 속이 꽤나 뒤집어졌던 모양입니다."

재영은 또 뭐 때문에 시비를 거나 싶어 짜증이 나려던 참이었다. 수건 사이를 비집고 나온 물이 자신의 어깨를 적시자 그녀는 화들짝 놀라 자리에서 벌떡 일어났다.

"이, 이게!"

"욕실은 왼쪽입니다."

숟가락을 들며 강현이 고갯짓했다. 양손으로 수건을 부여잡은 채 재영은 화장실로 걸음을 재촉했다.

"드라이기는 선반에 있고요."

말이 끝나자마자 욕실 문이 쾅 닫히더니 드라이기의 소음이 안쪽에서 들려왔다. 당황해하던 재영의 표정이 눈앞에 선명해 숟가락으로 밥을 뜨면서도 그는 히죽히죽 웃었다. 그 모습을 멀뚱히 바라보던 하린이 조막만 한 입으로 조잘거렸다.

"아빠 웃었다. 웃으니까 예뻐요."

강현은 흠칫 놀라며 물로 입술을 축였다.

하린의 만면엔 웃음이 선명했다. 숟가락으로 밥을 떠 작은 입 안에 가득 넣었다.

"편식하면 안 돼."

강현이 하린을 바라보며 말했다. 평소 같았으면 울상을 지었을 텐데 오늘따라 아이는 웃음을 지으며 고개를 끄덕였다. 그리곤 잘게 잘라 놓은 시금치를 밥이 가득 든 입안에 밀어 넣었다. 볼이 미어터지려고 해도 꿋꿋하게 오물거렸다.

"편식 안 된다고 했지, 누가 무식하게 먹으래."

그는 퉁명스레 말하면서도 냅킨으로 하린의 입가를 닦으며 유아용 물컵을 손에 쥐여 주었다.

"꼭꼭 씹어 먹어."

아빠 말에 하린이 고개를 세차게 끄덕였다.

그가 숟가락을 다시 들 때쯤 욕실 문이 열리는 소리가 들렸다. 다이닝 룸에 재영의 모습이 슬그머니 나타났다.

강현은 자리에서 일어나 선반 쪽으로 걸어갔다. 즉석 밥을 꺼내 전자레인지에 돌리며 머리카락을 말리고 나온 재영에게 말했다.

"앉아요. 밥 먹게."

그를 바라보는 재영의 눈초리에 의심이 가득했지만 하린이 먼저 손을 뻗어 왔다.

"여기 언니 자리!"

아이가 자신의 옆자리에 앉으라고 재촉하자 재영은 어정쩡한 자세로 의자에 앉았다. 커다란 손이 자신의 앞을 지나쳐 갔을 때 그녀의 앞엔 수저와 즉석 밥이 용기째 가지런히 놓여 있었다. 아이가 먹기 좋도록 잘게 다듬은 반찬도 여럿 있었다. 나름 완벽해 보이는 밥상이 허전해 보이는 건 무엇 때문일까.

"밥 처음 봅니까."

"네?"

"뭘 그렇게 뚫어져라 쳐다봅니까. 먹어요. 식기 전에."

"아, 네."

재영은 젓가락을 들면서 강현의 눈치를 살폈다. 어제는 알짱거리지 말라고 눈물 쏙 빠지게 아픈 소리만 해 대더니 병 주고 약 주는 건가. 당근과 채찍 같은 걸까. 밥이 코로 들어가는지 입으로 들어가는지 분간하기 어려웠다.

"강지아랑 한별 빼고 아무나 괜찮습니다."

젓가락으로 감자볶음을 집으며 그가 말했다. 밥알을 깨작거리던 재영은 신경질적으로 손을 내려놓았다.

"자꾸 캐스팅에 왈가왈부하지 말죠. 그건 엄연히 작가랑 감독 권한이에요. 이강현 씨라고 해서 이래라저래라 할 권리 없어요."

엉겁결에 강현의 집으로 들어오면서부터 뭐 때문에 초인종을 눌렀는지 새까맣게 잊어버렸던 재영은 아차 하며 깜박했던 말들을 쏟아 냈다.

재영이 샤워하고 나오자마자 울리는 전화를 받았을 때 다짜고짜 들려오던 제작사 대표의 어처구니없던 말. 이강현이 한별을 극도로 꺼려서 다른 배우를 캐스팅해 달라며 요구했다는 것이다. 기가 막혀 이것저것 따질 겨를도 없이 위층으로 달려왔다. 여주인공 캐스팅은 작가와 감독이 알아서 할 테니 잠자코 촬영에 임하길 바란다는 의중을 똑똑히 밝히려 했다. 아침 댓바람부터 위층으로 올라온 목적은 그 때문이었다.

"내 의사는 충분히 밝혔으니 나머지는 작가와 감독 권한대로 예쁘고 연기 잘하는 배우로 부탁드립니다."

이강현이 원래 이런 또라이 같은 캐릭터였나. 막무가내로 우기고 자신의 의견을 관철하고 마는 예의 없던 배우였나. 이강현이라는 배우에 대해서 깊게 생각해 볼 문제였다.

그는 평판이 좋은 배우였다. 그녀가 알기로는. 모델로 데뷔해 단역에서부터 차근차근 성장해 온 이강현은 촬영장에 지각 한 번 하지 않고 스태프들에게도 깍듯하며 예의가 바르기로 소문이 자자했다.

그런데 지금 그의 모습은 전혀 그렇지 않았다. 깍듯하기는 무슨, 작가와 감독의 권한을 넘보는 몹쓸 배우인데.

"더 이상 태클은 사양이에요. 이러다가 대본 쓸 때도 참견하겠어요."

"키스신, 안 됩니다."

냉수나 마시고 속 차리자. 물을 들이켜던 재영은 또 한 차례 들려오는 그의 답답한 말에 컵을 내려놓으며 눈에 쌍심지를 켰다.

"이건 태클 거는 거 아니지 않습니까. 계약서에 엄연히 기재되어 있는……."

"키스신 대신 뽀뽀신 왕창 넣어 드릴게요. 이렇게 된 거 베드신도 화끈하게 가죠. 키스신만 안 넣으면 되니까. 그죠?"

"박재영 작가님."

재영이 농담인 듯 진담으로 대꾸하자 강현은 어금니를 꽉 깨물며 젓가락질하기 바쁜 하린의 눈치를 살폈다.

"키스신만 안 된다고 했지, 베드신에 관한 조항은 없는 걸로 아는데요."

"19세 딱지 붙여서 방송 내보낼 겁니까."

"뭐 어때요. 편집에서 잘 걸러 내면 되는데. 촬영장선 화끈하게 가자고요."

강현은 무어라 반박하고 싶었지만 밥 잘 먹고 있는 아이 앞에서 언성을 높일 수 없는 노릇이었다.

"아빠랑 언니랑 엄청, 엄청 친해?"

밥을 먹던 하린은 미니마우스의 얼굴이 달린 숟가락을 든 채로 강현과 재영을 번갈아 보며 말했다.

"아, 아니야. 하나도 안 친해."

다소 엉뚱한 질문에 당혹스러워진 재영이 손사래를 치며 답했다. 하지만 아이가 원한 답은 아닌 듯했다. 하린은 고개를 갸웃거리며 아빠를 쳐다보았다.

"아름이가 그랬는데. 친하면 싸우는 거라고. 근데 만날 싸우면 안 친해지니까 친구랑은 싸우지 말고 사이좋게 지내야 한다고 선생님이 그랬어요."

"뭐?"

"아름이는 친구들이랑 만날 싸워요. 그래서 애들이 소꿉놀이할 때 엄마 안 시켜 줘요."

"착한 친구랑 놀라고 했지."

"물감도 빌려주고, 아름이 착해요."

"만날 친구들이랑 싸운다며. 물감 빌려줬다고 착한 건 아니지."

그가 아이를 타박하자 재영의 눈초리가 사나워졌다. 애한테 무슨 소리를 하는 거야. 잘 어울리라고 다독이진 못할망정 편 가르기나 시키다니.

"이, 이봐요. 지금 그게 애한테 할 소리예요?"

"내가 뭐 잘못했습니까."

"당연하죠! 다 같이 사이좋게 지내라고 해야지, 놀지 말라는 소리가 왜 나와요?"

"그러다가 뒤통수 맞습니다."

"……뭐라고요?"

"성격 어디 안 갑니다. 변하지 않아요. 괜히 나서서 손 내밀어 주면 언제 뒤통수칠지 모릅니다. 애초에 뿌리를 뽑아 버려야죠."

꼭 믿었던 친구에게 배신이라도 당했던 사람처럼 그는 진지했다. 그 모습에 재영은 허파에 바람이라도 든 사람처럼 미친 듯이 웃어 댔다.

"으하하, 하하!"

그런 그녀를 바라보는 강현의 얼굴엔 알 수 없는 묘한 긴장감이 엿보였다.

"아, 눈물 나. 이강현 씨. 하린이 지금 여섯 살이에요. 어린애라고요. 친구한테 뒤통수 맞을 나이는 아니죠. 이강현 씨는 여섯 살에 뒤통수 맞고 그랬어요?"

눈물을 훔쳐 낸 재영은 강현의 번뜩이는 눈빛을 좀처럼 읽어 내지 못한 채 하린의 머리를 쓰다듬었다.

"하린아, 친구들이랑은 사이좋게 지내는 거야. 싸우는 친구한테는 그러지 말라고 손도 꼭 잡아 주고. 알았지?"

"나는 친구랑 안 싸워요. 놀기도 바쁜데."

"푸웁. 하린아, 그런 말은 누구한테 배웠니."

재영은 손으로 입을 가리며 웃음을 참았다. 누구한테 배웠는지 안 봐도 비디오였다.

"그만 웃고 밥이나 먹죠."

그제야 재영이 웃음을 멈추고 젓가락을 들었다. 여전히 입으로 먹는지 코로 먹는지 분간은 안 됐으나 울화는 가라앉은 듯했다.

"제가 치울게요."

식기를 집어 드는 강현의 손길을 저지하고 나선 재영이 아이의 반찬통을 하나둘 챙겨 들었다. 밥을 얻어먹었으니 밥값은 해야 인지상정이었다. 비록 한없이 껄끄러운 이강현의 식탁일지언정.

"작가님은 가서 대본이나 쓰시죠."

"네?"

"그만 내려가시란 말씀입니다."

"그래도 치워는 드려야……."

"됐습니다. 내려놓고 가세요. 제가 치울 테니."

돕겠다고 자처한 손이 민망해지는 순간이었다. 기분 좋게 도와주려던 마음 대신 미움이 들어차려 했다.

재영은 강현을 휙 지나쳤다. 밥을 다 먹고 먼저 자리를 뜬 하린은 보이지 않았다. 인사하고 싶었는데. 하는 수 없이 그녀는 홀로 강현의 집을 나왔다.

바람과 함께 현관문이 닫혔다. 식기를 치우던 강현이 멈칫하며 의자에 주저앉아 마른세수를 했다.

박재영과의 거리가 가까운 건 곤란한 일이었다. 이웃사촌이라고 치부하기 전에 그녀가 너무 깊게 들어와 있었다. 자의든 타의든 자신의 공간에 계속해서 비집고 들어온다면 뾰족한 수가 없었다.

아무리 매정하고 재수 없는 놈처럼 대해도 그녀는 아랑곳없이 불쑥불쑥 나타나는데 철벽이 다 무슨 소용이랴. 혼자서 김칫국을 마시는 꼴이었다.

강현은 한숨과 함께 자리를 털고 일어났다. 개수대에 담긴 식기들을 깨끗하게 헹궈 엎어 놓고 욕실로 들어갔다.

물기에 축축하게 젖은 하얀 수건이 파우더 룸에 덩그러니 놓여 있었다. 박재영의 흔적이 심장에 동요를 일으켰다.

고작 수건일 뿐인데 저게 뭐라고. 꼭 박재영인 것처럼, 그녀가 눈앞에 나타난 것처럼 단전 아래가 간지러웠다.

꽃   꽃   꽃

속이 더부룩한 게 아무래도 체한 모양이다. 그럼에도 그녀는 컴퓨터 앞에 앉아 키보드를 열심히 두드렸다. 이강현과 아침을 함께 먹는 건 두 번 다시 하지 말아야 할 듯했다. 그럴 일도 없 겠지만.

5회 대본 초고에서 몇 가지를 수정한 최종고를 메일로 보내 놓고 나서 엉덩이를 뗀 재영은 곧장 주방으로 들어가 상비약을 넣어 둔 서랍을 뒤적였다. 소화제 하나를 물과 함께 먹고 거실 로 나와 그대로 소파에 엎어졌다.

천장을 바라보며 한숨을 돌리던 순간 전화벨이 울렸다. 재영 은 상체를 일으켜 앉아 전화를 받아 들었다.

"수정할 거 없죠?"

수정고를 확인한 최 감독에게서 온 전화였다. 수화기 너머로 들떠 있는 목소리가 우렁차게 들려왔다.

—역시 박 작가야! 완벽해. 더 이상 손댈 거 없어. 퍼펙트!

"세트 제작은 잘 진행 중이죠?"

—내부 세트 중에 무현이가 생활하는 공간을 더 정돈된 분위 기로 고치려고. 지금 좀 화려한 거 같아서 조율 중이야. 이번 달 안으로 다 끝날 거야.

"우리 감독님, 진짜 빠르다니까. 벌써 세트를 다 지으면 이제 뭐 하시려고요."

—헌팅 가야지. 박 작가 대본 나오는 대로 촬영 일정도 짜야

하고. 제주도 미팅도 가야 되는데 박 작가도 같이 갈 거지?

"대본 때문에 못 갈 거 같아요."

—제주도 헌팅은 다음 달 초쯤에 갈 예정이야. 마음 바뀌면 연락해. 박 작가 티켓도 같이 끊어 놓을 테니까.

"네. 들어가세요."

전화를 끊고 재영은 욕실로 들어가 찬물에 연거푸 세수를 했다. 며칠 밤을 새웠는데 하루 푹 잤다고 피곤이 풀릴 리가 없었지만 밀린 잠을 자기엔 시간이 빠듯했다.

마른 수건으로 얼굴을 닦아 내고 주방으로 들어가 냉동실 문을 열었다. 한가득 사다 두었던 아이스크림이 똑 떨어져 보이질 않았다. 재영은 신경질적으로 문을 닫으며 점퍼를 챙겨 입었다.

재영은 차를 타고 5분 거리에 있는 아이스크림 가게로 왔다. 제일 좋아하는 아이스크림을 고르자 점원이 큼지막한 통에 꾹꾹 눌러 담아 주었다.

포장된 아이스크림을 가지고 차에 올라 액셀을 밟은 순간 전화벨이 울렸다. 핸들에 부착된 통화 버튼을 누르자 스피커에서 지훈의 다급한 목소리가 들렸다.

—박 작가, 큰일 났어!

재영의 입에서 대답 대신 한숨이 먼저 흘러나왔다. 지훈이 어떤 말을 꺼낼지 예상할 수 없어 조마조마한 마음으로 되물었다.

"또 뭔데요. 제발 한꺼번에 말해요. 띄엄띄엄 사람 간 보는 것도 아니고!"

—탑 엔터에서 연락 왔어. 대본 봤다고.

"탑이요?"

―강지아 소속사. 전에 강지아한테 대본 줬었잖아.

오 마이 갓. 지저스.

빨간불에 급브레이크를 밟으며 재영은 창문을 내렸다. 차 안의 공기가 뜨거워졌는지 얼굴에 열이 몰려왔다.

"강지아 안 하기로 합의 본 거 아니에요? 강지아랑 미팅했다가 이강현 쪽에서 어떻게 나올지 알고요!"

―나도 알지. 근데 거절할 명분이 없잖아. 캐스팅 확정된 것도 아니고. 일단 작가랑 감독한테 연락해 보겠다고 전화를 끊긴했는데…… 어쩌냐, 박 작가.

어쩌긴 뭘 어째!

신호가 바뀌자 액셀을 밟아 핸들을 트는 그녀의 손끝이 거칠어졌다.

―일단 만나 봐. 만나서 의견이 안 맞는 쪽으로 몰고 가자고.

"확정된 배우 아니면 안 만나는 거 알면서 자꾸 이런 식으로 할래요?"

―이강현은 도장 찍기 전에 만났잖아.

"이강현이랑 강지아랑 같아요? 급이 다르잖아, 급이!"

―그거 시대착오적인 발언이다. 큰일 나, 강지아 팬들한테.

"나는 안 나가요. 대표님이 알아서 하세요."

―박 작가!

"나도 내 배우가 싫다는 사람이랑 같이할 생각 없어요. 강지아 예쁘고 연기 잘하는데, 이강현을 받쳐 줄 만큼은 아니죠."

―얼씨구. 언제부터 이강현이 박 작가 배우였어?

"계약서에 도장 찍었으면 밉고 싫어도 어쩌겠어요. 내가 품어야지. 내 작품 예쁘고 멋지게 만들어 줄 사람인데."

비록 성깔은 이상해도 함께하기로 마음먹은 이상 받아들여야
했다.

재영은 주차장에 차를 세운 뒤 휴대폰과 아이스크림을 손에
꼭 쥔 채 차에서 내려 엘리베이터로 향했다.

"수습은 사고 친 대표님이 하세요. 감독님도 바쁘니까 강지아
미팅 건으로 연락하지 마시고요! 끊습니다!"

버럭 화를 내며 전화를 끊은 재영은 엘리베이터에서 튀어나
온 낯선 남자의 품에 어깨를 부딪쳐 손에 쥐고 있던 휴대폰을
놓치고 말았다. 어깨를 부여잡으며 신음을 토해 낸 순간 둔탁한
소리가 그녀의 귓가에 들려왔다.

"악!"

그녀의 입에서 괴성이 내질러졌다. 휴대폰의 액정이 바닥과
맞닿은 상태로 떨어져 나뒹굴고 있었다. 약정이 이제 막 끝나서
얼마나 기뻐했는데. 황급히 휴대폰을 집어 든 재영은 또다시 괴
성을 내지를 수밖에 없었다.

"으아악!"

액정에 처참한 빗금이 쫙 그어졌다. 산산조각이 나지 않은 걸
다행으로 여겨야 할까.

"계속 길 막고 있을 겁니까."

휴대폰을 바라보며 부들부들 떨고 있는 그녀의 귀에 익숙한
음성이 들려왔다. 악연이란 것이 이런 걸까.

재영은 귀에 익은 목소리의 주인공에게 휴대폰을 들이밀었
다.

"이거 어쩔 거예요! 사람이 있는지 없는지 보고 내려야죠. 막 내리면 어떻게 해요!"

"앞을 안 본 건 작가님도 마찬가지 아닌가요."

"뭐요? 그래서 이강현 씨는 잘못이 하나도 없다는 거예요?"

"굳이 잘잘못을 따지자면 작가님 쪽이 더 많은 거 같습니다."

속이 부글부글 끓어 말도 나오지 않았다. 불과 1분 전 지훈 때문에 울화통이 터졌다면 이젠 강현 때문에 그녀의 속이 들끓었다.

내 배우라고 했던 말 취소다!

"사람이 어떻게 된 게 사과를 할 줄 몰라요? 미안하다 한마디면 되잖아요!"

"미안하다고 하면 봐줄 겁니까."

"하, 지금 나랑 장난해요?"

"장난 아니고 진담입니다."

"어쩔 거예요! 켜지지도 않잖아요!"

전원 버튼을 눌러도 액정이 환해지지 않았다. 빗금이 가 버린 액정은 슬프게도 회복하지 못할 듯했다.

"영수증 첨부하십쇼."

"네?"

"휴대폰 수리비 영수증 말입니다."

"나 참, 어이가 없어서. 사과만 하면 될 일 가지고 쪼잔하게 말이야!"

"나 때문이라면서요. 내가 잘못해서 고장 났으니까 물어 주겠는 겁니다. 지금은 좀 바쁘니까 고친 다음에 영수증 주세요."

뭐라 말할 새도 없이 휑하니 가 버린 강현의 뒤통수만 바라보며 재영은 입을 쩍 벌렸다. 웬만큼 마음이 넓은 사람이 아니고선 이강현을 상대할 수 없다는 큰 깨달음을 얻은 표정으로 사망한 휴대폰을 손에 꼭 쥐었다.

지훈과 강현 때문에 급격하게 몰려온 피곤이 그녀를 A/S센터가 아닌 집으로 이끌었다. 언제 전화가 올지 몰랐지만 지금은 휴대폰 수리보단 열불이 나는 속을 달래는 것이 먼저였다.

집에 들어오자마자 재영은 아이스크림을 꺼내 숟가락으로 푹푹 퍼먹기 바빴다. 달콤한 아이스크림이 식도를 넘어가서야 겨우 화가 가라앉는 듯했다. 그래도 여전히 이강현은 괘씸했다.

아이스크림이 달달한 것과 괘씸한 이강현은 별개였다.

내 배우는 개뿔. 확 강지아랑 미팅해 버릴까 보다!

6화 · 뇌물

신사동에 자리 잡은 스튜디오는 오늘따라 스태프들의 움직임으로 유난히 분주했다. 조명과 카메라 장비를 옮기고 설치하느라 바쁜 포토 팀 스태프들과 의상과 메이크업을 전담하는 스태프들은 물론, 담당 에디터와 편집장까지 나와 있어 그야말로 인산인해였다.

"조명 더 올려!"

카메라 테스트를 하는 포토그래퍼의 언성이 한껏 격양되어 있었다. 메인 표지와 20페이지가 넘는 화보를 한 인물로 장식하는 것은 럭스가 창간하고 처음 있는 일이었다. 그만큼 나라님보다 모시기 힘든 배우를 섭외한 까닭이었다.

"이강현 씨 도착했습니다!"

포토 팀 막내의 외침에 분주하던 스태프들의 움직임이 일제히 멈췄다. 스튜디오 입구에서 선글라스를 쓴 강현이 후광을 비추며 들어오고 있었다.

2년 만에 모습을 드러낸 이강현의 포스는 가히 압도적이었
다. 누구 하나 먼저 선뜻 다가가지 못하고 그의 모습을 바라보
기만 할 뿐이었다.

"편집장님, 오랜만입니다."

무겁던 침묵을 먼저 깨고 나온 건 강현이었다. 그는 촬영장
한편에 서 있던 편집장에게 다가가 선글라스를 벗고 악수를 건
넸다.

강현은 럭스에서 모델 데뷔를 했다. 그때 그를 발탁한 이가
당시에 패션 에디터였던 현재 편집장이었다. 편집장은 반갑게
손을 잡으며 환한 미소를 지어 보였다.

"이게 얼마 만이야. 그동안 잘 지냈죠?"

"죽지 않고 살아 있었습니다."

"농담 맞지?"

자신을 둘러싼 수많은 루머들 중 죽었다는 우스갯소리를 농
담으로 승화하며 대답했다.

강현은 밖에서 들려오는 웅성거림에 아랑곳없이 대기실로 들
어갔다. 의자에 앉은 그의 주위로 메이크업 팀이 붙었다.

메이크업과 헤어 손질을 마치고 탈의실로 들어간 강현은 스
타일리스트가 건넨 첫 번째 의상으로 갈아입고 나왔다. 그에게
딱 맞춘 옷인 듯 핏이 맞아 떨어졌다. 2년 만의 화보 촬영임에도
긴장한 기색 하나 없이 촬영장으로 들어섰다.

"잘 부탁드립니다."

조명 아래에 선 강현이 스태프들에게 허리를 숙였다. 모델이

훌륭하다고 해서 결과도 좋을 수는 없었다. 그들과 맞추는 호흡 역시 중요했다. 최고의 결과물을 얻기 위해 스태프들을 잘 구워 삶아야 한다는 걸 모르지 않았다.

"오랜만에 복귀인데 저희가 더 잘 부탁드려요!"

이번 화보를 진행한 담당 에디터의 외침에 강현은 미소로 답했다. 돈 주고도 살 수 없는 그의 미소에 여자 스태프들이 전부 넋을 잃고 말았다.

"촬영 들어가겠습니다!"

포토 팀 막내의 말이 떨어지기 무섭게 촬영이 시작됐다. 이번 화보는 이강현의 단독 촬영이라는 에디터의 말에 협찬이 물밀 듯 몰려와 어렵게 서른 벌로 추려 냈다.

2년 만에 복귀의 신호탄을 쏘아 올린 그는 이번 화보 촬영을 끝으로 언론 매체와는 당분간 접촉하지 않겠다고 선언한 바, 드라마 촬영 전까지 그를 볼 방법이 없을 거라고 모두가 예상했다. 그렇기에 이번 화보가 실리면 럭스 창간일 이후 최고의 판매고를 올릴 수 있을 터였다. 기대감에 부푼 스태프들의 얼굴이 모처럼 반짝반짝 빛나고 있었다.

셔터를 누를 때마다 시시각각 변하는 강현의 눈빛과 포즈는 완벽했다. 작가가 따로 요구하지 않아도 그는 어떻게 해야 카메라 속에서 돋보일 수 있는지 누구보다도 잘 알았다. 말끔하게 빼입은 슈트는 조명이 터짐과 동시에 빛이 났다.

"A컷 벌써 다 나온 거 같은데요?"

셔터를 누르던 작가가 흡족한 표정을 지으며 카메라를 내려 놓았다.

강현이 모니터를 하기 위해 작가의 곁으로 다가왔다. 카메라와 연결된 모니터 위엔 촬영 컷이 띄워져 있었다. 그 자리에서 바로 담당 에디터와 촬영 컷을 셀렉(Select)하기 시작했다.

"2년 동안 쉰 거 맞아? 손댈 게 하나도 없어. 버릴 게 없네."

순식간에 찍은 200컷 가운데 B컷이 하나도 없자 포토그래퍼의 입에서 연신 감탄이 쏟아졌다. 매의 눈으로 사진을 골라냈지만 B컷은 몇 장 되지 않았다.

평소라면 태블릿으로 기본 리터칭을 진행했겠지만 포토그래퍼는 크게 손을 대지 않았다. 잡지에 실릴 화보의 톤과 색감만 조금씩 만질 뿐, 다른 보정은 전혀 할 필요가 없는 결과물이었다. 그는 곧장 다음 착장을 진행할 것을 요구했다.

"의상 체인지하죠. 오늘 빨리 끝나겠는데요."

촬영이 진행될수록 스튜디오의 열기는 뜨거워져 갔다. 잠깐의 휴식 타임도 없이 서른 벌의 착장을 소화하면서도 강현은 힘든 기색 하나 없었다.

촬영이 끝난 후엔 담당 에디터와의 인터뷰가 잡혀 있었다. 마지막 의상의 사진까지 셀렉한 뒤 스태프들에게 인사를 한 강현이 대기실로 들어왔다. 담당 에디터가 기다렸다는 듯 물을 건네며 수고했다는 인사를 해 왔다.

"오랜만에 화보 촬영이라 힘드셨을 텐데 수고하셨습니다."

"아닙니다. 오랜만이라 좋았습니다."

물병을 테이블에 내려놓으며 강현이 미소 지었다.

"인터뷰 진행할게요."

곧 녹음기와 노트북이 그의 앞에 가지런히 놓였다. 담당 에디터는 사전에 철저히 준비해 놓은 질문을 쏟아 냈다.

"2년 동안 기다리셨을 팬들에게 한 말씀 부탁드립니다."

"본의 아니게 공백기가 길었습니다. 배우로서 팬분들을 만나 뵀어야 했는데 그러지 못해서 죄송스럽게 생각합니다. 앞으론 좋은 작품으로 자주 만날 수 있도록 하겠습니다."

"제일 궁금한 점인데요. 2년 동안 공식 석상에도 모습을 드러내지 않고 작품 활동도 일절 하지 않은 이유가 있나요?"

"스무 살에 모델로 데뷔하고 쉼 없이 달렸습니다. 제대한 후엔 드라마 촬영이 끝나기 무섭게 영화 촬영을 했고, 동시에 두 작품을 진행한 적도 있었습니다. 그러다 보니 심신이 지쳤던 모양입니다. 휴식기가 필요하다고 판단해서 쉰다는 게 2년이나 걸렸네요."

예상했던 질문이라 강현은 막힘없이 대답했다. 옅은 미소가 감도는 입매는 보기 좋게 휘어 있었고 표정은 한없이 부드러웠다. 예의 바르고 성격 좋은 이강현의 평판에 한 치의 어긋남도 없는 모습이었다.

"2년 만의 복귀를 럭스로 선택하게 된 이유는 무엇인가요?"

"럭스는 제게 큰 의미가 있습니다. 스무 살에 처음 저를 모델로 데뷔시켜 준 분이 지금 럭스의 편집장으로 계시죠. 당시엔 패션 에디터였는데, 초짜인 저를 당대 최고의 스타였던 김혁준 선배님의 파트너로 선택해 주셨어요. 감사한 마음에 이번 화보 작업을 흔쾌히 동의했습니다."

"쉬는 동안 뭘 하면서 지내셨나요? 도통 밖에 나오지 않는다는 풍문이 방송가를 휩쓸었어요. 흉흉한 루머들도 많았고요."

"그 루머들은 집에 있는 저한테까지 들려오던데요."

에디터의 질문에 강현은 농담과 웃음으로 답했다. 항상 꼬리표처럼 따라다니는 루머 때문에 자살하는 연예인들도 심심치 않게 있었다. 그 탓에 이강현도 죽은 게 아니냐는 소문이 흘러나오기도 했다.

강현은 물을 한 모금 마시며 인터뷰를 이어 나갔다.

"촬영 때문에 하루 두세 시간도 못 잘 때가 많았습니다. 그동안 못 잔 잠들 몰아 자느라 거의 집에서 시간을 보냈습니다. 영화도 보고 드라마도 많이 챙겨 봤고요."

"쉬시는 동안 제일 재미있게 본 영화나 드라마는 뭘까요?"

"…… '안녕 내 사랑'과 '그대가 가르쳐 준 이별'을 재밌게 봤습니다."

에디터의 물음에 순간 머릿속을 스친 드라마를 말하며 그는 샐쭉 웃었다.

"이번에 박재영 작가님 작품으로 복귀하신다는 소식 들었습니다. 곧 촬영도 들어간다고 들었는데, 공교롭게도 재밌게 보신 작품이 전부 박재영 작가님 작품이네요. 우연인가요?"

"배우라면 박재영 작가님과 함께 작업하는 걸 영광으로 생각할 겁니다. 대본이 정말 탄탄합니다. 좋은 대본 덕분에 드라마도 잘 나왔고, 재미가 없을 수 없죠."

"그래서 박재영 작가님 작품으로 복귀를 선택하신 건가요?"

"작가님이 대본 초고를 쓸 때부터 저를 염두에 뒀다는 얘기를 들었습니다. 그런 분의 러브콜을 거절할 수 없죠. 다른 사람도 아니고 박재영 작가님인데요. 작가님 작품에 출연할 수 있어서 영광입니다."

그는 아부성 멘트를 말하며 넉살 좋게 웃어 보였다. 배우로서 그녀와 함께 일하는 것이 영광이긴 했다. 다른 배우들도 너 나 할 것 없이 박재영 작가의 대본을 받고 싶어 하는 건 물론이고, 영화만 주야장천 찍는 선배들도 그녀의 러브콜엔 단숨에 오케이 할 만큼 뛰어난 능력을 가졌다.

소속사 대표의 회유에 못 이기는 척 넘어가 준 건 그 때문이었다. 상황이 상황인지라 어처구니없는 계약 조건들을 내밀긴 했지만.

인터뷰가 어떻게 편집돼서 나갈지 짐작이 가지 않았다. 그럼에도 그는 거침없이 말을 쏟아 냈다. 마치 2년 동안 말을 하지 못해 답답했었던 사람마냥.

"이강현 씨 하면 항상 따라오는 키워드가 있습니다. 바로 패션인데요, 모델로 데뷔해서 그런지 패션 감각이 뛰어나세요."

"쉬는 동안 감이 사라져서 요즘은 편안하게 입고 다닙니다."

인터뷰는 20분가량 더 진행됐다. 끝없이 질문을 잇는 에디터를 중재시킨 건 세훈이었다. 다음 스케줄이 있으니 이쯤에서 그만하자며 눈치를 준 덕분에 강현은 옷을 갈아입고 곧장 스튜디오를 나올 수 있었다. 차에 올라타는 그의 뒷모습이 다급해 보였다.

"빨리 가. 늦었어."

"하린이가 형 엄청 기다리겠어요."

"인터뷰 짧게 진행하라고 했잖아."

"전달은 했는데 빨리하란다고 그럴 사람들이에요? 알잖아요,

말로만 오케이하는 거."

"드라마 끝날 때까지 화보 스케줄 잡지 마. 특히 인터뷰."

"아무렴요. 집에서 기다리는 공주님 봐서라도 스케줄 안 잡아
요."

"광고 잡아 놓은 거 다 알거든."

"그건 대표님이……."

"됐고. 빨리 출발이나 해."

드라마 촬영 전 처음이자 마지막이 될 거라는 화보 촬영을 수
락한 건 지난 2년 동안 묵묵히 기다려 준 소속사 스태프들을 생
각해서 내린 결단이었다. 럭스 편집장에게 감사하다고 해서 무
조건 진행한 것은 아니었다.

대신 당분간 스케줄은 진행하지 않겠다고 못을 박아 뒀는데
커피 광고를 물어 왔다. 그것도 2년 전 계약이 끝난 브랜드의 커
피 광고를. 졸지에 후배의 광고를 뺏은 선배가 되어 기분이 썩
좋지 않았다.

그가 탄 밴이 빨간불 앞에 멈춰 섰다. 뒷좌석에 앉아 있던 강
현은 매니저가 미리 가져다 둔 클렌징 티슈를 여러 장 뽑아 갑
갑한 얼굴을 닦아 냈다.

"잠시 저 앞에 세워 봐."

"네?"

"차 좀 세워 보라고."

서둘러 메이크업을 지운 강현은 코트 주머니에서 선글라스를
꺼내 쓰며 창밖 어딘가를 주시했다. 급히 갓길에 차를 세운 세
훈이 차에서 내리는 강현을 다급히 불렀다.

"형, 어디 가요!"

돌발 상황이었다. 강현이 갑작스레 건물 1층 쪽으로 걸어갔다. 세훈은 급히 문을 열고 차에서 내렸다. 그가 들어간 곳은 휴대폰 매장이었다.

세훈은 강현을 따라 매장 안으로 들어섰다. 혹시나 사람들이 알아보고 시끄러워질까 싶어 바짝 따라붙었다.

"휴대폰, 이걸로 하나 포장해 주세요."

"몇 기가로 드릴까요?"

"제일 좋은 걸로 주세요."

최근에 휴대폰을 바꾼 양반이 또 어디다 쓰려고 새것을 사는지 모를 일이었다. 거기다 핑크색이라니. 강현과 함께 휴대폰을 바꿨던 세훈은 핑크색을 고른 자신에게 사내놈이 핑크가 뭐냐며 핀잔을 던졌던 그를 잊지 않고 있었다. 카드를 꺼내는 그에게 세훈이 속삭였다.

"형, 사내놈이 핑크가 뭐냐면서요."

"사내놈이 쓸 거 아니니까 괜찮아."

"그럼 여, 여자요? 여자가 쓰려고요?"

"어."

"뭐라고요!"

망설임 없는 강현의 대답에 세훈이 소리쳤다. 순간 매장 안의 많은 시선이 날카롭게 그들을 향했다. 선글라스 너머 강현의 따가운 눈총이 느껴지자 세훈은 제 입을 틀어막으며 눈치를 살폈다.

"저…… 혹시 이강현 씨 아니에요?"

계산을 하던 매장 직원이 카드를 건네며 말했다. 하지만 강현은 대답 대신 빨리 쇼핑백을 달라 손짓하며 멍청하게 서 있는 세훈을 잡아끌었다.

"빨리 가자. 늦었어."

인터뷰가 일찍 끝났다면 벌써 집에 도착했을 시간이었다. 뒤늦게 길을 재촉하는 강현을 힐끔거리던 세훈은 서둘러 차를 출발시켰다.

여자에게 주려고 휴대폰을 샀다면 선물이라는 뜻이다. 왜 여자한테 선물을 주는 걸까. 뭐 때문에.

분명 뇌물일 것이다. 남자가 여자에게 선물을 준다는 건 나를 잘 봐 달라. 미안하니 용서해 달라 등의 이유 말곤 없었다. 천하의 이강현이 도대체 누구한테.

✽   ✽   ✽

고구려 시대와 판타지를 결합한 '불멸의 사랑'은 가상의 인물들을 넣어 그 흥미를 더했다.

개기월식에 태어나 백제의 사비성 별궁에 갇혀 지내는 옹주 단아와 고구려 태자인 무현의 사랑 이야기다. 고구려의 신탁을 받은 단아가 태자비로 고구려에 가게 되면서 벌어지는 판타지 사극 로맨스로, 훗날 주인공들이 고구려의 황제와 황후가 되어 애틋해지는 로맨스를 담은 작품이다.

그렇다 보니 삼국 시대를 아우르는 방대한 자료가 그녀의 작업실 바닥에 널브러져 있었고, 일목요연하게 구역별로 정리된 자료는 벽면에 가득했다.

보조 작가의 도움이 절실했지만 재영은 아직 고집을 꺾지 않았다. 심혈을 기울인 이번 작품이 혹여 외부로 유출될까 싶은 염려가 좀처럼 가시지 않았다. 제가 목격한 선례가 있었기 때문에 더 불안했다.

작업실 바닥에 엎드린 채 자료들을 찾아가며 취합하는 재영의 손이 바삐 움직였다. 6회 대본을 작성하기 전에 아역에서 성인으로 오버랩되는 장면을 역동적으로 표현하고자 전쟁신을 넣기로 감독과 의견을 맞춘 상태였다. 처음으로 전쟁신을 넣게 된 재영은 대본을 쓰기도 전부터 한껏 긴장해 있었다.

"확 머리를 풀어 버릴까?"

적의 칼날에 상투가 베여 머리가 풀어질 때 어린 무현에서 성인으로 디졸브(Dissolve)*시켜 볼까 싶어 재영은 입에 펜을 문 채 눈알을 굴렸다.

치렁치렁 풀어헤친 머리로 칼을 휘두르면 시야에 방해가 될 테니 무리가 있었다. 그 이유가 아니더라도 피를 온몸에 칠갑한 단발머리의 이강현은 상상이 안 될 정도로 어울리지 않는 조합이었다.

재영은 바닥에 쭉 뻗은 채 천장을 바라보며 누웠다. 이강현이 2년 만에 복귀작으로 박재영 작가의 작품을 선택했다는 기사가 뜨자마자 모든 포털 사이트에 실시간 검색어 1위를 장악했다. 그의 연기가 기대된다는 기사도 상당했고, 박재영 작가가 쓰는

---

*Dissolve: 한 화면이 사라짐과 동시에 다른 화면이 점차 나타나는 장면 전환 기법.

사극엔 어떤 로맨스가 묻어날지 기대된다는 기사도 줄줄이 나왔다. 부담감이란 것이 이런 거였나 싶을 정도로 머리가 굳어 버렸다.

딩동— 딩동—

재영의 귓가에 초인종 소리가 들려왔다. 의아한 마음에 천천히 몸을 일으킨 재영은 곧장 거실로 나와 인터폰을 확인했다. 화면 속엔 아무도 보이지 않았다. 지난번처럼 하린이가 온 건가 싶어 현관문을 벌컥 열었다.

"하린…… 뭐야. 아무도 없잖아."

들뜬 마음이 순식간에 실망으로 변해 버렸다. 아, 이제 하린이와 놀면 안 되는데. 또 이강현의 눈에 띄었다간 어떤 막말을 들을지 몰랐다.

현관문을 닫으려던 찰나 바깥쪽 문고리에서 무언가가 힐끗 보였다. 문고리에 걸린 무언가를 떼어 내려다 왠지 익숙한 느낌이 들어 재영은 고개를 빼꼼 내밀었다.

쇼핑백이었다. 그것도 브랜드 로고가 선명하게 박혀 있는 쇼핑백. 재영은 안에 들어 있는 내용물을 확인하곤 화들짝 놀라고 말았다.

"이, 이거…… 대박."

굳이 눈으로 확인하지 않아도 무엇인지 알 수 있었다. 그 이름도 찬란한 휴대폰이었다. 상자를 열자 영롱하게 빛나는 핑크색의 휴대폰이 얌전히 누워 있었다. 누가 이런 걸 현관문에 걸어 두고 가 버렸을까 하는 생각은 그리 오래 이어지지 않았다.

자신의 휴대폰이 망가진 것을 아는 유일한 사람. 휴대폰을 사망하게 만든 단 한 사람. 영수증을 첨부하라고 싸가지 없이 말할 땐 언제고 반나절 만에 새것을 사다 주는 건 무슨 심보일까. 그것도 몰래 걸어 두고 초인종을 누른 의도는 뭐란 말인가. 초딩도 아니고. 휴대폰을 들여다보는 그녀의 두 눈엔 고민의 흔적이 역력했다.

이걸 받으면 강현의 괜한 생색을 들어 줘야 하는 건 아닐까. 일 외적인 것으로 얽히고 싶은 마음은 티끌만큼도 없었다.

이건 아니라는 판단이 섰다. 재영은 슬리퍼를 챙겨 신고 휴대폰 상자를 쇼핑백에 다시 넣어 위층으로 올라갔다. 단숨에 올라온 그녀는 일말의 망설임도 없이 초인종을 눌렀다.

딩동— 딩동—

몇 초가 지났지만 인터폰에선 아무 소리도 들려오지 않았다. 집에 아무도 없는 건가 싶어 몸을 돌리려는 순간 현관문이 벌컥 열리며 트레이닝복 차림의 강현이 나타났다.

"뭡니까."

예상대로였다. 까칠한 그의 말투와 딱딱한 표정은 정말이지 정감 가지 않는 이웃이었다.

"이강현 씨야말로 이게 뭡니까."

손에 들린 쇼핑백을 강현에게 내미는 재영의 말투 역시 그에 못지않게 까칠했다. 힐끔 눈짓하던 강현은 멋쩍은 듯 목덜미를 긁적이며 입을 뗐다.

"선물이라고 치죠."

"제가 왜 이강현 씨한테 선물을 받아요? 사과가 아니라?"

"사과가 필요합니까."

"그게 기본이죠! 새 휴대폰을 사다 줄 게 아니라 사과부터 해야 하는 거라고요. 영수증 첨부하라는 개소…… 아니, 헛소리 대신에!"

쇼핑백을 흔들어 대는 격한 재영의 반응에 강현은 그녀의 손에 들린 쇼핑백을 뺏어 들었다.

"필요 없으면 갖다 버리죠."

인정머리라곤 하나도 없는 인간. 속으로 궁시렁거리며 재영은 쇼핑백을 다시 뺏어 들었다. 원래 제 것이었던 양 품에 꼭 끌어안고 그에게서 한 발짝 뒤로 물러났다.

"버리긴 왜 버려요! 아깝게."

마치 아기를 다루듯 소중히 품에 안은 그녀의 모습을 가만히 바라보던 강현의 입매가 보기 좋게 휘어졌다.

"으흠. 선물, 안 받는다면서요."

신줏단지 모시듯 쇼핑백을 고이 안고 있는 그녀의 모습에 강현은 새어 나오려는 웃음을 삼켰다. 말과 행동이 다른 그녀가 귀여워 보이는 건 왜일까. 다른 여자들이 자신의 앞에서 이런 행동을 했다면 현관문을 열기는커녕 경찰을 불렀을 텐데.

몇 번 말을 받아쳐 주면 얼굴이 새빨개져 씩씩거리는 모습마저도 귀여웠다. 무릎 나온 회색 트레이닝복 바지에 검은 반팔 티셔츠, 예쁘게 빗어 올린 앞머리와 올림머리에 뿔테 안경을 쓴 재영의 모습이 익숙하기까지 했다.

"어쨌든 나한테 사 준 거니까 고맙게 잘 쓸게요. 근데 이거 법에 걸리는 거 아니에요?"

푸읍. 참았던 웃음이 주책없이 터져 나왔다. 여기서 법을 따지고 들다니. 정말 특이한 여자다.

"왜 웃어요! 이거 5만 원 넘잖아요. 잡혀가는 거 아니에요?"

"내가 그거 주면 작가님은 나한테 뭐 해 줄 건데요."

"네?"

"뭐 해 줄 거냐고 물었습니다."

"해 주긴 뭘 해 줘요! 나는 사 달라고 한 적 없어요. 사과하라고 했지."

"그러니까."

"무슨 말이에요, 그게."

"아무것도 안 해 줄 건데 부정청탁 아니고, 대가성도 아니고, 금품수수도 아니고. 법에 걸리는 거 하나도 없지 않습니까."

그제야 재영은 고개를 끄덕이며 수긍한 표정을 지었다. 강현은 다시금 터져 나오려는 웃음을 삼켜야 했다. 참 세상 물정 모르는 여자였다. 노심초사할 때는 언제고 금세 안심한 듯 해맑게 웃기까지 했다. 처음 초인종을 누르던 까칠한 모습은 어디로 갔는지 모르겠다.

"어쨌든! 고, 고마워요."

"잘 쓰고요."

"네. 잘 쓸게요."

"쓸 때마다 내 생각하고."

"네. 내 생각 하…… 뭐요? 내가 왜 이강현 씨 생각을 해요!"

또다시 한 발짝 뒤로 물러난 재영은 여전히 쇼핑백을 끌어안은 채였다. 강현의 입매는 변함없이 휘어 있었다.

"고마운 마음을 항상 새기라는 말입니다."

"고마운 마음은 무슨…… 볼 때마다 사망한 내 휴대폰이 생각 날 거 같은데."

"고물 휴대폰보다 좋은 겁니다, 그거."

"누가 몰라요? 그리고 고물이라뇨. 2년밖에 안 됐는데! 약정 도 겨우 끝났구먼."

"다행입니다. 약정이라도 끝나서. 아니었으면 날 얼마나 들들 볶았을지 생각만 해도 머리가 지끈거립니다."

"와, 진짜 이강현 씨 얼굴에 철판 깐 거 같아요. 인정."

적반하장을 넘어서 경지의 단계에 이른 강현의 태도에 재영 은 엄지손가락을 치켜들며 학을 뗐다.

"앞으론 선물 같은 거 사양할게요. 누가 보면 청탁이라고 하 기 딱! 좋아요. 알았죠?"

"고려해 보죠."

"고려라뇨! 그럼 또 선물을 주겠다는 거예요? 왜요? 왜 주는 건데?"

"그건 내 맘이고."

"네?"

"거절하는 건 작가님 맘이고."

"진짜 강적이다."

재영은 엄지손가락을 치켜들며 그에게 내밀었다. 얼굴 앞까 지 다가온 재영의 가느다란 엄지손가락은 그녀만큼이나 예뻤다. 강현은 잠시 정신을 차리고자 고개를 살짝 흔들었다.

"후우…… 언제까지 우리 집 현관 앞에 서 있을 겁니까."

사념을 떨쳐 내야 했다. 이강현에게 여자는 가당치 않았다.

이쪽 바닥에 다리 하나라도 걸치고 있는 여자는 두 번 다시 만나지 말자고 마음으로 다짐했다. 이건 매우 부적절했다. 배우와 작가는 안 좋은 말이 나오기 딱 좋은 관계였다.

무엇보다 좋아한다고 쉽게 누군가를 만나기엔 상대방이 짊어져야 할 무게가 전보다 더 늘어났다. 이강현이라는 배우가 가진 짐도 상당한데, 하린의 아빠라는 타이틀마저 갖고 있었다. 더는 가까워져선 안 된다고 머리가 열렬히 외쳤다. 떨어지라고. 멀어지라고.

"가요. 간다고요."

내쫓는 듯한 그의 태도에 재영은 강현을 한 번 째려보곤 비상계단으로 걸음을 옮겼다.

"치사하게 이웃사촌끼리. 매정한 인간."

혼잣말을 참 크게도 한다. 강현은 허파에 구멍이라도 난 사람마냥 히죽히죽 웃었다. 재영의 뒷모습이 계단 아래로 사라졌을 때야 현관문을 닫았다.

"금욕이고 나발이고 다 때려치워야 하나. 미친놈."

강현은 혀를 내두르며 자신을 책망했다. 불쑥불쑥 떠오르는 그녀의 잔상에 웃고 마는 자신의 볼을 때리며 발악했지만, 어디로 튈지 예상할 수 없는 재영의 행동 때문에 웃음을 참을 수 없었다.

주방으로 들어가 냉장고에서 맥주 한 캔을 꺼낸 강현은 타들어 가는 목을 맥주로 적셨다. 시원한 맥주가 식도를 타고 내려갔지만 갈증은 여전했다.

❉   ❉   ❉

"아 진짜. 감독님, 이거 완전 사기예요!"

최 감독의 손에 이끌려 택시에서 내린 재영은 도살장에 끌려
가는 소와 돼지의 기분을 절절히 느꼈다.

대본 쓰느라 고생한다며 맛있는 점심을 사 준다더니, 오도 가
도 못하게 택시를 붙잡아 탄 뒤에야 해맑게 이실직고하는 최 감
독에게 하마터면 침을 뱉을 뻔했다.

"대표님이 멋대로 미팅 잡은 거잖아요! 거기에 감독님이랑 제
가 왜 장단을 맞춰 줘요!"

"박 작가, 딱! 한 번만 보자. 그때도 아니다 싶으면 박 작가
의견을 존중할게."

택시가 도착한 곳은 논현동에 위치한 호텔이었다. 호텔 로비
에 들어서서도 재영은 최 감독의 손에 붙들린 채 끌려가야 했
다.

강지아, 그 여자가 문제였다. 작가와 감독을 만나고 싶다며
소속사 대표를 통해 제작사로 연락이 왔다. 제작사 대표로서 합
의한 내용을 잘 전달했어야 했지만 결국 미팅이 잡히고 말았다.

감독도 자신과 같은 생각인 줄 알았다. 서로 합의를 봤으니
강지아의 강 자도 거론되지 않을 거라 생각했다. 분명 김 대표
에게 꼬임을 당했으리라 짐작하며 재영은 최 감독의 손을 뿌리
쳤다.

"가요, 가. 대신 강지아 캐스팅은 절대 안 돼요!"

"그냥 보기만 하자니까."

"감독님, 다음 작품도 저랑 하시려면 이런 식은 진짜 곤란해요!"

"알았어. 우리 박 작가는 내가 잘 알지. 나도 김 대표 때문에 어쩔 수 없이 나온 거야. 명색이 톱 배운데 미팅 까이면 이 바닥에 소문 금방이잖아."

재영은 기나긴 한숨을 푹 내쉬며 감독과 함께 2층에 위치한 중식당으로 들어섰다. 룸으로 안내하는 직원을 따라가자 깔끔한 정장 차림의 강지아와 매니저가 나란히 앉아서 기다리고 있었다.

"일찍 오셨네."

최 감독이 먼저 알은체하자 둘은 자리에서 일어나 묵례했다. 강지아와 매니저를 힐긋거리며 재영은 낮은 한숨을 뱉어 냈다.

"작가님, 안녕하세요. 말씀 많이 들었어요."

재영이 자리에 앉자 지아가 생긋생긋 웃으며 말을 건넸다. 예쁘게 생긴 얼굴로 친근하게 말하는데 왠지 모르게 못생겨 보였다. 지아를 보며 어색하게 웃는 그녀의 얼굴이 몹시 부자연스러웠다.

"그래요? 뭐라고 하던가요?"

"네?"

재영의 말에 지아가 놀란 듯 되물었다. 자신이 혹 잘못들은 게 아닐까 싶어 귀를 기울여 봐도 들려오는 물음은 한결같았다.

"많이 들었다면서요. 나에 대해서. 뭐라고들 했는지 궁금해서요."

웃고 있는데도 무서웠다. 정확히 말하면 쉽사리 다가갈 수 없는 재영의 아우라에 지아는 테이블 아래로 다소곳이 모은 두 손을 못살게 굴었다. 손톱으로 손가락을 짓누르며 침착하게 대답을 이어 나갔다.

"작가님이 작품에 대한 열정이 대단하시다고 들었어요. 대본이 완벽해서 연기하기 너무 좋다더라고요. 디테일하게 손짓, 발짓 하나까지 다 나와 있다고. 이번 작품도 너무 재미있었어요."

지아는 네 살이나 어린 작가에게 아부하는 자신의 행태가 내키지 않았다. 하지만 겉으론 예쁜 미소를 지으며 잘 보이기 위해 없는 말을 지어냈다.

"그런 말은 못 들었나 봐요."

"네? 무슨 말을……."

"성격이 좀 지랄 맞다고."

순식간에 시베리아 벌판에 온 듯 찬바람이 쌩하고 불었다. 급속도로 냉각된 분위기 속에 매니저와 최 감독은 두 여자의 눈치를 살폈다.

"내가 평소엔 사람이 참 괜찮은데, 작품만 들어가면 아주 지랄 맞아져요. 내 비위 맞추기 엄청 힘들 텐데 괜찮겠어요?"

"그, 그럼요. 다 작품 생각해서 하시는 말씀일 텐데."

"난 연기 못하는 거 몹시 싫어해요. 대사 씹어 먹는 거, 감정 하나도 없이 입만 웃는 거, 하는 척만 하는 거. 별로예요, 아주."

재영은 인정했다. 자신이 강지아에게 조금은 못되게 굴고 있다는 것을. 아니, 아주 사악한 사탄처럼 대한다는 것을. 그럼에도 그녀는 멈추지 않았다.

처음엔 강지아가 단아 역에 잘 어울릴 거라 생각해서 감독과 의견을 맞추기도 했었지만, 그건 어디까지나 상의였을 뿐이었다. 결정적으로 남자 주인공 역을 맡은 이강현이 반대했기에 머릿속에서 깡그리 지워 버렸었다. 두 주연 배우의 호흡이 무엇보다 중요했다. 어느 한쪽이 불편해한다면 시청자들은 공감하지 못한다.

생긋생긋 웃던 얼굴이 순식간에 똥 씹은 표정으로 변모했다. 그 찰나를 놓치지 않고 재영이 입꼬리 한쪽을 올렸다. 순진한 척, 착한 척해 봤자 다 똑같은 인간이다. 예쁘고 연기도 곧잘 하면서 평판이 왜 그렇게 나쁜지 생각해 볼 대목이었다. 그런 점에 있어 자신의 앞에선 어떨지 몰라도 많은 사람들에게 인정받는 이강현이 조금은 괜찮은 사람처럼 느껴졌다.

"마, 맞아. 우리 박 작가가 연기를 되게 깐깐하게 보긴 해요. 하하……."

얼어붙은 분위기를 어떻게든 풀어 보려는 감독의 노력에도 불구하고 두 여자 사이엔 차가운 냉기만 감돌았다.

강지아는 자신이 어리다고 얕잡아 본 게 틀림없었다. 그러니 캐스팅에 물먹은 걸 알면서도 멋대로 미팅을 잡은 걸 테지. 어디 맛 좀 봐라. 작은 고추는 열라 맵다.

"우리 지아가 MBS에서 작년에 최우수상 받았습니다. 작가님도 아시죠? 연기 걱정은 안 하셔도 됩니다. 박 작가님 대본이 워낙 좋아서 연기도 곧잘 할 겁니다."

강지아를 감싸는 매니저의 말에 재영은 비릿한 웃음을 뱉으며 시선을 돌렸다. 그녀와 눈이 마주친 매니저는 흠칫 놀라며 고개를 슬그머니 숙였다.

"대본에 나와 있는 대로 하는 걸 누가 못하나요. 대본 속에 있는 캐릭터를 제대로 표현해야 배우죠."

강지아는 데뷔 초에 연기를 못한다고 온갖 질타를 받았다. 발연기를 한다, 국어책을 읽는다, 표정이 하나밖에 없다, 눈만 동그랗게 뜬다, 얼굴만 예쁘지 연기는 아니다, 배우는 왜 하냐 등등 갖은 악플에 시달렸다.

뿐만 아니라 처음으로 주연을 맡은 미니시리즈의 시청률이 애국가 시청률만큼 나와 조기 종영하는 아픔을 맛보기도 했다. 그녀는 눈물을 머금고 입술을 꽉 깨물었다.

"못생겨서 안 됩니다."

한없이 진지하던 강현의 목소리가 귓가를 맴돌았다. 마치 세뇌를 당한 것처럼 강지아가 참 못생겨 보였다. 이강현의 말 따위에 휘둘려 판단력이 흐려진 듯해 짜증이 확 솟구쳤다.

순간 주머니에서 휴대폰이 울려 왔다. 짧은 진동이 여러 번 반복되자 재영은 테이블 밑에서 휴대폰을 확인했다.

〈강지아 못생겨서 안 된다고 했습니다.〉
〈시청자들도 못생겨서 안 좋아할 겁니다.〉
〈다른 배우 캐스팅하기로 합의 본 거 아닙니까.〉
〈이렇게 뒤통수치면 곤란합니다.〉
〈선물도 받아 놓고 이런 식이면 몹시 곤란합니다.〉

새것이라고 반짝반짝 티를 내는 휴대폰 속에선 앞의 문자를 확인할 새도 없이 새로운 말풍선이 밀어닥쳤다. '이강현'이라는 프로필을 소유한 자에게서 온 문자는 누가 봐도 이강현이었다.

휴대폰을 확인하는 재영의 얼굴이 시시각각 변했다. 옅은 미소를 짓기도 했다가 고개를 끄덕이기도 했다가 눈살을 찌푸리는가 하면, 종말엔 입술을 깨물며 분노의 답장을 보냈다.

〈대가성도, 청탁도 아니라면서요! 말이 다르잖아요!〉

글자만 읽어도 자신의 분노가 고스란히 느껴지리라. 전송 버튼을 누른 재영은 다시 고개를 들어 지아를 향해 입을 뗐다.

"이건 확실히 짚고 넘어가야 할 거 같아 말씀드려요."

"네. 말씀하세요."

"지아 씨, 여름에 석준모 감독 신작 들어가는 걸로 알아요. 그거 때문에 강지아 씨 캐스팅은 생각도 안 하고 있었고요. 일정이 겹칠 텐데 군이 우리 작품을 원하는 이유가 있나요?"

아직 캐스팅 확정 기사가 나기도 전이었다. 그 소식을 어떻게 알았는지 보다는 박재영 작가가 알고 있다는 사실이 더 치명적이었다.

마침 문이 열리고 미리 주문해 놓은 음식이 식탁 위에 가득 채워졌다. 직원이 나가고 맛있는 냄새가 룸 안을 가득 메웠지만 그 누구도 젓가락을 들지 않았다. 먼저 적막을 깬 건 강지아의 매니저였다.

"작가님, 그 문제는 드라마 촬영에 지장 없이 스케줄을 조정할 겁니다."

매니저에게서 대답이 돌아왔을 때 재영의 휴대폰이 또 한 번 진동을 울렸다.

"그건 그때 돼 봐야 아는 거고요. 컨디션이 엉망인 상태로 카메라 앞에 서는 건 시청자들에 대한 예의가 아니죠."

지아를 향해 일침을 날린 재영은 이내 휴대폰을 들여다봤다. 역시나 강현에게서 온 문자가 반짝반짝 빛나고 있었다.

〈척하면 척 아닙니까. 선물이 왜 선물이겠습니까.〉

문자를 확인한 재영은 테이블 아래에 감춰 둔 손을 빠르게 놀렸다.

〈완전 사기꾼이네요.〉

답장을 보내기가 무섭게 그의 답장이 순식간에 왔다.

〈지금 내가 준 선물로 나랑 대화하고 있는 거 아닙니까.〉
〈그래서요!〉
〈그러니까 내가 준 거 보면서 내 생각만 하고 눈앞에 앉아 있는 강지아는 그만 보죠. 못생겼는데.〉

이 남자가 미쳤나. 강현과 문자를 이어 나가면 나갈수록 수렁에 빠지는 듯했다.

급하게 생각을 지우고 집중하려 했지만 눈앞에 앉아 있는 지아가 한층 더 못생겨 보여 어처구니가 없었다. 입에서 터져 나오는 건 웃음뿐이었다.

"박 작가도 그렇고, 나도 배우가 한 작품에 온전히 집중하기를 바랍니다. 현장에서 몇 개월씩 호흡 맞추고 연기를 해도 부족한 부분이 드러납니다. 주연 배우가 동시에 두 작품을 진행하면 분명 집중 안 될 겁니다."

한 번에 두 작품씩 진행하는 배우들은 심심찮게 있었다. 조연들은 비중이 작으니 가능한 일일지 몰라도, 주연 배우일 경우 많으면 하루에 90신까지 찍어야 했다. 촬영이 막바지에 들어갈 때 두 작품을 병행하는 거라면 그나마 상관없었겠지만, 중반부 촬영 중에 영화를 들어간다는 건 말도 안 되는 일이었다.

그녀의 말을 거들고 나선 최 감독이 흡족한 미소를 지었다. 이쯤 했으면 재영도 더는 딴죽 걸지 않을 것이고 강지아 쪽도 마음을 접을 테니 일석이조였다. 역시나 강지아는 입을 꾹 다문 채 말이 없었고, 매니저도 난감한 듯 머리를 긁적였다.

시간 낭비를 하고 말았다. 택시에서 내리자마자 최 감독의 손을 뿌리치고 집으로 돌아갔어야 했다. 재영은 손에 들린 휴대폰 키패드를 꾹꾹 누르며 문자를 전송했다.

〈실제로 보니까 못생겼네요. 이강현 씨 의견에 적극 동감합니다.〉

못된 속내가 얼굴에 훤히 드러난 강지아를 바라보던 재영은 금세 울리는 진동에 휴대폰을 확인했다.

〈내가 원래 옳은 말만 합니다.〉

역시 괴짜가 틀림없다. 이상한 양반이다. 그런데도 왜 머릿속엔 그의 얼굴이 선명하게 그려지나 모르겠다.

솔직히 인정해야 했다. 이강현은 잘생겼다. 상당히, 매우.

7화 · 충돌 사고

　고요한 집 안엔 러닝머신 위를 달리는 강현의 발소리만 들려
왔다. 2년 동안 본의 아니게 쉬었지만 그는 자기 관리에 소홀하
지 않았다. 다니던 헬스장은 물론 수영장 근처도 얼씬하지 않고
집에서만 운동에 전념했다.
　온실 테라스 안쪽으로 공간을 따로 만들어 운동 기구들을 몇
가지 가져다 놓았다. 나이가 나이인지라 관리하지 않으면 훅 가
기 십상이었다.
　러닝머신 위를 달리던 강현은 모니터 아래에 둔 휴대폰이 진
동을 울리자 속도를 늦췄다.

　〈실제로 보니까 못생겼네요. 이강현 씨 의견에 적극 동감합니
다.〉

문자를 확인한 강현은 웃음을 터트리며 러닝머신에서 내려와 밖으로 나왔다. 재영과 문자를 주고받느라 유산소 운동을 제대로 하지 않았더니 땀이 죄다 식어 버렸다. 휴대폰을 든 채 키패드를 누르며 강현은 주방으로 들어섰다.

　〈내가 원래 옳은 말만 합니다.〉

　답장을 보낸 강현은 곧바로 숫자 1이 사라짐을 확인했다. 그의 손은 냉장고에서 맥주 한 캔을 꺼내고 있었지만 시선은 아일랜드 식탁 위에 내려놓은 휴대폰에 꽂혀 있었다. 그는 맥주를 벌컥벌컥 들이켜며 주머니에 휴대폰을 집어넣었다.

　오늘도 맥주는 영 시원하지 않았다. 맥주 한 캔에 힘들여 운동한 보람을 날리고 말았다.

　욕실로 들어가 샤워를 하고 나온 강현은 젖은 머리카락을 수건으로 탈탈 털며 거실 소파에 앉아 TV를 켰다. 85인치 TV 속엔 익숙한 얼굴이 비쳐졌다. 그와도 절친한 사이인 배우 정혁과 문소은. 두 사람이 주인공으로 출연했던 드라마 '별이 빛나는 밤에'가 재방송 중이었다.

　"파릇파릇하네."

　무려 4년 전에 찍은 드라마임에도 전혀 촌스럽지 않았고, 오히려 세련됨이 돋보이는 작품이었다.

　강현은 주머니에서 휴대폰을 꺼내 '별이 빛나는 밤에'를 검색했다. 금세 출연진부터 시작해 감독과 작가의 정보가 떴다.

　역시 최 감독과 박재영 작가의 작품이었다. 도대체 몇 살 때

이걸 쓴 거야. 손가락을 펴 계산해 보니 그녀의 나이 스물다섯에 공중파 미니시리즈를 처음 집필한 것이다. 새삼 박재영이 대단하다고 느끼며 강현은 드라마에 집중했다.

'별이 빛나는 밤에'는 연예계 이야기였다. 주인공인 이정우는 톱스타였고 한유주는 한창 떠오르는 라이징 스타였다. 정우의 폭행 기사를 막기 위해 스캔들을 터트리면서 유주와 엮이는 계약 커플의 이야기는 당시에 꽤 파격적이었다. 실제 연예계에선 사건을 덮기 위해 스캔들을 터트리는 경우가 허다했고, 드라마 속 연예계의 뒷이야기는 실상과 꽤 흡사하게 표현됐었다.

박재영 작가의 첫 미니시리즈는 시청률 30%를 넘기며 종영했고, 그해 연말 시상식에서 감독상과 작가상을 더불어 작품상도 거머쥐었다. 연기상도 휩쓸었는데 주인공으로 활약한 문소은이 최우수상을, 정혁이 대상을 거머쥐었다.

촬영하는 내내 사심을 가득 채운 혁과 소은은 드라마가 끝난 뒤 1년의 열애 끝에 파파라치 사진이 공개되며 자연스레 공식 커플이 되었고, 현재는 결혼을 앞두고 있었다.

세훈을 통해 혁이 보내온 청첩장은 생소하기만 했다. 자신의 주위에 결혼한 배우들은 몇 없었는데 절친한 동료들 중엔 혁이 유일했다. 그러고 보니 총각 파티를 한다면서 오라고 연락이 왔었는데 그게 언제였더라.

"아빠아!"

혁의 문자를 확인하기 위해 휴대폰을 들여다보던 그는 귓가에 쩌렁쩌렁 울리는 목소리에 고개를 들었다. 유치원 원복 원피스를 입은 하린이 잰걸음으로 달려오고 있었다.

"아빠 왜 집에 있어요?"

어느새 강현의 곁으로 다가온 하린이 소파에 앉아 호기심 가득한 두 눈으로 물었다.

"오늘은 집에 계속 있을 거야."

"진짜?"

"응."

하린은 손뼉을 치며 방방 뛰었다. 소파가 들썩일 정도로 좋아하는 모습에 강현이 씁쓸한 미소를 흘렸다.

당분간 스케줄을 잡지 말라고 했으니 집에 있는 시간이 많을 것이다. 하지만 촬영에 들어가면 상황은 달라진다. 때문에 주 5회 촬영과 밤샘 촬영은 절대 하지 않는다는 조건을 붙여 가며 계약서에 도장을 찍었다. 다른 건 다 양보해도 그것만큼은 포기할 수 없었다. 하린에게 남은 가족이라고는 자신이 유일하니 강현은 극도로 몸을 사려야 했다.

그 내막을 세세하게 알 리가 없는 관계자들은 자신을 상도덕도 모르는 무뢰한이라고 생각하겠지만 하는 수 없었다. 자신에게는 무엇보다 하린의 안위가 중요했다

"근데, 아빠랑 둘이 있으면 심심한데."

"아빠랑 있는데 왜 심심해."

"아빠는 나랑 안 놀아 주잖아. 흥!"

해맑게 웃던 얼굴이 고약한 심술쟁이로 바뀌고 말았다. 어디서 보고 배웠는지 팔짱까지 끼고 콧방귀를 뀌는 아이가 그의 눈엔 더할 나위 없이 귀여웠다. 마치 누구처럼.

젠장. 또 그 여자 생각했어. 이강현, 정신 차려라.

강현은 스스로를 타박하며 아이의 볼을 살포시 꼬집었다.

"놀아 줄게. 뭐 하고 놀까."

그의 형과 형수는 아이가 태어나기 전까지 남부럽지 않던 잉꼬부부였지만, 하린이 태어나면서부터 두 사람 사이에 금이 가기 시작했다.

강현의 형수는 극심한 산후 우울증을 겪었는데, 남편이 출장 간 사이 아이를 홀로 방치한 채 집을 나가 버렸다. 지나던 길에 잠시 들렀던 강현은 목이 쉴 때까지 울어 대던 조카를 발견하자마자 아이를 들쳐 안고 병원으로 달렸다.

아이는 심한 탈수 증세와 함께 영양실조가 동반된 뇌척수막염 진단을 받고 병원에 장기 입원을 했다. 형수는 끝내 돌아오지 않았고, 합의 이혼 절차를 마친 형은 하린과 단둘이 생활하게 됐다.

그 뒤로 다시 행복해질 일만 남았다고 생각했다. 하지만 하린이 네 살 되던 해, 5중 추돌 사고로 강현의 형은 그 자리에서 숨을 거두고 말았다. 하린이 살아남을 수 있었던 것은 아이를 살리기 위해 가까스로 핸들을 틀었던 형의 부성애 덕분이었다. 그 뒤로 조카는 강현의 딸이 되어 곁에 남았다.

하린이 자신에게 왔을 땐 유일한 혈육이었던 형이 아이 때문에 죽은 것 같아 한동안 거들떠보지도 않았었다. 하지만 저만 보면 방긋이 웃는 아이에게 조금씩 마음을 열게 되었다. 강현은 아이가 집으로 온 지 세 달 만에 삼촌이 아닌 아빠가 되어 주겠노라고 결심했다.

대리인을 통해 입양 절차를 마치고 2년이 흘렀다. 꽤 많은 시간이 흘렀는데 그는 여전히 아이와 함께 노는 게 서툴렀다.

"으음…… 우리 재영이 언니랑 놀아요!"

턱에 손을 괴고 잠시 생각하던 하린은 두 눈을 번뜩이며 손뼉을 쳤다. 한없이 천진난만한 아이를 보며 강현은 깊은 한숨을 삼켜야 했다.

"앞집 언니는 일하느라 바빠. 같이 노는 건 안 될 거 같은데."

한껏 들떠 있는 하린에게 안 된다는 말을 하기가 어려워 강현이 조심스레 말했다. 다른 부모들은 이럴 때 어떻게 하는지 지나가던 사람을 붙잡고 물어보고 싶을 정도였다.

난감한 듯 이마를 긁적이던 강현은 아이를 뚫어져라 쳐다봤다. 이윽고 오목조목한 입술 사이로 심통이 터져 나왔다.

"재영이 언니는 하린이랑 놀아 줘요!"

언제부터 앞집 여자와 친밀해졌는지 알 수 없었으나 우려하던 일이 벌어진 듯했다. 이래서 아이의 앞에 알짱거리지 말라는 다소 격한 말을 서슴지 않고 내뱉었다.

그 후로 앞집 여자는 거리를 두고 있었다. 재영이 먼저 아이에게 인사를 하거나 알은체하는 모습을 보지 못했으니 확신할 수 있었다. 하지만 문제는 하린이었다.

"뭐 하고 노는데."

"같이 빵 먹고, 우유도 먹고, 엘사도 보고!"

"그리고 또."

"음…… 말도 해요!"

무슨 소리인지 파악하긴 어려웠지만 하린은 재영을 상당히 좋아하는 듯했다. 그는 아이가 왜 재영을 좋아하는지 이해할 수 있었다. 자신이 없으면 하루 24시간을 온전히 하린 혼자서 지내야 했고, 유치원에서도 교우 관계가 원활하지 않단 걸 알고 있다.

유치원 선생님이 하린의 교우 관계로 인후에게 몇 번 전화를 하곤 했었는데 이유인 즉, 부모들의 입김이었다. 선생님은 난감한 듯 속 시원히 터놓지 않았지만, 인후와 그 말을 전해 들은 강현은 어느 정도 눈치를 챘었다. 엄마가 없음을. 그리고 아빠는 유치원에 코빼기도 보이지 않았으니 뒷말이 나올 수밖에 없었다. 요즘 아줌마 부대는 못 할 것이 없단 사실을 그는 새삼 깨달았다.

그 사실을 알면서도 강현은 섣불리 나설 수 없었다. 자신의 존재가 아이에게 해가 되리라는 사실을 누구보다 잘 알고 있다. 하린이 앞집 여자에게 이토록 친근하게 구는 까닭은 친구를 원하는 간절한 바람일 것이다.

하지만 옳지 않은 현상이었다. 흔한 이웃처럼 길에서 우연히 만나거나 엘리베이터에서 마주치면 인사나 하는 관계에서 그쳐야 했다. 계속 가깝게 지내다 보면 아이에게도 그녀에게도, 그리고 자신에게 결코 좋지 않다는 것을 알기에 강현은 한숨만 푹 내쉬었다.

"우리 같이 놀자! 같이 가요!"

잽싸게 소파에서 내려온 하린이 고사리 같은 손으로 큼지막한 그의 손을 필사적으로 잡아당겼다. 미미한 힘이었지만 어느 때보다 강현에게 와 닿았다.

"그래, 가자."

결국 강현은 마지못해 몸을 일으켰다. 알짱거리지 말라고 막 말한 건 자신이었지만, 최근에 줬던 뇌물로 커버가 될 거라고 멋대로 짐작하며 아이와 함께 아래층으로 내려갔다.

재영에겐 미안하지만 하린과 잠시만 놀아 달라고 부탁한 뒤 자신은 집으로 돌아올 작정이었다. 셋이서 노는 건 어울리지 않는 조합이었다.

그나저나 미팅은 다 끝났으려나. 집에 없을 수도 있는데. 아차 싶은 순간도 찰나였다.

띠잉—

벨 누르기를 망설이는 사이 마침 도착한 엘리베이터 문이 스르르 열리면서 낯익은 여자가 유유히 걸어 나왔다. 갈색 코트 차림의 재영은 평소와 달리 긴 머리를 풀고 있었다. 두 사람은 서로를 위아래로 훑어보았다.

하린은 잡고 있던 그의 손을 뿌리치고 재영에게 달려가 그녀의 다리에 안겼다. 해맑은 웃음은 보너스였다.

"언니!"

재영의 시선이 다리에 매달린 하린에게 옮겨 갔다. 네이비 색 원피스를 입은 아이는 오늘따라 머리가 조금 산발인 듯했다. 그 모습마저도 그녀의 눈엔 한없이 사랑스러웠다.

"안녕, 하린아."

재영은 손을 뻗어 아이의 머리를 정돈해 주었다. 아이는 배시시 웃음을 흘리며 그녀의 손을 꼭 붙잡았다.

"언니! 우리 다 같이 놀아요."

재영이 난감한 듯 강현의 눈치를 살폈다. 바로 이틀 전 그에게서 알짱거리지 말라는 소리를 들었으니 눈치를 보는 게 정상적인 행동이었다.

"엘사 봐요, 엘사! 아빠도 같이!"

하린은 강현의 손도 덥석 붙잡았다. 어느 때보다도 밝은 웃음으로 자신보다 몇 배나 큰 두 사람을 이끌었다. 난감한 건 두 어른뿐인 듯했다.

재영이 도어록 비밀번호를 누르며 현관문을 열었다. 따스한 온기가 훅 끼쳐 왔다. 하린은 두 사람의 손을 놓고 집 안에 휙 들어가 버렸다. 난감한 듯 재영이 팔꿈치로 강현의 팔을 툭툭 쳤다.

"내가 알짱거린 거 아니에요."

"압니다."

"확실히 해요. 하린이가 놀자고 한 거예요."

"안다고요."

"거참. 되게 까칠하시네."

강현을 곁눈질하며 재영은 문설주를 넘었다. 안으로 들어가는 그녀의 뒷모습을 그는 하염없이 바라만 보았다.

보통의 여자였다. 남들과 조금 다른 것이 있다면 구설에 휘말리기 좋은 자리에 있다는 것. 거리를 둬야 한다는 걸 누구보다 잘 알면서 그녀에게 가는 눈길이 거둬지지 않아 그는 초조하기만 했다. 한 몸에 붙어 있는 머리와 가슴인데 왜 서로 다른 말을 하는 걸까.

"뭐해요. 안 들어오고."

"……."

"추워요! 빨리 문 닫아요."

재영은 현관문 앞에 멍하니 서 있는 강현에게 목청을 높였다. 그는 자석에 이끌리듯 현관 안으로 들어섰다. 찬바람이 들어오던 현관문을 닫자 따뜻한 온기가 그를 감쌌다.

현관문을 넘어선 그 순간, 강현은 온몸과 마음으로 느낄 수 있었다.

넘지 말아야 할 선을 넘어 버렸다는 것을.

✳   ✳   ✳

어쩌다 그녀의 집에 들어오게 됐을까. 하린만 재영에게 부탁한 뒤에 가려고 한 그의 계획은 실패로 돌아갔다. 들어오라던 그녀의 말에 홀딱 넘어가 제 발로 들어오고 말았다.

우드 톤의 거실에서 아늑함이 느껴졌다. 패브릭 소파와 스탠드 형의 TV를 제외한 가구는 소파 앞에 놓인 테이블과 구석에 자리한 플로어 스탠드가 전부였고, 간혹 보이는 박스들은 갈 곳을 잃은 듯 테라스 앞에 방치되어 있었다.

강현은 익숙한 듯 소파에 앉았다. 재영이 틀어 준 만화를 보는 하린을 힐긋 바라보다 안쪽 방에서 옷을 갈아입고 나온 그녀와 시선이 마주쳤다. 민망한 듯 헛기침을 한 그는 아이의 옆에 자리를 잡고 앉았다.

TV 속엔 하린이 그렇게 노래를 부르던 엘사가 있었다. 빨려 들어가기라도 할 것처럼 집중해서 보는 아이의 모습이 무척이나 생소했다.

아래층 집엔 TV가 없었다. 어릴 때부터 TV를 보는 건 좋지 않다는 말을 주위들은 탓도 있었지만, 혹시라도 자신의 모습을 아이가 보게 될까 봐 염려하는 마음이 더 컸다. 하린이 위층에 올라올 때면 강현은 리모컨을 높은 선반 위에 숨겨 두곤 했다.

아이는 똑똑했다. 집에선 TV를 못 본다는 걸 알기에 보여 달라며 조르지 않았다. 그런데 이 집에선 너무 자연스레 TV를 보고 있었다. 그가 모르는 사이 몇 번이나 이곳에 왔던 걸까. 하린은 재영의 집에 고작 두 번밖에 오지 않았지만 그 사실을 알 리 없는 강현은 자못 심각한 표정으로 미간을 찌푸렸다.

하린은 그의 앞에선 의젓했고 떼를 쓰는 법이 없었다. 그래서 자신과 놀아 주지 않는다며 삐지던 모습도, 재영과 함께 놀자며 떼를 부리던 모습 또한 생소했다. 아이가 의젓해 손 갈 게 없다며 아주머니는 거듭 칭찬을 했지만, 그런 말을 들을 때마다 그의 마음은 좋지 않았다.

여섯 살임에도 불구하고 아이는 주변 눈치를 보며 혼자 노는 방법을 터득해 갔다. 하지만 지금 그의 눈에 비치는 하린은 영락없이 천진난만한 여섯 살의 모습이었다.

"이하린, 재밌냐."

"안나가 언니 찾으러 가는 거예요. 나중에 올라프도 나온다! 우리 눈 오면 올라프 만들어요!"

강현은 시비조로 말했지만 하린은 손뼉을 치며 환하게 웃었다. 그렇게나 재밌었을까. 자주 볼 수 없던 하린의 꽃 같은 웃음에 강현은 내심 흐뭇해졌다.

"하린아, 빵 먹자."

주방에서 한참을 부스럭거리던 재영이 쟁반에 빵과 우유를 내왔다. 한입에 먹기 좋게 커팅된 빵이 소담히 담겨 있었다. 하린이 빵과 우유를 좋아하는 걸 어떻게 알았을까. 자신은 1년 만에 알아낸 사실인데. 강현은 상당히 못마땅한 얼굴로 입을 뗐다.

"두 사람, 너무 친한 거 아닙니까."

포크로 빵을 집어 하린에게 건네던 재영이 강현을 힘껏 째려봤다. 시비는 사양하겠다는 명백한 표현이었다.

하린은 포크를 받아 들어 입에 쏙 넣었다. 부드러운 카스텔라가 입안에서 살살 녹자 만족스러운 듯 꿀꺽 삼켰다.

"하린이랑 언제부터 친했습니까."

마치 장난감을 빼앗긴 아이마냥 그는 질투를 하고 있었다. 무엇에 대한 질투인지는 정확히 알 길이 없었으나 한 가지만은 확실했다.

"얼마 안 됐는데. 하린이가 집 앞에 혼자 앉아 있더라고요, 날씨도 추운데. 그래서 잠깐 데리고 왔어요."

박재영이 샐쭉 웃는 모습은 예쁘다는 것. 그래서 자꾸만 눈길이 간다는 것.

정신 차리자. 복잡한 건 더는 사양이다.

"걱정 마요. 나도 바쁜 사람이에요. 집 밖으로 잘 안 나가니까 오늘 같은 일만 없으면 이강현 씨 원하는 대로 알짱거릴 일 없네요."

재영은 생긋 웃으며 알짱이라는 단어를 굳이 강조했다. 하지만 그는 걱정하지 않을 수 없었다. 하린이 이미 박재영에게 홀

딱 반하고 말았으니. 아이는 매 순간 그녀의 이름을 입에 담을 것이다.

그럴 때마다 자신의 머릿속에 자연히 떠오르는 재영의 얼굴을 쉽사리 떨쳐 내지 못할 거라는 걸 알고 있다. 왜 자꾸 눈에 띄어서 이토록 마음을 심란하게 만드나 모르겠다.

"맞다. 오늘 강지아랑 미팅하는 거 어떻게 알았어요?"

포크로 빵을 콕 집어 입에 넣은 재영이 강현의 대답을 기다렸다.

기가 막힌 타이밍에 그에게서 온 문자들은 짜증 나고 갑갑했던 미팅 자리에서 작은 숨구멍이 되어 주었다. 장난 같으면서도 한없이 진지하던 그와 주고받았던 문자는 꽤 재밌었다. 불끈 울화가 치밀기도 했지만 피식피식 웃음도 났고 공감도 됐다. 특히 강지아가 못생겼다는 점에서는 적극 동감이었다.

"이 바닥 좁습니다. 내 귀에 다 들려요."

그렇지. 이 바닥이 참 좁지. 입을 돌고 돌아 다시 귀에 돌아오면 걸레 쪼가리가 되어 있기 마련이었다. 재영은 납득된다는 듯 고개를 끄덕였다.

강현은 인후에게 전해 들었다. 제작사 대표가 강지아와 미팅을 잡았다고. 캐스팅하지 않기로 합의 본 거 아니었냐는 그의 언성에 인후가 걱정하지 말라며 전화를 끊었지만 걱정하지 않을 수가 없었다.

"강지아한테 뭐라고 했습니까."

"뭐라고 하겠어요. 못생겨서 싫다고 했지."

"진짜 그렇게 말했습니까?"

"뭘 그렇게 진지하게 받아들여요? 농담한 사람 놀라게."

강현이 꽤 놀란 얼굴로 진지하게 말하자 재영은 새어 나오려는 웃음을 참았다.

이강현이라는 남자에게 가졌던 선입견이 점점 확실해져 갔다. 그는 예의가 바를지언정 성격이 좋진 않았다. 꼬박꼬박 존댓말을 하는 걸 보면 알 수 있었다. 그러나 존댓말을 하면서도 사람을 엿 먹이는데 탁월한 언변을 구사했다.

콰아앙— 타악, 타아악!

그에 대해서 심도 깊은 관찰을 하려던 순간 정체 모를 굉음이 들려왔다. 쩌렁쩌렁 울린 굉음은 TV에 집중하고 있던 아이까지 놀라게 했다. 움찔거리던 하린이 강현의 손을 꼭 잡았다.

"뭐, 뭐죠?"

"집주인이 손님한테 물어보면 어떻게 합니까."

민망한 듯 웃으며 재영은 포크를 내려놓고 굉음이 들려온 침실로 조심스레 들어갔다. 불을 켜자 사위가 어두웠던 방 안이 곧 밝아졌다.

"헐."

흡사 도둑이 든 것처럼 난장판이 따로 없었다. 잘 걸려 있었던 커튼이 바닥에 널브러진 데다가 커튼 봉에 걸려 같이 추락한 액자는 프레임이 죄다 망가진 상태였다. 불행 중 다행이라면 액자에 유리가 없었다는 점이었다.

저 커튼을 달기 위해 얼마나 안간힘을 썼던가. 무거운 암막 커튼을 혼자 끙끙대며 설치했는데 멋대로 바닥을 나뒹굴고 있으니 허탈함이 몰려왔다.

"무슨 일입니까?"

깊은 시름에 잠겨 있던 찰나 귀 언저리에서 강현의 음성이 또 렷하게 들려왔다. 그의 콧김이 목덜미에 고스란히 전해져 뒷목 에 소름이 쫙 돋았다.

흠칫 놀라는 그녀의 어깨 위로 그의 커다란 두 손이 내려앉았 다. 재영은 심장이 멎은 것처럼 눈 하나 깜빡하지 못하고 그대 로 굳어 버렸다.

"길 막지 말고 비켜 봐요. 가서 드라이버 좀 가져오고."

마치 물건을 들어다 치우듯이 강현은 재영을 옆으로 밀며 방 안으로 들어왔다. 나사를 제대로 조이지 않아 떨어져 버린 커튼 이 그의 발끝에 치이고 말았다.

"뭐 합니까. 드라이버 가져오라니까."

"아…… 네, 네."

바닥에 떨어진 봉을 집어 들며 고리에 걸린 커튼을 제거하기 시작한 그는 여전히 망부석처럼 서 있는 재영을 의아하게 바라 보았다. 충격을 받은 걸까.

"드라이버가 뭔지 모르는 겁니까."

"아, 아뇨! 알아요. 가져올게요!"

정신이 든 재영이 그제야 방 밖으로 나갔다.

혼자 남은 강현은 달콤한 향기가 감도는 방 안을 쓱 둘러보았 다. 거실과 별반 다를 거 없이 깔끔한 방이었다. 침대와 침대 밑 에 서랍장 하나, 스탠드가 전부였고 아래쪽으로 장식장과 기다 란 책꽂이가 있었다. 평소 자주 보던 재영의 허름한 복장과 달 리 집 분위기는 전체적으로 군더더기 없이 깔끔했다.

순간 강현은 고개를 내저으며 커튼을 재빨리 해체했다. 이런 사념은 옳지 않았다.

"드라이버 여기요."

커튼을 전부 떼어 낸 강현의 곁으로 그녀가 다가왔다. 무심한 듯 드라이버를 받아 든 그는 흩어져 있던 나사를 모아 재영에게 건넸다.

"가지고 있어요."

나사가 그녀의 손에 넘어가자 강현은 갑자기 방을 나가 버렸다. 일순간 당황한 재영이 멀뚱멀뚱 서 있었는데, 잠시 뒤 그가 식탁 의자 하나를 들고 왔다.

의자를 밟고 올라간 그는 한 손엔 커튼 봉 고리를, 한 손엔 드라이버를 들었다. 나사의 흔적이 남은 천장에 고리를 가져다 대고 재영에게 손을 뻗었다. 그녀는 왜 손을 내미는 건가 싶어 손과 강현의 얼굴을 번갈아 봤다.

"달라고요, 나사."

아차 하며 나사 하나를 강현에게 건넨 순간 정전기가 파팍 튀었다.

"아!"

찌릿하는 느낌에 재영은 외마디 비명을 질렀지만 강현은 아랑곳 않고 나사를 조이기 시작했다. 고요해진 방 안엔 겨울 왕국의 노랫소리가 간간히 들려올 뿐이었다.

고리를 고정시켜 놓은 강현이 또다시 손을 뻗었다. 재영은 때를 놓치지 않고 나사를 건넸다.

드라이버를 돌리는 오른팔이 유난히 불끈거렸다. 핏줄이 선명하게 드러나는 손등과 이어지는 팔뚝의 핏줄이 도드라졌다. 강현이 또다시 손을 뻗어 왔다. 들고 있던 나사를 손바닥에 툭 떨어트리며 재영은 그의 손을 따라 시선을 움직였다.

팔을 어깨높이 위로 뻗자 셔츠 자락도 같이 올라가면서 언뜻 보이던 복근이 그녀의 눈앞에 드러났다. 옆에서 봐도 울끈불끈 선명한 식스팩이었다.

셔츠 사이로 보이는 복근에 시선이 머물자 재영은 흐트러진 마음을 다잡고 고개를 치켜들었다. 누가 봐도 황홀해 할 그의 복근 따위 보지 않겠다며 시선을 돌렸다.

"뭐 합니까."

잘 만들어진 식스팩보다 더 황홀한 이강현의 얼굴이 눈앞에 나타났다. 숨결이 느껴질 정도로 가깝게.

강현은 의자 위에 쪼그려 앉아 멍해 보이는 재영을 바라보며 고개를 갸웃거렸다.

"나사 주는 게 그렇게 어렵습니까?"

"무, 무슨! 뭐가 어려워요. 하나도 안 어려워요!"

재영은 다급히 한 발짝 뒤로 물러나며 손사래를 쳤다. 그 바람에 들고 있던 나사를 죄다 바닥에 흩뿌리는 꼴이 됐다.

"아 씨."

재영은 탄식과 함께 쪼그리고 앉아 널브러진 커튼을 뒤적거렸다.

"내가 할게요."

의자에서 내려온 강현이 그녀의 손목을 잡아챘다. 또다시 두 사람의 거리가 좁혀졌다. 쌕쌕거리는 재영의 숨결이 그에게 온전히 닿았다. 강현의 손에 붙잡힌 그녀는 옴짝달싹하지 못했다.

빠르게 뛰는 심장의 고동 소리가 귓가에 쩌렁쩌렁 들려왔다. 이 소리가 들리지 않는다면 청각을 의심해 볼 만큼 무척이나 컸다. 밖에서 들려오는 엘사의 청아한 음색도 그녀의 심장 박동 소리엔 맥을 추리지 못했다.

"고혈압 있습니까?"

"네, 네?"

"얼굴 터질 거 같은데."

새빨갛게 달아오른 그녀의 얼굴은 현 상황과 상당히 부조화였다. 재영은 한 손으로 얼굴을 가리며 고개를 푹 숙였다. 음란마귀에 씌어 엉뚱한 상상을 한 스스로가 쪽팔려서 얼굴을 들 수가 없었다.

"이상한 생각 했습니까."

"내, 내가 왜요!"

정곡을 찌르는 그의 말에 되레 큰 목소리를 내며 고개를 치켜들었다. 순간 또다시 콧김이 느껴질 정도로 가까워진 강현의 얼굴에 놀라 상체를 뒤로 뺐다. 재영이 그대로 엉덩방아를 찧으며 바닥에 주저앉았다. 그녀의 왼손은 여전히 강현의 손아귀에 붙잡힌 채였다.

"그렇게 넘어져서 어디 도망가겠습니까."

"내가 도망을 왜 가요. 잔말 말고 이거나 좀 놔요. 무식하게 힘만 세 가지고."

"원래 그럽니까."

"또 뭐가요!"

"속으로 삭여야 할 말을 일단 내뱉고 보냐고요."

"네, 원래 그래요. 못 들어 봤어요? 박재영 작가 성격 지랄이라고! 이 바닥에서 소문 파다한데."

손목을 빼내기 위해 손가락 사이를 비틀어도 역부족이었다. 힘이 쓸데없이 세서 손목이 점점 아파 왔다.

"들어 봤습니다."

"그죠! 그러니까 이것 좀 놔 봐요. 아프다니까!"

"미인이라고."

"네?"

"예쁘다고."

재영은 알 수 없는 말을 내뱉는 그를 바라보며 고개를 갸웃거렸다. 이윽고 들려오는 강현의 목소리는 전에 없이 나긋했다.

"박재영 작가 예쁘다고 하던데, 다들."

"……."

"오늘 보니까 맞는 말 같네."

"……."

"예쁘네. 엄청."

청력을 의심할 수밖에 없는 강현의 나긋한 목소리와 달콤한 말은 그녀의 사고를 멈추게 했다. 재영은 붙잡힌 손을 빼낼 생각도 않고 초점을 잃은 두 눈으로 그를 바라보았다. 재영은 마른침을 삼켰다.

"키스할 건데."

"……!"

"눈 감아요."

안 된다고 말하기도 전에, 손을 뻗어 밀치기도 전에 훅 다가온 그가 입술을 겹쳐 왔다. 능숙하게 손목을 잡아당기며 뒷목을 감싸 안는 강현의 손길에 소름이 쫙 돋아 사고가 완벽히 정지됐다.

꾹 다문 재영의 입술이 난공불락의 성처럼 그에게 다가왔다. 거칠게 입술을 비비자 결국엔 함락당한 입술 사이를 비집고 들어갔다. 입안을 유영하며 혀를 옭아매기 시작한 강현은 그녀를 놔줄 생각이 조금도 없어 보였다.

단전에서 피어오르기 시작한 열기가 순식간에 그녀를 덮쳤다. 몰아붙이듯 퍼붓는 그의 키스에 재영이 뒤로 밀려나고 말았다. 바닥을 지탱하고 있던 팔을 뻗어 강현의 목에 둘렀다. 그 찰나 강현이 아랫입술을 집어삼키고 그녀의 얼굴을 두 손으로 감싸 안은 채 거친 숨을 몰아쉬며 입술을 뗐다.

"지, 지금…… 하아……."

순식간에 피어올랐던 열기가 삽시간에 가라앉았다. 안 된다는 걸 알면서도 욕망과 본능이 이끌린 충동적인 키스에 그는 낙담했다.

자제가 안 될 줄 몰랐다. 재영의 얼굴이 가까워진 순간 욕망이 살아났고 앞뒤 생각 없이 달려들었다. 전보다 더 시뻘게진 그녀의 얼굴은 여전히 예뻤다.

박재영에게 눈길이 가는 건 지극히 당연했다. 처음부터 남다른 첫인상에 뜻 모를 웃음이 터져 나왔고, 이후에도 시선 끝에 그녀가 계속 걸렸다. 모진 말을 뱉어도 얼굴을 찌푸리는 건 그때뿐이었고 언제 그랬냐는 듯 박재영다운 모습으로 쾌활하게 돌아왔다. 눈앞에서 자꾸 알짱거리니 어떻게 눈에 담지 않을 수 있었을까.

전부 박재영 때문이다. 쓸데없이 예뻐서 이 사달을 냈다. 그녀에게 자꾸만 눈길이 가고 시선이 머무는 것은 필연이었다.

"내가 좀 키스를 잘하죠."

곧 폭발할 화산처럼 얼굴이 타오른 재영은 황급히 고개를 숙였다. 일어나야 하는데 온몸에 힘이 빠져 다리를 움직일 수가 없었다. 민망함에 귀까지 시뻘게져 그녀는 쥐구멍에 당장 숨고 싶은 심정이었다. 머릿속이 새하얘졌다.

"그러니까 왜 자꾸 알짱거려서 일을 이 지경으로 만듭니까."

저 또라이가 뭐라고 지껄이는 거야.

재영은 고개를 치켜들어 그를 동그란 두 눈으로 멀뚱히 바라보았다.

"왜 자꾸 예뻐서는 눈길이 가게 만드냔 말입니다."

뺨을 시원하게 갈겨 주고 싶은 충동에 사로잡혔지만 그의 입에서 생각지도 못한 말이 쏟아지자 소름이 쫙 돋아났다. 재영은 강현의 눈빛에 잠식당하듯 빨려들어 갔다.

"앞으론 못생겨 보이게 안경 꼭 쓰고 다녀요. 다른 사람들 눈에도 당신 엄청 예뻐 보이니까."

"……."

"방송국 사람들 다 압니다. 박재영 예쁜 거."

이 남자는 왜 갑자기 성큼성큼 다가오는 걸까. 준비할 시간도 없이. 순식간에 다가와 달달한 말들을 서슴없이 내뱉은 강현이 재영을 바라보며 싱긋 웃음을 지었다.

왜 하필 잘생겨서 사람을 들었다 놨다 하고 종말엔 선택의 기로에 내려놓는 건지 모르겠다.

집터의 기운이 너무 강하다. 이사를 온 뒤 단 하루도 조용할 날이 없더니 결국 사고가 터지고 말았다.

젠장, 망했다.

8화 · 속없는 마음

공황 상태였다. 재영은 당장 무엇을 해야 할지 좀처럼 갈피를
잡지 못했다. 무슨 생각을 어떻게 해야 하는지, 그 생각을 어떻
게 정리해야 하는지도 판단이 서질 않았다. 모든 판단력을 상실
한 상태였다. 소파에 등을 기댄 채 거실 바닥에 앉아 커다란 아
이스크림 통을 끌어안고 무의미한 숟가락질만 반복했다.

집필 중엔 대본에서 손을 놓은 적이 없었다. 첫 촬영이 성큼
성큼 다가오고 있으니 초조해야 마땅했으나 초점 잃은 두 눈으
로 개그 프로그램을 보고 있는 그녀의 입가엔 웃음 한 자락도
엿보이지 않았다.

아이스크림이 바닥을 드러낼 무렵 테이블 위에 덩그러니 놓
여 있던 휴대폰이 진동했다. 한참을 울려도 꼼짝 않던 재영은
진동이 잠시 끊겼다가 또다시 울리자 겨우 손을 뻗어 휴대폰을
집어 들었다.

"네."

힘이 쭉 빠진 가냘픈 목소리가 그녀의 입에서 흘러나왔다. 여전히 초점을 잃은 두 눈은 개그 프로그램을 주시하고 있었다.

─밤 샜어?

수화기 너머에서 들려온 목소리의 주인공은 지훈이었다.

"그렇죠, 뭐."

영혼 없는 대답이 이어졌다. 지훈이 생각하는 밤샘과 재영이 생각하는 밤샘 사이엔 큰 괴리감이 있었지만 그가 알 리가 없었다. 힘들어서 어쩌느냐는 어쭙잖은 위로를 건넬 뿐이었다.

─쉬엄쉬엄해. 아직 촬영까지 4개월이나 남았잖아.

"이제 3개월이죠. 오늘 2월이잖아요."

정신이 없는 와중에도 날짜 계산은 정확했다. 오늘은 2월 1일이었다. 촬영까지 3개월 하고 7일이 남았다.

─그러니까 말이야. 빨리 캐스팅 마무리 지어야지.

"그럼요. 그렇게 해야죠."

─10시까지 사무실로 와. 다들 오기로 했으니까.

"왜요?"

─잊었어? 오늘 주·조연 캐스팅 마무리 짓기로 했잖아.

"아, 미팅……."

─미정인 배역들 이번 주 안으로 확정 지어야 해. 그래야 리딩 날짜 잡지.

"네. 10시까지 갈게요."

─그래. 이따가 봐. 몸 챙겨 가면서 작업하고.

재영은 끊긴 휴대폰을 테이블 위에 툭 내려놓고 다시 아이스크림 푹 폈다. 볼이 터질 것처럼 아이스크림을 욱여넣고 천천히 녹이며 맛을 음미했다. 다디단 아이스크림을 먹는데도 머릿속이 맑아지기는커녕 어두워져만 갔다.

이젠 TV 속 개그맨들의 얼굴마저 전부 이강현으로 보였다. 불길한 징조다. 그자의 얼굴이 자꾸만 머릿속에 둥둥 떠다녔다. 어렴풋이 보이던 미소와 부드럽던 입술까지 전부, 하나도 빠짐 없이 선명하게.

잘생긴 남자한테 혹하는 건 이팔청춘들한테나 해당되는 사항이다. 얼굴 잘난 남자는 실속 없다는 걸 세상살이를 통해 깨달은 자신이 이토록 흔들리다니. 완전히 재앙 수준이었다.

아이스크림 숟가락이 허전해졌다. 바닥을 드러낸 통 안엔 찌꺼기 같은 흔적들만 남아 있었다.

재영은 숟가락을 내려놓고 TV 옆에 걸린 시계를 확인했다. 슬슬 일어나야 하는데 꼼짝도 하기 싫었다.

힘겹게 엉덩이를 뗀 그녀는 침실과 붙어 있는 욕실로 들어갔다. 샤워를 간단히 마치고 대충 외출 준비를 한 뒤 서둘러 집을 나섰다.

띠잉—

엘리베이터가 도착했다. 문이 열리자 재영은 짜증이 솟구쳐 애꿎은 입술을 깨물었다. TV 속 개그맨들이 전부 이강현으로 보이더니 이젠 환영까지 보였다. 청바지에 후드티를 입고 코트를 걸친 이강현은 누가 봐도 완벽한 비율과 아우라를 내뿜었다. 헛것인데도 지나치게 선명해 재영은 기막힌 웃음을 터트렸다.

"뭐 합니까. 안 타고."

헐, 대박. 말도 해.

"되게 말 안 듣네."

환영이 엘리베이터 밖으로 몸을 반쯤 빼더니 그녀의 손목을 채갔다. 이건 환영이 아니다. 진짜 이강현이었다.

"정신 줄 놓고 삽니까."

강현과 재영, 단둘이 엘리베이터 안에 있었다. 강현의 말이 선명하게 들리지 않았다. 마치 옹알이를 하는 아이의 말처럼 윙윙거렸다.

재영은 굳게 닫힌 문만 바라보며 옴짝달싹하지 않았다. 그에게 잡혔던 손목이 화끈거려 얼굴마저 달아오른 건 아닐지 걱정스러웠지만 확인할 길이 없었다. 모른 척 시치미나 떼자는 듯 올곧은 자세로 정면을 주시했다.

"어디 갑니까."

재영이 놀란 걸 눈치채지 못했을 리 없는 강현이 일상적인 안부를 물었다. 하지만 돌아오는 대답은 없었다.

"어디 가냐고 물었습니다."

잘 참는 듯하다 결국 참지 못한 그는 재영의 손을 잡아 돌려세웠다. 정면만 바라보고 있던 그녀는 강현의 손길에 종이 인형마냥 나풀거리며 몸이 틀어졌다. 그의 눈동자 속에 비치는 자신의 모습이 낯설기만 했다.

"이강현 씨는 어디 가는데요."

되레 질문하며 그녀는 잡힌 자신의 손을 빼냈다.

"광고 촬영하러 갑니다."

"제작사에 미팅하러 가요."

강현의 대답이 끝나기 무섭게 그녀도 짧게 대답했다.

"잠 못 잤습니까."

"네. 못 잤네요."

"밤샜습니까."

"네. 밤새웠네요."

"나 때문에?"

"네. 나 때문…… 후우, 그래요. 이강현 씨 때문에 대본도 못 쓰고 아까운 내 아이스크림만 축냈어요."

집요한 강현의 눈길에도 재영은 곁눈질 한 번 하지 않고 체념한 듯 주절댔다. 아주 쪽팔려서 살 수가 없었다.

"아이스크림 좋아합니까."

"네. 좋아합니다."

"그럼 나는 어떻습니까."

성의 없는 대답이 이어지던 찰나 낯간지러운 말이 치고 들어왔다. 결국 재영은 집요한 강현의 시선에 응답하고 말았다. 눈매가 보기 좋게 휜 이강현은 사탄이 분명했다.

"안경 쓰고 다니라니까."

"이강현 씨, 우리 이성적으로다가……."

"오늘도 되게 예쁘네."

"아악! 그만, 그만해요. 진짜 한 번만 더하면 그 입 확!"

"확 째 버릴 겁니까."

"네, 확 째 버릴 거예요! 그러니까 절대 하지 마요."

엘리베이터가 울릴 정도로 발을 동동 구르며 재영이 귀를 틀어막았다. 살다 살다 손발이 없어질 정도로 오그라드는 말은 처음 들어본다.

과거지사 남자 친구에게 예쁘다는 말을 들어 본 적은 있었지만 상황이 너무 달랐다. 평범하게 생긴 남자에게 듣는 예쁘단 말과 조각같이 생긴 남자에게 듣는 예쁘단 말은 괴리감이 상당했다. 자신을 낳아 준 부모님한테도 이젠 들을 리 만무한 그 말을 아무렇지 않게 하는 이강현이 미친 게 아닐까 하는 생각마저 들었다. 그녀는 노골적으로 그를 째려보았다.

띠잉ㅡ

지하 주차장까지 내려온 엘리베이터 문이 스르르 열렸다.

"다음에 볼 땐 좀 덜 예쁩시다. 또 키스하고 싶어지니까."

강현은 그녀의 귓가에 숨결을 불어넣고 유유히 엘리베이터에서 내렸다.

멍하니 서 있던 재영은 문이 닫힌 뒤에 다급히 열림 버튼을 눌러 엘리베이터에서 내렸다.

저 멀리 강현이 탄 밴이 주차장을 빠져나가는 것이 보였다.

❋   ❋   ❋

재영이 회의실에 나타나자 먼저 도착해 있었던 조연출과 제작 PD가 그녀를 맞이했다.

"오셨어요."

캐스팅은 작가와 감독의 권한이지만 함께하는 스태프의 의견을 듣는 것도 중요했다. 특히 제작비와 연관된 일이기 때문에 제작 PD의 실질적인 의견이 가장 크게 반영됐다. 조연출이 미리 뽑아 놓은 캐스팅 보드를 건넸다.

"스케줄 되는 배우들로 추려 놨어요."

제작 PD가 말했다. 재영은 캐스팅 보드를 살펴보며 주·조연에 적합한 배우들을 살폈다.

"박 작가, 언제 왔어?"

"금방 왔어요."

곧이어 최 감독이 회의실로 들어섰다. 조연출이 캐스팅 보드를 최 감독 손에 쥐어 줬고, 제작사 대표인 지훈도 도착하면서 본격적인 회의가 시작됐다.

"단아는 아무래도 김소아 말곤 인물이 없어."

"스케줄 되는 배우도 김소아가 유일해요. 1년 전에 영화 이후로 작품 안 하고 있고. 기획안이랑 대본 소속사 통해서 전달했어요."

최 감독의 말에 조연출이 맞장구를 쳤다. 김소아의 프로필 사진을 보며 재영도 고개를 끄덕였다.

"김소아 연기도 잘하잖아. 이강현이랑 붙여 놓으면 감정신 하나는 끝장나겠어."

"근데 김소아 애인 있다는 소리가 있던데요. 결혼 때문에 작품 안 한다더라고요."

배우의 연기력을 극찬하는 최 감독의 말에 조연출이 암암리에 떠도는 소문을 슬쩍 흘렸다.

지난 영화에서 800만 관객을 돌파하고 러브콜이 쏟아지던 김소아가 최근 작품은커녕 광고에서도 잘 보이지 않는 이유가 분명히 있을 것이다. 결혼과 연관되어 있다면 캐스팅이 쉽게 이뤄지지 않을 수도 있다.

재영이 이마를 긁적이며 말문을 열었다.

"일단 소속사 통해서 확인해 보고 진행해요. 오늘 중으로 하는 거 잊지 말고."

"그건 걱정 마세요. 이틀 전에 기획안이랑 대본 줬으니까 아마 조만간 반응이 올 거예요."

재영의 말에 제작 PD가 대답했다. 테이블을 손톱으로 톡톡 치던 재영은 캐스팅 보드를 다시 살폈다.

"김소아 대안으로 다른 배우 캐스팅해야 할 거 염두에 두고. 괜히 말 흘려서 자기가 2순위였다는 거 알면 안 하려고 드니까 조심해요, 다들."

"한두 번 장사해 봐? 2순위면 어떻고 3순위면 어때. 찾아 주고 불러 주는 거 감사하게 생각해야지."

"이 바닥에서 그런 거에 감사해 하는 거 본 적 있어요? 다 자기가 잘나서 그 자리에 있는 줄 아는 애들이에요."

진저리를 치는 최 감독에게 새삼 뭘 그러냐며 재영이 말했다.

"초원이 역엔 한별도 좋은데."

제작 PD의 독백이 귓가에 꽂혀 오자 재영이 테이블을 손바닥으로 내려치며 말했다.

"한별은 안 돼요! 자기 주인공으로 거론됐었다는 거 모를 리 없어요. 그런데 서브로 내려온 거 알면 걔 성격에 난리 나요. 이 강현도 싫다고 했어요."

한별의 성격은 연예계 바닥에서 꽤 유명했다. 광고주에게만 살랑거리고, 스태프들에겐 가차 없이 대하는 성품을 모르는 이들이 없었다. 그럼에도 대중들은 국민 여친이라며 칭송하다 못해 환호했다. 특히 남자들이.

"한별이 좀 싸가지가 없어서 그렇지, 연기는 잘하는데."

"이강현이 절대 안 된대요. 연기 발로 한다고."

최 감독은 아쉬움을 내비쳤지만 재영은 강현을 핑계 삼아 한별의 캐스팅을 적극 반대하고 나섰다. 불과 며칠 전까지만 해도 한별 정도면 손색없다 생각했던 자신의 판단을 채찍질하며 고개를 떨궜다.

"이강현이랑 한별이랑 무슨 일 있었던 거 아니야? 한별이 발연기는 아니지. 여우 주연상까지 받았는데."

"그러게요. 이거 좀 수상한데요."

"수상하긴 뭐가 수상해요! 이강현이 연기를 좀 잘해야 말이죠. 그걸 받쳐 줄 만큼 한별이 잘하는 건 아니잖아요, 솔직히."

최 감독에 이어 지훈까지 의문을 갖자 재영은 얼토당토않은 말이라며 못을 박았다. 자신의 주장이 옳다고 생각하지 않음에도 뜻을 굽히지 않았다.

"전 연하늘도 초원 역에 잘 어울릴 거 같아요. 연하늘이 그동안 너무 여리여리한 역할만 했잖아요. 슬슬 이미지 변신할 때도 됐고, 초원이만 잘해 내면 주연급으로 부상할 수 있을 거 같은데."

제작 PD의 말에 회의실 안에 있던 이들 모두가 고개를 끄덕였다. 일리 있는 말이라 적극 동감한다는 듯 일제히 캐스팅 보드를 살폈다.

연하늘. 청순가련형의 표본이라 불리지만 캐릭터에 한계가 분명 있었다. 연기도 나무랄 것이 없는데 작품 보는 눈이 꽝이었다. 지난번 드라마도 아주 대차게 말아먹고 3%의 시청률로 종영했다. 현재는 휴식을 취하며 차기작을 선택 중이라 알려졌지만 실상은 대본이 그녀에게로 가지 않고 있었다.

첫사랑인 무현을 따라 국내성에 들어와 별당에서 숨어 사는 초원은 악행을 저지르며 타락해 가는 캐릭터였다. 극 초반 초원의 이미지는 연하늘이 가진 청순가련함과 맞아 떨어졌다. 관건은 중반부부터 변하는 악독한 초원을 얼마만큼 잘 살려 내느냐였다.

"연하늘 쪽에도 대본이랑 기획안 보내 보죠."

"박 작가 대본인데 당연히 하겠지. 지금 위긴데. 이럴 때 작품 잘 만나야 하는 거 알 거야."

최 감독의 말에 모두가 수긍하는 눈치였다. 연하늘에게 대본과 기획안을 보내는 것으로 가닥을 잡고 회의는 점점 길어져 갔다.

"리딩 날짜 잡아야 하니까 이번 주 안으로 마무리 지어. 제주도 헌팅도 갔다 와야 하고, 타이틀 촬영도 해야 해서 은근히 시간 촉박해."

"제주도 헌팅 다녀오시고 자료 넘겨주세요. 대본 때문에 난 못 가겠어요."

"6회 대본은?"

"아직. 오늘도 밤새야죠."

최근 들어 밤샘이 잦아지고 있었다. 16부작 미니시리즈를 세 번 집필했었는데, 처음으로 24부작을 구성하려니 머리가 열 개라도 모자라는 듯했다.

현대극과 사극의 차이도 만만치 않았다. 1회 초반부를 제외하면 5회까지 아역이 극을 이끌고 가기 때문에 무엇보다 대본이 중요했다. 성인으로 넘어가는 6회 시점에서 극의 분위기가 다소 무거워져 좀처럼 진도가 나가지 않고 있었다.

거기다 생각지도 못한 이강현의 태클이 그녀를 키보드조차 두드릴 수 없는 상태로 만들고 말았다.

오늘도 밤을 새워야 한다는 생각에 짙은 한숨이 그녀의 입에서 터져 나왔다.

✳   ✳   ✳

"잠시 쉬었다 촬영 진행하겠습니다!"

따스한 햇살이 가득 들어찬 스튜디오 안은 사람들의 열기로 후끈거렸다. 좀처럼 모습을 볼 수 없었던 강현의 광고 촬영에 맞춰 연예 정보 프로그램에서 취재까지 나온 덕분에 스튜디오 안은 수십 대의 카메라가 포진되어 있었다.

지면 촬영이 끝나자 휴식 시간이 주어졌다. 하얀 셔츠 차림의 강현은 스타일리스트가 건넨 담요를 어깨에 두르고 대기실로 이동했다.

"형, 인터뷰 따야 해요."

강현을 따라 대기실로 들어온 세훈이 생수를 건넸다.

"내가 아무것도 안 한다고 했지."

"대, 대표님이…… 그래도 오랜만에 얼굴 비치고 좋잖아요.

152

소문도 흉흉한데."

"그럼 네가 대신하면 되겠다."

"아, 형!"

"스케줄 잡지 말라고 했더니 광고 잡아 오고, 이젠 연예 프로?"

"혀엉."

강현의 팔에 매달린 세훈이 남사스럽게 아양을 떨어 댔다. 그는 세훈의 팔을 뿌리치며 생수를 벌컥벌컥 마셨다.

인터뷰를 할 때 사생활에 대한 부분이 거론되면 어쩔 수 없이 거짓으로 덮어야 했다. 거짓말은 정말 싫었다. 예전엔 생글생글 웃으며 거짓말로 포장된 인터뷰를 하기도 했었지만 이젠 자중해야 했다.

"10분 뒤에 하자고 해."

"예썰!"

강현의 허락이 떨어지자 세훈은 그 누구보다도 좋아하며 대기실을 뛰쳐나갔다. 소속사에서 무턱대고 인터뷰를 잡아 버리는 바람에 강현이 하지 않겠다고 버텼다면 난감했을 것이다.

강현은 경직된 어깨를 손으로 주무르며 스타일리스트 민에게 메이크업 수정을 맡겼다.

"참, 오빠. 혁이 오빠 총각파티 가야죠. 내일인데."

"내일이야?"

"네. 7시까지 W호텔이요."

벌써 5년째 함께하고 있는 민은 세훈과 동찬, 인후와 마찬가지로 강현의 비밀을 알고 있는 스태프였다. 성격이 활발하여 연예인들과도 잘 어울렸는데, 2주 앞으로 다가온 정혁과 문소은의 결혼식에서 부케를 받기로 했다.

"세훈이더러 내일은 하루 종일 봐 달라고 연락하라고 해."

"안 그래도 벌써 전화했네요."

내일은 늦은 새벽에 귀가할 가능성이 농후했기에 민이 세훈에게 미리 말해 둔 상태였다. 베이비시터에겐 인후가 직접 전화했겠지만, 강현에게 구구절절 설명하지 않았다.

"부케 받으면 6개월 안에 시집가야 한다며."

"그냥 받지 말까요?"

"시집 가. 늦기 전에."

"오빠, 나 아직 스물여덟밖에 안 됐어요. 요즘 늦게 하는 추센데."

"데리고 산다는 놈 있을 때 시집 가. 그러다 나처럼 된다."

"남자가 오빠 정도면 당장 시집갈 수 있어요!"

"헛소리."

"오빠가 뭐 어때서요? 잘생겼지, 돈 많지, 능력 좋지. 광고주가 줄 선 거 알아요? 시놉도 엄청 쌓였고요. 그거 다 찍으면 돈이 얼마야."

민은 강현의 머리에 스프레이를 뿌리며 호들갑을 떨었다.

"돈을 잘 버는 여자도 날 좋아할까?"

"글쎄요? 자기가 돈 많은데 굳이 돈 많은 남자가 필요하진 않을 거고. 그래도 돈은 좋은 거니까. 원래 가진 자가 더 가지려 한다잖아요."

"말끝마다 돈돈돈. 벌써부터 돈독 올랐어? 월급 올려 줘?"

154

"세상에서 제일 좋은 게 돈이랬어요."

"누가."

"세훈이가요."

"미친놈."

욕을 툭 뱉으며 강현이 일어섰다. 약속 시간이 다가왔다.

"그래도 명색이 이강현인데 오빠를 마다할 여잔 없을걸요."

"모르지. 큰 리스크가 있는데 마다할 수도 있고."

어깨에 걸치고 있던 담요를 소파에 내려놓고 그는 대기실을 벗어났다.

민은 소파에 널브러진 담요와 메이크업 도구들을 챙기며 연신 구시렁거렸다.

"2년이나 지났는데 강지아한테 목매는 거야, 지금?"

생각을 곱씹을수록 화가 끓었다. 어디가 모자라서 반편이 짓을 하는지 모를 일이었다. 민은 대기실에서 나와 인터뷰하는 강현을 멀찌감치 서서 바라보았다.

모두가 우러러보는 이강현에게 큰 약점이 생긴 건 사고로 친형이 죽고 나서부터였다. 처음부터 밝혔더라면 기회로 바꿨을 수 있었겠지만 그가 원하지 않았다. 가슴 아픈 가족사가 알려지면 아이가 커서 상처를 받을까 염려했기에 내린 결정이었다. 뒤에서 묵묵히 응원해 준 이들이 있었기에 그의 상처가 서서히 회복되어 갔는데 오늘은 좀 이상해 보였다.

민은 곁에 다가온 세훈을 힐긋 쳐다보며 소곤거렸다.

"요즘 오빠 좀 이상하지 않아?"

"뭐가요?"

"왠지 이상해. 혹시 강지아랑 뭐 있는 거 아니야?"

"누나, 미치지 않고서야 강지아가 형한테 연락했겠어요? 그리고 형도. 강지아는 아니죠."

"그치? 근데 뉘앙스가 좀 이상했단 말이지."

"뭐가요?"

"아, 아니야."

30분은 족히 넘게 인터뷰가 진행됐고, 마지막으로 팬들에게 한마디 해 달라는 리포터의 말을 끝으로 촬영은 마무리됐다. 강현은 수고했을 스태프들에게 인사를 건네고 대기실로 들어왔다.

⁂ ⁂ ⁂

미팅이 끝난 뒤에 지훈이 사 준 점심을 다 같이 먹고 각자의 볼일을 위해 헤어졌다.

재영은 자주 가던 서점으로 발을 돌렸다. 평일 낮인데도 불구하고 서점 안엔 사람들이 꽤 많았다. 따뜻한 온기가 느껴지자 그녀는 목도리를 벗어 손에 들고 걸음을 옮겼다.

머리가 복잡할 땐 서점만 한 곳이 없었다. 웃긴 영화나 개그 프로그램, 달달한 아이스크림으로도 달래지지 않을 땐 책을 읽으며 생각을 정리하곤 했다. 작가가 말하고자 하는 바가 명확한 책을 읽고 작가의 생각을 이해하다 보면 잡다한 생각들을 뒷전으로 몰아낼 수 있었다.

재영은 신간 코너에서 에세이 한 권을 집어 사람이 적은 구석으로 가 바닥에 주저앉았다. 여행 에세이라 사진이 꽤 많았다.

사진으로만 담기엔 아까운 황홀한 풍경들이 첫 장부터 펼쳐졌다. 여행을 시작하게 된 계기부터 읽어 내려가며 재영은 복잡했던 머리를 조금씩 비워 냈다.

절반 정도 읽었을 때쯤 사진 속에 장소가 적힌 글을 놓치지 않고 머릿속에 담았다. 다음엔 유럽 여행이나 가 볼까 생각하며 재영은 손목에 찬 시계를 확인했다. 어느새 3시가 훌쩍 넘어가고 있었다. 자리에서 일어난 그녀가 계산을 하기 위해 계산대 쪽으로 걸어갔다.

"어."

계산대 앞엔 잡지 코너가 마련되어 있었다. 그곳을 스치던 찰나 그녀의 발길을 붙잡은 건 럭스의 2월호 표지를 장식한 이강현이었다.

"뉘 집 아들인지 참 잘생겼네."

표지를 뚫어져라 보던 재영은 여행 에세이와 함께 잡지를 들고 계산대로 향했다. 에세이 한 권과 잡지가 나란히 쇼핑백에 담겨 그녀의 손에 들려졌다.

곧장 집으로 돌아온 그녀는 편안한 복장으로 갈아입고 머리를 질끈 묶었다. 조금은 머리가 맑아졌으니 대본을 후딱 마무리 지어야 했다.

주방으로 들어가 갈아 놓은 원두를 커피 메이커에 넣었다. 물이 끓고 커피가 내려지면서 커피 향이 집 안에 가득 퍼져 갔다.

재영은 잔에 커피를 채운 뒤 식탁에 앉아 쇼핑백에 든 책 두 권을 꺼냈다. 반쯤 읽다 만 에세이는 뒷전으로 물리고 비닐에 포장된 잡지를 만지작거리다 뜯었다.

검은 페도라를 머리에 비스듬히 쓴 채 미소를 짓는 강현의 모습이 조금 생소했다. 이렇게 웃던 남자였나 싶고, 새삼 잘생겨 보이기도 하고, 다른 세계에 사는 사람 같기도 했다.

광고 페이지부터 시작한 잡지엔 다른 연예인들의 화보와 각종 트렌드를 분석해 놓은 기획 기사도 있었다. 그중에서 강현의 모습을 다시 발견하는 건 그리 오래 걸리지 않았다.

전직 모델이었던 그의 화보는 숨이 막힐 정도로 아름다웠다. 분명 카메라를 바라보며 짓는 표정일 텐데 실제로 시선이 마주친 것처럼 얼굴이 달아올랐다. 황급히 페이지를 넘기자 검은 목폴라로 입을 가린 채 웃고 있는 그의 화보가 이어졌다. 강현의 눈웃음을 보며 재영은 미소를 감추지 못했다.

망했다. 팬심이라고 치부해야 하는데 단 한순간도 이강현의 팬이었던 적이 없었다. 각종 여심을 사로잡는 랭킹에서 1위를 놓치지 않는 이강현을 단 한 번도 좋아해 본 적이 없었다. 연예인들을 가까이에서 볼 수 있는 환경이었기에 그들에 대한 환상이나 기대가 없었다. 이강현이 아닌 그 누구도 재영의 가슴을 뛰게 만드는 연예인은 없었다.

"더럽게 잘생겼네."

20페이지나 되는 화보를 천천히 보던 재영은 순간 짜증이 일어 잡지를 덮어 버렸다. 표지를 장식한 그의 얼굴까진 어쩌지 못했지만.

"정신 차려, 박재영!"

주책없이 휘둘리는 마음이 내 것이 아닌 듯했다. 같이 자기라도 했으면 억울하진 않지. 마치 첫사랑에 가슴앓이하던 사춘기

소녀가 된 것만 같았다.

"진짜 이사를 가든가 해야지."

재영은 잡지를 손으로 툭 밀치며 커피를 들고 작업실로 들어갔다. 노트북을 켜자 검은 화면이 빛을 내며 밝아졌다. 거추장스러운 게 싫어 그녀의 노트북 화면은 윈도우 기본 바탕이었다. 그런데 마치 이강현의 얼굴로 꽉 차 보이는 건 왜일까.

"미쳤어, 진짜."

재영은 머리를 헝클어트리며 책상에 머리를 처박았다. 이강현이랑 연애는 아니다. 그 남자를 만나는 순간 모든 게 변해 버릴 것이다.

이강현이 중심인 세상으로.

9 화 · 하 루 가 다 른

S95. 오후. 국내성. 대련장.

호위대 대장과 검술 대련을 하는 무현. 서로의 칼이 부딪치자 호위대 대장의 칼날이 부러지며 무현의 어깨에 날아와 박히고 무현은 피를 흘리며 쓰러진다. 무현을 에워싸는 호위대.

S96. 오후. 국내성. 황후전.

침전 안으로 진이 달려들어 온다. 서책을 보고 있던 단아. 그 앞에 무릎을 꿇고 머리를 조아리는 진.

진   : (울먹이며) 큰일 났사옵니다! 폐하께옵서 다치셨다 하옵니다!

단아, 놀란 얼굴로 벌떡 일어난다.

단   아 : (목소리가 떨리면서) 어, 어쩌다……. (소리치며) 어디서!

진   : (울먹이며) 대련을 하시다…….

치맛자락을 움켜쥐며 걸음을 재촉해 침전을 나가는 단아. 이내 뒤따르는 궁녀와 환관.

S97. 오후. 국내성. 황후전 담벼락.
단아. 뛰다시피 걸으며 황후전을 나와 황제의 침전으로 향한다.

S98. 국내성. 황제 침전.
단아가 뛰어 들어오자 황급히 허리를 숙이며 문을 열어 주는 궁녀. 침
전 안으로 천천히 걸어 들어가는 단아.

S99. 국내성. 황제 침전 안.
분주하게 움직이는 태의들. 단아의 옆으로 빨간 핏물이 가득 담긴 세숫
대야를 든 궁녀가 지나쳐 나가고, 휘청이는 단아. 진이 부축한다.

단　　아 : (침을 삼키며 울음을 참고) 어찌 된 것이냐. 대련 중에 이게 무
　　　　　슨 변고란 말이냐.

진　　　 : (허리를 숙이며) 송구합니다, 황후마마. 모두 저희의 불찰이옵
　　　　　니다. (무릎을 꿇으며) 죽여 주시옵소서.

호위무사들 뒤로 보이는 무현. 침상에 누워 신음하고 있는데 침상 위는
무현의 어깨에서 흐르는 피로 흥건하다.

단　　아 : (태의를 바라보며) 무탈하신 것이냐.

태　　의 : (두 손을 모으고 허리를 숙이며 떨리는 목소리로) 소, 송구하옵니
　　　　　다. 마마. 폐하께서, 언제 깨어나실지…….

단　　아 : (단호하게 언성을 높이며) 다들 나가 있으세요. 내가 있겠습니
　　　　　다.

태　　의 : (허리를 들고 단아를 바라보며 놀라는데) 아니 되옵니다!

161

한   : 마마, 이곳은 저희가 살피겠습니다.

단   아 : (한을 보고 단호하게) 내가 있을 것이다. (태의를 쳐다보며) 허니
다들 그만 물러가라.

한이 태의에게 눈짓하자 태의는 허리를 숙이며 침전 안에 있던 궁녀들을 모두 물리고, 한도 호위대와 함께 침전을 나간다.

침전 안은 신음하는 무현과 그런 그를 눈물이 맺힌 눈으로 내려다보는 단아만 남아 있다.

(Na)*단아: 어찌하여 오늘은 제 꿈에 나타나지 않으셨사옵니까. 폐하께
오서 죽었다 생각하고 더는 폐하를 뵙지 않겠다 하여 제 꿈
에도 나타나지 않으신 것이 옵니까. 허면 저를 책망하시지
어찌하여 옥체를 이토록 상하게 하신 것이옵니까.

눈물을 훔치던 손을 뻗어 피가 계속 흐르는 어깨에 손을 가져다 대는 단아. 무현은 끊임없이 신음을 하고, 단아는 피를 멈추게 하려고 어깨를 압박하기 시작한다.

무   현 : (고통에 신음을 내뱉는다)

단   아 : (눈물을 훌쩍이며) 안 됩니다. 안 됩니다, 폐하. 정신 차리셔야
합니다.

(Na) 단아: 제발 깨어나게 해 주십시오, 고통을 받지 아니하였으면 합니
다. 제발 눈을 뜨게 하여 주시옵소서.

눈을 질끈 감으며 어깨를 짓누르는 손에 힘을 주는 단아.

(C.U)* 피로 얼룩진 단아의 손. 빛이 새어 나온다.

---

*Narration:내래이션.
*Close Up:클로즈업.

눈이 부실 정도로 강한 빛이 단아의 손끝에서 발현된다.

경쾌한 키보드 소리와 함께 6회 대본 초고가 후반을 향해 갔다. 주인공인 단아의 몸에서 처음으로 달의 기운이 발현되는 중요한 신이었다.

밤새 대본을 쓰던 재영은 오른손을 대각선으로 뻗어 컵을 잡았다. 어쩐지 가볍게 들려 안을 힐끗 보았더니 가득 담겨 있었던 커피가 바닥을 보였다. 대본을 저장해 놓고 작업실을 나와 커피 메이커를 작동시켰다.

뻐근해진 목과 어깨를 주무르며 건조해진 눈을 감았다 떴다. 거실 너머로 보이는 창밖엔 해가 어슴푸레 빛을 내기 시작했다. 커피를 뽑아 작업실로 다시 들어온 재영은 노트북 앞에 자세를 고쳐 앉았다.

키보드가 다시 경쾌한 소리를 냈다. 평소 120신 안쪽으로 대본을 썼던 재영은 이번 드라마에선 몰입도를 높이기 위해 최대 100신으로 제한했고, 장소나 시간 이동을 최소한으로 줄여 대본을 썼다. 스케줄을 담당하는 조연출이나 콘티를 짜는 감독, 또는 카메라 워킹을 생각해야 하는 카메라 감독에겐 더할 나위 없이 좋은 대본이었다.

몰입도를 높이기 위한 방법이기도 했으나 주 5회 촬영과 밤샘 촬영을 하지 않겠다는 이강현의 조건 때문에 내린 결정이기도 했다. 스태프들은 조금 편해지겠지만 대본을 쓰는 재영의 머리는 터지기 일보 직전이었다.

그때 책상 위의 휴대폰이 짧게 울렸다. 잠시 키보드에서 손을 뗀 재영은 휴대폰을 확인했다. 지훈에게서 문자가 와 있었다.

〈김소아랑 연하늘이랑 확정! 계약서 도장 찍기 전에 보기로 했으니까 오늘 중에 괜찮은 시간 정해서 연락 줘.〉

아직 동이 트지 않은 새벽이었다. 혹여 자고 있거나 대본을 쓰고 있을 재영에게 방해가 될까 싶어 지훈은 문자로 소식을 알려 왔다.

재영은 빠르게 답장을 보냈다.

〈저녁에 보기로 해요. 김소아 8시. 연하늘 9시. W호텔 카페.〉

약속 시간과 장소를 간단히 보내고 재영은 다시 키보드에 손을 올렸다. 초고를 감독에게 보낸 뒤 잠시나마 눈을 붙이고 미팅을 가야 해서 손이 점점 빨라지고 있었다.

✻   ✻   ✻

"아니야. 이거 아니야."

아침부터 하린은 옷 투정을 했다. 옷장과 서랍장 안에 가득 들어 있는 옷들 중 마음에 드는 건 하나도 없는 듯했다. 강현이 옷을 꺼낼 때마다 고개를 저으며 싫다는 의사 표현을 확실히 했다.

"그럼 그냥 원복 입고 가."

"아니야. 오늘은 원복 입는 날 아니야."

부정적으로 변하면 나긋한 목소리마저 까칠하게 변하는 하린 때문에 강현은 한숨을 삼키며 서랍장을 뒤적였다.

"이거 입을래?"

강현이 꺼내 든 옷은 와인색 바탕에 하얀 도트로 이뤄진 원피스였다. 하린이 고개를 끄덕이자 강현은 잠옷을 벗기고 내복 위에 원피스를 입혔다. 아이는 아래쪽 서랍에서 회색 스타킹을 꺼내 강현에게 신겨 달라고 바닥에 철퍼덕 주저앉았다.

"언제 커서 혼자 옷 입을래."

"나 다 컸어."

"아빠보다 손도 작고 발도 작은데?"

"아니야. 나 어른이야."

강현은 회색 코트를 꺼내 하린에게 입혀 주었다. 아이의 목에 목도리를 해 주는 것도 잊지 않았다.

"추우니까 이건 유치원 가면 벗는 거야. 알지?"

"응."

"친구들이랑 싸우지 말고. 선생님 말씀도 잘 듣고."

"나는 안 싸워. 친구들이랑 사이좋게 지내는 거랬어."

"오늘도 사이좋게 지내고."

"응."

아이의 어깨에 유치원 가방을 메어 준 강현이 현관을 나섰다. 아침 내내 뽀로통하던 하린은 활짝 웃어 보이며 아빠의 **뺨**에 뽀뽀를 하고 손을 흔들었다.

"아빠, 안녕."

하린의 머리를 쓰다듬으며 강현은 이마에 가벼운 입맞춤을 했다.

"잘 갔다 와."

"네에. 다녀오겠습니다!"

엘리베이터에 오르는 아이에게 그도 손을 흔들어 보였다. 문이 닫히고 엘리베이터는 순식간에 내려갔다.

비상계단을 통해 위층으로 올라온 강현은 곧장 집으로 들어가 테라스로 나갔다. 난간 밖으로 고개를 내밀자 잠시 뒤 하린의 모습이 보였다. 아파트 입구에는 노란 가방을 멘 아이들이 엄마의 손을 붙잡고 유치원 차를 기다리고 있었다. 그 틈에 하린은 홀로 서 있었다.

강현의 얼굴에 씁쓸한 미소가 가득 서렸다. 엄마의 손을 잡고 나온 친구들 틈에서 혼자 버스를 기다리는 아이를 바라만 보고 있는 게 아무렇지 않을 리 없었다. 손톱만큼 작게 보였지만 그에겐 집채만큼 크게 다가왔다. 아이에게 못 할 짓이 줄어들긴커녕 점점 늘어나고만 있었다. 그의 입에서 짙은 한숨이 터져 나왔다.

하린은 곧 노란 유치원 버스를 타고 아파트 단지를 벗어났다. 테라스 난간의 창문을 닫고 거실로 들어온 강현은 주머니에서 울리는 휴대폰을 꺼내 들었다. 익숙한 이름이 액정에 뜨자 망설임 없이 통화 버튼을 눌렀다.

"어."

─형, 오늘 잊은 거 아니지?

"7시까지라며."

―오오. 기억하고 있었어.

수화기 너머에서 한껏 들뜬 하성의 목소리가 들려왔다. 호쾌하게 웃으며 그는 곧 소파에 앉아 TV를 켰다.

―도대체 집에 틀어박혀서 뭐 하는 거야. 좀 나와. 2년 동안 지겹지도 않아?

"별로."

하성의 다그침에 강현은 퉁명스럽게 답했다.

―집에 여자 있지? 그렇지 않고서야 이렇게까지 안 나올 수가 없어.

확신에 찬 하성의 말을 가만히 듣고 있던 강현이 웃음을 내뱉었다.

―이번에 누구야? 어떤 거물급이기에 2년 동안 방콕이래. 형, 강지랑 만날 땐 잘 돌아다녔잖아. 이번에는 좀 그런가? 그래서 방콕하고 있는 거야?

"끊어라."

―어, 형! 형!

다급한 목소리가 들려왔지만 강현은 가차 없이 전화를 끊어버렸다.

무의미하게 채널을 돌리던 손이 한곳에서 멈췄다. 박재영 작가의 드라마가 재방송을 하고 있었다.

자연스레 그녀가 떠올랐다. 갑작스러운 자신의 돌발 행동에 박재영이 어쩌고 있을까 상상하다 보니 얼굴에서 웃음이 좀처럼 사라지지 않았다. 반대로 그때 저질렀던 행동이 그녀에게 영양가가 없을 수 있다는 생각이 찰나에 스치자 강현은 곧장 테라스로 가 러닝머신 위를 달렸다.

다른 남자도 아닌 이강현이었다. 이강현이 먼저 다가갔는데 정신이 멀쩡하면 그건 사람이 아니다. 하지만 박재영은 평범한 여자들과는 조금 달랐다.

자신에게 여섯 살이 된 큰 애가 있다는 걸 두 눈으로 목격하고 그에 대한 껄끄러운 얘기까지 듣고도 행동 하나 바뀌지 않았다. 그 사실로 협박해서 돈을 갈취했을 수도 있고, 아이를 빌미삼아 들러붙거나 기자에게 폭로했을 수도 있었다. 그런데도 태연했다. 자신의 작품에는 그토록 열을 올리면서 다른 문제들엔 설렁설렁 넘어가며 관심 없다는 태도로 일관했다. 여러모로 둔해 보이는 박재영은 특이한 여자였다.

그렇게 특이한 여자를 왜 마음에 품었을까.

강현은 사념을 떨쳐 내기 위해 러닝머신 위를 달리고 또 달렸다.

❋　　　　❋　　　　❋

차에서 내리자 매서운 칼바람이 살을 파고들었다. 강현은 발렛파킹(valet—parking) 직원에게 차를 맡기고 호텔로 들어서 혁이 알려 준 룸으로 가기 위해 엘리베이터에 올라 20층 버튼을 눌렀다.

호텔 스위트룸에서 총각 파티를 한다는 소식에 강현은 꽤나 의아했다. 예전엔 클럽이나 바에 가서 술을 진탕 마시던 녀석들이었는데 2년 사이에 많이 고상해진 듯했다.

강현은 엘리베이터에서 내려 2014호 초인종을 눌렀다. 약속 시간보다 조금 일찍 도착했는데도 누군가가 문을 열어 주었다. 막내인 태진이였다.

"형!"

문을 열자마자 태진이 강현을 얼싸안았다.

"사내자식이 느끼하게. 들어가자."

태진의 어깨를 토닥이며 강현이 방 안으로 들어갔다.

"비싼 배우 오셨네. 도대체 얼마 만이야."

"이제 누구 하나는 결혼을 해야 만나는 사이가 됐어."

응접실로 들어서자 파티의 주인공인 혁과 맞장구를 치는 하성이 나란히 서 있었다.

"오랜만이다."

강현은 그들 곁으로 다가와 악수를 하며 반갑게 안았다. 모두 그의 절친한 동생들이었다.

한창 안부를 묻고 있을 때 초인종 소리가 들려왔다. 모이기로 한 다른 멤버들도 속속히 도착하자 반가움은 배가 되었다.

인사는 둘째 치고 궁금한 것 투성인 이들은 눈을 반짝거리면서도 선뜻 입을 떼지 못했다. 강현은 웃음을 뱉으며 잔에 든 위스키를 들이켰다.

"궁금한 게 뭔데."

그가 운을 떼자 기다렸다는 듯 사냥감을 물어뜯는 하이에나처럼 한마디씩 거들었다.

"여자 숨겨 놨어?"

"집에 간다고 해도 오지 말라고 하고. 여자 있지?"

"이제 헤어진 건가? 그래서 다시 복귀하는 거고?"

모두의 추측은 결국 하나를 가리켰다. 여자. 그가 집에 여자를 숨겨 놨을 거라는 발언에 강현은 참았던 웃음을 터트리며 빈 잔을 테이블에 내려놓았다.

절친한 이들도 자신의 칩거를 여자로 결론짓는데 다른 사람들은 오죽했을까.

"여자 있지. 그것도 아주 예쁜 여자."

강현의 말에 술잔을 기울이던 이들 모두가 동작을 멈추고 놀란 토끼처럼 두 눈을 동그랗게 떴다.

"오늘 데려오고 싶었는데, 우리 꼬맹이가 어려서 술자리는 좀 그래."

한 번의 충격도 모자라 두 번째의 폭탄이 모두를 초토화시켰다. 이강현이 지금 꼬맹이라 말하며 부드러운 미소를 지었다. 자신들이 익히 봐 왔던 그의 모습이 아니라 더욱 당황스러웠다.

"형…… 여자가 있다고? 꼬, 꼬맹이?"

"너보다 어려."

강현은 그들의 행동을 즐기며 또다시 폭탄을 던졌다. 올해 스물넷이 된 태진보다 어리다는 말에 하성은 마시던 위스키를 내뿜었다.

"형, 도대체 얼마나 어리다는 거야."

"설마 미성년자는 아니지? 아무리 너라도 그건 좀……."

"그래서 몇 살인데?"

멜론을 집어 먹으며 하성이 물었다. 그는 차가운 얼음을 입에 물고 대답했다.

"여섯 살."

시끌벅적하던 방 안에 적막이 감돌고, 창밖의 한강은 유난히 빛이 났다.

"내 딸이야."

간헐적으로 들려오는 숨소리마저도 자못 심각해진 분위기 속에서 잦아들어 갔다.

"예뻐?"

혁의 물음에 강현이 미소를 지으며 대답했다.

"응. 엄청 예뻐."

강현은 집에서 자신을 기다리고 있을 하린을 떠올렸다.

자연스레 대화는 강현과 하린의 이야기로 넘어갔다. 그의 폭탄 고백에 오늘 파티의 주인공이 누군지조차 까먹은 듯했다. 심각한 얘기를 웃으며 말하는 강현 때문에 빈 술병만 늘어났다.

"견적 딱 나오네. 강지아, 형이 조카 떠맡으니까 싫다고 해서 헤어진 거지?"

얘기를 가만히 듣고 있던 혁이 까칠하게 말했다.

강현은 달리 반박하지 않았다. 혁의 말대로 자신이 하린을 맡게 되면서 지아와 헤어지게 됐다. 물론 이별을 먼저 고한 것은 그녀였다.

헤어짐의 이유가 뻔했음에도 끝까지 쿨한 척하던 강지아는 지금 생각해도 어이없는 여자였다. 누가 저더러 아이를 책임지라고 했나, 아니면 같이 살자고 했나. 혼자 쓸데없이 망상을 부풀리던 여자와의 인연은 거기서 끝났었다.

"그래서 조카는…… 아니, 딸은 집에 혼자 있고?"

171

"나 없을 땐 베이비시터가 오고."

"용케 안 걸렸네. 베이비시터 입이 무겁던가."

무거운 것이 아니라 아는 것이 없어서 발설하지 못한 거였다. 강현이 웃으며 잔을 들었다.

"아무것도 몰라. 베이비시터 얼굴도 본 적 없어."

"역시 형이다. 철두철미해."

태진이 엄지손가락을 치켜들었다. 철두철미하다는 말이 어쩐지 쓸쓸하게 느껴졌지만 사실이었다. 강현은 연거푸 술잔을 비워 냈다.

"고생이 많다."

강현의 마음을 백번 이해하는 지인들의 위로가 술잔에 전해졌다. 조카를 입양한다는 것이 쉬운 결정은 아니었음을 누구보다 잘 아는 이들이었다. 그 소식이 외부로 새어 나가면 호사가들이 입방아를 찧을 게 분명했다. 아닌 말을 옳은 것이라며 주장하고, 자극적인 루머를 만들어 낼 것이 뻔했다.

그걸 알기에 강현의 노력을 헛되이 생각하지 않았다. 아이를 생각하며 미소 짓는 그의 얼굴엔 거짓이 없음을 마음으로 느낄 수 있었다.

"드라마 하기로 한 건 형 생각인 거지?"

"먹고 살아야지. 언제까지 숨어 있을 수는 없잖아."

조심스런 하성의 물음에 강현은 얼음만 덩그러니 남은 잔을 테이블에 내려놓으며 아무렇지 않게 대답했다.

"근데 박재영 작가 어때? 진짜 예뻐?"

뜬금없는 질문이 터져 나왔다. 베일에 가려져 있는 박재영 작가의 얼굴을 아는 이들은 같이 작품을 한 배우들과 스태프들이 유일했다. 궁금한 걸 참지 못하는 태진이 초롱초롱한 눈빛으로 대답을 기다렸다.

"작가하기엔 좀 아까운 인물이지."

"일반인이라고 하기엔 예쁘지."

하성과 혁이 서로 나서서 대답을 했다. 강현은 나란히 앉아 있는 두 사람을 째려보며 입을 뗐다.

"하나도 안 예뻐."

"형, 눈이 삔 거야? 그 정도면 예쁘다니까."

"우리 좀 솔직해집시다."

하성과 혁은 재영이 예쁘다며 인정하라고 닦달했지만 강현은 아랑곳 않고 못생겼다며 우겨 댔다.

뿔테 안경을 쓴 박재영은 이따금 못생겨 보일 때가 있다. 그래서 안경을 끼고 다니라고 슬하게 얘기했던 것이다. 그럼에도 자신의 눈에 그녀가 예뻐 보이는 걸 그는 더 이상 부정하지 않았다.

"이번에 보나 마나 시청률 40%는 기본이야."

"사극이라고 했지? 형 저번에 영화도 대박이었는데."

잠적하기 전에 마지막으로 찍은 작품이었던 '월화정인' 은 로맨스 사극 영화로 천만 관객을 돌파하며 또다시 이강현의 입지를 굳건히 다졌다. 그 뒤로 물밀 듯 밀려온 광고와 차기작들은 그가 자취를 감추며 자연스레 다른 배우들에게로 넘어갔다.

"최 감독님도 사람 되게 좋아. 밥도 잘 사 준다. 살찔 수 있으니까 조심해."

하성의 조언에 강현은 웃음을 띠었다. 좋은 스태프들과 함께 일한다는 것은 복이었다.

"우리 형 딸도 생겼으니까 마누라만 생기면 되는 건가?"

모두가 고개를 끄덕이며 웃었다. 그러나 강현은 씁쓸한 듯 웃으며 술이 담긴 잔을 들었다.

"그러지 말고, 형 소개팅할래? 내가 괜찮은 여자 소개시켜 줄게!"

혁이 휴대폰을 꺼내며 강현을 부추겼다. 주변에선 저한테나 소개해 달라며 난리였지만 강현은 거들떠보지도 않고 오로지 술잔만 기울였다.

❈ ❈ ❈

"하암."

택시에서 내린 재영은 하품을 쩍 하며 기지개를 켰다. 6회 대본 초고를 메일로 보내 놓고 눈을 붙인다는 것이 약속 시간 한 시간 전에 일어나는 바람에 총알택시를 이용했다. 택시에서도 잠시 눈을 붙였는데 피곤이 가시질 않았다.

호텔 로비로 들어선 재영이 카페로 걸음을 옮겼다. 그녀는 저 멀리서 손짓하는 최 감독에게 고개를 꾸벅이고 테이블로 다가갔다.

"처음 뵙겠습니다, 작가님."

"뭘 일어나서 인사를. 앉아요, 앉아."

재영은 미소를 지으며 최 감독 옆에 앉았다. 목을 적시기 위해 앞에 있던 주스를 마시며 소아를 힐긋거렸다. 부드러운 인상에 커피 잔을 내려놓는 손놀림도 차분했다. 전체적으로 단아 역에 잘 어울리는 모습이었다.

"대본은 봤어요?"

"네. 정말 재밌게 봤어요. 무현이가 그동안은 볼 수 없었던 독단적인 캐릭터던데, 너무 멋있게 살려 주셔서 보는 내내 무현이한테 반했어요."

"소아 씨가 본 대본은 어린 무현인데 어쩌죠. 어린 무현이랑 겹치는 신이 하나도 없어서."

"어린 단아도 반했을 테니까 괜찮아요."

100% 진심은 아니겠지만 대본을 꽤 숙지한 듯했다. 캐릭터와의 싱크로율도 괜찮고 연기도 잘하니 이만하면 합격이었다. 강현과 시너지가 좋을 거 같아 재영은 흡족하게 웃었다.

"조만간 강현 씨랑 한 번 자리를 마련해야겠어."

"캐스팅 마무리되면 다 같이 회식해요. 리딩 날 처음 만나면 어색하니까. 나랑 감독님은 배우들이 어느 정도 가까워져서 촬영하길 원하거든요. 그래야 연기할 때도 편하고…… 혹시 소아 씨는 원하는 계약 조건 같은 거 있어요?"

"조건이요?"

"밥을 삼시 세끼 꼬박꼬박 먹어야 한다든지……."

"네? 촬영하다 보면 그게 어디 마음처럼 되나요."

"그죠? 그게 참 어렵죠?"

"그럼요. 밥 먹을 시간 챙기면서 일하기엔 여건이 안 되죠."

무슨 황당한 소리냐는 듯 멋쩍게 웃는 소아를 보며 재영은 고개를 끄덕였다. 그럼 그렇지. 그녀의 생각에 전적으로 동의하는 듯 최 감독도 고개를 끄덕였다.

"계약 사항은 소속사와 제작사에서 알아서 할 테고, 소아 씨는 작품에만 전념해 줘요."

"네, 감독님. 잘 부탁드립니다. 예쁘게 찍어 주세요."

"하하하. 그건 걱정 안 해도 돼. 우리 카메라 감독이 여배우 잘 찍기로 소문났잖아. 반사판 빈틈없이 깔아 주니까 걱정 마요."

"감사합니다."

농담 같은 최 감독의 말에도 소아는 웃었다. 미팅은 순조로웠다. 소아는 작품에 대해 궁금한 점을 이것저것 물어보며 단아의 감정을 흡수하기 위해 노력했다.

소아와의 미팅이 끝나고 뒤이어 초원 역의 연하늘과 그녀의 매니저가 자리를 대신했다.

"하늘 씨는 더 예뻐진 거 같네."

"쉬면서 운동을 많이 했거든요. 살이 빠져서 그런가 봐요. 예쁘게 봐 주셔서 감사합니다."

미소 속에 어쩐지 아픔이 엿보여 재영은 씁쓸함을 감추지 못했다. 드라마가 망하면서 심적으로 꽤 고생을 많이 했는지, 운동을 해서 살이 빠진 게 아닌 모양이었다. 피부도 조금 푸석해 보였다.

"대본은 봤어요?"

"네. 너무 재밌었어요. 어쩌면 아역들이 더 스포트라이트를 받을 거 같던데요. 무현이도 단아도 너무 예뻤고, 초원이도 너무 안쓰럽고."

"초원이가 참 안쓰럽죠?"

"네. 무현이만 믿고 궁에 들어와 사는데, 무현이는 결국 단아한테 갈 테니까요."

"안쓰러움이 미움으로 바뀌는 건 순식간이죠. 초원이가 계속 안쓰러워 보이게 하늘 씨가 잘 이끌어 줘야 해요."

"가르쳐 주시는 대로 잘 이끌겠습니다."

안쓰러움은 초원이 아니라 하늘이었다. 웃는데도 짠한 마음이 들어 초원 역을 누구보다 잘 해낼 거 같은 믿음이 생겼다.

하늘과 함께 작품에 관한 이야기를 나눴고, 최 감독도 하늘의 의견을 경청했다. 그 누구보다 작품에 관한 열의가 느껴져 세 사람의 대화는 점점 무르익어 갔다.

생각보다 늦은 시간에 미팅을 끝내고 돌아가려던 참이었다. 재영은 뒤에서 빵빵 울리는 클랙슨 소리에 놀라 뒤를 돌아봤다.

"박 작가, 타. 데려다줄게."

"아니에요. 택시 타고 가면 되니까 먼저 들어가세요. 감독님이랑 반대 방향이잖아요."

집에 가는 길에 아이스크림 가게에 들러 일주일 치를 사 갈 생각이었다. 당분간은 집에 콕 박혀 대본만 쓸 생각이라 많은 당분이 필요했다.

최 감독의 차가 호텔 로비를 빠져나가는 것을 지켜보다가 재영은 택시를 타기 위해 걸음을 뗐다.

"박재영?"

자신의 이름이 들려오는 곳으로 고개를 휙 돌렸다. 그녀는 두 눈을 의심했다. 앞으로 다가온 이는 다름 아닌 이강현이었다.

"이 시간에 여기서 뭐 합니까."

술 냄새가 훅 끼쳐 왔다. 그의 등 뒤로 보이는 잘생긴 배우들과 부어라 마셔라 한 모양이었다. 시간은 자정을 향해 달려가고 있었으니 누가 보면 오해하기 좋을 장소이긴 했다.

"이강현 씨는 여기서 뭐하는데요?"

대답 대신 질문을 건네자 그녀의 예상에서 한 치도 벗어나지 않은 답변이 돌아왔다.

"술 마셨습니다. 친구들이랑."

"나는 미팅했어요."

"누구랑 했습니까."

"김소아랑 연하늘이요."

"예쁘고 연기 잘하는 배우들이네요."

강현은 어딘가 초점을 잃은 듯한 눈으로 재영을 내려다보며 부드러운 목소리를 뱉었다. 그는 이미 술에 거나한 상태였다.

오랜만에 만났으니 밤새 술이나 마시자던 동료들에게 강현은 집에서 아이가 기다리고 있어 더 늦기 전에 가야 한다고 했다. 모임을 파하고 돌아가려던 그때 익숙한 여자의 뒷모습이 그의 발길을 붙잡았다.

몇 번 보지도 못한 뒷모습이건만 어째서 한눈에 알아봤을까. 긴 머리를 풀어헤친 재영은 오늘도 예뻤다.

"이강현 씨 요구대로 예쁘고 연기 잘하는 배우로 캐스팅했으니까 이제 문제없죠?"

재영은 어딘가 뿔이 난 목소리로 강현을 올려다보며 눈살을 찌푸렸다. 가까이 마주 보고 서 있는데도 술 냄새가 하나도 역하지 않았다. 그래서 못마땅했다. 그의 두 눈은 완전히 초점을 잃은 듯했고, 그의 몸은 조금씩 비틀거렸다.

"문제는 없는데, 문제가 있네요."

"네?"

"문제가 있다고. 박재영, 네가 문제야."

우라질. 또 뭔 개소리를 하려나 싶어 그를 바라보는 재영의 두 눈이 이글이글 타올랐다.

"왜 자꾸 예쁜데. 왜 자꾸 내 말 안 듣고 알짱거리냐고."

그는 달콤한 목소리로 재수 없는 말을 내뱉었다.

"이강현 씨, 술 취해서 내 말을 이해할지는 모르겠는데. 나보고 알짱거린다고 하는 거 되게 불쾌해요. 난 알짱거린 적 없어요. 그냥 내가 가는 곳마다 그쪽이 나타나네요. 공교롭게도 서로 가까운 곳에 살고 있고."

신경질적인 그녀의 목소리에도 강현은 아랑곳하지 않고 상체를 좌우로 흔들거리며 말했다.

"그게 문제라고."

"이강현 씨, 나는……!"

"너무 가깝잖아. 눈만 뜨면 자꾸 만나니까. 만날 때마다 예뻐서 자꾸 눈길이 가는데, 마음이 가는데 도대체 나더러 어쩌라는 거야."

그는 제정신이 아니었다. 그만하라고 말해야 하는데 재영은 입을 떼지 못했다. 비틀거리는 강현을 부축할 수도 없었다.

"우리 하린이는 하루가 다르게 자라고, 너는 하루가 다르게 나한테 다가오는데, 내가 뭘 어떻게 하겠어. 박재영은 나를 감당할 수 없는데."

내일 아침 눈을 뜨면 분명 이 남자는 후회할 것이다. 자신을 앞에 세워 두고 할 말, 못 할 말을 주절주절 내뱉었으니 머리를 쥐어뜯으며 욕할지도 모른다. 그리고 자신에게 다 잊으라 말하겠지.

그런데 어쩌나. 그의 목소리가 처연하게 들리기 시작했는데.

"그러니까, 그만 예뻐."

10화 · 우리 사이

똑같은 말을 되풀이하던 강현의 몸이 한쪽으로 기울어졌다. 재영은 놀란 마음에 손을 뻗어 그를 붙잡으려 했으나 뒤에서 다급히 다가온 인물이 그녀보다 더 빠르게 움직였다.

"오늘 혁이 총각 파티라고 오랜만에 모였는데 형만 잔뜩 취했네요."

곤란한 듯 웃으며 하성이 변명 아닌 변명을 했다. 재영에게 딱히 설명해야 할 상황이 아니었음에도 하성은 저도 모르게 주절주절 내뱉었다.

"혼자만 마셨나 봐요. 완전 꽐라…… 하하하."

"고삐 풀린 망아지가 따로 없었죠. 하하."

어색한 웃음을 쏟아 내는 찰나의 시간이 참 길었다.

강현의 차가 로비로 들어왔다. 하성이 비틀거리는 강현을 부축하며 뒷좌석으로 밀어 넣었다. 순간 크게 들려오는 목소리가

181

그녀의 숨통을 혹 옭아맸다.

"박재여엉!"

저 인간이 술에 절어 미쳐가나 보다. 쪽팔리게 왜 자신의 이름을 목청껏 부르는지. 도움이 안 된다, 정말.

"형, 왜 그래."

"박재영!"

차 안으로 고개를 들이밀어 강현을 살피던 하성이 놀라 상체를 일으켰다.

"자, 작가님? 잠시만 와 보셔야 할 거 같은데……."

얼굴을 손에 묻은 채 뒤돌아 서 있던 재영을 부른 건 하성이었다. 그녀는 입술을 깨물며 뒷걸음질로 천천히 다가가 몸을 틀었다.

그가 자신의 이름을 부를 때부터 돋아난 소름은 좀처럼 가라앉지 않았다. 창 안쪽으로 허리를 숙여 반쯤 눈을 감은 강현과 마주했다.

내일 일어나면 기억이나 할까 몰라. 쪽팔리고 민망한 이 상황을 어떻게 되갚아 줘야 하나 생각하니 재영의 입꼬리가 쓱 올라갔다.

재영은 자신의 손목을 덥석 잡아 오는 강현의 손길에 당황해하며 팔에 힘을 줬다.

"이, 이강현 씨. 이거는 좀 놓고……."

"집에 가자."

뭐어? 놀란 재영이 고개를 쳐들었다. 퍼억 소리와 함께 문틀에 뒤통수를 박은 재영이 신음을 내질렀다. 오른손으로 뒤통수를 감쌌지만 고통이 가시질 않았다.

"아 씨…… 으."

괜찮냐며 다가오는 하성에게 재영이 고개를 들어 배시시 웃었다. 찔끔 눈물을 훔쳐 내고 강현에게 잡혀 있는 손을 힘껏 뿌리쳤다.

"어서 집에 들어가세요. 컨디션 조절해야죠."

누가 봐도 마음씨 넓어 보이는 미소로 말했지만 강현에겐 조금도 먹혀들지 않는 듯했다. 그의 입에서 흘러나온 말 한마디에 지켜보는 이들이 경악을 금치 못했다.

"그렇게 웃으니까 더 예쁘네."

하성은 아무것도 못 들은 것처럼 딴청을 피웠다. 때마침 택시가 들어오더니 기다렸던 대리 기사가 다가왔다.

"집까지 잘 부탁드립니다."

하성에게 차 키를 건네받은 대리 기사는 곧장 운전석에 올라탔다.

"집에 가자."

강현이 계속 주정을 부리며 자신을 놓지 않자 재영은 입술을 깨물며 몸을 일으켰다. 사방이 뻥 뚫린 호텔 앞에서 계속 이러고 있다간 내일 아침 인터넷이 떠들썩해질 것이다. 못 이기는 척 뒷좌석에 올라탄 재영은 창문을 통해 하성에게 눈인사를 건넸다.

문을 쾅 닫으며 나름의 화를 표출했지만 강현은 차가 호텔을 빠져나가기 무섭게 쓰러지듯 눈을 감았다.

"이, 이봐요. 이강현 씨."

왼쪽 어깨에 강현의 무게가 고스란히 느껴졌다. 당황한 그녀가 강현의 어깨를 툭툭 건드리며 깨워 봤지만 그는 마음 편히 의식을 놓은 듯했다. 민망함과 당황스러움은 그녀의 몫으로 남았다. 재영은 백미러를 통해 힐긋대는 대리 기사의 시선을 외면하며 창밖을 바라보았다.

위험한 남자다. 신호를 미리 주며 다가오는 남자도 위험한 판국에 이강현은 출발점에서 신호를 내리기도 전에 훅 다가왔다. 몸이 점점 기울어지더니 어느새 재영의 무릎을 베고 누운 그는 세상 편안한 표정으로 잠들어 있었다.

감정 앞에 한없이 솔직해져야 한다는 지론을 가지고 있었지만 상대는 이강현이었다. 그는 스타였고 만인의 연인이었으며 한 아이의 아빠였다. 해맑게 웃던 하린의 초롱초롱한 눈망울이 선명하게 그려졌다. 아이의 웃음을 자신이 망치게 될까 봐 섬뜩해져 왔다.

복잡한 두 마음을 간직한 채, 강현의 차는 올림픽대로를 내달렸다.

❋   ❋   ❋

냉수 먹고 속 차리라는 말은 언제부터 전해져 온 말이었을까. 재영은 차가운 얼음을 입에 한가득 넣고 이가 부서져라 깨물어 먹었다.

"미친."

얼음이 깨지는 소리와 함께 나오는 건 욕이었다. 속을 차리긴 개뿔, 오히려 더 들끓고 엉망이 될 뿐이었다.

이강현, 그 때문에.

지난밤 재영은 지하 주차장에 강현을 버려두고 홀로 집으로 올라왔다. 바로 위층이긴 했지만 그를 데려다줄 의무는 없었다.

그래도 일말의 양심이 남아 있었기에 소속사 대표에게 강현의 로드 매니저 전화번호를 알아내어 문자를 남겨 두었다. 당신의 배우가 술에 취해 차 안에서 잠들어 있으니 신속히 데려가길 바란다는, 조금은 이상하면서도 믿기지 않는 문자를.

그런데도 이 불안한 마음은 뭘까. 장난 문자라 치부하고 무시했을 수도 있는 노릇이었다. 어쩌면 강현은 새벽 내내 추운 차 안에 있었을지도 몰랐다.

"신경 끄자, 제발. 할 일도 천지면서 누굴 걱정하는 거야!"

얼음을 아무리 씹어도 머릿속은 좀처럼 맑아질 기미가 없었다. 이웃사촌으로서 충분히 신경 썼다고 생각했지만, 그럴수록 그의 얼굴이 눈앞에 아른거렸다.

"아 씨…… 박재영, 정신 차려!"

재영은 양손으로 찰지게 두 뺨을 내려치며 자학까지 했지만 말짱 도루묵이었다. 이강현이 신경 쓰인다는 것을 스스로 인정해야 했다. 강현만큼은 아니더라도 조금이나마 감정의 싹을 틔웠다는 걸.

재영은 자리에서 벌떡 일어났다. 주방으로 가 선반을 뒤적이며 어딘가에 남아 있을 비상식량을 찾았다.

달그락거리는 소리가 점점 시끄럽게 들릴 무렵 강현은 깨질 듯한 머리를 짚으며 침실을 나왔다.

"아빠!"

식탁 앞에 앉아 밥을 먹고 있던 하린이 그를 불렀다. 옆에 앉아 아이의 밥을 챙겨 주던 세훈은 멀뚱히 강현을 바라보았다.

"뭐야. 네가 왜 여기 있어?"

뜬금없는 세훈의 등장이 못마땅한 듯 강현이 눈살을 찌푸렸다. 하지만 세훈은 태평한 표정으로 하린에게 밥을 먹이며 말했다.

"어제 주차장에서 입 돌아갈 뻔한 거 내가 데리고 올라왔는데 기억 안 나요?"

"주차장? 내가?"

"네. 누가 문자를 했더라고요. 형이 술에 떡이 돼서 자고 있다고. 장난인 줄 알고 무시하려다가, 총각 파티 때문에 혹시나 싶어서 와 봤더니 차 안에 뻗어 있던데요."

"거기까지는 어떻게 온 건데."

"그거야 나는 모르죠. 도대체 술을 얼마나 마신 거예요? 술 끊은 거 아니었어요?"

끊기는 뭘 끊어. 없어서 못 먹을 지경이었는데. 하린과 함께 살고부터 사생활을 차단해 버렸으니 어쩌다 한 번씩 집에서 맥주를 마시는 것으로 달래야 했었다. 어제는 반가운 얼굴들을 만나 고삐 풀린 망아지마냥 퍼부었다.

강현은 조금씩 어제의 일을 되짚어 보았다. 하린의 이야기를 하면서 술을 한두 잔씩 마시기 시작했고, 자연스레 근황을 말하다 드라마 얘기가 나왔다. 박재영 이야기가 나오면서 또 마시고, 언제 또 볼지 몰라 마시고 계속 마셨다. 나중엔 하린이가 기다리고 있어서 집으로 가야 한다고 호텔을 나왔던 거 같은데.

"오늘 하린이 유치원은 제가 데려다줄게요. 형은 좀 쉬어요. 술독에 빠져서 얼굴이 퉁퉁 부었으니까."

"아빠. 안녀엉."

밥을 다 먹은 아이는 아빠에게 손 인사를 하며 세훈과 함께 아래층으로 내려갔다.

강현은 속이 울렁거려 주방으로 들어가 찬물을 쉼 없이 마셨다. 스스로 주체가 되지 않았던 것 같기도 했다. 여러 가지 감정들이 뒤엉켜 저도 모르게 마시고, 머릿속을 꽉 채워 버린 박재영을 조금이나마 잊어 보려고 술독에 빠졌던 모양이다.

"후우……."

한숨과 함께 술 냄새가 섞여 나오는 듯했다. 정신을 차리기 위해 찬물에 샤워를 하고 나온 강현은 초인종 소리에 멈칫하며 인터폰 앞에 섰다.

"……!"

그녀였다. 박재영. 제발 못생겨 보였으면 좋겠는 여자.

순간 강현의 머릿속에 기억의 편린들이 하나둘씩 나타났다.

"왜 자꾸 예쁜데. 왜 자꾸 내 말 안 듣고 알짱거리냐고."

"너무 가깝잖아. 눈만 뜨면 자꾸 만나니까. 만날 때마다 예쁘니까. 그래서 자꾸 눈길이 가는데, 마음이 가는데 도대체 나더러 어쩌라는 거야."

"우리 하린이는 하루가 다르게 자라고, 너는 하루가 다르게 나

187

한테 다가오는데, 내가 뭘 어떻게 하겠어. 박재영은 나를 감당할
수가 없는데."

"집에 가자."

"그렇게 웃으니까 더 예쁘네."

도대체 무슨 짓을 한 거야!

강현은 젖은 머리카락을 두 손으로 쥐어뜯기 시작했다. 처음
부터 없었으면 싶은 기억들이 선명하게 떠올라 그를 괴롭혔다.

어째서 호텔에 박재영이 있었던 걸까. 왜 하필 잔뜩 취해서
제정신이 아닐 때 그녀를 만났던 걸까. 차마 고개를 들 수가 없
어 강현은 초인종 소리에 대꾸할 수가 없었다.

딩동— 딩동—

기억이 안 나는 척, 어제는 만난 적도 없는 것처럼 그녀를 맞
이하면 되는 걸까.

"문 열어요! 안에 있기는 해요?"

어제 집에 가자며 재영의 손을 덥석 잡아끌었던 것 같다. 같
이 차를 타고 그녀의 품에 기대 잠들었던 기억도 어렴풋이 떠올
랐다. 최악이다, 진짜. 강현은 차마 현관문을 열지 못해 손을 주
춤거렸다.

"진짜 죽었어요? 아 씨, 매니저는 도대체 뭘 한 거야!"

저대로 내버려 뒀다간 멋대로 섣부른 판단을 할 듯했다. 결국
강현은 조심스레 현관문을 열었다. 일단은 모른 척해 보자 싶어
태연하게 말했다.

"아침부터 뭡니까."

최대한 쌀쌀맞게. 자신이 살아 있다는 것만 보여 주고 빨리 돌려보낼 심산으로 문을 활짝 열지 않았다.

"살아 있었네요. 근데 왜 이렇게 문을 안 열어요!"

"할 말만 하죠."

"거참, 사람이 되게 매정하네. 어제는 집에 가자고 다정하게 말하더니."

"내가 언제 그랬습니까."

"어머. 기억 안 나나 봐요?"

"어제 무슨 일이 있었습니까."

달리 배우가 아니었다. 이런 일상 연기쯤은 문제 될 것이 없었다. 강현은 정말 기억이 하나도 안 나는 사람마냥 고개를 갸웃거렸다.

"아주 큰일이 있었죠. 식겁할 정도로 큰일이요."

"……"

"일단 해장부터 하죠. 그리고 천천히 대화를 나눠 봐요."

재영이 싱긋 웃으며 들이닥치자 현관문 앞을 장승처럼 막고 서 있던 그가 움찔거리며 뒤로 물러났다.

"해장엔 역시 라면이죠!"

슬리퍼를 벗어 던지고 들어온 재영은 들고 있던 라면 봉지를 휘날리며 주방으로 갔다. 그 모습에 강현은 애꿎은 입술을 깨물어 댔다.

어쩌자고 저 여자는 자꾸 다가오려는 걸까. 취중에 한 말이라고 깡그리 무시해 버리려는 걸까. 비록 술에 취해 한 말이었지만, 모두 진담이었다.

189

나는 주체가 되지 않으니 네가 알에서 제발 피해 주기를. 비겁하다 해도 하는 수 없었다. 저는 이 사랑 앞에서 약자이기에. 아니, 약자일 수밖에 없기에.

"냄비는 어디에 있어요?"

주방 안쪽에서 재영의 목소리가 우렁차게 들려왔다. 멍하니 서 있던 강현은 이내 주방으로 들어섰다. 싱크대 앞에서 서랍장이란 서랍장은 죄다 열어 냄비를 찾고 있는 그녀의 뒷모습이 보였다.

"지금 라면 하나 먹자고 아침부터 남의 집에 온 겁니까."

싱크대 서랍을 열던 재영의 손이 허공에서 멈칫했다. 뒤에서 들려온 강현의 묵직한 음성이 그녀를 한숨짓게 했다. 재영은 뒤를 돌며 그와 마주했다.

"라면이나 먹자고 아침부터 찾아 왔겠어요? 그런데 어떻게 해요. 당사자는 기억 안 난다고 시치미를 잡아떼니 할 말도 없고, 따질 수도 없고, 그렇다고 따질 일도 아니고. 그러니까 라면이나 먹자는 거죠. 어제 주차장에 버리고 간 것도 아주 조금 미안하기도 하고."

빠르고 정확하게 쏘아붙이는 그녀의 말에 강현은 차마 입을 떼지 못했다. 기억이 안 난다고 계속 잡아떼다간 한 대 얻어맞을 분위기였다. 불끈 움켜쥔 그녀의 주먹이 유난히 크게 돋보였다.

"근데, 어제 정말 기억 안 나요?"

"……네. 안 납니다. 하나도."

일단은 잡아떼자. 민망한 것은 혼자 간직하기로 하며 강현은

190

시치미를 뗐다.

"나보고 못생겼다고 그랬는데."

"뭐라고요? 내가 그랬다고?"

"네, 이강현 씨가 그랬어요. 나 엄청 못생겼다고. 꼴도 보기 싫다고. 꺼져 버리라고 막 욕도 했는데 뭐라고 했더라."

"내가 언제 그랬어요! 예쁘다고 했……."

아차, 싶은 순간이었다. 저도 모르게 이실직고하는 바람에 그의 입에서 찰진 욕설이 한 자락 흘러나왔다.

걸려들었다는 듯 회심의 미소를 지으며 팔짱까지 낀 채 짝다리를 짚고 그녀가 말했다.

"그렇죠? 예쁘다고 했죠? 왜 자꾸 예쁘냐고. 만날 때마다 예쁘냐고. 웃으니까 더 예쁘다고."

"내가 어제만 그랬습니까. 뭘 새삼스레……."

"어제만 그런 게 아니죠. 엘리베이터에서도 그랬고, 우리 집에서 키스하기 전에도 그랬고, 하고 나서도 그랬고. 요즘 이강현 씨 나만 보면 그 소리예요. 아주 사람 미치게."

"나는 얼마나 미치겠습니까."

"왜 미치는데요."

애써 담담한 척한 그녀가 메마른 음성을 툭 내뱉었다. 밀당 같은 걸 할 때가 아니었다. 자신은 그럴 시간도, 정신적인 여유도 없었다. 이만하면 충분하다고 그녀는 생각했다.

속물로 보여도 어쩔 수 없었다. 이강현이라는 남자에게 눈길이 가지 않는다면 그게 비정상이었다. 그가 가진 핸디캡을 제외하더라도 매번 자신을 보며 예쁘다고 말해 주는 남자에게 마음이 흔들리지 않는다면 거짓말이었다. 이제 제자리를 찾아야 했다. 자신과 그의 상황이 썩 좋지 않음을 알고 있기에 더 이상 시간을 질질 끌 수 없었다.

"박재영이 매일 예뻐서. 머리는 당신을 그만 보라고 하는데 마음이 자꾸 흔들려서 내가 안 미치고 배기냐고."

재영은 그의 시선을 피하지 않았다. 강현이 무엇을 생각하고 염려하는지 말하지 않아도 알 수 있었다. 그의 주정을 술에 취해 한 헛소리라고 생각하지 않았다.

"이강현 씨 마음 충분히 알겠어요. 다 알아먹었다고요. 그러니까 이제 내 차례예요."

그녀는 마른침을 삼켰다. 심장이 터질 듯 뛰어 댔다. 애써 심호흡을 깊게 내뱉으며 입을 뗐다.

"나는 직업이 드라마 작가일 뿐이지 그냥 일반인이라고 생각해요. 다른 사람들이 보기엔 유명한 사람이겠지만 우리 부모님한테는 평범한 딸이에요."

"……."

"그래도 내가 이강현 씨랑 만나면 어떤 말들이 나올지 예상은 돼요. 대중들의 눈에 나는 일반인의 범주에서는 조금 벗어나 있으니까."

재영을 바라보는 강현의 눈빛이 흔들리고 있었다. 어쩐지 그의 심장 박동이 살짝 들려오는 듯했다.

"근데 난 사람들 눈, 별로 생각하지 않아요. 그런 거 생각했으면 드라마 못 썼죠. 시청률이 30, 40%가 넘으면 뭘 해요? 댓글 보면 악플이 반인데. 그 사람들은 자신의 생각과 다르면 화를 내요. 그 화를 다 받아 줄 수도 없고, 받아 준다고 그 사람들이 악플을 쓰지 않으리란 보장도 없어요."

대중의 사랑을 먹고 자라는 연예인들에게 악플은 아픈 손가락 같은 존재였다. 악플을 본 재영의 기분이 어떠했을지, 혹여 상처 받지 않았을까 걱정하고 있는 스스로에게 강현은 웃음을 흘렸다.

정말 속도 없다. 아주 이놈의 심장은 제멋대로다. 주인의 말을 들으려 하지 않고 통제 불능의 상태까지 이르렀다.

"생각보다 내 멘탈이 되게 단단하거든요. 내 새끼 같은 드라마 놓고 악플 다는 사람들 보면서도 그러려니 해요, 내가. 다른 사람 같았으면 슬럼프에 빠질 수도 있었는데."

"……."

"이강현 씨가 염려하는 거, 나는 아무 상관이 없다는 얘기를 하고 있는 거예요."

뜬금없는 소리를 뱉어 냈다고 생각한 재영과 달리 강현은 그녀의 고충을 온 마음으로 느끼며 이해했다.

"그런 걱정 안 해도 돼요. 이강현 씨가 나 배려한다고 하는 행동들, 되게 부담스러워요. 볼 때마다 계속 예쁘다고 하면 얼마나 오글거리는지 알아요? 듣는 내 입장도 생각해 줘야죠. 좋아한다, 사귀자. 이 두 마디면 될걸, 예쁘다는 소리만 주구장창 해 대니 내가 견디겠냐고요. 남자가 결단이 없어요, 결단이."

두 귀를 의심했다. 재영의 말이 심장을 멎게 만들어서, 너무 달콤해서 잘못 들은 거라고 확신하며 강현은 뻐근한 뒷목을 주물렀다.

가만히 강현을 바라보던 그녀가 계속 말을 이었다.

"잘생겼어요, 이강현 씨. 볼 때마다 잘생겨서 좀 짜증 나기도 해요. 내가 잘생긴 남자는 피하자는 주의예요. 별로 실속은 없거든요. 근데 당신이 하도 들이대니까 마음이 흔들리잖아요. 아니, 들이대면서 또 저리 가라고 밀어내는 건 무슨 심보예요?"

강현은 더 이상 귀를 의심하지 않았다. 큰 보폭으로 성큼성큼 다가간 그는 두 손을 뻗어 그녀의 얼굴을 감싸 안았다.

"내가 겁이 많아졌어. 그 정도는 이해해 줄 수 있지 않나?"

"……인정. 겁쟁이가 될 수밖에 없었던 거 알아요. 근데 이강현 씨는 쓸데없는 생각이 많은 거 같아요. 피곤해서 살 수나 있어요?"

"내가 사랑하는 사람들이 상처 받는 것보다 내가 피곤한 게 나아."

"하린이는 사랑스러운 아이예요. 다들 알아줄 거예요."

"박재영은 마음도 예쁜가 봐."

"내가 마음은 태평양이에요. 그러니까 갑질하려고 드는 이강현 씨 붙잡고 계약서에 도장까지 찍은 거죠. 나 아니었으면 얄짤없이 다른 배우 캐스팅했어요."

"내가 못된 놈이네."

"알고 있으면 좀 고쳐요. 성격은 이강현 씨가 더 지랄 맞은 거 같은데? 누구는 되게 착하고 예의 바르다고 소문나고. 누구는 지랄 맞아서 비위 맞추기 힘들다고 소문나고. 완전 불공평해."

"내가 소문내 주지."

"뭐라고요?"

"박재영 작가, 엄청 착하고 마음이 태평양이라고."

매끈한 볼을 쓰다듬으며 그의 입술은 곧 재영의 붉은 입술 위로 내려앉았다. 촉촉이 젖은 입술 사이를 비집고 들어간 강현의 혀는 애달프게 도망가는 그녀의 혀를 옭아맸다.

재영은 강현의 허리를 자연스레 감싸 안으며 그의 마음을 온전히 느꼈다. 부드럽게 볼을 어루만지며 입술을 빨아 당기고 입 안을 휘젓는 그는 한없이 조심스러웠다.

당황스럽기만 하던 그와의 첫 키스와 달리 심장이 터질 것처럼 뛰었다. 뜨거운 피가 온몸을 타고 다니며 정수리까지 더워져 숨이 차올랐다.

재영의 숨소리가 조금씩 거칠어지자 강현은 마주하던 입술을 떼며 짙은 숨을 내쉬었다.

"박재영은 입술도 예뻐."

오그라들어 미칠 것 같던 그의 말에 짜증은커녕 얼굴이 터질 듯 붉어졌다. 서로에게 향하던 감정을 인정하니 두 사람에게 변화가 찾아 왔다.

부디 그가 염려하는 일이 일어나지 않기를 바라며 재영은 강현의 품에 안겼다.

"우리, 나중을 걱정하면서 미리 대비하고 그런 거 하지 마요. 그럼 꼭 머지않아 헤어질 거 같으니까."

사랑할 땐 뜨겁게, 후회 없이 누구보다 최선을 다해. 다소 거창하다 생각했던 자신의 연애 철학을 잘 써먹어야 할 듯했다. 아직 그를 깊이 사랑한다 말할 순 없어도.

"하늘의 별을 따 달라는 소원만 아니면 뭐든지."

그가 재영을 꼭 껴안으며 말했다. 벌써부터 훗날의 일들이 걱정되었지만 지금만큼은 외면하고 싶었다. 자신의 핸디캡에 아랑곳 않고 다가와 준 재영에게 못 해 줄 것이 없었다. 언젠가부터 겁쟁이가 된 자신을 되돌아보며 조금은 느슨해져도 되지 않을까.

그녀에게 향하는 자신의 마음이 조금씩 더 커지기를 바라며.

11화 · 아픈 손가락

하늘유치원 달님반.

창의력 수업을 마친 뒤 화장실에서 손을 씻고 나온 열두 명의 아이들은 놀이 매트 위에 앉아 선생님을 기다렸다. 아이들의 앞엔 큰 테이블이 펼쳐져 있었다. 간식 시간이라 들뜬 아이들은 선생님이 하나씩 건네주는 접시를 받아 들었다.

"우와, 딸기!"

"맛있겠다!"

접시 위엔 딸기를 비롯한 제철 과일과 백설기 떡이 먹기 좋은 크기로 담겨 있었다. 우유도 아이들 앞에 한 자리씩 차지했다.

"잘 먹겠습니다!"

선생님의 손뼉 소리가 떨어지기 무섭게 아이들은 두 손을 모아 감사하다는 인사를 했다. 아이들은 일제히 포크를 들어 간식을 먹기 시작했다.

"간식 먹으면서 선생님 말 잘 들어요."

대답 대신 입안의 딸기와 떡을 오물거리는 소리만 들려왔다.

"내일은 원래 유치원에 오는 날이 아닌 거 알지요?"

"네에."

몇몇 아이들이 선생님의 물음에 대답했다. 내일은 토요일이라 집에서 노는 날이었다.

"우리 달님반 친구들, 내일은 엄마와 함께하는 수업이 있는 날이니까 엄마 손 잡고 유치원에 오는 거예요."

"네에."

간식을 먹으면서 대답하는 아이들의 목소리가 슬프게 들려왔다. 토요일은 엄마랑 아빠랑 같이 놀러 가고, 할머니와 할아버지 집에 가서 재롱도 떨어야 하는 날인데 유치원이라니.

"우리 달님반 친구들이 좋아하는 쿠키도 만들 거예요!"

"우와!"

우울했던 마음은 순식간에 사라진 듯 아이들은 한껏 들뜬 모습으로 환호성을 내질렀다.

딸기를 집어 먹던 하린은 포크를 테이블 위에 내려놓으며 우유를 마셨다. 오늘은 딸기가 참 맛이 없다. 떡도 맛이 없다. 목이 멨다.

"선생님."

아이들 틈에서 작은 목소리 하나가 들려왔다. 입가에 우유가 묻은 하린이었다. 선생님은 목소리를 놓치지 않고 티슈로 아이의 입가를 닦아 주며 대답했다.

"우리 하린이 선생님한테 궁금한 게 있구나?"

"꼭 엄마랑 와야 해요?"

하린의 물음에 선생님은 아차, 하며 이마를 긁적였다. 하린의 가정사에 대해선 원장 선생님한테 전해 들었던 터라 조금 더 관심을 가져야겠다고 생각했었다.

학부모 참여 수업이 있을 때면 아빠들은 와 달라고 해도 한두 분씩 오지 않았기 때문에 엄마 참여 수업으로 가닥을 잡은 뒤였다. 하필 하린이를 간과했었다니. 교육자로서 실격이었다.

선생님은 하린이의 머리를 쓰다듬으며 입을 뗐다.

"아빠랑 같이 와도 돼요."

"정말요?"

"아빠가 바빠서 못 오시면 하린이가 같이 오고 싶은 사람이랑 와도 돼."

"음…… 네."

입꼬리가 축 처져 있던 하린이 희미하게 미소를 보였다.

선생님은 하린의 유일한 가족이라던 아빠를 한 번도 본 적이 없었다. 원장 선생님 또한 유치원 등록할 때 딱 한 번 만났을 뿐, 그 뒤론 보지 못했다고 했다. 이번엔 하린의 아빠를 볼 수 있지 않을까, 기대하며 선생님은 포크로 딸기를 찍어 아이에게 건넸다.

"고맙습니다!"

하린은 인사성이 밝고 그늘이라곤 찾아볼 수 없을 만큼 밝은 아이였다. 이토록 밝고 예쁜 아이인데 친구들과는 잘 어울리지 못했다. 그러지 말라고 타일러 보아도 아이들은 쉽게 마음을 열지 못했다. 이럴 땐 교육자로서 딜레마에 빠질 수밖에 없었다.

내일은 꼭 하린이의 아빠가 함께 와서 다른 아이들과 어울릴 수 있도록 도움을 주길 바랐다.

�֍   �֍   ✖

6회 대본 초고를 수정하고 7회 대본을 쓰던 재영은 아이스크림의 유혹을 이기지 못하고 집을 뛰쳐나왔다. 한창 글발이 잘 받고 있었는데 냉동실에 사다 둔 아이스크림이 똑 떨어지고 말았다. 하는 수 없이 편의점으로 향해 봉지 가득 아이스크림을 담았다.

봉지를 든 채 아이스크림 하나를 입에 물고 편의점을 나온 재영은 곧장 아파트 단지로 들어섰다.

"날씨 좋네."

지겹던 겨울도 끝나려는 듯 바람이 훈훈해졌다. 햇살도 따스한 게 너무 좋았다. 아이스크림을 야금야금 먹던 재영은 자신을 지나치는 노란색 버스를 바라보았다.

차 문이 열리고 아이들이 내렸다. 누군가의 손을 잡고 집으로 가는 아이들 틈에서 유난히 예쁜 뒤통수가 보였다. 재영은 미소를 띠며 아이의 곁으로 다가갔다.

"하린아!"

재영이 반갑게 하린을 불렀다. 홀로 걸어가던 아이는 뒤를 돌아 환하게 웃으며 손을 흔들었다.

"언니!"

천사의 미소란 이런 걸까. 하린의 미소는 예뻤고 목소리도 여전히 달콤했다.

그녀가 강현에 대한 마음을 확실히 들여다보게 된 계기는 예쁜 꼬마 아가씨 덕분이었다. 강현과 자신의 사이에 하린이 없었다면 냉정하게 그와의 사이를 생각하지 못했을 것이다.

언제 이강현 같은 스타와 연애를 해 보겠냐는 불장난 같은 감정으로 그의 손을 잡았다면 헤어진 후의 상처는 오롯이 아이의 몫으로 남았을 것이다. 어른들의 이기심에 꽃같이 예쁜 아이가 상처를 받고 시들어 버릴지 몰랐다.

20대의 끝자락. 인생을 다시 한번 신중히 생각해 보라는 하늘의 뜻으로 받아들였다.

"하린이는 유치원 마치고 만날 집에 혼자 가?"

"네에. 유치원도 혼자 가요."

재영은 한숨을 삼키며 하린의 고사리 같은 손을 꼭 잡았다. 아이는 그녀를 올려다보며 밝게 웃어 보였다.

이내 두 사람은 엘리베이터를 탔다.

"오늘은 집에 누가 있어?"

"아빠 있어요. 집에 있을 거라고 했어요."

대본 때문에 이틀 밤을 새우느라 강현과 연애하는 기분도 내지 못하고 평소와 다를 바 없는 생활이 이어졌다.

재영은 바로 강현에게 연락해야겠다고 생각했다. 계속 집에 있었으면서 전화 한 번을 하지 않다니. 어장 안에 들어온 물고기는 밥시간에만 밥을 주는 걸까. 관리를 해야지, 관리를.

"하린이, 안녕."

"언니 안녀엉."

손을 흔들며 인사한 하린이 까치발을 들어 작은 손가락으로 도어록을 눌렀다. 지문을 인식한 현관문이 찰칵 열렸다. 아이를 처음 만났을 땐 현관 앞에 쭈그리고 앉아 있었길래 혼자선 못 들어가는 줄 알았다. 집에 혼자 있기 싫었던 하린의 마음이 다시금 재영에게 전해졌다.

집으로 들어온 그녀는 냉동실에 아이스크림을 넣어 두고 주머니에 있던 휴대폰을 꺼냈다. 부재중 전화는 물론 문자 하나 없었다. 휴대폰이 고장 난 게 아닐까 의심스럽기까지 했다.

재영은 통화 버튼을 꾹 눌렀다. 잠시 연결음이 나오다 수화기 너머에서 금세 강현의 목소리가 들려왔다.

—살아 있었나 보네.

퉁명스러운 강현의 목소리에 재영은 심드렁한 표정을 지었다.

"내가 죽었어도 몰랐을 거면서."

아래층에 산다는 게 무색할 정도로 연락은커녕 얼굴도 내비치지 않은 강현에 대한 불만이 터져 나왔다. 재영은 인상을 쓰며 주먹으로 이마를 쥐어박았다. 뭔가 상황이 뒤바뀐 듯했다.

—일 하느라 바쁜 사람한테 놀아 달라고 징징거렸어야 했나.

피식거리는 강현의 웃음소리가 수화기 너머에서 들려왔다. 그제야 재영은 토라진 마음의 빗장을 슬며시 풀었다. 속절없이 휩쓸리는 자신이 여간 못마땅해 마음을 다잡았다.

"백수라서 좋겠어요. 돈도 많은데 쭉 놀아요."

—누구 덕분에 백수 생활도 조만간 청산입니다.

재영은 헛기침을 내뱉었다. 촬영까지 3개월 남짓 남았지만,

앞으로 대본 리딩부터 포스터 촬영을 겸한 타이틀 촬영까지 서둘러 진행해야 했다. 일주일가량 제주도 로케이션 촬영도 빼놓을 수 없었으니 강현이 백수처럼 놀 수 있는 것도 대략 한 달 정도였다.

재영은 소파에 드러누웠다. 이틀 동안 책상 앞에 앉아 있었더니 앓는 소리가 절로 나왔다.

"으으."

—어디 아파?

강현의 목소리에 걱정이 가득 묻어 있었다. 쑤시는 허리를 손으로 짓누르며 재영이 말했다.

"직업병이죠. 이틀 동안 앉아만 있어서."

—꼭 밤을 새야 하나?

"잘 거 다 자면서 대본 쓰면 촬영 펑크 나요."

—평소에 틈틈이 써 놓으면 좋잖아. 가만 보면 작가들 다 그러더라.

"그래도 난 쪽대본은 없거든요."

강현의 말은 그녀의 자존심을 긁기에 충분했다. 쪽대본이 없다는 것에 굉장한 자부심을 가졌던 재영은 앞으로도 그에 대한 고집을 꺾을 생각이 없었다.

드라마 제작에 있어 쪽대본과 생방송 촬영은 알면서도 고쳐지지 않는 고질적인 중병이었다. 그런 면에서 재영은 집요할 정도로 대본에 심혈을 기울였다. 배우들이 최상의 컨디션으로 촬영할 수 있도록 배려하는 것이었지만 그녀는 희생이라 생각하지 않았다. 내 새끼 같은 작품 하나를 만들어 내기 위해 고생하는 수많은 사람들의 노고를 헛되이 만들지 않기 위해서 최선을 다하는 것이었다.

　―다들 쪽대본 줘도 촬영 잘해.

　"이강현 씨도 쪽대본으로 촬영해 봤을 거 아니에요. 그게 얼마나 힘든데."

　―박재영은 안 힘든가.

　"촬영 들어가기 전까지만 밤샘하는데요, 뭐."

　―밥은 먹고 일하나.

　"밥 먹을 정신도 없고, 초고 쓰고 나면 힘 빠져서 챙겨 먹을 힘도 없어요. 수정고까지 보내면 진이 다 빠져서."

　―다른 작가들도 다 그래?

　"안 그러죠. 얼마나 몸 생각하는데요. 작가는 몸이 자산이에요."

　―다른 사람들은 안 그러는데 박재영은 왜 그러냐고.

　"내 작품이 잘 나와야 하니까요."

　―박재영 혼자만의 드라마가 아닐 텐데.

　강현의 일침에 뜨끔하며 재영이 상체를 일으켰다. 둔기에 얻어맞은 듯 머리가 띵하기만 했다.

　―드라마 하나에 스태프가 몇 명이 붙는지, 배우는 몇 명이나 되는지 알아?

　"……."

　―내가 찍은 드라마고 내가 출연한 드라마고 내가 보조한 드라마고 내가 발로 뛴 드라마고, 다 그래.

　"……그러게요."

─그러니까 혼자 너무 달리지 마. 같이 뛰는 사람들 생각해서 천천히 해. 3개월 남았는데 대본 여섯 개면 많이 나온 거야.

옆에서 제지해 주는 이가 없었다. 쉬엄쉬엄하라는 제작사 대표의 말만 간혹 전화로 들려올 뿐, 감독과 제작사, 방송국에선 빨리 나오는 대본을 누구보다 좋아했고 열광했다. 대본이 일찍 나오면 스케줄을 조정하는 것도, 촬영 콘티를 짜는 것도 수월했다. 스태프들도 본 촬영 때 시간에 쫓기지 않고 일할 수 있었다. 재영은 자신이 얼마나 무턱대고 달렸는지 깨달았다.

평균 일주일에 대본 하나가 완성되는 상황은 누가 봐도 오버 페이스였다. 이 상태가 지속된다면 촬영 전까지 스물두 개의 대본이 완고될 것이다. 드라마가 24부작이니 2회 촬영 중에 24회 대본이 탈고되는 상황이었다. 사전 제작도 아닌데 이렇게까지 할 필요는 없었다.

─좀 쉬어. 촬영 들어가면 나도 바빠질 텐데 예쁜 얼굴도 좀 보여 주고.

강현의 부드러운 목소리에 경직되어 있던 온몸이 녹아내리는 듯했다. 천사의 아빠도 목소리가 참 달달했다.

─밥 먹으러 올라와.

"지금요?"

─연애 시작한 지 얼마나 됐다고 여자 친구 송장 치를 순 없잖아.

"헐. 말을 해도 꼭."

─이틀 동안 아이스크림만 먹었지?

"대박. 어떻게 알았어요? 우리 집에 CCTV 달아 놨어요? 도청이라도 하나?"

—내가 박재영한테 홀렸다고 해도 그 정도는 아니다.

"농담도 못 하나."

—하린이가 그러더라. 재영이 언니는 만날 아이스크림만 먹고 있더라고.

"하나 먹으라고 줘 봤는데 하린이는 안 먹더라고요. 아빠가 먹으면 안 된다고 했다고."

—그러니까 말이야. 여섯 살짜리도 안 먹는 아이스크림을 다 큰 처녀가 너무 먹는 거지.

"대본 안 풀릴 때 먹으면 머리가 얼마나 맑아지는데요!"

—박재영 작가의 완벽한 대본은 다 아이스크림 덕분이네.

"그렇다고 볼 수 있죠."

강현과의 통화가 길어질수록 재영의 혈색이 밝아졌다. 잠을 못 자서 묵직했던 눈두덩이도 한결 가벼워진 듯 그녀가 해사하게 웃었다.

"기다려요. 금방 올라갈게요."

강현의 말이 채 들려오기도 전에 재영은 황급히 전화를 끊었다. 곧장 욕실로 뛰어들어가 이틀 동안 씻지 못한 비루한 몸뚱이를 구석구석 씻었다. 푸석해진 얼굴에 로션도 듬뿍 바른 뒤 못생겨 보이던 안경도 벗어 던졌다. 무릎 나온 트레이닝복 대신 조금 구겨졌지만 깔끔한 검정색 팬츠를 입고, 목 늘어난 티셔츠 대신 파란 스트라이프 티셔츠를 입은 재영이 거울 앞에 섰다.

꽃단장이 웬 말이야. 재영은 곱게 풀어 헤진 머리를 투덜대며 빗어 올렸다. 포니테일 스타일로 묶은 머리를 살짝 헝클어트려

잔머리가 최대한 삐져나오게 만들었다.

재영은 바닥에 널브러져 있는 무릎 나온 트레이닝복이랑 목 늘어난 티셔츠를 힐긋거렸다. 그냥 하던 대로 해야 하나. 마음 속에서 갈등이 생겨났다. 생전 안 하던 짓을 하고 있는 자신이 어색했지만 예뻐 보이고 싶은 마음을 참고 싶지 않았다.

집을 나서 비상계단을 통해 위층으로 올라가는 그녀의 발걸음은 유난히 경쾌했다. 위층에 올라가면서 지금처럼 기분이 좋았던 적이 있었나 싶었다.

입꼬리가 광대까지 승천한 강현은 전화를 끊자마자 옆에 있는 하린을 보고 휴대폰을 바닥에 떨어트렸다.

"어, 언제 왔어?"

두 눈을 반짝거리는 하린의 눈치를 살피며 강현은 바닥에 떨어진 휴대폰을 주웠다. 왜 기척을 느끼지 못했던 걸까. 재영에게 홀려도 단단히 홀린 듯했다.

"재영이 언니 와?"

맙소사.

"어디서부터 들었어?"

"음…… 밥 먹으러 올라오라고 그랬어, 아빠가."

많이도 들었네. 아이가 살금살금 다가왔을 리도 없는데 전혀 눈치채지 못했다. 재영과 전화하느라 아무것도 보이지 않았던 게 틀림없었다.

하루에도 수십 번씩 아래층으로 내려가 그녀의 집 초인종을 누르고 싶었다. 일하는 걸 방해하고 싶지 않아 마음을 억눌렀는데, 이틀 만에 재영에게서 먼저 연락이 와 너무나도 반가웠다. 왜 박재영에게 이토록 쩔쩔매고 있는 걸까. 뒤늦은 연애가 이래 서 무서운 것이었다.

"재영이 언니 언제 와?"

하린의 물음에 강현은 금방 온다며 짧게 답했다. 순간 아이는 천사같이 해맑게 웃으며 제자리에서 콩콩 뛰었다. 박수까지 쳐 가면서.

"그렇게 좋아?"

"응! 재영이 언니 엄청 좋아!"

전부터 궁금했었다. 아이가 왜 이토록 박재영을 좋아하는지. 이 정도면 거의 맹목적이었다. 강현은 박수를 치는 아이의 손을 붙잡고 흥분을 가라앉히라며 머리를 쓰다듬었다.

"재영이 언니가 왜 좋아?"

다소 유치한 물음이었음에도 아이는 해맑게 대답했다.

"예뻐! 그리고 놀아 줬어요. 엘사도 같이 보고, 빵도 주고! 나 친구 집에 처음 갔어요."

예쁘다는 의견에는 100% 동감했다. 어린아이의 눈에도 박재 영은 예쁜가 보다. 하지만 뒤에 들려온 말은 씁쓸하기만 했다. 아이를 번쩍 안아 든 강현이 말했다.

"친구 집에 놀러 가고 싶어?"

하린이 재영을 친구라고 생각했다는 점은 아빠로서 마음이 아플 수밖에 없었다. 유치원 아이들과는 사이가 좋지 않다고 했 으니 친구를 바라는 건 너무 당연한 일이었다.

하린은 강현의 물음에 고개를 끄덕였다. 활짝 핀 꽃처럼 예쁘던 얼굴에 먹구름이 드리워졌다. 위로 휘었던 입꼬리가 축 처지면서 울먹이기 시작했다. 아이는 아빠의 커다란 손을 꼭 잡으며 말했다.

"내일 친구들은 흐끅…… 엄마랑 같이 유치원 오는데…… 으아앙!"

울먹이며 말을 잇던 하린은 끝내 울음을 터트렸다. 당황한 강현이 손을 뻗어 눈물을 닦아 주었지만 아이를 달래기엔 역부족이었다.

"나도 엄마랑 가야 흐엉, 친구들이 놀아 준다고…… 아아앙!"

울음 섞인 말을 좀처럼 알아들을 수가 없어 강현의 얼굴에 주름이 깊게 파였다.

딩동— 딩동—

울음소리에 섞여서 초인종 소리가 들려왔다. 강현은 하린의 등을 토닥이며 현관으로 나갔다. 인터폰을 슬쩍 확인하고 문을 열자 눈을 크게 뜬 재영이 서 있었다.

강현은 재영의 손을 잡고 집 안으로 들어왔다. 현관과 거실 사이에 선 재영은 눈물을 뚝뚝 흘리는 하린에게 손을 뻗었다.

"하린이 왜 울어. 언니한테 와 봐."

그녀는 한없이 부드러운 음성으로 조곤조곤 말했다. 통곡하던 하린은 눈물을 손으로 벅벅 닦으며 재영을 향해 두 팔을 뻗었다.

두 여자 사이에 껴 있던 강현은 재영의 품에 하린을 안겨 주며 안도의 한숨을 내쉬었다.

"우리 하린이 뭐가 서러워서 울었을까?"

재영은 아이의 등을 쓸어내리며 거실로 향했다. 강현은 마치 어미를 쫓아가는 강아지마냥 그 뒤를 졸졸 따라왔다.

"친구들이 안 놀아 준대…… 으아앙!"

재영은 테이블 위에 있던 티슈를 뽑아 눈물과 콧물 범벅이 된 하린의 얼굴을 닦아 주었다. 항상 빛나기만 하던 아이의 예쁜 눈에서 닭똥 같은 눈물이 뚝뚝 떨어질 줄이야. 놀란 것도 잠시, 재영은 하린을 품에 꼭 끌어안았다.

"나쁜 친구들이네. 예쁜 하린이랑 안 놀아 주고……."

문득 강현의 지난 말이 떠올랐다.

"착한 친구랑 놀라고 했지."

"성격 어디 안 갑니다. 변하지 않아요. 괜히 나서서 손 내밀어 주면 언제 뒤통수칠지 모릅니다. 애초에 뿌리를 뽑아 버려야죠."

어린아이를 상대로 쓸데없는 말을 한다고, 무슨 말 같지도 않은 소리를 하냐며 핀잔을 주었지만 아주 틀린 말은 아니었다. 어른이 돼서 못된 생각을 하면 안 되는데, 아이의 눈물을 보고 있자니 나쁜 마음이 들었다. 재영은 저도 모르게 거친 말이 튀어나올까 봐 어금니를 꽉 깨물었다.

"우리 예쁜 하린이랑 왜 안 놀아 준대?"

머릿속에 돌아다니는 생각들을 지운 뒤 재영이 궁극적인 질문을 던졌다. 하린이와 유치원 친구들 사이에 어떤 일이 있는 것일까. 그녀는 이내 띄엄띄엄 입술을 움직이는 하린을 가만히 내려다보았다.

"엄마가 없어서…… 흐흑, 안 놀아 준대……."

이런 미친. 욕이 목젖을 쳐 댔다. 입술을 깨물며 재영은 욕을 삼켜 냈다. 요즘 애들이 영악하다는 것을 모르지 않았다.

재영은 하린을 품에 꼭 안으며 강현을 힐긋 쳐다봤다. 알고 있었다는 듯 담담한 그의 모습에 한숨을 푹 내쉬었다. 배우로서 백 점이면 뭘 하나. 아빠로서 이강현은 빵점인데.

"엄마 없는 게 뭐 어때서. 아빠가 있잖아. 그런 친구랑은 놀지 마. 나쁜 친구야."

"그러면 친구가 없어…… 으아앙."

간신히 그쳤던 눈물이 무심한 강현의 말에 다시 폭발하고 말았다.

강현은 티슈를 뽑아 재영에게 건네며 하린의 머리를 쓰다듬었다. 마음이 아파서, 가슴이 아파서 미쳐 버릴 거 같다.

"아빠가 나쁜 친구는 필요 없다고 했지. 하린이한테는 아빠가 있잖아. 인후 삼촌이랑 동찬이 삼촌, 세훈이 삼촌도 있고 민이 언니도 있다고 그랬잖아."

"아니야! 엄마 없으면…… 끄윽. 내일 유치원 못 가! 흑……."

선생님은 아빠, 혹은 오고 싶은 사람이랑 와도 된다고 하린에게 말했지만, 집으로 오는 버스 안에서 작은 소동이 있었다.

"하린이는 내일 엄마랑 안 오니까 쿠키 못 만들겠다!"

"맞아! 엄마랑 같이 만든다고 했는데 하린이는 엄마 없잖아."

"엄마 없으면 같이 놀면 안 된다고 했어."

"우리 엄마도 그랬어. 엄마 없는 친구는 못된 친구라고 했어!"

강현에게 같이 가자고 말하려 했던 하린은 친구들의 말에 울상이 되고 말았다. 선생님의 말은 이미 잊혀진 지 오래였다. 친구들의 놀림에 속수무책이었다.

　"내일 유치원 가는 날 아닌데."

　"아니야! 내일 엄마랑 쿠키 만드는 날이야! 선생님이 엄마랑 같이 손잡고 유치원 오라고 했어!"

　하린이 또박또박 반박하자 재영이 놀란 눈으로 강현을 멀뚱히 바라보았다. 그는 자리에서 벌떡 일어나 테라스로 나갔다. 재영이 어디 가느냐고 물어도 대답조차 하지 않고 빠르게 아래층으로 내려갔다.

　유치원에서 돌아오면 하린은 항상 유치원 가방을 드레스 룸에 넣어 두었다. 드레스 룸으로 향한 강현이 가방을 열어 출석부 사이에 접힌 가정 통신문을 펼쳐 들었다.

　젠장. 왜 이런 중요한 일을 하루 전에 알려 주는 거야. 강현은 통신문에 적힌 엄마 참여 수업의 내용을 보며 이를 갈았다.

　선생님의 전달 사항이나 가정 통신문은 항상 베이비시터가 챙겼었다. 유치원의 알림 사항을 베이비시터가 인후에게 전달하면 그가 다시 강현에게 전달하곤 했다. 그런데 요 며칠 베이비시터가 오지 않았으니 가정 통신문을 체크할 사람이 없었다.

　거기까지 생각 못 했던 자신을 책망하며 강현은 가정 통신문을 들고 위층으로 올라왔다.

　"뭐예요?"

　하린은 여전히 재영의 품에 폭 안겨 있었다. 대성통곡은 그친 듯했지만 흐느낌은 여전했다.

강현은 소파에 앉으며 가정 통신문을 재영에게 건넸다. 그녀
는 엄마 참여 수업에 관한 내용을 보곤 고개를 끄덕였다. 이놈
의 유치원은 뭐 이런 걸 다 하나 싶어 재영이 가정 통신문을 바
닥에 휙 던져 버렸다.

"그동안 이런 수업이 있으면 누가 갔는데요?"

아이가 강현에게 온 지 2년이 됐다고 했다. 유치원에 나간 시
기가 적어도 1년은 넘었을 텐데, 그동안 참여 수업이 있을 때면
어떻게 대처했는지 궁금하지 않을 수 없었다. 강현은 절대 유치
원에 갈 위인이 아니었다.

"유치원에선 인후 형이 아빠 줄 알아."

"이런 일 있을 때마다 항상 대표님이 갔던 거예요?"

"안 갔지."

"안 갔다고요?"

"어. 하린이가 유치원을 안 갔어."

맙소사. 재영은 입을 떡 벌어졌다. 인후를 보내도 시원치 않
을 판국에 아이마저 유치원에 보내지 않았다는 말이 충격이었
다. 도저히 이해되지 않는 강현의 방식에 그녀는 혀를 내둘렀
다.

"안 보낸다고 해결될 문제가 아니잖아요. 한두 번도 아닐 텐
데."

"그럼 어떡해? 하린이는 인후 형을 별로 안 좋아한다고. 유치
원에 갔는데 아빠랑 딸이 사이가 데면데면하면 의심하지 않겠
어?"

"그래도 그건 아니죠!"

아이의 존재를 숨기는 것에 반대할 생각은 없었다. 그가 결정한 일이었고 하린을 위해서도 이해가 되는 부분이었다. 강현과의 만남을 진지하게 생각하기 전에는 관여할 입장도 아니었고 관심도 없었다. 하지만 지금은 상황이 변했다.

"하린이는 정상적인 생활을 해야 돼요. 지금 비정상인 거 알죠? 아침에 유치원 갈 때도, 집에 올 때도 혼자고. 그것부터 고쳐요. 이강현 씨가 못 하겠으면 하린이 봐 주던 아줌마 있잖아요. 아침부터 집에 있으라고 해요. 아예 상주하게 하든가."

"내가 집에 있을 때 베이비시터도 같이 있으면 말 나오기 좋지 않겠어?"

"구더기 무서워서 장 못 담가요? 아래층으로 가는 계단을 없애든가 막든가 하면 되잖아요."

강현은 꿀 먹은 벙어리마냥 아무 말이 없었다. 재영은 품에 안겨 있던 아이를 내려다보며 한숨을 푹 쉬었다.

"하린아, 내일은 언니랑 같이 가자. 유치원."

재영의 말에 놀란 건 하린뿐만이 아니었다. 강현이 반사적으로 그녀의 손을 잡아챘지만 재영은 손을 뿌리치며 아이에게 미소를 지었다.

"내일 언니랑 손잡고 유치원 가자. 엄마 대신, 괜찮겠지?"

"진짜? 언니랑 유치원에 가도 돼요?"

하린은 초롱초롱한 눈으로 두 사람을 바라보며 어여쁜 미소를 지었다.

"이거 반칙이야. 얼굴 좀 보여 달랬더니 하린이랑 둘이서 어딜 간다는 거야?"

강현은 아이의 미소를 본체만체하며 말했다.

"하린이 마음이 다쳤잖아요. 치료할 수 있을 때 해 줘야죠. 아빠가 제대로 못 해 주는데."

그녀의 말엔 씁쓸함이 가득 배어 있었다. 아이가 안쓰러운 것은 이웃사촌일 때나 지금이나 변함없었다. 정도가 조금 더 짙어 졌을 뿐.

강현과 가까워지기로 마음먹었을 때 아이에 대한 부분 또한 감싸 안기로 결심한 그녀는 하린이 더 상처 받는 것을 원하지 않았다. 이미 많은 상처 속에 사는 아이였다. 육아에 무지한 강현의 태도와 미적지근한 주변 반응들 사이에서 아이는 방치되었다. 상처를 보듬어 줄 어른이 필요했다. 재영의 말에 강현은 입을 꾹 다물며 거칠게 머리를 쓸어 넘겼다.

"이번만이야."

그는 큰 결심을 한듯 비장했다. 그의 미간에 주름이 생기자 재영은 손가락을 뻗어 깊게 패인 곳을 꾹 눌렀다.

"심각할 거 없어요. 아무도 모를 거예요."

그가 무엇을 걱정하는지 누구보다 잘 아는 재영이 옅은 미소를 띠며 말했다. 그녀가 함께 유치원에 간다고 해도 하린과 강현이 연관되어 있다는 걸 아무도 짐작할 수 없을 것이다.

재영은 자신의 직업이 드라마 작가일 뿐이라고 생각했다. 어쩌다 유명세를 얻었지만, 어디까지나 드라마가 유명해졌을 뿐, 본인이 유명인이라 생각해 본 적은 없었다. 작가상을 세 번이나 수상하면서도 시상식엔 한 번도 참석하지 않았고, 제작 발표회에도 제작사 대표를 대신 내보냈다. 언론 매체에 노출된 적이 없었으니 다른 엄마들이 그녀를 알아볼 일은 없을 터였다.

"근데 아까부터 왜 계속 반말해요?"

훌쩍임이 잦아든 하린은 울다 지쳐 잠이 들려는 상태였다. 그런 아이의 등을 쓸어 주며 재영이 강현에게 말했다.

아까부터 쭉 거슬렸었다. 전화했을 때도 반말하지 않았던가. 존댓말을 하며 까칠하게 굴던 이강현은 다른 세상에서 살았던 사람마냥 너무 자연스럽게 말을 놓고 있었다. 뭔가 지는 듯한 기분이었다.

"지금 그게 중요해?"

"갑자기 반말을 하니까, 어색하게."

"박재영 작가님. 계속 이렇게 불러 드릴까요?"

"그건 좀 아닌 것 같아요."

"내가 몇 살인지는 알아?"

"그럼요. 그거 하나 모르고 캐스팅했을까 봐요?"

"내가 반말해도 되는 나이지 않나? 지금까지는 작가 프리미엄 붙여서 존중해 줬는데."

"존중이라니. 난 받은 기억이 없는데."

강현은 장난스럽게 재잘거리는 그녀의 이마에 꿀밤을 때렸다. 번쩍하는 빛과 고통이 동반되자 그녀가 한 손으로 이마를 문질렀다. 밥 먹으러 올라오라더니 꿀밤이나 먹으라는 건가. 아니면 하린의 일에 나서서 불편한 심기를 드러낸 것일까.

"박재영 작가님. 앞으로 존중 많이 해 줄 테니까…… 예쁜 건 그만하자."

재영은 멀뚱히 강현을 올려다보며 마른침을 삼켰다. 그의 짙은 갈색 눈동자 속에 그녀의 말간 얼굴이 맺혀 있었다.

나이를 한 살 먹으면서 심장도 같이 늙은 건지 주책없이 지랄 발광을 했다. 꿀 떨어지는 눈으로 자신을 바라보는 그의 얼굴은 눈이 부실 정도였다.

"무릎 나온 트레이닝복도 내 눈엔 예뻐."

낯 뜨거운 말에 재영의 얼굴이 붉어져 갔다. 예쁘다는 말은 둘째 치고 그가 기억하는 자신의 모습이 떠오르자 민망해진 탓이었다. 그런 모습까지 예쁘다고 해 주니 심장이 주체를 못 하고 쿵쾅댔다.

"하린이 눕히고 올 테니까 기다려. 밥 먹자."

강현은 재영의 품에 폭 안긴 하린을 들쳐 안고 아래층으로 내려갔다. 그녀는 그의 뒷모습이 사라질 때까지 테라스를 바라보았다. 그의 뒷모습이 유난히 듬직해 보였다.

"뉘 집 아들인지 등도 참 훤칠하네."

12화 · 늑대와 여우

　평소라면 밤을 꼬박 새우고 작업실에 틀어박혀 있을 시간이
었지만 오랜만에 푹 자고 일어난 재영은 꽃단장을 하느라 정신
이 없었다. 그동안 예쁜 여배우들과 미팅을 하면서 무슨 자신감
에 쌩얼로 나갔나 모르겠다.

　피부가 많이 푸석해 보여 재영은 씻고 나오자마자 서랍장에
두었던 마스크 팩을 꺼내 얼굴에 올렸다. 수분을 가득 머금은
얼굴은 금세 촉촉해졌지만 무언가 부족한 기분이 들어 열심히
쿠션을 두드려 가며 메이크업에 열을 올렸다.

　"뭐가 이렇게 없어."

　화장대 위엔 마땅한 화장품이 없었다. 아이섀도부터 립스틱
까지 뭐 하나 화사한 게 없었고, 부서진 것들도 많았다. 유통 기
한도 다 지났을 것이다. 대충 찍어 바르기 시작한 재영은 마무
리로 마스카라를 속눈썹에 바르고 오렌지빛 립스틱을 입술에 발

랐다.

어렵게 골라 둔 옷을 챙겨 입고 서둘러 집을 나온 재영은 비상계단을 통해 위층으로 올라왔다. 혹시라도 시간이 늦었을까 봐 손목에 찬 시계를 힐긋거리며 초인종을 눌렀다. 기다렸다는 듯 현관문이 찰칵, 열렸다. 검은 팬츠와 하얀 셔츠 차림의 강현이 재영을 맞이했다.

"오늘도 예쁘네."

달달한 말과 달리 음성은 상당히 까칠했다. 눈살을 잔뜩 찌푸린 강현이 재영을 위아래로 훑었다.

재영은 예쁘다는 강현의 말에 완전히 적응한 모습을 보였다. 강현에게 바짝 다가간 그녀가 까치발을 들어 그의 볼에 입술을 가져다 댔다.

"오늘도 잘생겼네요."

가벼운 입맞춤 후 재영이 해사하게 웃었다. 그 모습에 강현은 샐쭉거리며 웃음을 터트렸다. 그녀는 이미 자신을 어떻게 다뤄야 하는지 파악하고 있는 듯 능수능란하게 위기를 벗어났다.

재영은 웃고 있는 그를 지나쳐 집 안으로 들어와 다이닝 룸으로 향했다. 그곳엔 아침을 먹고 있는 하린이 있었다.

"하린이 안녕."

재영은 환하게 웃으며 손을 흔들었다. 시리얼을 우유에 말아 먹던 아이는 그녀의 등장에 두 팔을 뻗어 안기려 들었다. 그녀가 미소를 지으며 하린을 안아 들었다.

"오늘 언니랑 유치원 가는 거 알지?"

재영의 물음에 하린이 세차게 고개를 끄덕였다.

"이하린, 언니 힘든데 안겨서 뭐해. 내려와."

뒤따라 들어온 강현이 다소 못마땅한 듯 아이를 받아 의자에 앉혔다.

"아빠가 너무 한다. 그치?"

"응응. 아빠 치사해."

재영이 하린의 옆에 앉으며 귓속말하자 아이도 맞장구치며 고개를 끄덕였다. 두 여자의 맞은편에 앉던 강현은 기가 막혀 헛웃음을 내뱉었다.

"둘이 친한 거 아니까 내 앞에선 좀 자제하는 게 어때."

우유 팩을 재영의 옆으로 슥 밀며 그가 말했다. 재영은 우유를 받아 자신의 앞에 놓인 시리얼 그릇에 부으며 웃어 보였다.

"나이가 몇인데, 되게 유치한 거 알죠? 하린이가 놀려요."

재영은 숟가락을 들어 시리얼 한 숟갈을 가득 퍼 입에 넣었다.

"아빠, 언니랑 나랑 친해서 질투해?"

하린의 말에 놀라 입에 들어 있던 바삭바삭한 시리얼을 내뿜을 뻔했다. 강현은 급히 재영에게 다가와 물을 건네며 등을 두드려 주었다.

"한번에 많이 넣으면 어떻게 해."

"큭! 케엑! 컥컥."

재영은 물컵을 받아 벌컥벌컥 들이켰다. 강현이 등을 두드려 주자 한결 편해진 듯 깊은 심호흡을 내뱉었다.

하린이 또래보다 말을 잘한다는 걸 일찍이 눈치챘었다. 사촌 조카들이 여섯 살일 때를 돌이켜 보면 하린은 놀라울 정도로 단어 선택이 탁월했다. 질투라는 말을 어디서 배웠을까. 요즘 애들이 무서워지는 순간이었다.

"괜찮아?"

그가 걱정스레 묻자 재영은 고개를 끄덕이며 하린을 힐긋거렸다. 시리얼을 꼭꼭 씹어 먹던 아이가 맑은 눈으로 재영과 강현을 바라보았다.

"언니랑 아빠랑 연애해?"

재영의 등을 쓸어내리던 그와 물을 마시던 그녀가 일시 정지하고 말았다. 청력을 의심하며 두 사람의 시선이 아이에게 향했다.

"이하린, 연애가 뭔지 알아?"

강현의 물음에 하린은 고개를 가로저었다. 무슨 뜻인지 알지 못했다. 어제 두 사람이 통화하는 걸 들은 게 전부였다. 그녀가 집에 온다는 말에 다른 걸 물어볼 정신이 없었을 뿐.

"그거는 모르는데 여자 친구는 알아! 여자 친구 하면 만날 같이 놀 수 있고 손도 잡는 거랬어."

"뭐?"

"그리고 여자 친구랑 결혼한대. 매일 매일 얼굴도 보고 아기도 생긴대. 그러면 동생이 생기는 거랬어."

재영은 시선을 어디에 둬야 할지 몰라 방황하기 시작했고 강현은 난감한 듯 이마를 긁적였다.

"아빠가 어제 재영이 언니한테 여자 친구라고 했잖아. 그러면 나도 동생 생기는 거야?"

도대체 뭘 들은 거야. 어제 재영과의 통화 내용이 정확하게 기억나지 않아 강현은 마른침을 삼켰다.

아직 하린에게 재영과의 관계를 어떻게 설명해야 할지 결론을 내리지 못한 상태였다. 그녀가 자신을 받아 줬다고 해서 아이까지 받아들였다며 멋대로 판단해서도 안 됐다. 이 문제는 재영과 상의가 꼭 필요한 부분이었다.

그녀는 빈 물컵을 테이블에 내려놓으며 말문을 열었다.

"하린이가 아직 어려서 이해할 수 있을지는 모르겠는데, 언니가 아빠 여자 친구 하기로 했어. 근데 동생은 엄마, 아빠가 돼야 생기는 거야. 친구들이 그랬어? 여자 친구 하면 동생 생긴다고?"

재영의 말에 하린이 고개를 위아래로 끄덕였다. 놀아 주지도 않는다던 친구들이 별소리를 다 했다. 황당하고 어이없는 말이었음에도 재영은 웃음으로 넘기며 아이를 이해시키기 위해 차근차근 설명했다. 그 모습을 가만히 바라보고 있던 강현은 마른세수를 하며 자리에 털썩 주저앉았다.

아이와 유대 관계는 아무리 봐도 재영이 더 좋아 보였다. 아이를 다루는 방법 역시 그녀가 더 월등하다는 것을 그는 인정했다. 우선적으로 하린을 배려하는 재영의 모습이 예뻐서 웃음만 흘러나왔다.

"친구들이 또 그런 말 하면 하린이가 얘기해 줘. 알았지?"

"네에."

아이는 그녀의 말에 대답하며 시리얼을 입에 한가득 넣었다.

"빨리 먹고 유치원 가자."

"데려다줄게."

강현의 말에 시리얼을 먹던 재영이 놀란 눈으로 그를 바라보았다.

"뭘 그렇게 놀라고 그래?"

입에 들어 있던 시리얼을 삼키며 재영이 입을 뗐다.

"그러다가 눈에 띄면 어쩌려고요."

자신도 차가 있는데 굳이 위험을 감수하면서까지 그의 배웅을 받고 싶지 않았다. 재영이 고개를 내저으며 말했다.

"사양할게요. 내가 불안해서 안 돼. 그냥 우리끼리 갈게요."

"차 안에 있는데 알아보겠어?"

"설마가 사람 잡는 거 몰라요? 그냥 집에 있어요. 그게 도와주는 거예요."

재영이 손사래를 치며 극도로 꺼려했다. 혹시라도 누군가가 알아본다면 대재앙이었다.

강현은 대꾸 없이 그릇에 남아 있는 시리얼을 박박 긁어 먹었다. 어딘지 모르게 그의 표정이 뚱해 보였지만 재영은 서둘러 자리에서 일어났다.

하린은 어느새 시리얼을 깨끗이 비우고 쌩하니 현관으로 달려가 신발을 신기 시작했다.

"하린이 혼자 신발도 신을 줄 알아?"

"네!"

재영의 물음에 아이는 목청을 높여 대답했다. 사실 매번 강현의 도움을 받았지만 오늘은 혼자 신고 싶었던 모양이다. 다행히 구두라서 쉽게 신을 수 있었다. 아이는 제자리에서 콩콩 뛰었다. 기분이 아주 좋아 보였다.

"잘 갔다 와."

"네에. 다녀오겠습니다! 아빠 안녕."

손을 흔드는 아이에게 강현이 옅은 미소를 지었다.

"갔다 올게요."

재영의 말에 강현은 고개를 끄덕였다. 둘이 나란히 나간 현관문은 찬바람과 함께 닫혀 왔다. 조금은 시끌벅적하던 집이 순식간에 고요해졌다.

강현은 시리얼 그릇만 덩그러니 남은 식탁을 바라보며 숨을 푹 뱉었다.

✢   ✢   ✢

재영은 뒷좌석에 앉아 있던 하린의 안전벨트를 풀어 주며 가방을 챙겨 들었다. 재영의 손을 잡고 차에서 내린 아이는 그 어느 때보다 해맑은 미소로 그녀를 올려다보았다.

"여기가 하린이가 다니는 유치원이야?"

"네!"

하린은 재영의 손을 잡고 폴짝 뛰었다. 아이의 손을 잡고 유치원 정문에 들어선 그녀는 오랜만에 보는 알록달록한 건물에 감회가 남달랐다.

"하린이 왔…… 누구세요?"

마중 나와 있던 달님반 선생님은 하린과 나란히 걸어오는 재영을 보곤 흠칫 놀라며 물었다.

"선생님, 안녕하세요."

하린이 선생님을 향해 허리 숙여 인사하자 재영도 덩달아 환한 미소를 지었다.

"안녕하세요. 하린이 아빠랑 친구예요. 하린이 아빠가 워낙 바빠서 제가 오게 됐어요."

재영의 얼굴을 빤히 쳐다보던 달님반 선생님은 머릿속으로 바삐 계산기를 두드렸다. 하린이 아빠의 친구가 여자다. 바쁜 아빠를 대신해서 유치원에 왔다. 고로 이 예쁜 여성분은 하린이의 새엄마가 될 분이었다. 결론을 낸 선생님은 환하게 웃으며 고개를 숙였다.

"처음 뵙겠습니다. 하린이 반 선생님입니다."

"하린이 잘 부탁드립니다."

재영은 선생님이 자신을 어떻게 보고 있는지 단번에 알아차릴 수 있었다. 깍듯한 태도가 그 증거였다.

다른 아이들을 맞이하는 선생님을 뒤로한 채 재영은 하린과 함께 유치원 안으로 들어섰다.

달님반은 2층에 있었다. 널찍한 교실 뒤편엔 누가 봐도 치맛바람이 상당해 보이는 아주머니들이 한껏 치장을 하고 앉아 있었다. 재영은 마른침을 삼키며 옷걸이에 코트를 걸어 두는 아이를 챙겼다.

"하린이 가방은 어디에 둘까?"

"가방은 여기!"

하린은 재영의 손에 들려 있던 유치원 가방을 받아 옷걸이 아래 선반에 내려놓았다.

"어! 하린이다!"

"하린이 엄마랑 왔나 봐!"

그때였다. 노느라 정신이 없어 보였던 아이들이 기다렸다는 듯 우르르 몰려와 재영과 하린을 에워쌌다.

"하린아, 엄마야?"

"아니야! 하린이는 엄마 없어."

"엄마 안 오면 쿠키 못 만들어서 아무나 데려왔나 봐."

아이들의 입에선 어른인 그녀조차 듣기 거북한 말들이 쏟아졌다. 하린은 재영의 코트 자락을 꼭 움켜쥐었다. 의지할 사람이 절실하다는 듯. 그녀가 하린이를 도닥이며 말했다.

"오늘은 하린이 엄마야. 우리 하린이랑 친하게 지내."

쪼그만 것들이 못됐어, 진짜!

성질 같아선 머리통을 쥐어박고 싶었지만 재영은 참을 인을 새기며 화를 억눌렀다. 정말 요즘 애들은 무서웠다. 누굴 보고 배웠는지 안 봐도 훤했다.

하나하나 뜯어보면 참 예쁜 아이들이었다. 맑고 깨끗한 아이들의 세상을 어지럽히고 더럽히는 것이 바로 이기적인 부모들이었다. 치맛바람에 망가진 아이들의 이야기를 다음 작품으로 쓰고 싶을 정도였다.

"우와. 하린이 엄마 예쁘다."

"하린이처럼 예뻐요!"

하린의 옆에 서 있던 또래보다 키가 큰 남자아이 둘이 손뼉을 치며 말했다. 예쁜 건 알아 가지고.

"하린아, 오늘은 언니가 엄마 해 줄게. 친구들이랑 재밌게 놀아. 알았지?"

재영이 허리를 굽혀 하린의 귓가에 속삭였다. 아이는 고개를 끄덕이며 그녀를 바라보았다. 하린이의 엄마가 왔다며 아이들은 떠들기 시작했고 어느새 아이들 틈에 하린도 섞여 들었다.

재영은 뒤쪽에서 자신을 힐끗거리던 시선 쪽으로 걸음을 옮겼다. 빈 의자에 거리낌 없이 앉은 재영은 핸드백을 내려놓으며 코트를 벗었다. 그때 옆에서 다소 까칠한 목소리가 툭 튀어나왔다.

"하린이랑 무슨 사이예요?"

곱게 세팅한 긴 머리가 참 이질적인 아줌마였다. 명품이라고 입은 옷들은 옷걸이를 잘못 만나 빛을 발하지 못해 칙칙해 보였고, 목에 건 진주 목걸이까지 가짜처럼 보이게 만드는 재주도 있었다.

"하린이 엄마예요."

충동적으로 말한 대답이 큰 파장을 불러일으킨 듯했다. 열 명 남짓의 아줌마들이 술렁거렸다. 특히 말을 걸었던 아줌마는 미간을 찌푸리며 재영의 팔을 부여잡고 재차 물어 왔다.

"하린이 엄마라고요?"

억울해 보이는 아줌마의 표정에 재영이 갸웃거리며 입을 뗐다.

"뭐 잘못됐나요?"

진심으로 궁금했다. 하린이의 엄마라는 것이 말도 안 된다는 것처럼 구는 태도에 재영은 더 불쾌해졌다. 가뜩이나 화를 참고 있는데 그마저 들쑤시면 신성한 유치원에서 자신이 무슨 짓을 할지 몰랐다.

추측건대 이 아줌마가 엄마들을 부추기는 주축인 듯했다. 뒤에서 수군대는 아줌마들의 말이 또렷하게 들려왔다.

"어머, 하린이 아빠가 재혼했나 봐."

"상당히 어려 보이는데? 재혼한 거 맞아?"

"재혼했으면 한 번쯤은 유치원에 왔겠지."

"하린이 아빠도 본 적 없는데 엄마는 무슨."

"그래. 이모겠지."

"엄마가 없는데 이모가 있겠어?"

재영은 고개를 휙 돌려 아줌마들을 하나씩 째려봤다. 이놈의 유치원에도 수맥이 흐르나. 유치원을 옮겨야 할 필요가 있었다.

자신의 팔을 꽉 움켜쥐고 있는 아줌마의 손을 뿌리치며 재영이 말문을 열었다.

"하린이 엄마 없다고 누가 그러던가요. 아빠는 본 적 있으세요? 제대로 알지도 못하면서 애들한텐 엄마 없으니까 같이 놀지 말라고 하셨어요?"

조곤조곤 내뱉는 그녀의 음성에 분노가 짙게 배어 있었다. 하린의 일에 섣불리 나서지 못했던 강현의 마음을 알기에 재영은 최대한 화를 억누르며 말했다.

"그거 엄연히 허위 사실 유포라는 거 아세요? 자칫했다간 경찰 조사받을 수도 있어요. 중죄라고요."

재영의 입매는 웃고 있었지만 아줌마 한 명, 한 명에게 꽂히는 시선은 따갑기만 했다. 그들은 하나둘씩 시선을 피하며 꿀먹은 벙어리마냥 입을 다물었다. 찔리는 표정이었지만 사과할 마음은 조금도 없어 보였다. 오히려 어린 재영에게 한 방 먹었다는 듯 억울해 보이는 표정들이 눈에 띄었다.

"오늘 보니까 유치원 시설도 별로고, 애들 수준도 별론 거 같고. 학부모들 수준은 더 형편없네요. 유치원 옮겨야겠어요."

마침표를 찍으며 재영은 다시금 그들을 째려보았다. 집에 가는 대로 강현에게 유치원을 옮기라고, 아이의 교육과 정신 건강을 위해 꼭 해야 할 선택이라고 말하리라 다짐했다.

하린은 유치원에서 쿠키를 만드는 내내 흥분을 가라앉히지 못했다. 아이를 오랫동안 봐 온 건 아니었지만 알 수 있었다. 선생님도 하린이가 많이 즐거워 보인다고 해서인지 재영은 내심 흐뭇한 마음이었다.

하린 뿐만 아니라 그녀도 오랜만에 일에서 해방된 상쾌함을 느꼈다.

❋   ❋   ❋

"그래서 쑥대밭을 만들었다고?"

친구들과 노느라 피곤했는지 오는 길에 완전히 뻗어 버린 하린을 침대에 눕히며 강현이 말했다. 재영은 문설주에 기대서서 고개를 끄덕였다.

"쑥대밭보다는 옳고 그름을 따졌다고 할 수 있죠."

유치원에서 한바탕했다는 재영의 말에 강현은 헛웃음만 터져 나왔다. 예상 못 한 반응이었는지 그녀는 당황한 마음으로 강현과 함께 위층으로 올라왔다.

고요한 집 안에 재영의 목소리가 듣기 좋게 퍼졌다.

"웬만하면 참으려고 했는데 아줌마들이 얼마나 재수 없었는지 알아요? 당장 유치원 옮겨요. 거기 진짜 아닌 거 같아요."

재영은 강력하게 의견을 피력했다. 이런 행사가 있을 때마다 자신이 갈 수도 없는 노릇이었다.

강현은 걸음을 멈추고 재영을 바라보며 입을 굳게 다물었다. 두 사람의 시선이 얽혀들었다. 어쩐지 그의 표정이 썩 좋지 않음을 눈치챌 수 있었다.

"말을 해요. 내가 초능력자도 아니고, 이강현 씨 속마음까지 읽어야 해요? 바빠 죽겠는데."

팔짱을 낀 채 재영이 퉁명스럽게 말했다. 그는 처음부터 이런 식이었다. 자신의 속마음은 말하려 들지 않았다. 마음 놓고 연애할 수 없는 작금의 현실 속에서 서로에게 괜한 감정을 곤두세우며 시간을 소비하는 건 옳지 않았다.

"얘기 좀 하죠."

강현은 자조 섞인 웃음을 뱉으며 이마를 매만졌다.

그녀가 자신의 생활 속에 깊이 개입하려 드는 것이 불편하지 않았다. 오히려 고맙고 미안해서 뭐라고 말을 할 수 없게 만들었다. 자신의 상황이 얼마나 부담스러운지 알고 있기에 책임을 함께 나누자 할 수 없었다.

그런데도 재영은 자꾸만 나눠 가지려 했다. 유치원에 가는 것도 말리고 싶었지만, 아이가 좋아하는 모습을 보니 이기적인 마음이 먼저 튀어나왔다.

결국 유치원에 간 그녀는 불의를 참지 못하고 문제를 저돌적으로 파고들었다. 이 문제를 해결하려면 무엇보다 자신의 결단이 필요하다는 것을 절실히 깨달았다.

"앞으론 하린이 문제, 당신은 모른 척하는 게 좋겠어."

그는 재영의 어깨를 단단히 부여잡고 단호하게 말했다.

"박재영은 나만 봐 줬으면 좋겠는데."

강현은 아이의 문제를 재영과 별개로 놓고 싶었다. 적어도 자신의 주위에 얽힌 문제를 해결하기 전까진 끌어들이고 싶지 않았다. 일을 복잡하게 만들 생각도 없었다.

재영은 강현의 눈을 가만히 주시했다. 그의 진심을 모르지 않았기에 곧이곧대로 듣지 않았다. 그는 끝까지 속내를 감추다가 한계점에 도달해서야 내비쳤다. 그러니 없는 초능력이라도 만들어서 강현의 마음을 읽어야 했다.

"나한테는 이강현이 이하린이고, 이하린이 이강현이고 그래요."

"……."

"둘 다 나한테 중요한 사람이 됐다는 말이에요. 당신을 만나면서 하린이를 따로 생각할 순 없어요."

세상의 중심이 이강현과 이하린으로 바뀌어 버렸다. 그녀가 예상했던 대로 완벽하게.

재영은 강현의 단단한 허리에 두 팔을 두르며 가슴팍에 살포시 기댔다.

"그래도 첫 번째는 이강현이라고 해야 안 삐지는 거죠?"

"뭐?"

"하린이 문제는 아빠인 이강현 씨한테 맡길게요. 나는 아직 그럴 자격이 없으니까."

"자격이 없다는 말이 아니라……."

"알아요. 자격 운운하는 게 아니라는 거. 걱정하는 거잖아요.
나랑 하린이."

"……."

"계속 걱정해요. 장단 맞춰 줄 테니까."

이러니 예쁘지 않을 수 없었다. 행동까지 아니, 마음까지 예
뻐서 정신을 차릴 수가 없다.

강현은 그녀를 꼭 껴안으며 귓가에 속삭였다.

"예뻐서 미치겠다, 진짜."

재영은 미소를 지었다. 이제 예쁘다는 말을 하루라도 듣지 않
는다면 허전할 지경이었다.

"이강현 씨도 잘생겼어요."

예쁘다는 말의 화답이었다. 자신이 아니더라도 항상 듣는 말
일 테지만 개의치 않았다. 말을 하는 사람의 마음은 다르니까.

순식간에 가까이 다가온 강현은 그녀의 입술을 삼켰다. 목마
름이 그를 덮쳐 왔다.

재영의 얼굴을 감싸 쥔 손이 굴곡진 허리를 쓸고 내려갔다.
움찔거리는 그녀의 허리를 와락 끌어안으며 강현은 숨 쉴 틈도
주지 않고 입안을 휘저었다. 평소와 다른 짙은 키스에 재영은
아침의 상황을 되뇌었다.

샤워하고 나서 어떤 속옷을 입었더라. 기억이 안 난다. 망했
다. 하필 훤한 대낮에.

"딴생각할 여유가 있나 봐."

입술이 강현의 타액으로 촉촉이 젖었다. 숨을 고르던 그녀에

게 그가 웃으며 말했다. 쓸데없이 눈치는 빨라요.

"대본 많이 써 놨지?"

"지금 8회 초고……."

"오늘 하루는 재껴도 되겠네."

재영은 잠시 고민에 빠졌다. 리딩 전에 9회까지는 뽑아 놔야 했지만 하루 정도 더 쉰다고 문제 될 건 없었다.

재영의 입매가 보기 좋게 휘고 눈꼬리가 쳐졌다. 그 모습에 강현은 그녀의 머리를 헝클어트리며 가볍게 안아 들었다. 마치 하린이를 품에 안듯이.

"무, 무거워요. 내려 줘요!"

"하린이보다 가벼워."

"지금 그걸 말이라고 해요?"

재영은 어이가 없어 웃으면서도 강현의 목에 팔을 둘렀다. 그가 그녀를 품에 안고 복도 끝에 위치한 침실로 들어섰다. 두 사람이 누워도 공간이 남는 침대 위에 재영을 앉혀 두고 그녀의 입술을 또다시 삼켰다.

"으음."

온전히 입술을 내어 준 재영은 그가 입고 있던 셔츠 단추를 하나씩 풀어 헤쳤다. 그의 하얀 셔츠는 어느새 바닥에 널브러졌고 운동으로 다져 놓은 단단한 몸이 드러났다. 구릿빛 피부가 그녀의 눈에 얼핏 보였다. 내리누르는 그의 힘 때문에 재영은 저도 모르는 사이 침대에 폭 파묻혀 있었다.

"콘돔은요?"

강현의 단단한 가슴팍을 밀어내며 재영이 두 눈을 동그랗게 뜬 채 물었다. 좀 덜 로맨틱하더라도 지킬 건 지키자는 주의였다.

강현은 피식 웃으며 머리맡 서랍장을 열더니 네모난 박스를 꺼내 재영의 손에 쥐어 주었다. 한두 달 전쯤 세훈에게 맥주를 부탁했는데, 그가 자신의 것을 같이 샀다가 실수로 맥주가 담긴 봉지에 넣은 바람에 어쩌다 딸려 온 거였다.

"집에 콘돔 있는 거…… 정상 맞죠?"

재영은 강현을 황당하게 쳐다보며 말했다. 정상이어야 했다. 그렇지 않고서야 강현의 침실 서랍에 구비되어 있는 상황을 이해할 수 없었다.

어느새 등 뒤로 강현의 손이 밀고 들어왔다.

"안전제일 몰라? 내 여자를 위한 필수품이지."

그는 미소를 머금은 채 사과를 베어 무는 것처럼 재영의 목덜미를 살짝 물었다.

강현은 재영의 매끈한 몸을 덮고 있던 티셔츠를 벗겨 냈다. 창밖에서 들어오는 햇빛에 눈이 부신 건지 탐스러운 그녀의 몸에서 빛이 나는 건지 분간이 되지 않았다.

"잠깐."

분위기가 무르익으려는 찰나 강현이 퍼뜩 고개를 들었다. 무슨 큰일이라도 난 사람처럼 표정이 자못 심각해 보였다.

"더 사 와야 할 거 같아."

강현의 말을 온전히 이해하지 못한 그녀는 그를 빤히 쳐다보다 입을 뗐다.

"뭘 더 사 온다는 거예요?"

"콘돔."

강현의 대답에 재영은 입을 쫙 벌리며 그의 팔을 내려쳤다.

"미쳤어요? 이걸로도 충분한데 무슨…… 아니, 그 전에 사진 찍혀서 기사 대문짝만하게 날 일 있어요? 가긴 어딜 가요!"

제아무리 마스크와 선글라스를 써 중무장을 한다고 해도 눈에 띨 얼굴이었다. 인터넷이 발칵 뒤집히고도 남을 일이었다.

강현은 빨갛게 달아오른 팔뚝을 문지르며 말했다.

"첫날이니까 짧게 끝낼게."

그가 음흉하게 미소 지었다. 재영은 미쳤다며 구시렁거리다 이내 파고드는 강현의 움직임에 신음을 토해 내야 했다.

13화 · 매일 그대와

눈살을 찌푸리며 실눈을 뜬 재영이 낯선 공간이 보이자 흠칫 놀라며 정신을 다잡았다. 강현의 침실이었다. 묵직하게 느껴지는 단단한 그의 팔이 그녀의 허리를 감싸 안고 있었다.

재영은 고개를 슬쩍 돌려 곤히 잠든 강현을 힐긋 바라보았다. 피식 웃으며 그의 이마를 가린 머리카락을 만지작거렸다. 무슨 남자가 피부도 좋고 머릿결도 좋은지. 그녀는 너른 가슴에 얼굴을 파묻었다.

"아침부터 이러면 곤란한데."

낮은 음성이 들려와 재영은 고개를 빠끔히 들어 잠에서 깬 강현을 올려다봤다.

졸린 눈으로 그녀의 머리를 쓰다듬는 강현은 훅 끼쳐 오는 체취에 숨을 들이켰다. 불편한 감각이 하체에 집중되고 있었다. 고삐 풀린 망아지마냥 한 번 풀려 버린 성욕은 쉽게 가라앉지

236

않는 듯했다. 성에 차지 않았던 그는 당장 박스 채로 사 놔야겠다고 다짐했다.

"곤란한데, 진짜."

"응? 뭐가요?"

재영을 집에 보내고 싶지 않았지만 대본을 써야 하는 그녀를 내내 붙잡아 둘 수 없는 노릇이었다.

박재영은 머리가 헝클어져도 눈곱이 껴도 여전히 예뻤다. 예뻐서 참 쓸데가 없었다. 힘들고 불편했다. 인내는 오로지 제 몫으로 떠넘긴 채 그녀는 하염없이 품을 파고들었다.

"그만 좀 예쁘라고 내가 입이 닳도록 얘기했을 텐데."

"그게 어디 내 마음대로 되나? 나도 그만 좀 예쁘고 싶네요."

재영은 강현의 가슴에 얼굴을 기댄 채 새초롬히 말했다. 농담으로 받아칠 정도로 단련된 듯했다. 오히려 자뻑이 생길 정도였다. 그만큼 그는 눈만 마주치면 그녀에게 예쁘다는 말을 서슴지 않았다.

이만큼 사랑받고 있구나. 처음 느껴보는 감정이었다. 초반엔 부담스러웠지만 지금은 심장의 떨림이 오히려 기분 좋았다.

"그런 김에 저녁엔 좀 덜 예쁘도록."

강현은 재영의 이마에 입맞춤하며 황급히 일어나 뒤도 돌아보지 않고 욕실로 직행했다.

침대에 누워 있던 재영은 이윽고 들려오는 물소리에 옷을 주섬주섬 챙겨 입었다.

오늘 저녁엔 첫 회식이 있었지만 재영은 불참해야 했다. 친목 도모보다는 완성도 있는 대본이 더 중요했다.

드라마 세트도 완공됐고, 감독은 제주도 헌팅을 다녀온 뒤 준비되는 대로 촬영에 들어가기를 바랐다. 대본 리딩 날짜도 긴박하게 잡힌 상태였다.

재영은 강현에게 문자를 남겨 놓고 서둘러 자신의 집으로 돌아왔다. 밤새 그에게 시달려 다리가 후들거리고 허리가 아팠지만 그녀는 곧장 샤워하고 나와 작업실로 들어섰다.

저장해 둔 대본 파일을 노트북에 띄웠다. 구성안을 쓱 살펴본 재영은 곧장 손을 풀었다. 곧이어 키보드 소리가 작업실 안을 가득 메웠다.

어제저녁부터 굶어 꼬르륵 소리가 들려옴에도 그녀는 미동조차 하지 않았다. 오늘 안에 8회 초고를 감독에게 보낼 생각에 맹렬히 울리는 휴대폰도 거들떠보지 않았다.

욕실에서 나온 강현은 재영의 흔적이 사라진 침실을 보며 눈살을 찌푸렸다. 지난밤이 꿈이었다는 듯 신기루처럼 자취를 감춰 버렸다. 저녁도 안 먹어서 배고플 텐데.

강현은 협탁 위에 올려 두었던 휴대폰을 집어 들었다. 전화를 하려던 순간 휴대폰 속에서 사라져 버린 그녀의 흔적을 찾을 수 있었다.

〈저녁엔 덜 예쁘게, 오늘 하루 종일 대본 쓸 거예요. 회식 잘하고 와요. 우리 집 초인종은 누르지 않는 걸로.〉

얄미울 정도로 깜찍한 이모티콘까지 보내온 재영의 문자를 보며 강현은 피식 웃음을 지었다. 눈앞에 그녀의 얼굴이 또렷하게 그려졌다. 아주 중중이었다. 목소리라도 들어야겠다 싶어 전화를 걸었지만 자동 연결음으로 넘어가기만 했다.

재영은 일할 때엔 매정할 정도로 전화도 안 받고 연락도 먼저 하지 않았다. 지난번에도 이틀 동안 방치됐었지만 강현은 좀처럼 적응되지 않았다.

몇 번의 시도 끝에 결국 전화를 끊었다. 다 끝나면 전화하겠지. 속 편하게 생각해야 했다.

❉   ❉   ❉

드라마 '불멸의 사랑' 팀의 첫 회식 장소는 청담동에 위치한 한우 전문점이었다. 배우와 스태프의 인원수를 따져 보면 영수증에 찍힐 숫자가 어마어마할 것이다. 역사적인 첫 회식이니 특별히 제작사에서 신경을 많이 쓴 모양이었다.

주·조연들과 스태프들이 모인 식당 안은 시끌벅적했다. 이미 술을 한두 잔 기울인 탓에 제법 가까워진 배우들은 꽤나 수다스러웠다.

"감독님! 작가님은 안 오세요?"

회식이 무르익은 찰나 호위대 대장 역을 맡은 신인 배우가 재영의 행방을 물었다. 강현과 술잔을 기울이던 최 감독은 대각선 방향에 앉아 있던 배우를 보며 입을 뗐다.

"대본 쓰느라 못 온다네. 참석하려고 했는데 필 받은 모양이야. 리딩 전까지 대본 왕창 뽑아 놓겠다는데 우리가 봐줘야지."

남자는 고개를 끄덕이며 맥주잔을 들었다. 시원한 맥주가 식도를 타고 넘어갈 무렵 뜨거운 시선을 느낀 신인 배우는 살며시 맥주잔을 테이블에 내려놓았다.

"선배님? 무슨 하실 말씀이라도…… 하하하."

강현의 시선이 맹렬히 자신을 쫓고 있음을 느낀 남자는 멋쩍게 웃었다. 아무리 생각해 봐도 강현에게 책잡힐 만한 일을 한 적이 없어 머리를 긁적였다.

강현의 시선은 거의 노려보는 수준이었다. 맥주를 벌컥벌컥 마시면서도 그의 시선은 계속해서 남자에게 향하고 있었다. 옆에 앉아 있던 소아가 팔꿈치로 강현의 팔을 툭툭 쳐 댔다.

"선배, 왜 그래요. 무안하게."

3년 전, 동료 배우들과 아프리카 봉사 활동을 다녀왔었던 두 사람은 이미 안면을 튼 사이였다. 그 사실을 회식 자리에서 알게 된 최 감독은 남여 주인공이 첫 촬영할 때 어색하진 않겠다며 좋아했다.

남자 후배의 첫인상은 좋았지만 그가 재영을 찾는 순간 신경에 거슬렸다. 남자의 질투심이 이래서 무섭다고 하나 보다. 순수한 마음에 물어봤을 텐데 강현은 그 의도를 멋대로 왜곡했다. 지난번 혁의 총각 파티에서 들었던 하성의 후일담이 신경 쓰여 더 예민하게 받아들인 탓도 있었다.

"석윤이 그 자식, 박 작가한테 작업 걸다가 대차게 까였잖아. 대본이 이해가 안 된다면서 가르쳐 달라고 작업실까지 갔다는 거 있지. 완전 또라이라니까."

당시 드라마에 출연했던 배우가 재영에게 추파를 던졌다는 얘기를 들은 이상 한시라도 방심을 늦출 수 없었다. 남자라면 어느 누구든 다를 바 없이 경계해야 하는 수컷이었다.

강현은 끝까지 신인 배우를 힐끔거리며 맥주를 들이켰다. 단숨에 맥주 한 병을 뚝딱 비워 낸 그는 불판 위에 잘 구워진 한우 한 점을 잘근잘근 씹어 먹었다.

오늘 회식에 재영이 불참한 건 정말 다행이었다. 다음 회식 때도 나오지 말라고 해야 하나. 어이없는 고민을 하는 자신이 한심해 한숨을 뱉었다.

그때 옆자리에 앉아 있던 최 감독이 드라마 촬영에 관한 얘기를 꺼냈다. 덕분에 머릿속에 얽혀 있던 사념이 조금씩 사라지기 시작했다. 일만 생각하자. 공은 공이고 사는 사다. 일과 개인적인 생활은 철저히 분리되어야 했다.

"첫 촬영을 조금 앞당길까 생각 중인데 다들 스케줄 어떻게 돼? 매니저한테 물어봐야 하나?"

"전 괜찮습니다. 스케줄이 없어서요."

최 감독의 말에 맞은편에 앉아 있던 하늘이 말했다. 최 감독은 말없이 소주잔을 들었다. 하늘의 앞에 덩그러니 놓여 있던 맥주잔에 건배를 하며 소주를 원샷했다. 농담인 듯 진담 같은, 해맑은 미소가 더 안쓰러워 보여 마음이 쓰이는 배우였다. 하늘도 그 마음을 알기에 옅은 미소를 지으며 맥주잔을 비워 냈다.

"나도 딱히 없어. 집에만 있는데, 뭐."

무심한 듯 툭 내뱉은 강현의 말에 연기자들의 시선이 그에게 쏠렸지만 강현은 아랑곳 않고 빈 소주잔을 들어 하늘에게 건넸다. 갑작스럽게 잔을 건네는 그의 행동에 움찔한 것도 잠시, 하늘은 강현이 건넨 잔을 받았다.

"우리 직업이 좀 그렇지. 일이 많을 땐 피곤해서 죽겠다 싶을 정도로 많고 없을 땐 굶어 죽을 것처럼 없고."

하늘의 잔에 소주를 따르며 그는 담담히 말을 이어 나갔다.

"신경 쓰지 마. 그런 거 신경 쓰다 보면 한도 끝도 없어. 주어진 일만 최선을 다하면 되는 거야."

강현의 충고가 그녀에겐 위안으로 다가왔다. 그가 따라 준 소주를 목 뒤로 넘기며 하늘은 쓰게 웃었다.

"나도 1년 동안 일이 없어서 쉬었어요. 잘 될 거예요."

소아가 환하게 웃으며 빈 잔에 소주를 따랐다. 소아가 건네는 술도 하늘은 단숨에 비웠다. 나이는 하늘이 두 살 차이로 많았지만 데뷔는 소아가 조금 더 빨라 그녀에겐 선배나 다름없었다.

"일 없어서 쉰 거 맞아? 결혼한다던데."

"누가요? 나 결혼해요? 누구랑?"

맥주잔을 입에 가져다 대며 강현이 은근슬쩍 소아에게 풍문을 흘렸다.

소아는 당황해하지 않았다. 이미 그녀도 알고 있는 루머였다. 농담으로 넘길 만큼 말도 안 되는 우스갯소리였기에 사람들을 쳐다보며 태연히 물었다.

"나도 들었어. 소아 씨 결혼 준비한다고. 진짜 결혼하면 우리 드라마 안 한다고 했겠지. 아하하."

최 감독이 너털웃음을 쳤다. 그와 동시에 소아도 웃음을 터트리며 말했다.

"남자도 없는데 결혼을 누구랑 해요. 감독님이 소개 좀 시켜 주세요."

그럴까 하며 맞장구를 치는 최 감독에게 소아는 소개팅 자리를 조르기 시작했다.

농담이 이어지고 회식 자리는 점점 무르익어 갔다. 강현의 앞엔 빈 술병들이 차곡차곡 쌓여 갔고 주머니 속 고요한 휴대폰은 시종일관 그의 신경을 갉아 먹었다.

정말 박재영은 일벌레였다. 그렇지 않고서야 이렇게 연락이 없을 수가 없었다. 오늘 회식인 거 뻔히 알면서 재미있냐고, 분위기는 어떠냐고 묻는 문자조차 없었다. 하지만 강현은 서운함을 내색하지 않았다.

"우리 무현이 잔이 비었네!"

최 감독은 첫 회식에 기분이 업 되어 술을 부어라 마셔라 마셔 댔다. 소주 두 병을 혼자 비워 낸 그는 강현을 극 중 이름으로 부르며 맥주잔에 소주를 가득 부었다.

"자자, 우리 건배하자고!"

"감독이 선창해야지!"

무현의 계모이자 황태후로 나오는 중견 배우가 선창을 요구하자 최 감독은 잔을 들고 자리에서 일어났다.

"사건 사고 없이 다들 무탈하게 촬영 끝내 봅시다!"

"감독님, 시청률 내기 한 번 해야죠!"

"아직 촬영 시작도 안 했는데 벌써 시청률 내기를 해요?"

조연 배우들의 장난 어린 말에 최 감독은 검지를 뻗어 입에 가져다 댔다. 일순간 사위가 조용해졌다.

"시청률 40% 가 봅시다!"

"오오!"

"불멸의 사랑을 위하여!"

"위하여!"

요즘은 두 자릿수 시청률이 나오는 것조차 버거운 일이었다. 10%만 돌파해도 대박이라는 마당에 시청률 40%는 꿈의 숫자였다. 그럼에도 이들은 걱정하지 않았다. 오히려 당연하다는 듯 환호하며 술잔을 부딪쳤다.

강현은 피식 웃으며 맥주잔에 가득 담겨 있던 소주를 쉼 없이 마셨다. 꿈의 시청률을 만들겠다는 다짐을 하며 그가 빈 맥주잔을 테이블에 내려놓았다.

오늘따라 술이 참 달았다.

❈   ❈   ❈

난생처음이었다. 초인적인 힘이 발휘되는 게 바로 이런 순간일까. 재영은 전송 버튼을 클릭하며 깊은 안도의 숨을 뱉어 냈다. 8회 초고를 최 감독의 메일로 보낸 참이었다.

보통 한 회당 짧게는 6일, 길게는 8일 정도면 초고가 나왔다. 다른 작가들에 비해 빨리 쓰는 편이었지만, 오늘은 세상에 저런 일에 나올 법한 속도로 대본을 완성한 것이다. 어제 하루를 통으로 날려 버렸으니 정확히 따지면 5일 만에 8회 초고가 나온 거였다.

"이게 무슨 일이래. 오늘만 같아라!"

재영은 기지개를 켜며 빈 커피 잔을 들고 작업실을 나와 주방으로 들어섰다. 개수대 안에는 커피의 흔적만 남은 컵들이 가득 담겨 있어 물을 마실 컵조차 없었다.

고무장갑을 끼고 서둘러 설거지를 마친 재영은 욕실로 들어가 샤워를 마치고 나왔다. 젖은 머리카락을 드라이기로 말린 뒤 간편한 트레이닝복을 챙겨 입고 집을 나와 비상계단을 올랐다.

딩동— 딩동—

초인종을 누르자 저 멀리서 발소리가 아주 작게 들려왔다. 얼마 지나지 않아 현관문이 벌컥 열렸다. 훈훈한 온기와 함께 나온 강현이 초췌한 몰골로 재영의 눈앞에 나타났다.

"술을 마신 거예요, 아니면 술독에 몸을 빠트린 거예요?"

드라마 첫 회식 때 참석하지 못해 신경 쓰이던 참이었다. 그래도 대본 때문에 불참했으니까 사정을 알아주겠지, 봐주겠지 하며 마음 놓고 집필에 몰두했다. 그 덕에 5일 만에 8회 초고가 나왔다. 칭찬이 고팠다. 그리고 이강현이 고팠다.

그런데 그는 술독에 빠져 얼굴이 누렇게 떠 눈도 제대로 못 떴다. 서둘러 온 보람도 없이 강현은 관자놀이를 꾹꾹 누르며 인상을 찌푸리고 서 있었다.

"아침부터 어쩐 일이야."

머리가 깨질 듯한 두통에 강현이 미간을 찡그리며 말했다. 목소리도 쩍쩍 갈라지고 아주 엉망이었다.

"어쩐 일? 내가 일이 있어야 이강현 씨 만나는 사이예요?"

"대본 다 썼나?"

그럼 그렇지. 왜 아침부터 까칠하나 했다. 못나 보이게 인상을 딱 쓴 재영은 틱틱거리는 강현을 밀치고 안으로 들어섰다.

"누가 보고 싶어서 엄청 빨리 썼네요. 오늘처럼 빨리 쓴 적처음이에요. 영광으로 생각해요."

인상이 다소 험악해져 있던 그는 현관문을 닫고 재영을 뒤따라 다이닝 룸으로 걸음을 옮겼다.

"누가 보고 싶었는데?"

강현은 그녀의 등 뒤에 바짝 다가가서 깐족거리기 시작했다.

"알면서 뭘 물어요."

"나 몰라. 하나도 몰라. 누가 보고 싶었는데?"

팬들에겐 카리스마 넘치는 배우인데 실상은 이렇게나 깐족거리는 남자라니. 재영은 허리에 감아오는 강현의 단단한 두 팔을 물끄러미 내려다보며 말했다.

"이강현 씨요."

무심한듯 툭 내뱉은 그녀의 말에 강현은 살며시 고개를 기대었다.

"다 좋은데 우리 호칭 정리 좀 하자."

재영이 마른침을 꿀꺽 삼켰다. 예쁘다는 말을 기대했는데 섭섭함을 느낄 새도 없이 당황스러운 주제가 나왔다. 재영은 자신의 허리를 감싸 안고 있는 강현의 팔을 내리며 그와 시선을 맞췄다.

"호칭이요? 설마 닭살 돋게 애칭을 만들자는 건 아니죠? 우리가 그럴 나이는 아니잖아요."

재영은 그가 내뱉은 말의 의도를 조심스레 추측하며 거리낌을 표했다. 과거지사 속에서도 그녀는 애칭 따위를 만들어 본 적이 없었다. 이제 와 나이에 맞지 않아 더 오글거릴 뿐. 예쁘다는 말을 처음 들었을 때보다 더 당황스러웠다.

강현은 재영의 옆으로 손을 뻗어 냉장고 문을 열었다. 일렬로 가지런히 정돈된 탄산수 한 병을 꺼내 들어 단숨에 들이켰다. 반이나 비운 탄산수 병뚜껑을 닫으며 강현이 입을 뗐다.

"이강현 씨는 좀 아니지 않나?"

강현의 말에 골똘히 생각에 잠긴 재영은 눈알을 재빠르게 굴렸다. 애칭은 스물아홉 먹은 처자에게 조금 많이 가혹했다. 특히나 서른일곱 먹은 남정네에게 듣기에는 더더욱.

"계속 그렇게 불러서 나는 그게 편한데…… 하하."

딱히 떠오르는 호칭이 없어 재영은 어색하게 웃었다. 편한 게 장땡이지. 강현과 나이 차이도 꽤 나는 편이었다. 그런 그에게 이름을 막 부를 수도 없고, 오빠라고 부르는 것도 뭔가 이상했다. 한두 살 차이 나는 것도 아닌데 오빠라니. 오빠라니!

하지만 떠오르는 호칭은 그것밖에 없었다. 차마 제 입으로 말하기 부끄러워진 그녀는 강현의 노골적인 시선을 회피하며 고개를 휙 돌렸다.

"해장으로 라면 어때요? 라면 먹어요. 나 엄청 배고파요!"

애써 화제를 돌려보려 재영이 싱크대 쪽으로 발길을 돌렸지만 이내 그의 손이 붙들리고 말았다. 라면은 무슨.

"생각나는 거 있을 텐데. 얼굴에 다 티나."

귀신이 곡할 노릇이다. 나름 포커페이스를 잘한다고 자부하며 살아왔는데 그에게 딱 걸리고 말았다. 난감한 듯 재영은 두 눈을 질끈 감으며 외쳤다.

"오, 오빠! 오빠! 됐죠? 이강현 씨."

그녀를 가만히 바라보고 있던 강현은 새어 나오는 웃음을 막을 도리가 없었다.

"푸읍. 푸하하. 아, 진짜. 박재영."

"뭐, 뭐요. 왜 웃는데!"

실성한 사람처럼 포복절도하는 그의 모습은 처음이었다. 재영은 민망함에 얼굴이 시뻘겋게 달아올랐다.

"하아, 귀여워서."

맙소사. 살아생전 귀엽다는 말은 처음이었다. 재영은 눈꺼풀만 껌뻑이며 입맛을 다셨다.

"왜 이렇게 귀엽냐. 밑도 끝도 없이."

아직 덜 마른 머리카락을 그가 흩뜨렸다. 재영은 강현의 손길에 고개를 숙이고 있다가 그를 향해 힐끔 눈짓했다. 술에 잔뜩 쩔어 초췌한데도 불구하고 그는 여전히 잘생겼다.

미쳤다, 진짜. 그만 좀 잘생겨 보여라, 이 남자야. 심장 터져 죽겠다.

"박재영이 귀여워 보이는 나이긴 하지?"

남들이 들으면 정신 나갔냐고 할 테지만 그의 눈엔 귀여워 보였다. 오빠라는 말을 하기가 그렇게 어려운가. 눈을 질끈 감고 외치던 모습이 깨물어 주고 싶게 귀여웠다.

"오늘도 여전히 예쁘고."

박재영은 날마다 예뻤다. 그래서 오늘도 참 예뻤다.

"밥 먹자. 라면 말고."

그가 헝클어진 머리카락을 곱게 정돈해 주며 그녀의 입술을 보란 듯이 삼켰다.

"씻고 올게. 기다려."

그는 곧 주방을 벗어났다. 다이닝 룸을 지나칠 무렵 우두커니 걸음을 멈춰 선 강현이 고개를 힐긋 돌려 입을 뗐다.

"어젯밤에 콘돔 한가득 사다 놨어."

그 밤에 어디서 누가 뭘 샀다고? 설마 술에 취해서 직접 산 건 아니겠지?

심장이 쿵쾅쿵쾅 떨려 와 재영은 마른침을 삼켰다.

"피임약은 먹지 마. 몸에 안 좋아."

이윽고 들려온 강현의 목소리는 달콤하다 못해 온몸을 노곤하게 만들었다.

이강현, 그는 출구 없는 미로 같았다.

큰일이다. 자꾸만 그가 좋아져서.

"하린아, 유치원 가자!"

현관에서 신발을 신고 대기 중이던 민이 하린을 목청 높여 불렀다. 그녀가 아이의 등·하원을 담당하게 된 건 일주일 전부터였다. 강현이 주변에서 의심하지 않을 인물로 스타일리스트인 민을 택했다. 드라마 촬영 전까지 백수나 마찬가지이기에 안성맞춤인 인물이었다. 딱 한 가지만 뺀다면.

"나 언니랑 가기 싫은데."

원복을 입고 가방을 멘 하린은 오늘도 참 예뻤다. 민의 눈에도 천사처럼 보였지만 아이는 그녀를 썩 좋아하지 않았다.

"아빠 일하러 갈 때까지만 민이 언니랑 같이 가는 거야."

"혼자 가면 안 돼요?"

현관으로 나온 하린이 강현의 손을 꼭 잡으며 물었다.

난감한 건 어른들의 몫이었다. 지금까지 줄곧 아이 혼자서 등·하원을 했으니 못 할 건 없었다. 하지만 강현은 재영이 원하는 대로 아이의 안전을 우선적으로 생각하려 했다.

하린이 걱정되는 건 그도 마찬가지였다. 그래서 전면에 나서지 못하고 뒤에 숨어 아이까지 꽁꽁 숨겼다. 하지만 언제까지나 내버려 둘 수는 없었다. 매번 29층에서 혼자 그림을 그리고 퍼즐을 맞추며 놀 수는 없지 않은가.

"하린이 혼자 가다가 나쁜 사람이 올 수도 있잖아. 그러니까 민이 언니 손 꼭 잡고 가는 거야."

"음...... 그럼 재영이 언니랑 갈래요!"

하린은 골똘히 생각하다 박수를 치며 폴짝 뛰었다. 강현은 민의 눈치를 슬쩍 봤다. 민은 분명 똑똑히 들었지만 모른 체하며 딴청을 피웠다. 눈치 하나로 먹고사는 사람들이 바로 연예계 종사자들이었다. 알아도 모른 척, 들어도 모르는 척. 그런 쪽으로는 탁월했다.

"재영이 언니는 일하느라 바쁘다고 했잖아. 바쁜 거 끝나면 그때. 지금은 민이 언니랑 가는 거야."

하린은 입을 삐죽거렸지만 단호한 아빠의 말에 승복하기로 마음먹었는지 신발을 신으며 민의 손을 잡았다.

"오늘 리딩 늦게 끝나니까 나 올 때까지 같이 있어 줘."

"걱정 마십쇼! 하린이 저녁까지 챙겨 먹일 테니까."

오늘은 첫 대본 리딩 날이었다. 8회까지 나온 대본 리딩이 끝나면 늦은 밤이 되어 있을 터. 새로 바뀐 베이비시터와 아이는 아직 가까워지지 못했다. 그나마 민이 함께 있어 주어서 안심이 됐다.

"근데 내일은 어쩌려고요?"

"결혼식 끝나면 바로 와야지."

내일은 혁의 결혼식이었다. 하는 수 없이 반나절은 베이비시터에게 아이를 맡겨야 했다. 부디 오늘 하루 동안 베이비시터와 가까워지길 바라며 강현은 현관문을 열고 나가는 아이에게 손인사를 했다.

"아빠, 안녕."

아이도 손을 흔들며 강현에게 인사를 했다.

현관문이 닫히고 아이의 조잘거림이 사라진 집 안은 적막강산이었다. 강현은 한숨과 함께 곧장 위층으로 올라갔다.

위층도 아래층과 별다를 바 없었다. 뻐근해진 뒷목을 주무르며 강현은 침실로 들어왔다. 침대 위 이불 속에 폭 파묻혀 잠들어 있는 재영이 있었다. 햇볕을 가려 놓은 커튼 사이로 햇살이 스며들어 왔다.

강현은 발자국 소리를 내지 않기 위해 보폭을 줄여 침대 맡으로 다가갔다. 8회 수정고를 탈고한 재영은 새벽녘에 잠들어 있는 강현의 품을 파고들었다. 무려 5일 만에 얼굴을 마주한 역사적인 새벽이었다.

어렵게 잠이 든 밤이었다. 부드러운 손길이 자신의 몸을 감싸 안는 느낌에 강현이 게슴츠레 눈을 뜨자 품을 파고들던 재영의 모습을 볼 수 있었다.

피곤에 절어 있는 그녀를 건드릴 수 없었다. 며칠 밤을 새운 건지 모르겠지만 눈 밑에 다크서클로 어림짐작이 되었다. 1시부터 대본 리딩이 잡혀 있어 오래 잘 수도 없을 테니 그 전까지만이라도 푹 재워야 했다.

강현은 침대 위로 올라와 잠든 재영의 얼굴을 가만히 내려다보았다. 항상 이런 식일까. 일할 때마다 경주마처럼 앞만 보고 내달리는 그녀가 안쓰러웠다.

템포를 맞춰 같이 달리자고, 아직 시간이 충분하다던 강현의 말을 처음엔 새겨듣더니 다시 제자리로 돌아와 버렸다. 역시 버릇이나 습관은 하루아침에 쉽사리 바뀔 수 없었다.

5일 동안 끼니조차 제대로 먹지 않은 건지 얼굴이 반쪽이 되어 있었다. 대본을 쓸 때마다 매번 몸을 망가뜨린다면 진지하게 그녀를 말려야 할 거 같았다. 잠든 재영을 내려다보는 그의 표정이 심상치 않았다.

"으음…… 몇 시예요?"

강현은 졸린 눈을 부비며 꼼지락대는 그녀의 등을 토닥이며 입을 뗐다.

"9시 반. 더 자."

재영은 강현의 허리를 감싸 안으며 품을 파고들었다. 침대 헤드에 기대앉아 있던 강현은 재영의 옆에 누워 그녀에게 팔베개를 해 주었다.

"며칠이나 밤샌 거야?"

"이틀? 그 뒤로 두세 시간씩은 잤어요."

"지금까지 계속 이런 식으로 일했나?"

"음, 아닐걸요."

"그럼 지금은 왜 이러는데."

"잘하고 싶어서요. 이번엔 더 잘하고 싶어서."

그의 가슴팍에 얼굴을 기대고 있던 재영이 손을 뻗어 강현의 얼굴을 만지작거렸다.

"24부작도 처음인데 사극도 처음이고. 자료 찾을 것도 너무 많아서 혼자 하려니까 시간이 빠듯해요."

"남들은 보조 작가 잘만 두더라."

"안 그래도 다음 작품부터는 보조 작가 구해 달라고 할까 봐요."

"당장 구해. 보조 작가."

자신의 얼굴을 매만지던 재영의 손을 끌어내리며 그가 단호하게 말했다. 그러자 재영은 또다시 강현의 품을 파고들었다.

"보조 작가 들어오면 나 이제 여기 못 오는데?"

망할. 강현은 미간을 찌푸리며 인상을 썼다.

보조 작가가 재영의 집에 들어오는 순간 그녀와의 비밀 연애는 끝이었다. 지금도 집 말곤 만날 수 있는 장소가 없었다. 어쩌다 하린과 부딪치는 것도 난감한데 또 다른 상황을 만들 수는 없었다.

"인상 쓰지 마요. 잘생긴 얼굴 못생겨 보이게."

주름이 깊게 팬 강현의 미간을 재영이 꾸욱 누르며 말했다.

"보조 작가 구할 거예요. 이번에 말고 다음에. 작업실도 제작 사 근처로 옮기려고요."

"뭐?"

"나도 슬슬 보조 작가 필요해요. 근데 우리 집에 낯선 사람이 드나드는 건 별로거든요. 작업실 얻어서 보조 작가랑 일해야죠. 트라우마가 있어서 집까지 드나드는 건 싫어요."

"트라우마?"

"나 보조 작가 할 때 같이 있었던 언니가 시놉 들고 날랐거든 요."

재영의 말에 강현은 아, 하며 탄식을 뱉었다. 자신의 작품이 도둑맞는 건 최악이었다. 그는 백번 이해했다.

"대본 리딩 가기 전에 더 자. 아직 시간 많아."

"으음…… 지금 더 자면 못 일어날 거 같아. 그냥 씻을래요."

토닥이는 강현의 손길을 무시하고 재영이 이불 속에서 스멀 스멀 기어 나왔다. 졸린 눈으로 욕실에 들어선 그녀는 세면대 앞에 나란히 꽂혀 있는 칫솔 두 개 중 빨간 칫솔을 더듬거리며 집었다. 피곤이 한꺼번에 몰려와 눈을 반쯤 감은 채 칫솔을 입 속으로 쏙 넣었다.

"눈 좀 떠."

강현이 욕실로 따라 들어왔다. 그는 재영의 입속에 들어간 칫 솔을 빼더니 아무것도 묻어 있지 않은 칫솔 머리에 치약을 짰 다. 비몽사몽간에 치약도 묻히지 않고 양치를 하려던 재영은 아 차 하며 세면대에 얼굴을 박은 채 찬물로 세수를 했다.

"씻겨 줘?"

재영이 고개를 들어 물이 뚝뚝 떨어지는 얼굴로 강현을 바라보더니 그의 손에 들린 칫솔을 뺏어 입에 물었다.

"내가 앤가. 나 스물아홉이나 먹었어요."

"내 눈엔 애야. 하린이랑 별반 다를 게 없어."

그의 말에 경악을 하며 재영은 칫솔을 움직였다. 그 순간 커다란 강현의 손이 재영의 머리 위로 내려앉았다. 머리를 쓰다듬는 손길이 무척이나 따스했다.

"씻고 나와. 밥 먹자."

그는 미소를 띤 채 욕실을 나갔다. 강현의 뒷모습을 하염없이 바라보던 재영은 고개를 돌려 거울을 바라보았다.

얼굴이 좀 안 됐나? 핼쑥해진 거 같기도 하고 아닌 거 같기도 하고. 다크서클은 좀 심한 거 같네.

강현이 보기에도 안 돼 보였는지 그는 재영의 밥을 끼니때마다 챙기려 노력했다. 예쁘다는 말 다음으로 그에게 가장 많이 듣는 소리가 밥이었다. 밥 먹자든가, 밥을 먹었냐는 등 항상 그는 '밥'으로 안부를 물었다.

피식피식 새어 나오는 웃음을 참아 가며 재영은 입안을 헹궈 내고 샤워 부스 안으로 들어갔다.

14화 · 고백

재영은 분주했다. 어제 대본 리딩을 마치고 긴장이 풀렸는지 집에 오자마자 뻗어 버렸다. 밀린 잠을 쭉 자는 바람에 결국 늦잠을 자고 말았다.

드레스 룸을 발칵 뒤집어 놓은 재영은 쇼핑을 좀 했어야 했나 후회하며 다시 옷장을 난장판으로 만들었다.

오늘은 배우 정혁과 문소은의 결혼식이 있는 날이었다. 웬만큼 잘나간다는 톱스타들이 대거 출동하는 결혼식장에서 초라하게 보일 수는 없었다. 아무도 알아주지 않을지언정 자기만족이라도 하고 싶었다.

재영은 옷을 뒤지고 또 뒤지다가 결국 처음에 골라 두었던 플로랄 레이스로 된 하늘색 원피스를 입었다. 살이 빠지긴 빠진 모양이었다. 몸에 착 달라붙어 굴곡이 드러났던 원피스였는데 허리 부근이 살짝 남았다. 이러니까 강현이 볼 때마다 밥 타령이지.

딩동— 딩동—

전신 거울에 옷매무새를 비춰 보며 시무룩해지려던 찰나 초인종 소리가 그녀를 불렀다. 인터폰 속엔 깔끔한 정장 차림의 강현이 우두커니 서 있었다. 흠칫 놀란 재영이 현관으로 달려 나갔다. 문을 열어 주며 밖으로 고개를 빼꼼 내밀었다.

"추운데 들어가면 안 되나?"

재영을 위아래로 훑어보며 그가 말했다. 네이비 톤의 슈트는 몸에 알맞게 떨어져 라인이 잘 드러났고, 두 개쯤 풀린 셔츠 단추 사이로 보이는 목선은 수려했다. 바지엔 칼 주름이 잡혀 있어 깔끔한 느낌을 줬으며 갈색의 구두는 반질반질하게 광이 났다. 왁스로 고정해 놓은 머리까지 군더더기 없이 깔끔해 그의 외모를 더욱 돋보이게 했다. 새삼 강현의 외모가 특출하다는 것을 깨닫게 되는 시점이었다.

"어쩐 일이에요?"

강현은 재영의 손을 낚아채 현관으로 밀고 들어왔다. 순식간에 문이 닫히고 재영은 그의 손에 이끌리듯 안으로 들어왔다.

"준비 다 했어?"

휙 뒤돌아 재영의 어깨를 짚으며 그가 물었다. 물음을 해석하는 시간은 오래 걸리지 않았다. 말끔한 슈트 차림으로 들어온 것만 봐도 충분히 설명됐다.

결혼식의 주인공인 신랑과 절친한 사이인 그가 빠질 리 없었다. 아차 하며 재영은 고개를 끄덕였다.

"겉옷 입고 나와. 가자."

설마 같이 가자고? 이 남자가 아침부터 뭘 잘못 먹었나.

그녀가 걱정하는 것을 단번에 캐치한 강현은 재영의 얼굴을 손으로 감싸 안으며 말했다.

"걱정할 거 없어. 비공개라서 기자 출입 금지야. 주차장에도 못 들어와. 청첩장 없으면 호텔 근처에 얼씬도 못 해."

그의 말에도 재영은 덜컥 겁부터 났다. 기자들이 얼마나 집요하고 끈질긴데. 어떻게든 특종을 잡기 위해 온갖 수단을 가리지 않을 인간들이었다.

무려 톱스타 커플의 결혼식이었다. 화려한 하객 명단이 기대되는, 그야말로 시상식을 방불케 할 하객들의 향연에 아침부터 결혼식에 관련된 기사가 쏟아지고 있었다. 아무리 비공개라고 해도 강현과 함께 가는 건 무리였다.

"같이 가는 건 위험할 것 같아요. 걸리면 어떡해요? 아니, 걸릴 거예요."

재영은 질색을 하며 고개를 내저었다.

"괜찮다니까. 나 못 믿어?"

그의 말에 재영은 고개를 끄덕여 보였다.

"내가 그렇게 믿음이 안 가는 얼굴인가?"

"얼굴만 보면 믿음이 가죠. 그래도 설마가 사람 잡으니까."

"설마가 사람 잡을 일은 오늘 안 생길 거 같네요."

"진짜죠?"

"그렇다니까."

"알았어요."

그제야 강현의 얼굴에 미소가 스며들었다. 어딘지 모르게 흐

258

못해 보이기까지 했다. 모자나 마스크라도 써야 하나. 아니면 선글라스를 써야 할까. 혹시라도 사진이 찍히면 대략 난감이었다.

걱정을 한가득 짊어진 재영은 결국 강현의 손을 잡고 집을 나섰다. 차 안엔 두 사람뿐이었다. 시동을 걸고 주차장을 빠져나오자 환한 햇살이 그들을 반겼다.

"촬영 일정 조정된 거 알아?"

"당연하죠. 나랑 조정한 건 알까 몰라."

"지금 방송 중인 거 조기 종영한다며."

"그래서 방송 일정들이 다 당겨졌어요. 우리도 한 달이나 일찍 편성됐고요."

10월에 편성받았던 '불멸의 사랑'은 현재 방영 중인 드라마가 시청률 저조로 인해 쓰디쓴 조기 종영으로 가닥이 잡히자 첫 방영일이 무려 한 달이나 당겨지는 긴박한 상황에 놓이게 됐다.

불행 중 다행이라면 추진력 하나로 차기 국장 자리를 노리고 있는 최 감독 덕분에 세트장도 일찌감치 완공했고, 제주도 헌팅 일정도 이틀로 단축되었다. 첫 촬영 일정을 앞당겨도 전혀 문제될 게 없었다.

배우들의 스케줄이 가장 큰 난관이었으나 주요 배우들의 스케줄이 타이트하지 않은 덕분에 당장 다음 달부터 촬영에 들어가도 무리가 없었다.

"제주도로 촬영 가면 어쩌지."

"응? 뭐가요?"

빨간불 앞에서 부드럽게 브레이크를 밟은 강현이 핸들에서 손을 떼고 재영의 머리를 쓰다듬었다. 운전을 하다 말고 뭘 하는 걸까 싶어 재영은 고개를 갸웃거렸다.

"박재영 보고 싶어서."

그 순간 소름이 쫙 돋고 심장이 터질 듯 움직였다. 자신의 머리를 쓰다듬는 그의 손을 잡으며 말했다. 천연덕스럽게.

"대본 쓸 땐 5일씩 안 보고 지냈는데 일주일 정도야 식은 죽 먹기 아니겠어요?"

여우가 따로 없었다. 그녀는 강현의 손을 핸들에 올리며 신호가 바뀌었다고 눈짓했다. 강현은 피식 웃음을 뱉으며 액셀을 밟았다.

"식은 죽 먹기는 박재영만 그런 거고."

"그래도 안 돼요. 비행기 타고 막 날아오고 그런 거, 부담스러우니까."

"말이나 못 하면."

"밉지나 않죠?"

그녀의 장난기 다분한 말투와 새초롬한 표정에 강현이 손을 뻗어 머리를 헝클어트렸다.

자신의 마음을 알기나 하는 걸까. 여차하면 밤 비행기를 타고 날아와 아침 비행기로 돌아갈지도 몰랐다. 스케줄이 타이트하면 그마저도 역부족일 테지만.

"나 없는 동안 밥 잘 챙겨 먹고."

"벌써부터 걱정을 하고 그래요."

"난 항상 박재영 걱정뿐이야. 몰랐나?"

"내가 뭐 밥순인가. 만날 나만 보면 밥 타령인 거 알아요?"

"우리 처음 봤을 때보다 살 많이 빠진 거 알아?"

"흠…… 패스."

불리한 건 대답을 피하는 게 상책이었다. 최근엔 예쁘다는 말보다 밥 먹자는 말을 더 많이 듣고 있었다. 신호가 걸려 차가 정지선에 멈춰 서자 재영이 강현의 손을 덥석 잡았다.

"밥도 잘 먹고 하린이도 잘 지키고 있을게요."

자꾸 예쁜 말만 하니까 더 예뻐 보이지.

"한 달 가까이 남았지만 걱정하지 말고 촬영 잘해요. 알죠? 이번 작품 내 야심작인 거!"

2년 만의 복귀작, 베테랑 배우들도 어려워한다는 사극, 거기다 재영의 작품이었다. 잘해야 했고 좋은 결과를 낳아야 했다. 그래야 밤새 대본을 작업하는 그녀에게 누가 되지 않을 것이고, 좋은 평가를 받아야 그간의 흉흉했던 소문들이 조금은 가라앉을 것이다. 꼭 그래야만 했다.

"다음 작품부터 원고료 7천 정도 받게 만들어 주면 되나?"

"그 자신감은 어디에서 오는 거예요? 원고료는 제작사에서 주는 거지, 이강현 씨가 올린다고 오르는 게 아니랍니다."

"또 이강현 씨."

신호가 바뀌자 재영의 멋쩍은 웃음소리가 들려왔다.

"되게 거리 있어 보이고 엄청 딱딱해. 남처럼 들려, 그 호칭."

어린아이가 투정을 부리듯 강현은 뚱한 표정으로 툴툴대며 말했다. 어쩐지 운전이 조금 과격해지는 것도 같았다.

"뭘 그렇게까지…… 아하하. 앞에 봐요. 안전 운전!"

재영은 강현의 오른쪽 팔뚝을 방정맞게 때려 가며 앞을 볼 것을 종용했다. 애석하게도 신호는 또다시 빨간불로 바뀌었다. 도움이라곤 하나도 안 되는 신호등이었다.

"호칭은 많은데. 어떤 게 좋은지 골라 줄 테니까 한 번 읊어 봐."

이렇게 끈질기고 집요했나. 그래, 이강현은 좀 그런 면이 없지 않아 있는 남자였다. 그러니 줄기차게 예쁘다는 소리만 지겹도록 해댄 거였다. 이쯤 되면 으레 그랬듯 한 수 접어 줘야 했다.

좋다고 들이댄 건 강현이 먼저였지만 사귀자고 한 건 재영이 먼저였다. 박력 넘치던 패기로 그녀가 강현에게 샐쭉 웃으며 입을 뗐다.

"오빠? 자기? 허니? 달링? 아니면 여보? 이건 좀 너무 갔나?"

조잘조잘 입을 놀리는 재영을 가만히 내려다보던 강현이 핸들에 손을 올린 채 입술을 삼켜 들었다. 순식간에 맞닿은 입술에 놀란 것도 잠시였다. 그에게 입술이 반쯤 먹혀들어 간 그녀는 넥타이가 잘 매어진 강현의 목에 팔을 둘렀다.

빠아앙!

훤한 대낮에 차 안, 그것도 신호 대기 중인 차 안이라는 사실을 잊어버린 채 농도 짙은 키스를 하던 두 사람은 쩌렁쩌렁 울리는 클랙슨 소리에 흠칫 놀라며 입술을 뗐다. 동시에 브레이크에서 발을 뗀 강현이 액셀을 밟았다. 옆자리에 앉아 큭큭 웃는 재영을 힐긋거리며 그가 굳게 다물었던 입을 뗐다.

"그만 웃어."

"크읍, 푸훗."

같이했으면서 민망함은 왜 자신의 몫인지 모를 일이었다. 재영은 뭐가 그렇게 웃긴지 계속 웃음을 참느라 눈물까지 흘리고 있었다.

"립스틱 번졌어."

정신을 번쩍 들게 만드는 강현의 말에 재영은 선바이저를 내려 거울로 얼굴을 살폈다. 그녀는 태연하게 운전하고 있는 강현을 째려보곤 핸드백에서 파우치를 꺼내 화장을 고쳤다.

"이게 뭐예요, 진짜."

하린의 유치원 참관 수업 날 이후로 오랜만에 꽃단장을 했다. 나름 화장이 잘 먹어서 내심 좋아했는데 키스 한 번에 엉망이 되고 말았다. 재영은 울상을 지으며 콤팩트로 입가를 정돈하고 립스틱을 꺼내 발랐다.

"아무래도 오빠가 좋겠어."

립스틱을 바르던 손길이 멈칫했다. 그녀의 시선이 호텔 안으로 핸들을 꺾는 강현의 얼굴에 머물렀다.

"자기, 허니, 달링, 여보 다 좋은데 일단 오빠부터 시작하자고."

립스틱 뚜껑을 닫아 파우치에 넣으며 재영이 마른침을 삼켰다. 순간 빨간 불이 번쩍거리는 기다란 봉을 들고 차량을 통제하는 경호원 앞에 차가 멈춰 섰다.

"그리고 내 눈에만 예쁘면 돼. 번져도 예쁜데."

이강현이라는 미로의 끝은 어디일까. 왜 이 남자는 자꾸만 예쁘다는 말로 사람을 현혹하는 걸까.

"청첩장 보여 주십쇼."

반쯤 열린 창문 너머에서 경호원의 굵직한 음성이 들려왔다. 강현은 재영에게 손을 내밀었다. 멀뚱히 강현을 바라보던 그녀는 소은을 통해 받은 청첩장 봉투를 핸드백에서 꺼냈다.

"직진하셔서 왼쪽 주차장입니다."

경호원은 가지고 있던 초대 명단과 비교한 뒤 주차장에 있는 동료에게 무전을 하며 주차장 입구로 안내했다. 입구를 막고 서 있던 경호원들이 바퀴가 달린 가드레일을 옮겨 길을 터 줬다.

강현은 반쯤 열렸던 창문을 올리며 액셀을 밟았다.

"신부보다 더 예쁜 거 아냐?"

경호원의 안내에 따라 주차장에 차를 세우고 안전벨트를 풀며 그가 말했다. 가방을 챙기던 재영이 어처구니가 없다는 듯 웃었다. 제아무리 예쁜 여자라고 해도 신부와 비교될 리가 없었다. 특히나 오늘의 신부는 여배우 중에서도 예쁘기로 소문난 문소은이었다. 절대 비교 불가다.

"내 옆에 딱 붙어 있어."

딱 붙어 있기는. 그랬다가 무슨 소리를 들으려고. 하지만 그는 신경 쓰지 않는 듯했다.

그의 눈에 콩깍지가 씌워도 아주 단단히 쓰였나 보다. 하지만 그는 아랑곳없이 재영의 안전벨트를 풀어 주며 그녀의 볼을 꼬집었다.

"결혼식에 온 남자들이 박재영한테 반하면 엄청 곤란한데."

곤란한 건 그가 아니라 그녀였다. 결혼식장에서 강현의 곁에 붙어 있다간 기자들은 둘째 치고 하객들이 의심의 눈초리로 볼 것이다. 기사에 흔히 실리는 측근이 말하기를, 지인이 전하기를,

하는 그 측근과 지인들이 모조리 눈치챌 게 분명했다.

"반경 10cm 벗어나면 기대해."

"진짜 큰일 나요."

"걱정 마. 큰일 날 일 없어."

재영은 한숨을 내쉬면서도 크게 거부하지는 않았다.

이윽고 차에서 내린 강현은 조수석 문을 열어 주며 재영의 손을 덥석 잡았다. 갑작스러운 강현의 행동에 놀란 재영은 손을 빼내려 했지만 그의 손에 이끌려 차에서 내려야 했다.

주위의 시선을 의식하지 않을 수 없었다. 어딘가에서 기자들이 쳐다보고 있을 것만 같아 불안했다. 하지만 재영의 어깨를 감싸 오는 강현의 손은 그 어느 때보다도 따스했다.

"내 여자 하나 못 지킬 만큼 나 덜떨어진 놈 아니다."

강현의 목소리가 귓가에 선명히 들려왔다. 차에서 내린 순간부터 예식장 안으로 들어서는 순간까지 잔뜩 얼어 있던 그녀는 그의 말에 옅은 미소를 지었다.

오늘따라 그가 유난히 듬직해 보여 마음 놓고 기대고 싶었다.

✸   ✸   ✸

"작가님, 여기서 형이랑 같이 다시 만나니까 좋네요."

"축하는 작가님이 받으셔야 할 거 같은데요?"

결혼식 2부가 시작되고 케이크 커팅식이 끝나자마자 신랑과 신부는 손을 맞잡고 하객들에게 인사를 하러 단상을 내려왔다.

일가친척들에게 인사를 마친 신랑과 신부는 강현과 절친한 동료 배우들이 앉아 있는 테이블로 다가와 재영에게 먼저 인사를 건넸다.

축하를 받아야 한다는 소은의 말에 재영은 멋쩍은 듯 웃으며 강현의 눈치를 힐끗 살폈다. 그는 재영을 바라보며 와인 잔을 든 채 웃고 있었다. 아주 능글맞게.

"아니에요. 하하하. 두, 두 분 결혼 축하드려요. 최 감독님도 오고 싶어 하셨는데, 오늘 아침에 제주도로 가셔서 같이 못 왔어요."

아침 첫 비행기로 최소한의 스태프만 꾸려 제주도 현지 헌팅을 간 최 감독의 축의금은 이미 재영을 통해서 신랑 쪽에 전달된 상태였다. 작가인 재영은 신부에게 축의금을 전달했다.

"우리 형, 잘 부탁드립니다."

단아한 한복으로 갈아입은 신랑과 신부는 어느 때보다도 품위 있는 모습으로 재영에게 악수를 건넸다. 그녀는 자신을 바라보는 시선들을 의식하며 신랑의 손을 맞잡아야 했다.

삼엄한 경비의 표본을 보여 준 결혼식은 네 시간 만에 끝이 났다. 일가친척들과 절친한 친구와 동료들만 참석한 결혼식임에도 불구하고 300석이 가득 찼다.

신랑 신부인 혁과 소은보다 더 돋보인 존재는 2년 만에 공식 석상에 나타난 배우 이강현과 그의 옆에 고목나무의 매미처럼 딱 붙어 있는 낯선 여자였다. 그녀와 작품을 한 적이 없는 관계자들과 배우들은 재영의 정체에 대해서 몰래 수군거리기도 했다.

하지만 하객으로 참석한 배우들과 스태프 중에 그녀와 작업을 했던 이들이 먼저 알은체를 하자 자연스레 재영의 정체가 드러났고 일대 파란이 일었다.

"집까지 잘 데려다줘."

"걱정 마세요. 내가 형보다 운전 잘하니까."

"까불지 말고. 조심하고."

"거참, 되게 걱정하시네. 그렇게 불안하면 형이 직접 모셔다 드리든가!"

뒤늦게 호출되어 주차장에 도착한 세훈은 강현의 잔소리에 짜증이 나 계속해서 투덜거렸다.

"기자들 밖에 쫙 깔린 거 몰라?"

하객만큼이나 경호원의 수가 많았던 결혼식이라 호텔 앞은 기자들로 북적이는 상태였다. 호텔을 빠져나가는 연예인들의 모습을 포착하기 위해 진을 치고 있는 기자들의 눈을 피해 강현은 재영을 먼저 보낼 작정이었다.

"네네. 조심히 모셔다드리겠습니다."

"도착하면 전화해."

강현은 뒷좌석에 앉아 있는 재영을 보며 말했다. 대답 대신 재영이 고개를 끄덕였고, 뒤에서 자신을 동물원 원숭이 구경하듯 뚫어져라 쳐다보는 강현의 동료들에게 어색한 웃음을 지었다.

"작가님, 아니, 아니. 형수님! 조심히 들어가세요."

"형이 괴롭히면 말씀하세요! 저희가 손봐 주겠습니다."

강현의 동료 배우들이 장난스레 말했다. 호칭이 작가님에서

267

형수님으로 바뀌어 있었다. 재영의 얼굴은 웃고 있었지만 속으론 울고 있었다. 강현과 절친하다는 배우들이 기자들에게 말을 흘릴 일은 없겠지만 그녀는 이런 상황이 낯설기만 했다.

"어서 들어가. 나도 곧 들어갈 테니까."

"응. 조심히 와요."

재영을 태운 강현의 차가 주차장을 빠져나갔다. 차가 사라질 때까지 서 있던 강현은 동료들과 작별 인사를 하고 하성의 밴에 올라탔다. 혁이 신혼여행에서 돌아오면 다 같이 얼굴이나 보자며 인사를 하고 각자 차를 탄 뒤에 호텔을 떠났다.

점점 한산해지는 주차장 안, 경호원들 사이에 안내 요원을 자처하고 나선 검은 슈트 차림의 한 남자가 유난히 눈을 반짝였다. 남자는 회심의 미소를 지으며 계단을 천천히 내려왔다.

❉　　　　❉　　　　❉

"데려다줘서 고마워요. 괜히 세훈 씨만 고생했네요."

지하 주차장에 도착하고 시동이 꺼졌을 때 재영은 세훈에게 고맙다는 인사를 잊지 않았다. 쉬고 있던 세훈이 불려 나와 운전기사 노릇을 했으니 미안한 건 두말할 것도 없었다. 따로 올 예정이었으면 애초에 같이 가지도 않았을 텐데.

"아니에요. 제가 할 일인데요. 강현이 형 연애는 철저히 보호해야죠!"

"하하. 그, 그렇게 생각해 주니 고마워요."

"들어가서 쉬세요."

"네. 다음에 봐요."

재영은 차에서 내려 곧장 엘리베이터를 탔다. 온몸을 감싸고 있었던 긴장이 풀린 듯 벽에 기대어 서서 안도의 한숨을 푹 내쉬었다. 분명 결혼식의 주인공들에게 향해야 했을 이목들이 강현과 자신을 향했다. 힐긋 쳐다보는 시선들을 애써 모른 척하느라 아주 곤혹스러웠다.

불편한 건 둘째 치고 어딘가에서 사진이라도 찍혔을까 봐 신경이 곤두서 있었던 재영은 곧장 집으로 들어와 침대에 몸을 던졌다. 강현과 함께 외출하는 건 삼가야 할 듯했다.

"완전 똥고집."

오늘 확실히 깨달았다. 그는 소유욕이 남다른 남자였다. 사람들의 불 같은 시선에 땀이 나는데도 불구하고 자신의 손을 꼭 붙잡고 있었다. 2부 파티 때는 자유롭게 돌아다니며 사람들과 어울릴 수 있었는데도 그는 자신의 어깨를 감싸 안은 채 이리저리 데리고 다녔다. 마치 공식적으로 자신의 여자라고 소개하는 것처럼.

재영은 몸을 일으켜 곧장 드레스룸으로 들어가 옷을 갈아입었다. 얼굴에 두껍게 자리하고 있던 메이크업을 씻어 내고 머리도 높게 올려 묶은 뒤 망설임 없이 앞집으로 건너가 도어록에 오른손 검지를 올렸다.

띠링—

이제 강현의 집 비밀번호는 물론 앞집 지문까지 모두 점령한 재영은 현관문을 열고 안으로 들어섰다.

"언니!"

거실로 들어서기 무섭게 그림을 그리고 있던 하린이 달려 나와 재영의 다리를 폭삭 안아 왔다. 아이는 세상에서 가장 해맑은 웃음을 지으며 그녀를 바라보았다.

"이모랑 잘 놀고 있었어?"

"이모가 인형 놀이도 같이해 줬어요."

새로 온 베이비시터는 30대 중반이었다. 그래서인지 자신을 이모라 부르라고 시켰다며 하린이 조잘조잘 말해 줬다.

재영은 하린의 손을 붙잡고 테이블에 함께 앉아 크레파스를 꺼내 들었다.

"언니가 그림엔 재주가 없으니까 하린이가 좀 봐줘."

"공주님 그려요. 엘사 그리자!"

"그래. 엘사 그리자."

일전에 함께 그리기로 했었으니 하린보다 못한 그림 실력에도 불구하고 재영은 하얀 스케치북 위에 손을 바삐 움직였다.

"하린이 친구 왔나 보네?"

그때 손을 씻고 나온 베이비시터가 재영에게 알은체하며 다가왔다. 재영은 고개를 까딱 숙이며 인사했다.

30대 중반의 베이비시터는 스마트폰을 잘 다루는 신세대였다. 그만큼 위험인물이었지만 나이가 지긋한 베이비시터들보다 의사소통이 수월할 거라고 판단한 인후의 결단이었다.

그녀는 재영이 올 때마다 호기심 가득한 눈으로 바라보곤 했다. 지금처럼.

"하린이는 제가 볼게요. 이만 들어가세요."

베이비시터를 배려하는 차원으로 퇴근 시간을 앞당겨 주었지만 그녀는 손사래를 치며 거절했다.

"아니에요. 시간은 지켜야죠."

"하린이 아빠도 곧 올 거라서 정말 괜찮아요."

"어머. 그래요?"

호기심 가득한 두 눈이 번뜩이며 손뼉을 쳤다. 그 모습에 재영이 아차 싶었다. 젊은 베이비시터는 하린의 가족 관계를 궁금해했고, 한 번도 만나지 못한 아이의 아빠까지 보고 싶어 했다.

특히나 하린의 친구라고 소개한 재영에겐 더한 호기심을 내비쳤다. 그녀가 비단 아이의 친구에서 그치지 않고 하린의 아빠와 깊은 연관이 있다는 것을 짐작하는 눈치였다.

"죄송한데, 하린이 아빠가 낯선 사람을 만나는 걸 별로 안 좋아해서요. 그만 가 보셔도 돼요. 하린이는 저랑 있는 게 더 좋을 거예요."

웃음기가 싹 사라진 얼굴로 재영은 단호하게 말했다. 아무리 궁금하다고 해도 감히 알아선 안 된다는 듯 재영이 협탁 위에 있던 가방을 여자의 손에 꼭 쥐여 주었다.

"어서 가 보세요. 당분간 연락할 때까지 안 오셔도 돼요."

분명 웃으며 말하는데 눈빛이 살벌했다. 흠칫 놀라며 가방을 받아 든 베이비시터는 서둘러 신발을 신고 현관으로 나갔다.

의사소통이 잘 되면 뭘 하나. 사심이 가득한데. 재영은 고개를 내저으며 그림을 그리고 있는 하린의 곁으로 다가와 앉았다.

"하린아, 저 이모가 잘해 줘?"

처음 하린이와 만났을 때 자신을 잘 따라서 마냥 스스럼없이 밝은 아이라고 생각했던 재영은 아이가 낯을 가린다는 걸 강현을 통해서 알게 됐다.

거기서 오는 의식의 충돌에 의아함도 잠시. 정말 하린은 사람을 가렸다. 오래 봐 왔다는 세훈부터 민까지, 아이는 거리를 뒀다. 그들이 잘해 주려 갖은 애교를 부렸지만 아이의 반응은 시큰둥했다. 그래서 베이비시터를 새롭게 뽑자고 말했을 때 강현은 걱정했다고 했다.

"만날, 만날 물어봐."

"뭘?"

"아빠는 어디에 있어? 뭐 하는 사람이야?"

엘사의 파란 드레스를 그리던 아이가 베이비시터의 흉내를 내며 말했다. 집 안은 온통 아이의 물건밖에 없었고 어른의 흔적은 찾을 수 없었다. 이런 비정상적인 집을 보고도 의심하지 않는 게 이상할 지경이었다.

나이가 있는 분들이 아이를 돌볼 때는 호기심보단 투철한 직업 정신으로 다른 것에 관심을 두지 않았다.

하지만 이번엔 달랐다. 호기심 가득한 베이비시터의 면모를 일찌감치 알아차린 재영이 강현을 부채질해서 아래층 테라스를 봉쇄해 버렸다. 테라스 문에 잠금장치를 바깥쪽에 하나 더 내달고, 위층 테라스의 문에도 도어록을 따로 내달았다. 강현이 집을 비우면 테라스는 그 누구도 접근하지 못했다. 그러니 베이비시터는 아이를 통해 알아내려 무던히도 애를 쓴 듯했다.

"아빠가 그런 거 물어보면 말하는 거 아니라고 했어요. 그래서 말 안 했어요. 나 잘했지!"

하린의 해맑은 웃음에 재영은 머리를 쓰다듬어 주며 칭찬을 아끼지 않았다.

"우리 하린이 아빠 말도 잘 듣고 엄청 착해. 완전 잘했어! 앞으로도 누가 그런 거 물어보면 절대 말해 주면 안 돼. 그러면 아빠가 돈 못 벌어와. 돈 못 벌면 우리 하린이 밥도 못 먹고, 예쁜 옷도 못 입고, 크레파스도 못 사는 거야. 알지?"

"네에!"

아이는 언제나 씩씩했다. 왜 말을 해 주면 안 되는지에 대한 설명이 부족하다는 걸 알면서도 자세한 얘기를 해 줄 수가 없어 재영은 그저 웃음으로 무마했다.

이 문제는 강현과 얘기해 봐야 했다. 베이비시터의 호기심은 큰 화를 불러올 수 있었다. 이번 일은 그와 대립하고 싸우는 일이 있더라도 바로 잡아야 했다.

결연한 의지로 마음을 다잡던 재영은 바지 주머니에서 휴대폰 진동이 울리자 얼른 꺼냈다. 액정에 뜬 이름을 확인하곤 냉큼 전화를 받아 들었다.

"집에 왔어요?"

—도착하면 전화하라니까. 어디야. 집에 있어?

"아뇨, 하린이랑. 베이비시터는 보냈어요."

—기다려. 내려갈 테니까.

"아니, 내가 올라갈게요. 할 말 있어요."

호텔에서 뒤따라 출발했던 강현이 막 집에 도착했나 보다. 아래층으로 내려오겠다는 강현을 저지시키고 재영이 자리에서 일어났다.

—무슨 말할지 엄청 무서운데?

"각오해요."

―올라오기나 해. 보고 싶으니까.

몇 분이나 지났다고. 30분밖에 되지 않았는데 보고 싶다는 그의 말에 속절없이 마음이 녹아내렸다. 하지만 그녀는 곧 마음을 다잡고 전화를 끊었다.

"하린아, 언니 아빠랑 잠깐 얘기하고 올게. 그림 그리고 있어."

"네."

아이는 스케치북에서 시선을 떼지 않고 대답했다.

재영은 굳게 닫힌 테라스의 도어록을 열고 비밀번호를 눌렀다. 테라스 문에 도어록이라니. 기가 막힌 이 물건을 하루라도 빨리 없애 버리고 싶었다.

곧장 위층으로 올라온 재영이 거실로 들어서자마자 기다렸다는 듯 품에 안아 버리는 강현의 손길에 낮은 한숨을 내쉬었다.

"반칙이에요. 할 말 있다니까."

"반칙 썼으니까 내가 이기려나."

"아뇨. 이번엔 절대 안 돼요."

재영의 단호한 음성에 강현은 품에서 그녀를 떨어트렸다. 어쩐지 결연해 보이는 표정부터 심상치 않음을 느낀 그는 재영을 소파에 앉혔다.

"결혼식장에선……."

"알아요. 내가 너무 예뻐서 막 자랑하고 싶었던 거."

"뭐?"

"내 여자라고 자랑하고 싶어서 그런 거 아니까 그 문제는 넘어가요. 기자가 있었으면 뭐, 어쩌겠어요. 이미 엎어진 물인데."

팔짱까지 낀 채 재영은 새초롬하게 말했다. 장난스런 어투였지만 그녀는 한없이 진지한 표정이었다. 그 모습에 강현은 손을 뻗어 재영의 볼을 꼬집었다.

"너무 예뻐서 진짜 어쩌냐."

"그럼 예쁜 애인 말 좀 들어줘요."

볼을 꼬집던 강현의 손을 잡으며 그녀가 말했다.

"하린이 베이비시터, 다시 생각해 봐요."

"뭐?"

전혀 예상하지 못했던 재영의 말에 강현은 놀란 듯 눈을 크게 떴다.

"새로 온 베이비시터가 하린이한테 아빠는 어디 있냐고, 뭐 하는 사람이냐고 매일 물어본대요."

"……."

"테라스에 잠금장치 해 놓은 것도 정말 별로예요. 이강현 씨 없을 때 그 여자가 부수면 어떻게 해요."

"오빠라니까."

이 와중에 호칭을 정리하려는 강현의 의중이 좀처럼 파악이 되지 않아 재영은 한숨을 내쉬었다. 그는 아이의 문제만 거론되면 자꾸만 피하려 했다. 그 이유를 알면서도 재영은 답답한 마음을 숨길 수가 없었다.

"나이 드신 분으로 다시 뽑든지, 아니면 제대로 사람 구할 때까지 내가 하린이 볼게요."

"그건 안 돼."

"손 많이 가는 애 아니잖아요. 옆에서 챙겨 줄 것도 없어요."

"일 안 해? 대본 안 쓸 거야?"

"충분히 할 수 있어요."

"기다려. 지금은 아니야."

강현의 말에 재영은 고개를 갸웃거렸다. 뭘 기다리라는 걸까. 뭐가 지금은 아니라는 건지 갈피를 잡지 못한 그녀가 이윽고 들려오는 그의 말에 마른침을 삼켜야 했다.

"기사 나갈 거야. 하린이."

"……."

"나도 알아. 지금 완전 엉망이라는 거. 더 늦기 전에 바로 잡아야지."

심장이 쿵쾅거렸다. 심적으로 바라던 일이었다. 아이가 자유롭게 지낼 수 있기를. 하지만 그에 따른 부가적인 요인들이 그녀의 머릿속을 복잡하게 만들었다.

"제작사 쪽이랑 얘기 중이야."

"우리 대표님이요?"

"드라마 전에 기사 나가면 스캔들에 따른 위험 부담, 전부 내가 책임지기로 한 거 기억 안 나?"

"아……."

"박 작가님이 직접 계약서에 넣은 사항입니다."

"그렇긴 하죠. 근데……!"

"걱정 마. 당신 작품에 피해 가는 일은 없을 거야."

재영과 만난 후부터 강현은 줄곧 아이의 문제를 고민하고 또 고민해 왔다. 더는 미룰 수 없다는 판단에 아이의 존재를 먼저 밝히고자 했다. 가십 기사보다 정식으로 입장 정리를 하는 것이 더 우호적인 방법이라는 인후의 판단이 한몫했다. 물론 아이의 입양 과정을 모두 밝힌다는 전제 조건이 있었지만 말이다.

"있는 그대로 기사 나갈 거야. 하린이가 커서 진실을 알게 됐을 때 상처 받을까 봐 숨긴 건데, 계속 이 상태로 가다간 하린이가 더 망가질 거 같아. 나도 불안해서 더는 안 되겠어."

"……."

"네가 하린이한테 신경 써 주는 거 너무 고맙고 미안한데, 지금 너한테 그게 스트레스인 거 같아. 박재영 작가님은 당분간 대본에만 전념해."

그는 한없이 진지했다. 강현의 진심이 느껴져 재영은 바짝 타들어 가는 입술을 앙다문 채로 말을 아꼈다.

강현의 일생 최대의 결심을 또 한 차례 한 것이다. 유독 그에게 갈림길이 많아 보여 재영의 속이 문드러졌다. 자신에게 강현과 같은 문제가 놓였다면 그와 똑같은 선택을 할 수 있었을까. 하린의 안위를 무조건적으로 우선시하면서도 결국에는 아이를 지켜 낼 수 없을 것이다.

모든 게 서툰 삼촌이면서도 아빠인 그는 지난 2년을 너무 잘 버텨 왔다. 비록 상식적이진 않았지만 그건 어디까지나 아이를 지키기 위한 그만의 방법이었다. 그녀는 강현의 마음을 이해할 수 있었다. 그 외에 다른 방법은 찾을 수 없었을 테니 말이다.

"하린이 문제는 내가 바로 잡을게."

강현은 그녀에게 바짝 다가가 품에 끌어당겼다. 단단한 그의 허리에 팔을 두른 재영은 널따란 가슴팍에 얼굴을 부비며 입을 뗐다.

"우리 대표님이랑 혹시라도 말이 안 통하면 나한테 바로 말해 줘요."

"맞짱이라도 뜨려고?"

"까짓거 하극상 한번 해 보죠. 내가 우리 회사 먹여 살리는 중인데 그거 하나 안 들어주겠어요?"

"그래?"

"그럼요. 나만 믿어요."

현재 지훈과 인후가 물밑 협상 중이었다. 동찬에게 전해 듣기론 아이의 문제를 알게 된 지훈이 MSG 약간 보태서 뒤로 나자빠졌다고 했다. 그래도 분위기가 나쁘진 않다며 걱정하지 말라는 문자를 받았었다. 그래서 재영과 함께 결혼식을 가야겠다고 마음을 먹었다.

걱정을 아예 하지 않을 수는 없었다. 드라마 하나에 울고 웃는 스태프들과 방송국 관계자들의 문제가 걸려 있으니 신중할 수밖에 없는 문제였다. 하지만 재영이 곁에서 용기를 주니 명치끝에 걸려 있던 묵직한 감정의 응어리가 조금씩 풀려 갔다.

강현은 재영의 어깨에 기대고 있던 얼굴을 들었다.

"우리 애인 듬직하네."

듬직하다는 말에 재영이 웃음을 터트렸다. 강현의 입에서 이런 말이 나올 거라곤 예상하지 못했던 그녀는 허리에 둘렀던 팔을 풀고 그의 어깨에 걸쳤다.

"우리 오빠는 되게 믿음직스럽네. 완전 반할 정도로."

"이제 반한 거야?"

"아뇨. 전부터 반했었어요. 그걸 이제 깨달은 거 같지만."

강현은 그제야 미소를 지으며 재영의 촉촉한 입술을 조심스레 머금었다. 그녀의 입술은 따뜻했고 여전히 달콤했다. 한참 동안 입을 맞추던 재영은 달뜬 숨으로 떨리는 목소리를 뱉었다.

"……사랑해요."

그녀의 목소리는 꿀처럼 달았고 불처럼 뜨거웠다. 심장이 순식간에 녹아 버리는 듯했다. 강현은 재영의 하얀 볼을 쓰다듬으며 말했다.

"내가 더 사랑해."

사랑한다는 말은 심장을 더 뜨겁게 만들었다. 처음 느껴보는 감정이었다. 떨리는데 기분이 좋았고 가슴은 먹먹한데 미소가 지어졌다. 그동안 사랑이란 걸 제대로 한 적이 없었나 싶을 만큼 재영은 생소한 느낌과 기분에 얼굴이 붉어져 갔다.

드라마 속의 사랑보다 현실 속의 사랑이 더 가슴에 와 닿았다. 정말 사랑이라는 것을 하고 있나 보다.

15화 · 한 걸음 더

보드라운 팔이 허리를 감싸고 들어왔다. 익숙한 손길에 눈을 뜬 강현은 자신의 품에서 잠에 취해 버린 재영의 얼굴을 내려다보았다. 예쁜 얼굴을 가린 머리카락을 귀 뒤로 넘겨 주며 그녀의 이마에 가벼운 키스를 남겼다.

재영은 요즘 강현의 침대 절반을 차지하고 있었다. 새벽까지 대본을 쓰고 나면 한두 시간이라도 눈을 붙이기 위해 그의 곁을 파고들었다. 그새 익숙해졌는지 이젠 혼자 자는 게 어색할 지경이었다. 오히려 강현이 없으면 쉽사리 잠이 오지도 않았다. 불과 한 달 사이에 완벽히 강현에게 적응이 되다 못해 의지하고 있는 재영은 오늘도 그의 품에서 잠을 청했다.

촬영이 앞당겨져 마음이 조급해진 그녀는 10회 대본 초고를 최 감독의 메일로 보내 놓고 반쯤 감긴 눈으로 위층으로 올라왔다. 아침 8시가 넘은 시간이었다. 베개에 머리가 닿자마자 그녀가 순식간에 잠들어 버려 강현의 지분거림도 소용이 없었다. 이마에 하는 키스로 아쉬움을 달래야 했다.

강현은 재영에게 이불을 덮어 주곤 침대에서 내려와 곧장 욕실로 들어갔다. 오늘은 중요한 스케줄이 있었다. 재영이 자고 일어나면 세상이 떠들썩해지다 못해 시끄러워질 아주 중요한 일이. 그러니 그녀를 자게 놔둬야 했다. 괜히 걱정하고 불안해하는 모습을 보면 자신이 더 힘들어질 것 같았다.

샤워를 마치고 나와 옷을 갈아입고 나온 강현은 다이닝 룸으로 걸음을 옮겼다. 하린이 민과 함께 아침밥을 먹고 있었다.

"아빠아!"

아이는 의자에 앉아 두 팔을 뻗으며 그를 불렀다. 강현은 미소를 머금은 채 하린에게 다가가 화답하듯 아이를 번쩍 안아 들었다.

"잘 잤어?"

"네! 아빠는요?"

"아빠도 잘 잤어. 밥 많이 먹어."

"아빠도 밥 먹자!"

"일하러 가야 해. 민이 언니랑 밥 먹고 유치원 가는 거 알지?"

아이가 고개를 끄덕였다. 여전히 민과 함께 가는 것이 못마땅해 보였지만 강현은 오늘까지만 모른 척하기로 마음먹었다. 어차피 내일부터는 등원하고 싶어도 유치원 근처엔 갈 수 없을 테니까.

"하린이는 걱정 말고 어서 가요. 대표님, 어제도 집에 못 들

281

어가셨대요."

"혹시 모르니까 오늘은 네가 직접 데려다줘."

"걱정 말라니까. 어서 가요!"

강현은 민의 성화에 못 이겨 다이닝 룸을 벗어났다. 하지만 몇 걸음 가지 못하고 다시 돌아와 민을 바라보며 말했다.

"재영이 자고 있으니까……."

"아, 정말! 하루 이틀이에요? 빨리 사라져요!"

강현은 되레 민에게 호통을 들으며 쭈뼛쭈뼛 다이닝 룸을 벗어났다.

그 모습을 가만히 바라보던 민은 혀를 찼다. 천하의 이강현이 어쩌다가 저런 팔불출이 되어 버렸을까. 그간 강현의 연애를 옆에서 지켜봐 왔던 민은 그의 새로운 모습에 매일매일 놀라고 있는 중이었다.

⁂ ⁂ ⁂

"김 대표랑 얘기 잘 끝냈고, 광고주 쪽에서도 오케이했어."

사무실로 들어선 강현은 소파에 앉자마자 헛기침을 내뱉었다. 그런 그를 불꽃이 튈 정도로 무섭게 째려보던 인후가 강현에게 서류를 툭 건네며 말했다.

"당분간 빡세게 굴릴 테니까 각오해라."

서류는 누가 봐도 알 만한 기업의 광고 모델 계약서였다. 이 상황에 새로운 광고라니. 기사가 터지면 이번에 계약한 커피 광고 업체에 위약금을 줘야 할지도 모르는 상황이었다.

드라마 제작사와 물밑 협상을 할 때 광고주와도 협상을 진행했던 인후는 이번 일을 허락하는 대신 앞으로 스케줄에 적극 협조할 것을 원했고, 강현은 별말 없이 받아들였다. 밥은 벌어먹고 살아야 하니 물불 가릴 때가 아니라 판단한 것이었다. 하지만 아직 기사가 나가지도 않았는데 새로운 광고라니.

"걱정 마. 그쪽도 다 알고 있으니까."

아웃도어 브랜드와 자동차 광고였다. 이미 광고주가 기사의 내용을 인지하고 있다는 인후의 말에 강현은 서류를 뒤적거렸다. 억 소리 나는 모델료를 본 그는 망설임 없이 제일 뒷장에 사인을 휘갈겼다.

"한성자동차 쪽에서는 전면 재검토한 후에 컨셉 바꾼단다."

"뭐?"

"기사 나가면 네 이미지가 지금보다는 많이 바뀌지 않겠냐?"

"그렇게까지 바뀌겠어?"

"지금 네 이미지가 어떤지 알고 하는 소리야? 마약 한다는 소리까지 나오고 있다고."

"미친."

"그래서 하린이가 복덩이라는 소리다. 이번 기사로 손해 보는 건 없으니까."

그 때문에 인후는 하린의 입양 과정을 전면에 오픈하기를 원했다. 2년 동안 망가진 강현의 이미지를 되돌려 놓기 위해. 멋진 삼촌, 그리고 좋은 아빠로.

배우에게 아이가 있다는 이미지는 단면적으로 봤을 때 썩 좋지 않았다. 하지만 강현의 경우엔 달랐다. 그 부분을 적극 이용

하자는 것이 인후의 의견이었고, 어차피 오픈할 거 하린에게 해가 되는 건 안 된다는 강현의 피드백도 포함되어 인후와 절친한 연예부 기자에게 보도 자료를 보낸 상황이었다. 한 시간 뒤엔 배우 이강현의 숨겨진 이야기가 세상에 알려질 것이다.

"하린이 문제는 이제 해결됐고. 박 작가 문제는 어떻게 할지 말해 봐."

기다렸던 얘기가 인후의 입에서 흘러나왔다. 세훈과 민을 통해서 강현과 재영의 사이를 대충 전해 들었을 뿐, 자세한 내막은 알지 못했다. 다만 혁과 소은의 결혼식에서 바퀴벌레 한 쌍처럼 붙어 있는 두 사람의 모습을 직접 목격한 탓에 자못 심각해져 인후는 안경을 벗어 던졌다.

"드라마 끝나면 오픈할 거야."

"진심이야?"

"내가 이러는 거 봤어?"

상대방의 집에 드나들면 드나들었지, 여자를 집에 들이고 심지어 비공식적인 자리를 함께 동행하는 건 이강현의 사전에 없던 일이었다. 그와 만나 왔던 여자들과는 질적으로 다르단 걸 알기에 인후는 한숨 섞인 말을 내뱉었다.

"박 작가도 동의했어? 이 바닥에서 박재영 작가 얼굴 아는 사람 극히 드물어. 신상 떠도는 것도 없고. 기사 나가면 신상 탈탈 털리고 여기저기서 말 나올 건데 그걸 견딜 수 있을지 모르겠다."

인후의 말에 강현은 소파에 몸을 한껏 기대앉아 선글라스를 벗으며 입을 뗐다.

"재영이, 형이 생각하는 것보다 강한 여자야."

"뭐?"

"만나기 전부터 하린이 문제 알고 있었고, 알면서도 아는 척 안 했어."

"먼저 알았다고? 어, 언제부터! 그런데도 굳이 너랑 작업하겠다고 캐스팅한 거야?"

"다 알고 있었어. 알면서도 캐스팅한 거야."

인후는 당황스러움에 몸을 들썩였다. 아이의 문제를 다 알면서도 캐스팅을 진행한 재영의 배포가 놀라워 말을 버벅거렸다.

"그, 그러니까…… 하린이 일을 알고 있었는데 너랑 마, 만날 생각을 했다는 거지?"

"망설이는 나한테 재영이가 먼저 손 내밀어 준 거야."

"박 작가 그렇게 안 봤는데 통이 크네!"

"형보다 간도 큰 거 같아."

"평생 고맙다고 큰절하면서 살아."

한껏 진지해진 인후의 말에 강현은 고개를 끄덕이며 피식, 웃음을 뱉었다.

드라마가 끝날 때 열애를 발표할 게 아니라 결혼을 발표해야 할지 모른다는 생각에 인후는 머릿속으로 계산기를 두드렸다. 결혼을 하게 되면 강현의 몸값이 떨어질지 더 오르게 될지 판단이 서지 않았다. 좋은 일에 계산기를 두드리는 게 썩 좋진 않았지만 그는 한 회사의 대표였다. 이제 강현과 하린의 앞날도 포함되어 있으니 충분히 고려해야 했다.

그래도 다행이었다. 한겨울 시베리아 벌판처럼 황량하던 강현의 가슴에 햇살이 드리워지고 꽃이 피어나서 한시름 놓였다.

　박재영 작가는 생각보다 아주 괜찮은 여자인 것 같다. 박 작가의 다음 작품에 투자를 한번 해 볼까? 이 정도 배포라면 대박 행진은 계속될 테니 숟가락을 쓱 얹어 보는 것도 나쁘진 않았다. 인후는 속으로 흑심을 품으며 기사 상황을 체크했다.

　그리고 정확히 34분 뒤. 대한민국을 발칵 뒤집어 놓을 기사가 단독 보도로 한국스포츠 연예부에서 터지고 말았다.

　[단독] 배우 이강현 "딸이 있습니다" 2년 공백의 진실!

　2015년 영화 '월화정인'을 끝으로 자취를 감췄던 배우 이강현(37). 그에게 2년 전 딸이 생겼다는 소식이 들려왔다. 올해 여섯 살이 된 그의 딸은 이혼한 채 혼자 아이를 키우던 형이 교통사고로 운명을 달리하며 홀로 남겨진 조카였다.

　2년 전 당시 사고 현장에 같이 있었던 아이는 한 차례 대수술을 받은 뒤 간신히 의식을 차렸지만 기억이 온전치 못했다고 한다. 이강현은 홀로 남은 조카를 보살피며 형을 잃은 슬픔을 견디다 결국 아이를 입양했다고 전했다.

　이강현의 소속사 더블에이치 엔터테이먼트 측은 "2년 전 사고 당시 많이 힘들어했다. 유일한 혈육이었던 형이 손을 써 볼 틈도 없이 떠나는 바람에 장례도 제대로 치르지 못했다"고 전하며 "아이가 없었다면 슬픔을 혼자 견뎌 내기 힘들었을 것이다"라고 말했다. 또한 그의 소속사 대표인 유인후 대표는 "많이 부족하지만 아빠로서 최선을 다하려고

노력한다"며 "배우라는 자신의 직업 때문에 아이가 훗날 사실을 알게
됐을 때 상처를 받지 않을까 염려하는 마음에 그동안 사실을 밝히지 못
했다"고 입장을 밝혔다.

한편 이강현은 "2년 동안 팬분들께 안부도 전하지 못한 채 떳떳하게
사실을 밝히지 못해 죄송하다"고 말하며 "앞으로 좋은 작품으로 자주
인사드리겠다. 그동안 기다려 주신 팬분들께 감사하고 고맙다"고 전해
왔다.

배우 이강현은 올 하반기 최고 기대작인 SBC 드라마 '불멸의 사랑'
에서 고구려 왕인 '무현' 역으로 출연을 확정 짓고 촬영 준비에 여념이
없는 것으로 알려져 있다.

한국스포츠 연예부 김한주 기자.

한국스포츠 홈페이지는 트래픽 과부하로 서버가 다운되는 사
태가 발생하고, 인터넷 포털사이트마다 검색어 1위부터 10위까
지 배우 이강현에 관한 검색어로 도배되었다. 또한 후속 보도를
위한 매체들의 전화에 소속사 직원들은 업무가 마비되고 더블에
이치 엔터테이먼트 건물 앞으로 기자들이 벌떼처럼 모여들었다.

강현은 거실 소파에 앉아 태블릿PC 속의 기사를 들여다보며
한숨을 내쉬었다. 겨우 한고비가 지났다. 기사를 접한 대중들의
시선이 그다음 문제였다. 차마 댓글을 볼 용기는 나지 않아 그
는 기사만 읽었다. 기사는 거짓 하나 없이 사실 그대로만을 담
았다. 부연 설명도 적당했고 입장 표명도 확실했다.

논현동 집에서 이 아파트로 이사를 온 지 2년이 지났다. 스태
프들 외엔 그 사실을 모르기 때문에 기자들이 집 앞까지 찾아올

일은 없었다.

　물론 그마저도 임시방편이었다. 아파트가 인후의 명의로 되어 있어 금방 찾아내지는 못하겠지만 대한민국 기자들의 정보력이라면 밝혀지는 건 시간문제였다.

　강현은 휴대폰 진동에 문자를 확인했다. 발신인은 다름 아닌 인후였다.

　〈반응 나쁘지 않고 괜찮아. 후속 보도는 회사 쪽에서 마무리 짓기로 했다.〉

　후속 보도는 원하지 않았으나 어쩔 수 없는 일이었다.

　강현은 알았다며 짧은 문자 한 통을 보내 놓고 연이어 빗발치는 문자 중에 최 감독의 문자를 확인했다.

　〈우리 무현이 장하다. 그 정도 책임감이면 우리 드라마 대박 나고도 남겠어. 앞으로 잘 부탁한다!〉

　최 감독의 문자에 강현은 웃음을 지었다. 제작사와 물밑 협상 중에 최 감독과도 이야기를 나눴었다. 강현이 직접 하진 않았지만 그는 흔쾌히 오케이했다고 전해 들었다. 오히려 드라마 홍보를 따로 하지 않아도 시너지 효과가 날 거라며 반기는 눈치라고 했다. 강현은 한시름을 덜어 낸 기분이었다.

　동료 배우들의 문자도 속속들이 도착했지만 강현은 확인할 엄두조차 내지 못하고 휴대폰 전원을 껐다. 오늘 하루는 방콕을 해야 할 듯했다. 당장 이틀 뒤부터 줄줄이 스케줄이 잡힌 터라 다음 주에 있을 타이틀 촬영 전까지 바쁜 시간을 보내야 했다.

강현은 죽은 듯이 잠에 빠진 재영이 있는 침실로 들어섰다. 앞으로 바빠지면 잠을 못 잘 테니 그녀의 곁에서 미리 자 두자는 생각에 곧장 재영의 옆에 몸을 눕혔다.

"으음…… 어디 갔다 왔어요?"

여전히 눈꺼풀을 뜨지 못한 채 재영은 갈라지는 목청을 가다듬으며 물었다. 강현은 그녀의 고개를 손으로 받쳐 들고 팔베개를 해 주며 속삭였다.

"기사 때문에 인후 형 만나러."

"어떻게 됐어요?"

재영이 실눈을 떠 그를 올려다봤다. 그녀의 이마에 가벼운 키스를 하며 강현은 옅은 미소를 머금었다.

"기사 내보냈어. 당분간 바빠서 박재영 얼굴도 제대로 못 보게 생겼어."

강현의 말에 눈을 번쩍 뜬 재영이 상체를 벌떡 일으키며 언성을 높였다.

"그걸 왜 이제 말해요!"

작은 고추가 맵다더니 재영의 손이 제법 매웠다. 강현은 그녀의 두 손을 움켜쥐며 몸을 일으켜 앉았다.

"내가 말했지. 박재영은 대본에만 전념해 달라고."

"그래도!"

"늦어 봤자 좋을 거 없고, 터질 거면 빨리 터지는 게 나아. 한시간 전에 기사 내보냈어."

"그래서 어떻게 됐는데요? 괜찮아요?"

"뭘 걱정하는 거야. 내가 괜찮은지 걱정하는 거야?"

"아뇨. 사람들 반응! 우리 오빠는 믿음직스러워서 이런 일로 굴하지 않잖아요."

배시시 웃는 이 여자는 왜 마음도 이렇게 예쁜지 모르겠다.

"휴대폰 좀 가져와요! 기사 보게."

"일단 좀 더 자고."

강현은 재영의 손을 끌며 침대에 누워 버렸다. 지금은 댓글을 확인하며 심란해할 재영을 보고 싶지 않았다. 자신의 작품에 악플이 달려도 의연한 그녀였지만 이번 일은 달랐다.

사랑하는 이에게 쏟아지는 욕설과 근거 없는 루머나 악플은 최악이었다. 그걸 잘 알기에 강현은 고심 끝에 큰 결심을 한 것이었다. 부디 아이에게만은 근거 없는 루머가 떠돈다거나 악플이 달리지 않기만을 바랐다.

"나 많이 잤는데."

"네 시간밖에 안 지났어."

"네 시간이면 많이 잔 거예요. 이제 일어나서 우리 오빠가 좋아하는 밥 먹고 또 대본 써야죠."

재영은 오빠라는 호칭 앞에 우리라는 단어를 꼭 붙였다. 그래서 더 듣기 좋은 단어가 됐다. 특별할 것이 없는 호칭임에도 들을 때마다 가슴 언저리가 간지러워 기분이 좋았다.

강현이 재영의 머리를 쓰다듬으며 말했다.

"우리 드라마 끝나면 결혼하자."

그의 머리카락을 만지작거리던 재영은 뜻밖의 단어가 들려와 움찔하며 손을 내렸다. 머릿속이 새하얘지는 건 순간일 뿐이었다.

"박재영이랑 살고 싶어."

재영의 얼굴을 쓰다듬으며 그가 말했다. 그의 잔잔한 목소리는 그녀의 가슴에 큰 파동을 일으켰다.

"하린이가 좋아할 거야."

"……하린이만 좋아해요?"

"아니, 내가 더 좋아할 거야."

숨결이 느껴질 만큼 가까이 다가온 그는 재영의 입술을 집요하게 파고들었다. 이 예쁜 입을 열어 대답해 달라는 듯이.

강현은 아랫입술을 빨아 당기며 모로 누워 있던 재영의 위로 슬며시 올라갔다. 어느새 그녀의 머리엔 푹신한 베개가 자리 잡았다. 그의 손길이 티셔츠 속으로 밀고 들어왔고, 그의 숨결은 그녀의 귓불에 닿았다.

"살자, 나랑. 너랑 살고 싶어. 죽을 때까지."

그의 목소리가 저음이라 참 좋았다. 듣고 있노라면 마음이 편안해지고 가슴이 기분 좋게 떨렸다. 바로 지금처럼.

"만날 이러려고 그러죠."

재영이 새초롬하게 말하자 강현은 손을 내빼며 그녀의 반짝이는 두 눈과 시선을 마주했다.

"옆에 두고 매일 잡아먹을 거야."

"그럼 엄청 피곤한데. 나한테 불리한 거 같은데."

불만처럼 말하면서도 재영은 강현의 목에 팔을 두른 채였다. 덕분에 가까워진 거리가 그를 곤혹스럽게 했다. 강현은 그녀의 목덜미에 고개를 파묻어 하얀 살결을 빨아 댔다.

"대답은 안 들을 거예요?"

아, 대답. 결혼하자 해 놓고 대답은커녕 본능에 앞서 재영을 잡아먹을 뻔했다. 그는 긴장에 두근거리는 심장을 좀처럼 진정시키지 못한 채 마른침을 삼켰다.

재영은 강현의 날카로운 두 눈을 바라보며 입술을 달싹였다. 이윽고 그녀가 입을 뗐다.

"큰 인심 쓴 거예요. 까짓것 같이 살아 줄게요. 대신 바람피우면 죽어요."

재영은 목에 두른 팔을 내려 그의 얼굴을 부드러이 매만졌다. 짙은 눈썹, 말간 눈, 오뚝한 코, 붉은 입술까지.

"참 잘생겼네, 내 남자."

새삼 그의 외모가 빛을 발하는 순간이었다. 잘생긴 거 실속 없어서 별로였는데. 이제 보니까 실속 덩어리였다. 마치 원 플러스 원 같은, 덤으로 같이 온 요구르트 같은.

"내 여자는 만날 예뻐서 미치겠다. 그만 예뻐도 계속 사랑할 텐데."

사랑이라는 말에 조금의 망설임도 없었다. 이제는 그녀가 아니면 안 된다는 걸 가슴이 먼저 깨달아 버렸다. 아니, 애초에 재영에게 향하던 시선이 멈춰지지 않을 때 깨달았었다.

박재영을 사랑하겠구나. 이 여자가 아니면 평생 혼자이겠구나.

다행이었다. 그녀가 먼저 손을 내밀어 줘서.

좋았다. 그녀의 숨결을 고스란히 느낄 수 있어서.

지금처럼 눈을 마주할 수 있어서.

"사랑해."

그의 고백은 계속되었다. 한 번으론 부족하다는 듯 몇 번이고 말했다. 사랑한다고.

"나도 사랑해요."

온몸이 달아오르며 심장이 뜨거워졌다. 사랑한다는 말 한마디가 주는 기분 좋은 반응이었다.

✢   ✢   ✢

인터넷 신문 매체 '프라이버시' 사옥 안 연예부엔 칼바람이 불어왔다. 대한민국에 파파라치 사진으로 일대 파란을 몰고 왔던 프라이버시 연예부는 1년 사이 굵직한 기사들을 죄다 경쟁사에게 빼앗겨 기자들을 물갈이해야 하느냐, 마느냐로 골머리를 썩고 있었다.

그중에서도 최근 1년 사이 단독은 고사하고 특종도 없이, 예능이나 드라마를 보며 쓰는 실시간 기사가 전부인 주민상 기자는 목이 잘리기 일보 직전이었다. 엎친 데 덮친 격이라고 정혁과 문소은의 결혼식장에 위장 취재로 잠입해 대박 특종을 물었으나 모두 허사가 되고 말았다. 그 탓에 날아오는 건 부장의 날카로운 목소리와 욕설뿐이었다.

"이 머저리 같은 자식! 내가 몇 번이나 말했냐. 기사는 타이밍이라고!"

"제가 그걸 알았으면 여기서 이러고 있겠어요? 자리 깔았지!"

"지금 뭘 잘했다고 큰소리야? 이거 어쩔 거야. 데스크에서 난리잖아!"

"이강현한테 딸이 있을 줄 누가 알았냐고요. 저도 억울하다니까요!"

"다정한 모습을 포착했다며. 기사는 이렇게 써 놓고 포착한 사진은 어디에 있냐. 요즘 네티즌들이 사진 한 장 없는 열애설을 믿을 거 같아? 이딴 기사 나가면 댓글에 죄다 사진 가져오라고 난린 거 몰라? 묘령의 여자와 결혼식에 참석해 시종일관 다정한 모습을 보여? 나도 좀 보자, 그 다정한 모습!"

민상이 쓴 기사 원본을 하늘에 흩뿌린 부장은 길길이 날뛰었다. 좀처럼 흥분을 감추지 못하고 의자에 털썩 주저앉으며 한숨을 푹 내쉬었다. 아주 답답해 미칠 지경이었다.

일단 터트리고 보잔 심산으로 사진 하나 없이 기사를 오케이했다. 이 정도 파급이면 이틀 정도는 괜찮다며 부장을 겨우 설득했는데, 하필 이강현의 딸에 대한 기사가 한국스포츠 연예부에서 단독으로 보도됐다. 그 기사를 본 데스크에선 길길이 날뛰었고, 그 불똥은 고스란히 연예부 부장에게 날아왔다.

민상이 물어 온 정보는 정말 특종이었다. 이강현에게 여자가 있다는 것. 그 여자와 함께 정혁과 문소은의 결혼식에 참석해 시종일관 다정한 모습을 보였다는 것은 빼도 박도 못 하는 사실이었다.

결혼식에 참석했던 관계자 몇몇을 들쑤셔 보니 한결같이 나오는 소리가 '눈에서 꿀이 떨어지더라. 여자도 예쁘더라'라는 말이었다. 그 여자가 누구냐고 묻는 질문엔 약속이나 한 듯 입을 꾹 다물어 버리는 것이 문제였지만, 조금만 더 찾아 보면 알아내는 건 식은 죽 먹기였다. 그러나 이젠 소용없어졌다. 물증이 없는 한 이 기사는 세상 밖으로 나가지 못할 것이다.

완벽히 이강현에게 당했다. 데뷔한 지 16년 동안 한 번의 스캔들 없이 성역을 자처했던 배우다웠다. 심증만 남겨 놓고 물증 하나 건지지 못하게 철벽을 세우던 그는 생에 첫 열애설도 이런 식으로 초를 쳐 댔다.

"반응은 어때. 호의적이야?"

"동정의 여론이 압도적입니다. 거기다 쉽지 않은 결정을 했다며 박수까지 치는 분위기가…… 하하하."

"지금 웃음이 나와?"

불난 집에 부채질하는 꼴이었다. 이강현에게 숨겨진 딸이 있었다는, 그 딸은 조카였고 형의 죽음으로 입양했다는 기사가 몇 시간째 대한민국을 들었다 났다 하고 있었다. 짐작건대 한동안은 뜨거운 감자일 것이다.

물론 의심의 눈초리를 보내는 이들도 없잖아 있었지만 소속사 측에서 악성 루머를 퍼트리는 사람에겐 강경하게 대응할 거라고 엄포를 놓은 탓에 대부분의 사람들이 기사를 온전히 믿고 있었다.

계속 특종과 단독을 뺏기다 보면 프라이버시의 연예부는 존폐 위기에 놓일지도 몰랐다.

"지금부터 집에 들어갈 생각하지 말고 24시간 이강현 마크 해!"

"이강현 거처도 다른 곳으로 옮긴 마당에 어디 가서 찾아요!"

"화보 촬영이 잡혔단다."

"예?"

"이강현이 럭스에서 화보 찍자고 하면 거절 안 하더라고. 이번에도 그쪽 화보 잡혔다니까 스튜디오 가서 뻗치고 있어."

"그거 어떻게 아셨어요?"

"기자라는 놈이 인맥이 이렇게 없어서 얻다 써먹냐!"

"이강현이랑 엮인 사람들이 좀처럼 입을 안 여니까 알 수가 없죠."

"럭스에 패션 에디터 중 한 명이 내 조카 친구야."

"와, 조카를 이런 식으로 써먹네요."

"잔말 말고 당장 가!"

부장이 민상의 정강이를 발로 걷어차며 언성을 높였다. 민상은 정강이를 손으로 부여잡은 채 눈물을 머금으며 사무실을 빠져나갔다. 민상의 뒤에서 부장의 호통이 계속 이어졌다.

"한 장도 못 건져 오면 짐 싸서 고향 내려갈 각오해!"

✱   ✱   ✱

눈에 띄지 않으려고 쓴 모자와 선글라스, 마스크의 조합으로 인해 재영은 학부모들 사이에서 단연 돋보였다. 혹시라도 기자들이 유치원 앞에 있을까 하는 불안한 마음에 그녀는 중무장을 하고 하린을 데리러 와야만 했다. 대한민국 기자들이 아이의 신상 정보를 터는 것쯤은 일도 아닐 것이다.

엄마들이 삼삼오오 모여 있는 유치원 앞에서 재영은 학부모들의 시선에 못 이겨 마스크와 선글라스를 슬그머니 벗었다.

"인터넷 봤어? 이강현한테 딸이 있대."

"조카라던데요. 안 됐어."

"결혼도 안 한 남자가 조카를 입양할 생각을 다 하고. 그렇게 안 봤는데 사람이 참 괜찮은 거 같아."

"애가 몇 살이라더라? 아직 어리던데."

"남자 혼자서 어린애를 어떻게 키워?"

"그러니까요. 엄청 고생이겠어요."

"무슨 걱정이야. 돈도 많겠다, 보모 여럿 쓰면 손 갈 것도 없고 편하지."

강현의 기사를 놓고 토론 중인 아줌마들의 잡담은 재영의 신경을 완벽히 갉아 먹었다. 재영은 보모 여럿을 쓰면 된다는 말에 빈정이 확 상해 버렸다. 스파크가 튀기는 눈으로 그 말을 한 학부모를 째려보며 이를 바득바득 갈았다.

자기 자식이나 보모한테 맡기라지!

때마침 선생님의 손을 잡고 나오는 아이들 틈에서 재영이 하린을 발견했다. 시선을 거둬 아이 쪽으로 언성을 높였다.

"하린아!"

재영은 손을 높이 치켜들며 흔들었다. 뜻밖의 인물이 눈앞에 나타나자 하린은 화들짝 놀라며 환한 미소로 달려와 폭삭 안겨 왔다.

"우와. 우와!"

아이는 재영의 다리를 끌어안은 채 그녀를 올려다보며 연신 감탄사를 내뱉었다.

"오늘은 언니랑 같이 집에 가자."

재영은 무릎을 굽히고 하린과 시선을 맞추며 작게 속삭였다. 그 순간 아이는 손뼉을 치며 제자리에서 뛰길 반복했다.

하린이 재영의 손을 덥석 잡았다. 재영은 아이가 메고 있는 노란 유치원 가방을 벗기며 마치 제 것인 양 한쪽 어깨에 들쳐 멨다.

"어머. 하린이 엄만가 봐."

"하, 하린이 엄마 없다고 하지 않았어요?"

"엄청 젊은데?"

삼삼오오 모여 있던 여자들은 달님반 엄마들이 아니었던 모양이었다. 대낮에 선글라스와 마스크로 중무장을 하고 아이를 데리러 온 낯선 여자의 정체가 하린의 엄마였다는 사실에 호들갑을 떨었다.

재영은 보란 듯이 아이를 품에 안아 들었다. 내가 하린이 엄마다, 이 아줌마들아. 그녀의 가슴속에서 알 수 없는 불꽃이 활활 타올랐다.

재영은 자신의 목에 자연스레 팔을 두른 채 연신 싱글벙글 웃으며 조잘거리는 아이와 눈이 마주치자 코끝이 찡해졌다. 엄마라는 단어 하나가 이토록 가슴을 울릴 줄이야.

이강현 다음으로 제 세상을 바꿀 존재가 나타났다.

"하린이 기분 좋아?"

"네에! 언니가 와서 좋아! 만날 만날 와! 민이 언니는 밥 잘 먹어라, 아빠 말 잘 들어야 해! 하면서 혼내기만 해."

아이가 민과 거리를 두는 이유가 있었던 모양이다. 한 번 친해지면 하린은 아끼는 크레파스까지 내어 줄 정도로 정이 많았다.

"민이 언니가 혼낸 게 아니고 하린이가 걱정돼서 그런 거야. 우리 하린이 천사처럼 더 예뻐지라고 그런 말 한 건데, 싫어?"

"음…… 싫은 건 아닌데."

아이는 곰곰이 생각하더니 곧장 대답했다. 재영은 뒷좌석 문을 열며 미리 준비한 카시트에 하린을 앉히고 안전벨트를 매어 줬다.

"민이 언니는 하린이 엄청 좋아해. 오늘 아침에도 민이 언니가 버스 타는 곳까지 데려다줬잖아. 나쁜 사람이 하린이 잡아갈까 봐 걱정돼서 데려다준 거야."

재영은 아이의 뒷머리를 쓰다듬으며 차분히 말했다. 하린이 때문에 하지 않아도 될 일까지 도맡아 하고 있는 민의 고생을 모르지 않았다. 그럴 때마다 하린이가 한 번이라도 웃어 주면 참 좋을 텐데, 하고 생각했던 그녀는 이 기회에 아이가 다른 사람들과 조금 더 가까워지길 바랐다.

"하린이 좋아해?"

"응. 이 세상에 하린이 좋아하는 사람이 얼마나 많은데."

"진짜?"

"그럼! 아빠랑 언니도 하린이 좋아하고, 민이 언니랑 세훈이 삼촌도 하린이를 많이 좋아해. 아! 인후 삼촌도 하린이 엄청 좋아한대. 인후 삼촌은 하린이 예뻐서 나중에 크면 연예인 시킨다고 했대."

"그게 뭐야?"

"집에 가면 언니가 알려 줄게."

"빨리 가자!"

안전벨트를 한 번 더 확인한 재영은 곧장 운전석으로 돌아와 시동을 걸었다.

하루 종일 강현을 호출한 인후 때문에 그는 집을 비운 상태였다. 당분간 잠잠해질 때까지 하린은 유치원에 가지 못하게 됐다. 고민 끝에 내린 강현의 조치였다. 대한민국 기자들은 국정원 직원보다 정보력이 더 뛰어난 거 같다며 혀를 내두르던 그는 인후를 통해서 유치원에 연락해 놓은 상태였다.

논현동 집이 빈집이라는 걸 기자들에게 들키는 바람에 아파트도 조금 위험한 상황이었다. 다행히 인후 명의로 되어 있어서 큰 문제는 없을 거라고 했지만 재영은 나날이 걱정이 늘었다.

"하린아, 당분간 유치원에 안 가고 집에서 놀아야 돼."

"응?"

"유치원 방학이래! 바, 방학 알지?"

"응!"

대충 얼버무린다는 것이 방학이라고 둘러댔는데 다행히 아이는 믿는 눈치였다.

재영은 백미러를 통해 하린을 연신 살폈다. 이내 아파트 단지로 들어선 차는 지하 주차장으로 향했다. 지정된 자리에 주차한 뒤 아이를 들쳐 안고 엘리베이터를 탄 재영은 30층 버튼을 눌렀다.

"아빠는 일하러 가서 집에 없어. 오늘은 언니랑 아빠 올 때까지 놀자."

"응응!"

하린은 손뼉을 치며 좋아했다. 딱히 재영이 열과 성을 다해 놀아 주는 것이 아닌데도 아이는 그녀와 함께 노는 것을 좋아했다.

도어록 비밀번호를 누르고 집에 들어선 재영은 주방으로 들어가 냉장고를 뒤적였다.

"하린아! 바나나 먹을래?"

"네에!"

아이가 좋아하는 빵은 그 어디에도 없었다. 결국 상온에 나와 있던 바나나 하나와 냉장고 안에 있던 사과 하나를 먹기 좋게 깎아 접시에 담아 갔다.

"언니가 재밌는 거 보여 줄게."

하린은 바나나를 먹으며 리모컨을 집어 드는 재영을 멀뚱히 바라보았다. 전원 버튼을 누르자 TV가 환하게 불을 밝혀 왔다. 아이는 눈을 번뜩이며 손에 쥐고 있던 포크를 쟁반에 내려놓고 TV 가까이로 다가갔다.

"너무 가까이에서 보면 눈 나빠져. 언니랑 여기 앉아서 보자."

마치 홀린 것처럼 하린이 다가가자 재영이 벌떡 일어나 아이를 소파에 앉혔다.

TV를 보며 신기해하는 하린의 모습이 그녀는 생소하기만 했다. 그러고 보니 아래층엔 TV가 없었다. 일부러 보여 주지 않는 걸까. 재영은 고개를 갸웃거리며 리모컨을 집어 들었다.

"아빠한테는 집에서 TV 본 거 비밀로 하자."

"비밀?"

"응! 언니랑 하린이 둘만 아는 비밀이야. 아빠한테 말하면 언니 혼날지도 몰라."

"안 돼. 아빠 화나면 무서워요."

"너도 아는구나."

전쟁터에서 동지를 만난 듯 묘한 곳에서 아이와 통해 반가운 마음이 들었다. 재영은 하린과 이마를 마주 대고 훌쩍이며 말했다. 그러자 아이는 짧은 팔을 뻗어 그녀의 팔을 토닥거렸다.

"화 안 내면 멋있어요."

"누가? 아빠가?"

"응. 우리 아빠 잘생겼어."

"역시."

재영은 뿌듯한 얼굴로 고개를 끄덕이며 밤톨같이 예쁜 아이의 머리를 연신 쓰다듬었다.

그 잘생긴 아빠가 내 남자란다.

아이의 머리에서 손을 떼고 재영은 리모컨 버튼을 만지작거렸다. VOD 서비스로 들어가 드라마 다시 보기를 눌러 한참 만에 강현이 주연을 맡았던 의학 드라마 '심장이 물들다'를 찾아냈다.

"엘사!"

하린은 엘사를 찾았지만 재영은 드라마 다시 보기를 눌렀다. 짧은 광고가 지나가고 드라마가 시작했다. 엘사를 보지 못한 아이가 입술을 삐죽였지만 이내 놀란 토끼 눈으로 TV를 뚫어져라 보았다.

재영은 바짝바짝 타들어 가는 입술을 적시며 입을 달싹거렸다. 저 드라마가 언제 했었더라. TV 속에 하얀 가운을 입은 강현은 지금처럼 진중하고 무거운 분위기가 아니었다. 뽀얀 피부와 조금은 어려 보이는 얼굴인데도 여전히 잘생긴 외모를 뽐내고 있었다.

"아빠? 아빠다. 언니! 저기 아빠 있어요!"

하린은 단번에 아빠를 알아보고 손가락질하며 소파에서 내려와 방방 뛰어 댔다.

"우와아! 아빠다! 언니, 저기에 어떻게 들어가?"

하린은 강현이 뭘 하는 사람인지 알지 못했기에 TV 속에 나오는 아빠의 모습을 보며 마냥 신기해했다.

재영은 하린의 곁으로 다가가 카펫 위에 철퍼덕 주저앉고 아이를 자신의 다리 위에 앉혔다.

"하린이는 아빠가 무슨 일 하는지 알아?"

재영의 물음에 하린은 고개를 내저었다. 모르는 것이 당연했다. 아이가 강현의 곁으로 오고 나서부터 그는 일을 하지 않았으니 설명해 줄 필요도 없었을 것이다.

하지만 곧 그는 드라마 촬영에 들어간다. 아무리 주 5일에 밤샘 촬영을 하지 않는다고 해도 강현이 집을 비우는 시간이 늘어날 테니 아이에게 설명이 필요했다. 설명은커녕 말조차 버벅거릴 강현을 대신해 자처하고 나선 재영은 부디 아이가 잘 이해해 주길 바랄 뿐이었다.

"하린이 아빠는 저렇게 TV에 나오는 사람이야."

"TV에 나와?"

"아직 하린이가 어려서 이해가 잘 될지는 모르겠는데, 하린이 아빠 직업은 배우라는 거야. 배우는 연기를 하는 사람이야. 저렇게 TV 속에 나와서 다른 사람이 되는 거야."

"으응?"

아이는 고개를 갸웃거리며 의문을 표했다. 재영의 말을 잘 모르겠다는 듯.

재영은 머리를 긁적이며 고심했다. 뭐라고 설명을 해 줘야 하린이 이해를 할지 감이 오지 않았다. 순간 그녀가 회심의 미소를 지으며 입을 뗐다.

"하린이 유치원에서 엄마 놀이한다고 했지?"

"네에."

"엄마 놀이하면 하린이는 엄마 하지?"

"엄마도 하고 아기도 하고 그래요."

"하린이는 엄마 아니고 아기도 아닌데, 엄마 놀이하면 엄마도 됐다가 아기도 됐다가 그러는 거지?"

"네."

"하린이 아빠도 TV에서 엄마 놀이 같은 거 하는 거야."

"엄마 노리이?"

"하린이 아빠는 의사 선생님 아닌데 저렇게 의사 선생님도 됐다가 경찰 아저씨도 됐다가 그러는 거야."

"아빠는 지금 엄마 놀이하는 거야? 그럼 하린이도 TV에서 엄마 놀이할 수 있어?"

"하린이가 좀 더 크면 인후 삼촌이 TV에 나올 수 있게 해 준대!"

"진짜아?"

"아까 언니가 그랬지? 인후 삼촌이 우리 하린이가 너무 예뻐서 나중에 크면 연예인 시킨다고 했다고."

"응."

"연예인이 그런 거야. TV 속에 나오는 사람을 연예인이라고 하는 거야. 하린이 아빠처럼."

"그럼 하린이도 아빠처럼 되는 거야?"

"하린이가 그러고 싶으면 얼마든지 그렇게 해도 돼."

아이는 박수를 쳤다. 재영의 말을 완벽하게 이해했는지는 알 길이 없었으나 기분 좋게 고개를 끄덕이며 TV 속에 나오는 강현을 바라보았다.

강현은 하얀 가운을 입고 응급실에서 환자를 돌보고 있었다. 아이는 병원 놀이를 하고 있다고 생각한 건지 재영을 올려다보며 말했다.

"아까, 아까 유치원에서 민준이랑 지은이랑 병원 놀이했어요!"

"재밌었어?"

"응! 그런데 아빠도 병원 놀이한다!"

아이는 자신만의 눈높이로 그의 직업을 이해하려 했다.

피가 튀기고 고성이 오가는 장면이 연이어 나왔다. 여섯 살이 보기에 정서상 안 좋을 수 있다는 판단에 재영은 TV를 끄려 했지만 리모컨을 든 그녀의 손을 아이가 붙잡더니 리모컨을 뺏어 들었다.

"하, 하린아?"

아이가 리모컨을 뺏을 줄 몰랐던 재영은 어안이 벙벙했다.

"아빠 봐야지."

하린은 리모컨을 사수하더니 TV 속으로 빨려 들어갈 것처럼 집중했다. 엘사를 볼 때보다 더, 올라프 따위는 머릿속에서 잊어버린 듯.

하린이는 그렇게 60분짜리 드라마 한 편을 전부 보고야 말았다. 아빠가 현관문을 열고 들어와 기가 막힌 얼굴로 바라보고 있다는 사실도 모른 채.

16화 · 또 다른 국면

대한민국을 충격으로 빠트린 배우 이강현의 입양 소식은 일주일째 뜨거운 이슈였다. 광고계는 물론 충무로에서도 좋은 바람을 불러일으켰으며 그 영향으로 소속사엔 시나리오가 그득그득 쌓여 갔다.

강현은 소파에 앉아 동찬이 가져다준 시나리오 중에서 하나를 골라 살피고 있었다.

"다음 주에 제주도 촬영 갔다 오면 이틀 뒤에 비엔나로 출국이야."

"내 마일리지 정도면 세계 일주 가능하지 않나?"

"그 정도로는 어림도 없다."

"그럼 신혼여행은 가능하려나?"

시나리오에 시선을 고정한 채 강현이 태연하게 물었다. 타이트하게 잡혀 있는 그의 스케줄을 조정하는 건 실장인 동찬의 몫이었다. 태블릿 PC 속의 스케줄 표를 뒤적이던 동찬은 강현의 말에 입을 쩍 벌렸다.

이젠 이강현의 입에서 별소리가 다 나온다. 동찬은 태블릿 PC를 내려놓고는 그의 손을 덥석 잡았다.

"결혼은 차차 생각하자. 네 스케줄 소화하려면 신혼여행 없을지도 몰라."

동찬의 말에 강현은 읽고 있던 시나리오를 툭 내던졌다.

"안 해, 그럼."

자리를 박차고 일어난 강현을 붙잡는 것도 그의 몫이었다. 동찬은 강현의 팔을 붙잡아 억지로 소파에 앉혀 떨어진 시나리오를 다시 안겨 주었다.

"드라마 끝나면 쉴 틈 없어. 이거 전부 네 드라마 스케줄 끝나는 대로 맞춰서 크랭크인 들어가겠다는 영화들이야. 잘 골라서 천만 찍어 보자."

"미친 거지? 바로 영화 들어가는 거 무리야."

"우리 강현이 체력 좋잖아! 2년 동안 쉬었으니 더 좋아졌을 텐데 뭘 새삼스레."

동찬은 강현의 어깨를 툭툭 치며 히죽거렸다. 그를 어르고 달래면서도 동찬은 여차하면 세훈과 함께 강현을 24시간 마크할 생각이었다.

지금 배우 이강현의 몸값이 천정부지로 치솟아 부르는 게 값이었다. 일이 이렇게 될 줄 알았더라면 진즉에 그를 설득해 아이의 문제를 공식화했을 텐데, 하는 아쉬움의 목소리가 인후에게서 나오고 있었다. 하지만 그 일은 강현에게 전하지 않는 것

또한 동찬의 몫이기도 했다.

"지금 우리 집 거실에 내가 며칠 만에 앉아 있는지 알아?"

"그동안 밀린 스케줄이 워낙 많아야 말이지. 스케줄 다 소화하겠다고 대표님이랑 새끼손가락 걸고 도장까지 찍었다며!"

"드라마 촬영 들어가면 얄짤 없어."

"야, 드라마 들어가면 하고 싶어도 못해. 주 5일 촬영 조건 때문에 네 스케줄이 얼마나 빠듯한지 알아? 밤샘 촬영도 안 한다고 해서 너 위주로 몰아서 찍어야 된다고. 조연출이 스케줄 조정하다가 미치겠다고 몇 번이나 전화 왔어."

동찬의 말에 강현은 헛기침만 내뱉었다.

벌써 12회 대본까지 완고되어 촬영 스케줄을 일주일 전부터 조정하던 조감독은 강현 때문에 골머리를 썩이는 중이었다. 처음엔 욕을 하다가도 그의 사정을 기사로 접하면서 딱 하루만 주말에 촬영하면 안 되겠냐고 부탁하는 일까지 생겼다.

"박 작가님은 무슨 대본을 그렇게 빨리 써? 오늘 13회 초고 나왔어."

"적당히 하라고 해도 말을 안 들어."

"안 그래도 오늘 국장님 만나러 방송국 들어갔다가 들었는데, 박 작가님 데려가려고 케이블에서 난리 났나 봐. 최 감독님까지 사표 내고 케이블로 넘어갈까 봐 긴장 상태더라."

"최 감독님이 케이블로 간다고?"

"확실한 건 아닌데 MK 쪽에서 연봉을 꽤 부른 모양이야. 방송국 월급 뻔히 아는데, 최 감독님 정도면 그쪽 가서 자기 하고 싶은 대로 드라마 찍고 좋지."

최 감독은 박재영 작가와 함께 SBC 드라마국을 먹여 살리고 있다고 해도 과언이 아니었다. 박재영 작가는 데뷔 이래 최 감독과 쭉 호흡을 맞춰 왔고 이번 드라마 역시 그와 작업했다. 만약에 최 감독이 넘어간다면 재영의 다음 작품은 케이블에 방영될 가능성이 농후했다.

재영과 함께할 미래를 생각하던 강현은 깊은 한숨을 내쉬었다. 이번 드라마가 끝나면 재영은 다음 작품 구상으로 또다시 바빠질 테고, 도대체 한가할 때가 있냔 말이다. 이러다가 결혼은커녕 얼굴도 제대로 못 볼 지경이었다.

"하여튼 너는 그 시나리오 다 보고 괜찮은 거 골라. 바로 세팅 들어간다니까."

"영화도 주 5회 촬영이라고 못 박아 놔."

동찬은 태블릿 PC를 강현 쪽으로 치켜들며 눈을 번뜩였다. 그놈의 주 5회 촬영을 두 손 들고 환영해 줄 관계자가 있을지 의문이었다. 그럼에도 불구하고 강현은 고집을 꺾지 않았다. 여차하면 영화고 드라마고 안 찍겠다며 나설까 봐 동찬은 한숨을 내쉬며 집을 나섰다.

현관문이 닫히는 소리와 함께 잠에서 덜 깬 아이의 목소리가 강현의 신경을 잡아챘다.

"아빠."

아이는 눈을 비비적거리며 잰걸음으로 강현에게 다가왔다. 그는 손에 들린 시나리오를 내팽개치고 하린에게 다가갔다. 늦잠을 자고 일어난 아이를 번쩍 안은 강현이 아침 인사를 건넸다.

"잘 잤어?"

"으응."

유치원에 등원하지 않자 아이의 생활 패턴은 완벽히 바뀌고 말았다. 밤늦게까지 놀다가 오전 10시가 넘어서 일어나는 까닭은 낮에 활동성이 떨어지는 놀이만 하는 탓이었다.

하린은 앉아서 그림책을 읽고 그림을 그리거나 퍼즐을 맞추는 등의 간단한 놀이를 하며 시간을 보냈다. 그것을 함께해 주는 이는 재영이었다.

강현은 일주일 동안 눈코 뜰 새 없이 바빠서 아이를 신경 쓰지 못했다. 의심 많던 베이비시터를 자르고, 대신에 동찬의 어머니가 와서 아이를 돌보아 주었다. 모르는 사람보다는 아는 사람이 괜찮겠다 싶어 흔쾌히 승낙했으나, 조심스러운 부분도 없잖아 있어 그저 좋지만은 않았다. 그래서 당분간만 봐주기로 합의를 한 상태였다.

오늘은 모처럼 스케줄이 없는 날이어서 집엔 강현과 하린, 단둘뿐이었다.

"재영이 언니는?"

아이는 강현의 품에 안겨 재영을 찾았다. 그는 소파 등받이에 기대앉은 채 하린의 머리를 쓰다듬으며 말했다.

"재영이 언니가 오늘은 바빠서 하린이랑 못 놀아 준대."

"왜애?"

"언니도 일해야지. 만날 하린이랑 놀아 줘서 일 못 하면 재영이 언니 혼나."

"혼나? 누가 혼내?"

"사장님이."

"사장니임?"

아이가 질문할수록 공감 능력이 현저히 떨어지는 강현은 곤란해져 갔다. 이러다 육아 교실이라도 다녀야 할 판이었다.

"아빠는 일 안 해?"

"오늘은 노는 날."

"그럼 언제 TV에 나와?"

"아빠가 언제 TV에 나오냐고?"

"응! 재영이 언니가 아빠는 TV에 나오는 사람이라고 했어."

"그랬어?"

"응! 아빠가 TV에 나와서 신기했어. 만날 나와?"

자신의 아빠가 뭐 하는 사람인지 알게 된 아이는 강현을 볼 때마다 종종 물어왔다. 그는 하린의 볼을 꼬집으며 말했다.

"하린이가 많이 자고 나면 그때 나와."

"얼마나 자야 돼?"

"음, 100번 넘게. 아주 많이."

"그렇게나 많이?"

숫자 개념을 겨우 깨우친 아이에게 아주 많은 숫자였다. 하린이 놀란 듯 입을 쫙 벌리자 그가 웃음을 뱉으며 고개를 끄덕였다.

"유치원은 언제 가?"

"유치원에 가고 싶어?"

"응, 이제 집에서 노는 거 재미없어."

일주일 내내 집 안에서 놀았으니 지겨울 만했다. 아이는 금세

풀이 죽은 얼굴로 강현의 옷깃을 만지작거렸다.

"유치원 친구들이 하린이랑 잘 놀아 줘?"

"응. 엄마 놀이도 하고 인형 놀이도 해."

"이제 안 놀려?"

"응! 하린이처럼 엄마도 예쁘대. 친구들이 그랬어. 자기 엄마는 아줌마 같은데 하린이 엄마는 인형처럼 예쁘다고 했어."

지난번 재영이 유치원에 간 효과는 실로 놀라웠다. 하린은 이제 친구들과 잘 지낸다고 했다. 거기다 엄마가 예쁘다는 소리를 매일마다 듣는다고 조잘조잘 떠들었다.

강현은 한숨을 내쉬었다. 하린이 잘 지내는 건 그렇다 치더라도, 어떻게 된 게 박재영은 어린아이들을 상대로 미모를 뽐낸 건지 모르겠다.

"아빠, 내일은 유치원에 가자."

"당분간 안 될 거 같은데. 그리고 다른 유치원에 다녀야 할지도 몰라."

"왜애? 다른 유치원 가면 친구들 못 보는데."

하린은 한없이 시무룩해하며 강현의 가슴팍에 이마를 기댔다. 그는 아이의 등과 작은 머리를 쓰다듬어 주며 위로를 대신했다.

"하린이가 아빠 딸인 걸 많은 사람들이 알게 돼서, 나쁜 사람들이 하린이를 잡아갈 수도 있어."

"왜애?"

"우리, 이렇게 하자."

아이에게 설명한다는 것이 얼마나 어려운지 새삼 뼈저리게 느낀 그는 하린의 얼굴을 두 손으로 받쳐 들었다. 강현과 시선을 마주하면서도 하린은 입을 삐죽거렸다.

이젠 싫어도 다른 유치원을 가야 하는 상황에 놓였다. 흥신소를 차리면 대한민국에서 업계 1위 자리를 노려볼 만한 기자들의 정보력 앞에 강현은 하늘유치원의 안위를 걱정해야 했다. 일주일이나 지났는데도 인터넷의 열기는 뜨거웠고 당분간은 식지 않을 것이다.

"누가 하린이한테 아빠가 누구냐고, 뭐 하는 사람이냐고 물어보면 하린이가 아는 대로 대답해 줘."

"으응?"

"하린이 아빠는 이강현이고 TV에 나온다고 얘기해 줘도 돼."

아이가 두 눈을 크게 깜박였다. 낯선 사람이 물어보면 절대 말해선 안 된다고 당부하던 아빠였다. 알았으니까 이제 그만하라고 할 정도로 매일매일 말하고 또 말했다. 그런데 이제는 말해도 된다니. 하린은 어리둥절하기만 했다.

"아빠한테 하린이가 있는 걸 다른 사람들은 몰랐는데, 이제는 다 알게 됐어."

"그래서?"

"이제는 하린이가 아빠 딸인 거 말해도 돼. 다른 유치원 가서도 꼭 말해. 알았지?"

다른 유치원에 가야 된다는 말에 시무룩해져 있던 아이가 눈을 번뜩였다.

"그러니까 유치원 가기 전까지 동찬이 삼촌 할머니랑 집에서 노는 거야. 알았지?"

아이는 고개를 끄덕였다. 유치원을 옮긴다는 사실을 받아들인 것인지 아니면 다른 충격이 그 사실을 잊게 만든 건지 알 길은 없으나 하린은 더 이상 입을 삐죽거리지도 시무룩해하지도 않았다.

"오늘은 아빠랑 놀자."

모처럼 아이와 함께 놀 수 있는 주말이었다. 아이는 그의 손을 덥석 잡아끌었다. 강현의 품에서 내려온 하린이 조막만 한 손으로 커다란 손을 잡은 채 다이닝 룸으로 걸어갔다.

"밥 먹자고?"

"응!"

하린은 당연하다는 듯 자신의 자리를 찾아갔다. 강현은 아이를 번쩍 안아 들어 의자에 앉히고는 주방으로 들어가 늦은 아침을 챙겨 주었다.

❇   ❇   ❇

눈꺼풀이 무거웠다. 어깨는 결려 오고 손도 느려졌다. 그럼에도 재영은 마지막 힘을 짜내 13회 수정고를 탈고하고 최 감독의 메일로 전송한 뒤 장렬하게 전사했다.

책상에 얼굴을 파묻고 뻗어 버린 재영은 42시간 만에 눈을 감았다. 그 순간 책상으로 전해지는 진동이 느껴졌다. 미세한 떨림에도 그녀는 번뜩 눈을 떠 휴대폰을 찾았다. 산더미처럼 쌓인 자료들 사이에 파묻혀 있던 핑크빛 휴대폰을 찾아 통화 버튼을 눌렀다. 수화기 너머에선 피로를 싹 잊게 만드는 페로몬 가득한 목소리가 흘러나왔다.

　―또 밤샜지.

　배우를 하지 않았더라면 길가에 돗자리를 깔아도 될 정도로 그는 참 족집게였다. 재영은 멋쩍은 웃음을 뱉으며 슬그머니 자리에서 일어나 기지개를 켰다.

　―우리 정확히 90시간 동안 못 본 거 알아?

　"지, 진짜요?"

　―앞으로 168시간 더 못 볼 텐데, 얼굴 안 보여 줄 건가 봐.

　"왜…… 아, 제주도!"

　―박 작가님, 대본에만 전념하랬다고 날 너무 방목하는 거 아닙니까.

　"벌써 공항에 간 거 아니죠?"

　재영은 허겁지겁 현관을 뛰쳐나왔다. 며칠 동안 강현은 고사하고 날짜 개념까지 깡그리 사라진 그녀는 오늘이 제주도 첫 촬영이라는 것도 잊어버렸다.

　―보고 싶다.

　귓가에 울리는 그의 목소리에 재영은 현관문을 벌컥 열었다. 현관문 앞엔 트렌치코트를 걸친 강현이 서 있었다.

　"우리 작가님, 얼굴이 너무 비싼 거 아닌가 몰라."

　강현이 미소를 지었다. 재영은 미안함에 얼굴을 들지 못하고 강현의 허리를 꼭 끌어안았다.

　"미안해요. 알잖아. 내가 한 번 엉덩이 붙이면 잘 안 일어나는 거."

　"미안할 게 뭐가 있어. 일하는 건데."

"그래도……."

"나 속 좁은 남자 아니다."

"그럼요. 우리 오빠가 얼마나 속이 깊은데. 태평양이죠, 태평양."

재영은 배시시 웃으며 강현을 올려다보았다. 며칠 사이에 얼굴이 핼쑥해진 그는 턱 선이 더욱 날카로워져 있었다.

몰아치는 스케줄 때문에 몸이 열 개라도 모자란 강현은 어제도 밤새 광고 촬영을 했다. 집에 들어와서 씻자마자 공항으로 달려가야 했지만 그 찰나의 틈에 재영을 보고 가겠다며 세훈을 먼저 주차장으로 내려보냈다.

"스케줄이 너무 많나 봐요. 살이 쏙 빠졌어."

재영은 못마땅하게 인상을 쓰며 강현의 허리를 더듬었다. 손길이 거침없이 이어지자 강현이 그녀의 손을 덥석 잡아챘다.

"여기서 이러면 위험하지 않겠어?"

"무, 무슨! 내가 언제 뭘 했다고요!"

"일주일만 참아. 갔다 와서 죽여 줄 테니까."

"모, 못 하는 말이 없어!"

"윽."

강현의 노골적인 말에 놀란 재영이 그의 너른 가슴을 내려치며 얼굴을 붉혔다. 몇 번이나 맞아도 그녀의 손맛엔 적응되지 않을 거 같다. 강현은 아픈 척하며 상체를 숙였지만 정말 아팠다.

"아, 아파요? 별로 세게 안 때렸는데…… 어디 봐요."

재영의 손을 꽉 움켜쥔 강현이 고개를 들어 순식간에 그녀의 입술을 앗아 갔다.

"으읍!"

재영의 두 뺨을 어루만지며 집요하게 입을 탐하는 그는 거칠었다. 일주일의 공백을 채우려는 듯 강현은 재영의 입술을 빨아당기고 입안을 헤집어 놓았다. 숨결이 고스란히 느껴지는 키스는 잠자코 있던 그의 정념을 긁고 말았다.

위험했다. 5분 내로 출발해야 하는데 비행기를 놓치면 첫 촬영이 지연되고 만다. 스태프들이 카메라와 조명을 세팅하며 자신이 오기만을 기다리고 있는데, 이러다간 공항에 도착하기도 전에 무현의 신이 미뤄질 것이다.

강현은 어루만지던 재영의 얼굴을 밀어냈다. 이 자제력. 박수를 쳐야 하는데 그럴 시간도 없었다.

"갔다 와서 봐."

"조심해요."

대규모 전쟁신이 예고된 제주도 촬영이었다. 드넓은 초원에서 피가 튀기고 살이 찢기는 전쟁신은 스태프와 배우, 엑스트라 수백 명을 포함한 모두가 고생해야 했다. 한 번에 끝나면 좋겠지만 앵글을 바꿔서 여러 번 촬영하기 때문에 늦은 시간까지 달려야 할 것이다.

거기다 강현의 액션신은 강도가 높았다. 와이어에다가 무거운 칼까지 휘두르고 부딪치다 보면 부상을 당할 가능성도 높았다.

"액션 누아르 장르만 벌써 세 번째야. 싸우는 거 완전 잘해."

"주먹 휘두르는 거랑 칼 휘두르는 거랑 같아요? 이제 혼자만의 몸이 아니니까 더 조심해야죠."

"그럼 누구 몸인데."

"당연히! 내 거죠. 하린이 거고."

미소를 보이며 재영이 당당하게 외쳤다. 그 모습에 강현은 커다란 손을 뻗어 그녀의 머리를 헝클어트렸다.

"밥 잘 챙겨 먹어. 매일 확인할 거야."

"하린이 밥 먹을 때마다 옆에서 두 그릇씩 먹을게요."

"하린이 유치원은……."

"그건 내가 알아볼게요."

"알았어. 네 마음대로 해."

"고마워요. 하린이 일 양보해 줘서."

아이는 3주가 넘도록 유치원에 가지 않았다. 정확하게 말하자면 유치원 정보가 탈탈 털려서 갈 수가 없었다.

강현의 거처를 짐작 못 하는 기자들의 마지막 거점이 유치원이었다. 다행히도 아이가 유치원에 나오지 않는다는 원장 선생님의 말에 배수진을 치고 있던 기자들은 모두 철수했다. 하지만 다시 하늘유치원에 하린을 보내는 것은 무리였다.

새로운 유치원을 알아봐야 하는데 그마저도 강현이 바빠서 제대로 살펴보지 못했다. 인후 역시 육아와 교육엔 무지했기 때문에 근방에 있는 유치원 리스트만 간추려 강현에게 전달한 상태였다. 그 리스트를 며칠 전부터 살펴본 재영은 대본을 뒷전으로 물린 채 유치원의 평판들을 샅샅이 살폈다.

"하린이 유치원은 내가 알아보고 좋은 곳으로 보낼게요!"

자동차 신차 발표회에 참석하고 돌아온 강현에게 재영이 강력히 외쳤다. 그가 대본에만 전념하라며 대꾸했지만 그녀는 조금도 물러서지 않았다.

"원래 아이의 교육은 엄마 하기 나름이에요! 아빠는 바쁘니까 옆에서 도와만 줘도 고마운 거래요."

"누가 그래?"

"내 친구요. 결혼해서 애가 있거든요. 남편이 바빠서 교육에 전혀 신경을 안 쓴대요. 그 친구가 얼마나 극성인데요. 하린이 다니던 유치원 아줌마들보다 한 수 위였던 거 같기도 해요."

"그래서 당신도 극성 엄마 하려고?"

"한번 해 보죠, 뭐! 제대로 극성인 엄마를 보여 줄 테니까."

그 뒤로 강현은 재영의 뜻에 따르기로 한 듯 침묵을 지켰다. 그의 침묵이 곧 긍정의 뜻이라는 걸 그녀는 모르지 않았다. 재영은 그토록 바라던 유치원 문제를 자신에게 맡겨 줘서 고마웠다.

"극성 엄마, 잘해 봐. 극성 남편 해 줄 테니까."

"그럼 아빠는요?"

"아빠까지 극성이면 하린이가 좀 피곤하지 않을까?"

"그런가?"

"하여튼 못 말려, 박재영."

"내가 한다면 하는 사람이라고요. 기대해요."

"큰일 났네."

두 팔을 걷어붙이며 그녀가 말하자 강현은 고개를 내저으며 피식 웃었다. 그는 이내 엘리베이터에 타 버튼을 눌렀다. 주차장에서 기다리고 있는 세훈의 전화가 아까부터 빗발치게 오고 있었다. 일주일간의 작별을 고해야 할 시간이 왔다.

"갔다 올게."

그를 태운 엘리베이터가 지하로 내려갔고 재영은 순식간에 휑해진 복도를 둘러보며 곧장 앞집으로 향했다. 지문을 인식하고 현관문을 열자 퍼즐을 맞추고 있는 하린의 모습이 보였다. 아이가 해맑은 미소로 그녀에게 다가왔다.

아이의 미소는 그의 목소리만큼이나 피로가 사라지게 만드는 힘이 있었다.

❈ ❈ ❈

"컷! 오케이!"

감독의 입에서 기다렸던 오케이 신호가 떨어졌다. 앵글 밖에서 와이어 줄을 당기던 스태프들의 입에선 안도의 한숨이 터져 나왔고, 스테디 캠을 메고서 같이 와이어를 타야 했던 카메라 감독도 무거운 카메라를 내려놓으며 더위를 식혔다.

"다음 신 준비하겠습니다!"

울창한 숲에서 진행된 이번 촬영에서 강현은 벌써 다섯 시간째 와이어 액션신을 찍었다. 여전히 그의 갑옷 속엔 와이어와 연결되는 생명줄인 조끼가 단단히 입혀져 있었다.

와이어 줄에서 벗어난 그가 숨을 돌리자 세훈이 뛰어와 차가운 생수를 건넸다. 강현은 소품 팀 막내에게 피칠갑이 된 칼을 건넨 뒤 찬물을 벌컥벌컥 들이켰다.

아직 제법 추운 날씨였지만 그가 느끼는 체감 온도는 30도였다. 철근처럼 무거운 옷을 입고 칼자루를 휘두르면서 어떻게 전쟁을 했을지 이해가 되지 않았다. 땀으로 범벅이 된 강현의 앞에 민이 휴대용 선풍기를 들고 나타났다.

"우리 작가님이 오빠를 너무 굴리시는 거 같아요."

"말은 똑바로 하자. 작가님이 아니라 감독님이 굴리고 있거든?"

생수를 깔끔하게 비우고 빈 페트병을 찌그러트리며 그가 말했다. 대본 그 어디에도 와이어를 다섯 시간 동안 타라는 지문은 없었다. 아역에서 성인으로 넘어가는 중요한 장면이라 감독이 심혈을 기울이고 있을 뿐.

적의 목을 내려치고 몸을 베어 가며 무현의 얼굴에 튀기는 피한 방울까지 계산에 맞지 않으면 단호하게 NG를 외쳤고, 칼을 휘두르는 선이 조금이라도 흔들리면 가차 없이 처음부터 다시 찍었다. 디테일을 중요시하는 최 감독의 명성을 실제로 확인하게 된 강현은 속으로 혀를 내둘렀다.

"작가님 흉보니까 바로 발끈하는 거 봐. 오빠, 어디 가서 그러지 마요. 엄청 티나."

"네가 옆에서 말만 안 꺼내면 아무도 몰라."

촬영장에서 재영의 이름이 거론될 때마다 강현은 움찔거렸다. 그 찰나를 놓치지 않고 민은 그의 앞에서 한없이 깐족거렸다. 흡사 목을 조르는 듯한 그의 눈빛에 민은 입을 앙다물었다.

　이만큼 촬영이 길어지는 감독은 또 처음이라 세훈과 민도 당황스럽기는 마찬가지였다. 일주일 안에 제주도 촬영이 끝나기나 할까. 비엔나로 출국하는 화보 촬영 일정을 조정해야 하나 싶기도 했다.

　"촬영 들어가겠습니다!"

　촬영 준비가 끝났는지 조감독의 목소리가 들려왔다.

　"휴대폰 줘 봐."

　강현이 자리에서 일어나며 세훈에게 자신의 휴대폰을 요구했다. 세훈은 바지 주머니에 챙겨 두었던 휴대폰을 꺼내 그에게 건넸다. 분장용 피에 얼룩진 손으로 휴대폰을 건네받은 강현은 들어와 있는 문자를 확인했다.

　〈아빠 파이팅♥〉

　하트를 그리는 두 여자의 사진과 함께 날아온 문자에 강현의 안면 근육이 서서히 풀려 갔다. 사진 속 두 여자는 티 없이 맑은 천사처럼 예쁘게 웃고 있었다.

　그 후 일주일 동안 강현의 휴대폰엔 두 여자의 일거수일투족이 속속들이 도착했다.

❋　　　　❋　　　　❋

　─올해는 시집 좀 가자. 응?

아침 댓바람부터 들려오는 얼토당토않은 잔소리에 재영은 잠에서 깨고 말았다. 손을 뻗었을 때 강현의 단단한 가슴팍이 없어서 가뜩이나 외로운데 결혼이라니. 엄마의 까랑까랑한 목소리에 귀가 따가울 지경이었다. 그녀는 멀찌감치 휴대폰을 귀에서 뗐다.

　—정윤이 시집간대. 들었니? 재영아!

　강정윤. 그녀는 재영과 동갑내기 사촌이었다. 일가친척 중 자신과 더불어 시집 안 간 처녀이자 일명 노처녀였다. 스물아홉에 노처녀가 웬 말인가 싶지만, 집안사람들이 워낙 일찍 결혼하다 보니 그들의 기준에선 노처녀였다. 이러다가 또 배냇저고리를 챙겨 줘야 하는 조카가 생기는 건 아닌지 모르겠다.

　"엄마, 딸한테 오랜만에 전화해서 한다는 소리가 결혼하라는 거야?"

　—이제 너 하나 남았어!

　"잠 좀 자자. 잠 좀! 나 새벽에 잠들었어. 엄마 딸 요즘 대본 쓰느라 뼈가 삭네요!"

　—그러게 누가 사서 고생하래?

　이렇듯 엄마는 딸의 직업을 별거 아니라고 치부했다. 밤낮이 바뀐 딸이 안쓰러움 그 이상, 그 이하도 아니었다. 얼마나 대단한 거 한다고 사서 고생이냐며 잔소리만 안 들으면 다행이었다.

　"국제 전화까지 걸면서 잔소리하고 싶어?"

　—정윤이 다음 달에 식 올린대. 그래서 아빠랑 다음 달 초에 한국 들어갈 거야.

　"그래?"

—가서 너도 시집보내려고.

"아, 엄마!"

재영은 경기를 일으키며 상체를 세웠다. 텅 빈 침실을 휙 둘러보며 강현의 빈자리를 확인하곤 한숨과 함께 입을 뗐다.

"엄마 딸 시집갈 남자 있으니까 걱정하지 말고 아빠랑 한국관광이나 하세요."

—뭐? 너, 너 남자 있니? 누구? 뭐 하는 사람이야? 그걸 왜 이제야 말해!

"정윤이보다 시집 잘 갈 테니까 걱정하지 마시라고."

—박재영!

"시댁 없으면 완전 좋은 거 맞지? 엄마가 그랬잖아. 자고로 시댁은 멀면 멀수록 좋다고."

—시, 시댁이 없어?

시댁만 없지 애는 있네요. 차마 그 말까지는 하지 못했다. 재영은 수화기 너머에서 들려오는 엄마의 목소리에 한숨을 삼키었다. 편견 없는 분이긴 하지만 이 문제를 엄마가 어떻게 받아들이느냐에 따라 아빠의 의견도 극명히 갈릴 것이다. 아빠는 무조건 엄마의 뜻을 따르는 남자였다. 한마디로 마누라한테 꽉 잡혀 사는 전형적인 공처가였다.

"엄마, 일단 내가 너무 피곤하니까 나중에 통화해요. 응?"

—재영아, 박재영!

엄마의 고함 소리에도 아랑곳 않고 재영은 전화를 끊어 버렸다. 당연하게도 다시금 진동이 울려 왔지만 그녀는 베개에 얼굴을 파묻었다. 왼쪽으로 고개를 돌려 빼꼼 내밀자 그 누구의 손길도 닿은 적 없는 매끈한 베개가 보였다. 그녀는 손을 뻗어 주인을 잃은 베개를 어루만졌다.

소음도 더는 들려오지 않았다. 딸의 폭탄 발언에 궁금해서 미쳤을지도 모를 모친이 비행기 티켓을 끊었을까 봐 조마조마한 마음도 잠시였다. 그녀는 텅 빈 옆자리가 쓸쓸할 뿐이었다.

잠은 다 잤다. 뒤척이다가 잠에서 깨면 항상 강현의 손길에 다시 잠들곤 했다. 벌써 이렇게 익숙해져서 어쩌지.

사념을 떨쳐 내려 재영은 눈을 감았다. 아직 일주일이 되려면 닷새나 남았는데 이놈의 시간은 왜 빨리 안 가나 몰라. 평소엔 잘만 가던 시계가 멈춰 버린 게 아닐까 싶을 정도였다.

❉　　　　❉　　　　❉

김포공항 국내선 입국 게이트에 이강현이 나타났다. 사람들의 시선에도 그는 아랑곳 않고 단숨에 공항을 빠져나와 대기하고 있던 차량에 올라탔다.

일주일 만에 집으로 돌아가는 역사적인 날이었다. 그는 지난 일주일 동안 촬영장에서 혹사를 당했다 해도 과언이 아니었다. 최 감독의 디테일에 두 손 두 발 들었고, 이젠 NG 소리만 들어도 경기가 날 지경이었다. 이번 촬영이 끝나면 당분간 드라마는 절대 찍지 않겠다고 다짐하며 강현은 서울행 비행기에 올랐다.

"집으로 바로 갈 거죠?"

말해 뭣하냐는 듯 강현이 세훈을 노골적으로 바라보았다. 세훈은 헛기침을 하며 차를 몰아 공항을 벗어났다.

그런 강현의 차를 뒤따르는 검은색 중형차 안에는 운전하는 남자와 조수석에서 연신 카메라 셔터를 누르는 남자가 나란히 앉아 있었다. 한산한 올림픽대로 덕분에 그들은 무리 없이 강현의 뒤꽁무니를 쫓을 수 있었다. 기자들의 정보력으로도 쉽게 밝혀지지 않았던 이강현의 새로운 보금자리가 밝혀지는 순간이었다.

입주민을 제외한 차량은 통제되는 보안 구역 앞에서 그들은 멀어져 가는 강현의 차를 하염없이 바라보았다. 이미 차량 번호도 따 놨으니 아파트 내부로 들어가는 일만 남았다. 운전대를 잡고 있던 남자가 휴대폰을 꺼내더니 인맥이 넓은 자신의 상사에게 전화를 걸었다.

"타워팰리스에 사는 사람 없어요? 이강현 잡았어요!"

―타워팰리스?

"청담동에 있는 거요!"

그는 한 달이 넘도록 이강현을 쫓아다닌 프라이버시 연예부 기자 주민상이었다.

민상은 한 달 동안 아주 빡세게 뛰어다녔다. 화보 촬영장이란 촬영장은 다 쫓아다녔지만 그의 밴은 항상 매니저의 집으로 향했다. 강현은 어디로 증발했는지 매번 매니저의 뒤꽁무니만 쫓아다닌 꼴이었다.

민상은 이번이 마지막이라 생각하고 몇 날 며칠을 공항에서 뻗치고 있었다. 입국 날이 정확하지 않다는 이유 하나만으로. 그렇게 이강현의 밴이 아닌 새로운 차량이 자신을 안내했고 숨겨져 있었던 비밀 요새가 나타났다.

—1분만 기다려. 당장 번호 따 줄 테니까.

인맥 하나로 지금의 자리에 오른 부장다웠다. 이내 그의 휴대폰에 낯선 번호가 찍혀 왔다. 덕분에 기자들이 탄 차는 입주민의 손님으로 위장한 채 타워펠리스 진입에 성공했다.

강현과 함께 엘리베이터에 오른 세훈의 손엔 짐 가방들이 들려 있었다.

"집에 가져다 놔."

"안 올라가요?"

"29층에 볼일 있어."

"2903호요, 2904호요?"

의미심장한 세훈의 미소 속에 음흉함이 감춰져 있었다. 강현은 세훈을 째려보며 29층 버튼과 30층 버튼을 연달아 눌렀다.

29층에 내리자마자 초인종은 생략하고 2903호 도어록 비밀번호를 누르는 강현의 손길은 자연스러웠다. 엘리베이터가 30층으로 올라가기 무섭게 현관문이 열렸다.

강현이 안으로 들어섰다. 익숙한 향기가 배어 있는 집은 고요하기만 했다. 불빛이라곤 찾아볼 수 없어 삭막한 기운까지 맴돌았다. 흡사 박쥐가 사는 동굴이라고 해도 믿을 만큼 훤한 대낮에 어둠이 가득했다.

강현은 익숙한 듯 거실로 들어와 햇볕을 차단하고 있던 커튼을 걷었다. 그제야 깔끔한 인테리어와 단출한 거실이 그의 눈에 들어왔다. 집 안을 휙 둘러본 그는 복도 끝에 있는 방으로 걸음을 옮겼다.

굳게 닫혀 있던 문을 살며시 여니 더욱 익숙한 향기가 혹 끼쳐 왔다. 그가 좋아하는 그녀의 샴푸 냄새.

그는 책상 앞에 앉아 모니터만 뚫어져라 보며 키보드를 바삐 두드리는 재영을 지그시 바라보았다.

거실 만큼이나 그녀의 작업실도 암전 상태였다. 어두운 곳에서 모니터 불빛에만 의존한 채 작업을 하니 멍청해 보이는 안경을 쓰는 것일 터였다. 저러다 시력이 더 망가질까 봐 걱정이었다.

강현은 손을 뻗어 스위치를 눌렀다. 순간 방 안이 환해졌고 재영이 눈살을 찌푸리며 고개를 들었다.

"다녀왔어."

15회 초고를 쓰던 재영은 저음의 페로몬에 이끌려 엉덩이를 뗐다. N극과 S극이 이끌리듯 다가온 그녀가 두 팔을 뻗어 목을 감싸 안아 왔다. 재영의 힘에 구부정한 자세로 안긴 그가 미소를 지으며 어깨를 안았다.

"보고 싶었어요. 진짜, 엄청 많이."

일주일이 참 길었다. 혹시라도 방해가 될까 싶어 전화도 걸지 못했다. 강현이 먼저 걸어오는 전화는 항상 감칠맛만 느낄 정도로 짧게 끝났다. 촬영이 끝나고 숙소에 돌아가면 녹초가 되는 걸 알기에 매달릴 수도 없었다. 매일 하린이와 사진을 찍어 그에게 보내는 것이 유일한 위로 법이었다. 10번을 보냈으면 한 번 정도는 그의 사진이 날아올 줄 알았는데 사진은커녕 답장조차 없었다.

보고 싶다는 말을 꼭 입 밖으로 해야 아나. 비행기 타고 날아오지 말랬다고 정말 안 올 줄이야. 앞으론 절대 입에 발린 소리를 하지 말아야겠다고 재영은 다짐했다.

"나도. 보고 싶어서 눈에 진물 나는 줄 알았어."

그의 말에 마음은 또다시 사르르 녹아 버리고 그녀의 얼굴엔 함박웃음이 자리 잡았다.

"어디 다친 곳은 없죠?"

"빨리도 물어본다."

재영은 황급히 강현을 밀쳐내고 그의 몸을 구석구석 살폈다. 고강도 촬영이라고 조연출이 투덜거리며 전화까지 왔었고, 스크립터도 감독님 때문에 미치겠다고 몇 번이나 문자를 보냈었다.

최 감독의 연출 스타일에 이미 적응한 스태프들이 혀를 내두를 정도였다면 그 강도가 얼마나 심각했는지 절실히 느낄 수 있었다. 재영은 그새 얼굴 살이 더 쏙 빠진 것 같은 강현의 얼굴을 붙잡고 말했다.

"일주일 사이에 한 살은 더 먹은 거 같아요."

"뭐?"

"볼살 실종되면 나이 들어 보인단 말이에요. 안 되겠어요. 몸보신해야지!"

재영이 그의 손을 잡아 이끌었다. 주방의 불을 켜고 식탁 앞에 강현을 앉혀 둔 그녀는 냉장고를 활짝 열었다.

"무현이가 날카로운 캐릭터긴 한데, 살이 더 빠지는 건 곤란해요. 그럼 너무 날카로워 보여서 안 돼요. 무현이는 충분히 나쁜 놈이란 말이에요. 비주얼까지 못된 놈으로 보일 필요는 없어요."

"지금 내가 못된 놈처럼 보인다는 소리야?"

강현의 일침에 냉장고를 뒤적거리던 재영이 멋쩍은 듯 웃으며 그를 바라보았다. 얼른 냉장고 문을 닫고 강현에게 다가왔다.

"우리 오빠가 얼마나 잘생겼는데!"

재영은 강현의 핼쑥해진 얼굴을 두 손으로 받쳐 들고 말했다. 그러자 그의 입매가 비틀리며 웃음을 툭 뱉어 냈다.

"몸보신은 하린이랑 같이해."

"하린이 유치원 갔어요. 문자 못 봤어요?"

"하린이 데리고 와서 같이 먹자고."

그녀는 고개를 갸웃거렸다. 아직 하린이가 유치원에서 돌아오려면 적어도 세 시간은 지나야 했다.

"옷 갈아입어. 외식하러 가자."

자고로 외식이라고 하면 맛집에 찾아가 오순도순 앉아서 밥을 먹는 것을 의미했다. 지금 그걸 하자는 건가? 이 남자가 일주일 동안 구르는 촬영만 하고 와서 머리가 어떻게 된 거 아니야? 재영이 당황하며 손사래를 쳤다.

"아, 안 돼요! 이 남자가 큰일 날 소리를 하네. 동네방네 광고할 일 있어요?"

"우리 밖에서 데이트 안 해 봤잖아."

"그, 그래도 하린이는!"

"걱정 마. 아무도 모를 거야."

강현은 당황해하는 재영을 이끌어 드레스 룸으로 들어섰다. 빨리 옷을 갈아입으라고 재촉하면서 그는 선반에 가지런히 놓여 있는 모자 하나를 꺼내 그녀에게 씌워 주고 자신도 하나 골라서 썼다.

"가자. 이제."

마지막으로 재영의 외투를 챙긴 강현이 그녀의 손을 꼭 붙잡았다.

이런 모험은 좋아하지 않았다. 재영은 가지 않겠다고 버텼지만 남자의 힘을 이길 수가 없었다. 결국 엘리베이터에 오른 그녀는 한숨을 푹 내쉬며 체념하는 단계에 이르렀다.

"걱정하지 말라니까."

엘리베이터에서 내리면서 강현이 한껏 움츠러든 재영의 어깨를 감싸 안았다.

그와 둘이 다니는 것도 위험한데 아이까지 보탠다면 시한폭탄을 꼭 쥐고 도시 한복판을 걷는 것과 다를 바 없었다. 몸보신 얘기를 괜히 꺼낸 듯했다.

"하린이 새 유치원이 어디라고?"

"한울유치원이요. 학동 사거리 지나서 신사역 쪽으로……."

그때였다. 다정하게 이야기를 주고받으며 걸어가던 그들의 뒤에서 바주카포를 연상시키는 커다란 렌즈가 반쯤 내린 창문 사이로 모습을 드러냈다.

찰칵— 찰칵—

커플 한 쌍이 승용차 쪽으로 다가가자 번호판까지 사진으로 남겼다. 조수석 문을 직접 열어 주는 남자의 순간 포착도 잊지 않았다.

"저 여자 맞아. 결혼식에서 본 여자야!"

"조용히 좀 해."

"야야, 나간다. 나간다."

"빨리 붙어!"

카메라를 대시보드 위에 올려놓은 채 자동차 뒤꽁무니를 연신 찍는 기자와 절대 놓치지 않겠다며 액셀을 밟고 핸들을 트는 주 기자는 그들을 따라 하얀 성을 연상시키는 유치원 앞에 다다랐다.

"유치원?"

"잔말 말고 찍기나 해! 하나라도 놓치면 죽는다."

"근데 저 여자는 누구야? 혹시 이강현 조카가 아니라 진짜 딸 아니야? 애 엄마일 수도 있잖아."

"개소리 작작해. 부장이 이미 확인 다 했어. 조카 맞아."

"그럼 저 여자한테 박수 쳐 줘야 하는 거 아니야? 세기의 로맨슨데?"

"세기의 로맨스 같은 소리 하네. 저러다가 깨질지 누가 알아. 결혼식장 들어가기 전까진 아무도 모르는 일이야."

저 멀리서 유치원에 들어갔던 여자가 아이를 품에 안고 걸어 나왔다. 그 찰나의 순간도 놓치지 않고 카메라에 온전히 담아 메모리 카드에 차곡차곡 저장해 갔다.

여자는 아이를 뒷좌석에 앉힌 뒤 조수석에 올라탔다. 잠시 유치원 앞에 머물렀던 차는 골목을 빠져나가 큰 도로로 들어섰다.

"도대체 어딜 가는 거야? 훤한 대낮에."

"그러게. 이 시간에 눈에 띄게."

총 두 개의 지하 주차장에서 이강현이 탔던 차를 찾아내는 건

쉬웠다. 멀찌감치 차를 주차한 뒤 하염없이 기다리는 건 기본이었고, 하루 꼬박 차에서 잠복하는 것도 식은 죽 먹기였다. 화장실도 제대로 못 가고 이틀을 차에서 붙박이 한 적도 있었다.

적어도 3일 정도는 나 죽었소 하고 붙어 있으려 했는데 이강현이 한 시간도 되지 않아 행동을 보여서 손쉽게 뒷덜미를 포착할 수 있었다.

훤한 대낮에 움직여 주면 얼굴이 구별되는 최상의 사진이 나온다. 이강현에게 고맙다고 절이라도 해야 할 판이었다. 여자도 모자라 아이까지 아주 월척이었다. 이 정도면 1년 정도는 특종 없이도 자리를 보존할 수 있었다.

"한강 가는데? 미쳤나 봐. 이 시간에 한강을 왜 가!"

사진을 찍던 김 기자가 놀란 마음에 소리를 쳤다. 한참 해가 밝은 2시에 한강이라니. 따스한 봄날에 사람들이 바글거리는 한강은 상당히 위험 수위였다. 당장 SNS에 사진이 퍼지지 않으면 다행일 텐데, 이러다가 특종 놓치고 닭 쫓던 개 지붕 쳐다보는 꼴 나면 어쩌나 싶었다.

이강현과 묘령의 여자, 그리고 아이가 탄 차는 곧 한강공원으로 들어섰다. 다행인지 불행인지는 몰라도 주차장은 한적했다.

편의점과 멀리 떨어진 곳에 강현의 차가 정차하자 주 기자도 최대한 멀찌감치 떨어져 차를 세웠다. 셔터를 누르는 김 기자의 손길이 빨라졌다. 차 속에서 그림자의 움직임조차 보이지 않았다. 내릴 법도 한데 문짝은 굳건히 닫힌 채였다.

"저 안에서 뭐하는 거래?"

"안 나올 생각인가 본데."

사진을 찍던 김 기자는 급기야 카메라를 내려놓기에 이르렀다.

주차하고 30분째 쥐 죽은 듯 조용했다. 김 기자는 카메라를 다시 들었다. 최대한 줌으로 당겨 안을 들여다보겠다는 심산이었지만 짙은 선팅을 뚫을 렌즈는 이 세상 어디에도 없었다.

그때 조수석 문이 벌컥 열리자 찰나를 놓치지 않고 김 기자가 연신 셔터를 눌렀다.

차에서 내린 여자는 모자에 가려졌음에도 미모가 돋보였다. 뷰파인더를 통해서도 아우라가 여실히 느껴졌다.

김 기자는 한강공원 입구 쪽으로 냅다 달리는 여자의 뒷모습을 사진으로 담았다. 이윽고 여자는 한 손에 익숙한 사진이 붙어 있는 상자를 가지고 다시 차 쪽으로 달려왔다.

"치킨 아니야?"

옆에서 노트북을 펼쳐 기사 초안을 쓰던 주 기자가 두 눈을 번뜩이며 말했다. 김 기자는 줌을 더 당겨 여자의 손에 들린 상자를 찍었다. 역시 닭다리를 든 아이돌의 사진이 박힌 치킨집 포장 상자였다.

"차에서 먹을 건가 봐."

"집에서 먹으면 되지, 뭣 하러 여기까지 와서……. 덕분에 우리는 좋다만."

"탔어, 탔어."

여자는 아주 해맑은 얼굴로 차에 돌아갔다. 미동조차 없는 차는 한 시간이 넘도록 한강공원 주차장에 정차하고 있었다.

수백 장의 사진이 남긴 발자취를 따라서 기사 초안을 작성한

주 기자는 초안과 함께 한 쌍의 커플 사진들을 보란 듯이 부장에게 메일로 보냈다. 흐뭇한 표정으로 여전히 그 자리를 지키고 있는 이강현의 차를 바라보았다.

고맙다. 나의 밥줄을 살려 주어서!

17화 · 열애설

"하린아 맛있어?"

재영의 물음에 하린이 고개를 세차게 끄덕였다. 은박지에 잘 싸인 닭다리를 붙잡고 야무지게 뜯어먹는 아이의 입가를 티슈로 닦아 주곤 그녀는 캔 콜라를 홀짝였다.

지금 이 상황이 너무 어이가 없고 기가 막혀서 헛웃음만 터져 나왔다. 운전석에 앉아 나무젓가락으로 닭 날개를 집어 먹는 강현이나 뒷좌석에 앉아 닭다리를 먹는 하린이까지, 뭐 하나 안 웃긴 게 없었다.

집에서도 얼마든지 시켜 먹을 수 있는데 굳이 한강까지 나와 차에 틀어박혀서 먹고 있는 건지 모르겠다. 시트에 냄새가 다 밸 텐데 창문 하나 제대로 열지 못하고 이게 무슨 청승인가.

"몸보신은 삼계탕이나 백숙을 먹는 거예요. 치킨이 아니라."

"나도 알아."

"다 먹고 나랑 하린이만 슬쩍 나갔다 오면…… 안 되겠죠. 그래, 알았어요. 빨리 먹어요."

슬쩍 떠봤지만 어림도 없는 일이었다. 바로 꼬리를 내린 재영이 남아 있는 닭다리를 강현에게 건넸다.

"드라마 끝나면 밖에 실컷 데려가 줄게."

"치이. 사람들이나 안 쫓아오면 다행이게요?"

배우 이강현과의 연애는 공개해도 매번 이런 식일 터였다. 다 알면서도 씁쓸함은 언제나 가슴 한편에 남아 있었다. 그래도 어쩌나. 이 잘난 남자를 만난 내 탓이지. 고개를 저으며 재영은 티슈로 강현의 입가를 닦았다.

"이하린, 새로 간 유치원은 어때?"

강현이 묻자 아이는 입을 오물거리며 고개를 갸웃거렸다. 질문을 생각하고 또 생각하고 나서 입을 뗐다.

"괜찮은 거 같아!"

나름 명쾌한 대답이었다. 강현은 하린의 대답에 만족한 듯 아이의 머리를 쓰다듬었다.

"친구들이랑 사이좋게 지내."

"응! 친구들이 하린이 예쁘다고 했어."

한울유치원을 다니기 시작한 지 이틀밖에 되지 않았지만 하린은 잘 적응하고 있는 듯했다.

"영어 수업도 하고 무슨 체험 학습 같은 것도 많이 한대요."

"영어 수업?"

"요즘 영어 유치원 못 보내서 난리라던데요. 한 달에 유치원비만 몇 백이래요."

"한국말만 잘하면 됐지. 아직 우리나라 말도 못하는 애들이 영어는 무슨."

"그런 면에서 우린 좀 잘 맞는 거 같아."

장난스런 경현의 말에 재영은 웃음을 참으며 그의 팔을 툭 쳤다.

"아빠, 이거 맛있다. 우리 차에서 또 먹자!"

하린은 차에서 먹는 치킨이 마음에 든 모양이었다. 강현은 고개를 끄덕였고 재영은 멋쩍게 웃었다. 다음엔 냄새가 조금 덜 나는 음식을 선택해야겠다.

그래도 아이가 좋아해서 다행이었다. 지금처럼 아빠와 함께 나와 본 적이 없었던 하린은 뼈만 남은 닭다리를 재영에게 건네고 창밖을 하염없이 내다봤다.

"우와. 자전거다."

창밖엔 예쁜 벚꽃이 가득 핀 한강에서 자전거를 타는 사람들이 있었다. 한가롭게 돗자리를 깔고 누워 낮잠을 자는 사람들, 잔디밭에서 강아지와 뛰어노는 아이들까지. 정말 봄이었다.

"아빠가 TV에 나오는 거 다 끝나면 그때 놀러 가자."

"응!"

아이는 떼를 쓰는 법이 없었다. 환하게 웃으며 곧잘 대답했다.

"한 바퀴 돌고 가자."

먹다 남은 치킨은 상자 안에 고스란히 담겨 재영의 발아래로 자리를 옮겼다. 냄새가 조금이라도 사라지길 바라며 그녀가 창문을 아주 살짝 내렸다.

이내 세 사람을 태운 차는 한강공원을 빠져나와 올림픽대로를 내달렸다.

❊   ❊   ❊

창밖을 바라보며 좋아하던 하린은 어느새 잠이 들었다. 집으로 돌아온 강현은 아이를 침실에 눕혀 두고 대본을 써야 하는 재영과 작별의 입맞춤을 한 뒤 위층으로 올라왔다. 그는 곧장 샤워를 마치고 냉장고에서 생수를 꺼내 목 뒤로 넘겼다.

제주도 촬영을 끝으로 야외 세트장과 실내 세트장선 아역들의 촬영이 진행 중이었다. 아역이 등장하는 작품은 연기하기가 더욱 까다로웠다. 아역에서 성인으로 넘어갈 때 싱크로율이 떨어진다거나 연기에 틈이 보이면 시청자들은 거부감을 느끼기 마련이었다. 자연스럽게 이어져야 했기에 강현은 아역 분량의 대본을 펼쳐 들었다.

순간 소파 위에 있던 휴대폰이 진동을 울려 댔다. 휴대폰을 든 강현은 액정 속 인후의 이름을 보며 눈살을 찌푸렸다. 또 쪼아 대려는 건가 싶어 전화를 받아드는 손동작이 느리기만 했다.

"나 좀 쉽시다."

일주일 만에 꿀맛 같은 휴식 시간이었다. 강현은 전화를 받자마자 짜증을 부렸지만 휴대폰 너머에서 들려오는 목소리엔 살기가 서려 있었다.

—한강을 바라보며 차 안에서 먹는 치킨은 무슨 맛이더냐.

순간 강현은 온몸이 소름으로 쫙 돋아 눈을 깜빡였다. 카메라라도 달아 났나. 집 안을 휙 둘러보며 어딘가에 숨어 있을지 모를 카메라를 찾았다.

　─한울유치원에 장미나 딸 다니는 거 몰라?

　"뭐?"

　─하린이 유치원 옮긴 데 말이야. 주요석 아들도 거기 다닌다고.

　하린의 유치원이라니. 거기 다른 연예인 아이들은 왜 다니는 걸까. 재영이 맘 카페를 참고하여 고심 끝에 고른 유치원이었는데 더 복잡해지고 있었다.

　─한 유치원에 연예인 애가 셋이라니. 그 유치원은 도대체 뭐하는 곳이냐.

　"……어떻게 알았어? 하린이 유치원이랑 나 치킨 먹은 거."

　연예계에 20년 이상 종사하면 신내림이라도 받는 걸까. 이윽고 들려오는 인후의 대답은 그를 곧 벼랑 끝으로 내몰았다.

　─기자 따라붙었어. 여자 누군지 확인해 달라고 사진 보내 왔으니까 회사로 바로 들어와.

　젠장. 할리우드도 아니고 이 좁은 땅덩어리에 파파라치들이 왜 이렇게 많아졌을까. 왜 배우의 사생활을 까발리는 걸 업으로 삼는 건지 알다가도 모를 일이다.

　휴대폰을 쥔 강현의 손에 힘이 실렸다. 당장이라도 부숴 버릴 듯한 기세로 입을 뗐다.

　"협상하자 이거지."

　─하루 이틀이냐. 여자 신상 넘기면 사진 걸러 준단다.

　"미친."

─그러게 왜 밖으로 기어 나와. 치킨은 집에서 먹으면 맛이 없대?

"하린이 처음으로 차 타고 밖에 나가 본 거야. 일단 갈 테니까 기사 스톱해 놔."

─빨리 오기나 해라.

뒤로 엎어져도 코가 깨진다더니 딱 그 짝이었다. 재영과도 아이와도 처음으로 차를 타고 외출해서 고작 치킨 한 번 먹었을 뿐인데. 그것도 얌전히 차 안에서 먹었는데 왜 사진 따위가 찍혀서.

운전을 하는 그의 얼굴에 드리워진 짙은 어둠의 기운은 좀처럼 사라지지 않았다.

✤   ✤   ✤

더블에이치 엔터테인먼트 사옥 8층. 대표실 안엔 테이블 위에 늘어놓은 사진들을 바라보며 한숨을 내쉬는 인후가 있었다.

곧 문이 열리고 강현이 성큼성큼 걸어 들어왔다.

"요즘 카메라가 아주 성능이 죽여. 누가 봐도 이강현이고 박재영이야."

사진 한 장을 강현에게 건넨 인후는 인상을 쓰며 머리카락을 쥐어뜯었다.

"박 작가 주목받는 거 싫어해서 시상식도 안 오는 사람인데, 이거 터지면 박 작가 멘탈이 아무리 강해도 못 견딜지도 몰라. 바로 이강현 여자 친구라고 꼬리표 다는 거야."

"박재영 남자 친구 꼬리표는 안 달리나?"

"누가 봐도 네가 더 유명하거든?"

"어디에서 찍은 거야?"

"프라이버시."

대한민국에 파파라치 사진을 처음으로 전파한 곳이었다. 그 곳에서 나온 기자들이 차린 매체가 요즘 더 잘나가고 있었다. 프라이버시에서 터트린 열애설이 요 근래 아예 없었던 찰나 제대로 대어를 낚았다고 생각했겠지.

강현은 인후를 지그시 바라보며 입을 뗐다.

"딜 해."

거래라니. 이런 대어를 놔두고 먹힐 거래는 현재로서 아무것도 없었다. 소속사 쪽에서도 대신 터트릴 기사를 가지고 있지 않았다. 최근에 연애하는 애들도 없었고, 이강현의 기사를 덮어줄 A급 배우들은 비수기에 들어간 모양인지 죄다 잠잠하게 생활했다.

"하린이는 빼고 모자이크로 나가는 걸로 해."

"뭐?"

"재영이는 그냥 일반인인 거야."

딜이 아니었다. 눈 가리고 아웅 하자는 뜻이었다. 방송국 관계자들 중에서도 박재영의 얼굴을 아는 사람은 손에 꼽을 정도니 기자들이 알아볼 가능성은 제로였다.

강현의 말이 의외로 먹혀들었는지 인후는 작게 고개를 끄덕였다.

"주차장 사진만 나가는 걸로 합의 봐."

"솔직히 너 알고 있었지? 일부러 사진 찍힌 거 아니야? 2년 동안 하린이도 꽁꽁 숨겨 둔 놈이 이렇게 허술할 리가 없어."

기자가 어디서부터 붙었는지 기척을 알아차리지 못했다. 다만 혹시나 하는 염려는 있었다. 집 밖으로 나갈 때면 항상 가지고 있는 예민한 반응이었고, 기자뿐만 아니라 길거리에서 마주치는 사람들까지 카메라를 들이대는 일상을 살고 있었다. 100% 중에 혹시나 하는 1% 예상이 적중하고 말았다. 설마 사진이 찍힐까, 하는 안일한 생각을 하긴 했다.

이 상황을 짐작도, 예상도 못 한 채 대본을 쓰고 있을 재영에겐 뭐라고 설명해야 할까. 기사를 절대로 반기지 않을 위인이었다. 그 작고 매운 손으로 얼마나 등짝을 맞아 줘야 할지 짐작도 가지 않았다.

테이블 위에 가득 펼쳐진 사진들을 바라보던 강현은 뒷머리를 긁적이며 입을 뗐다.

"설마가 사람을 잘 잡네. 옛말 하나도 틀린 게 없어."

"이 미친놈아. 내 손에 아주 죽자, 죽어!"

"왜 이래, 나도 피해자라고! 진짜 몰랐다니까!"

홧김에 자리에서 벌떡 일어난 인후가 그의 멱살을 잡으며 목을 졸랐다. 갑작스런 인후의 액션에 당황한 강현이 언성을 높이며 변명하기에 급급했다.

"내가 진짜 너 때문에 못 산다, 못 살아!"

인후는 1년 동안 받을 피로가 한꺼번에 몰려오는 듯해 멱살을 뿌리치며 두 손으로 머리를 거칠게 헝클었다.

하린의 문제가 겨우 식어 가는 와중에 열애설이라니. 당장이라도 소속 계약을 파기하고, 마음 같아선 계약서를 갈기갈기 찢어 버리고 싶었다. 계속적으로 사고를 터트리는 이강현을 감당하기가 너무 힘들었다.

그러나 강현에게 함부로 할 수 없었던 이유는 단 하나였다. 더블에이치 엔터테인먼트의 최대 주주와 최대 투자자가 이강현이라는 것.

그를 빼놓고 지금의 더블에이치를 논할 수 없었다. 소위 말하는 A급 스타들이 대거 소속되어 대형 소속사 중에서 정상을 차지할 수 있었던 이유는 모두 이강현의 인맥 덕분이었다. 강현의 전 소속사에서 담당 실장이었던 인후는 그의 전폭적인 지원을 받아 독립하면서 지금의 대표 자리에 안착할 수 있었다. 군말은 속으로 삼켜 둬야 했다.

"기사 나가면 어떤 뒷말이 나올지 너도 알지."

"어. 개소리하는 것들 죄다 신고해 버려."

"잘 아는 놈이 왜 일을 꼬이게 만들어?"

"난 뭐 사람 아닌가."

"……."

"집에만 있는 거, 이제 지겹다."

"미친놈."

"하는 수 없어. 박재영 작가님은 시상식 참석도 안 하시는 신비주의 컨셉을 고수하고 있어서 열애설은 안 돼."

상대적으로 어린 나이에 성공한 드라마 작가였다. 그 타이틀 하나만 가지고도 충분히 주목을 받고 있었다.

그런데 강현과 열애설이 터진다면, 그것도 파파라치 사진들이 대문짝만하게 찍혀서 터지는 기사라면 최악이었다. 신상이 밝혀짐과 동시에 그 어느 때보다도 주목받을 것으로 예상되었다. 절대 안 된다.

어차피 그 작자들은 소속사의 공식적인 루트를 통해서 확인된 사실만 기사로 쓸 수 있었다. 스캔들 사진은 사실 여부와 원치 않는 사진들을 선별하기 위해 매체 쪽에서 먼저 연락이 오는 게 관례였다. 열애의 사실 여부와 교제를 시작한 경위를 파악하는 것이 먼저였고 그다음은 수위 조절을 위한 기사 사진 선별 작업했다.

강현은 테이블 위에 펼쳐진 사진들 중에 아이가 찍힌 사진과 한강에서 찍힌 사진들을 골라냈다.

"이것만 쓰라고 해."

수북하던 사진들 중에 고작 주차장에서 찍힌 컷들만 횡 하니 남은 테이블을 내려다보며 인후가 푹 한숨을 내쉬었다. 참 많이도 걸러 냈다. 프라이버시 쪽에서 이 정도로 수락할지 의문이지만 그쪽에선 이 정도도 감지덕지할 터. 인후는 협탁 위의 인터폰을 눌렀다.

"프라이버시 김 부장 연결해."

이내 인터폰이 끊어지고 곧바로 프라이버시 연예부 부장의 목소리가 수화기 너머에서 쩌렁쩌렁 들려왔다.

인후는 수화기 너머의 김 부장에게 예의상의 안부 인사를 건넸고, 강현은 제 할 일은 다 끝났다는 듯 사무실을 벗어났다.

이제 그가 할 일은 재영에게 이 사실을 전달하는 것이었다. 부디 그 작고 예쁜 손에 제 등짝이 남아나길 바랄 뿐이다.

✻ ✻ ✻

S24. 오후. 국내성. 황제 집무실.

상소를 읽는 무현. 두 발짝 물러 서 있는 대신관과 호위무사 한은 고개를 숙인 채 무현의 눈치를 살피는데.

무 현 : (상소를 읽으며 담담한 목소리로) 그래서 하고자 하는 말이 무엇이냐.

대 신 관 : (고개를 숙인 채 태연하게 말하며) 신탁을 저버리셨습니다.

무 현 : 신탁? 그것이 실체가 있는 것이냐. (고개를 들어 대신관을 노려보며) 그대가 말해 보아라. 신탁이라는 것이 나라의 근간을 뒤흔들 만큼의 가치가 있는 것인지.

대 신 관 : (입을 꾹 다문 채 고개를 천천히 들며 무현을 바라본다.)

무 현 : (힘을 주어 말하며) 자신할 수 있는가. 이후에 일어날 일들을.

대 신 관 : (눈물이 맺히며 떨리는 목소리로) 폐하. 신탁을 저버리시면 피로 물드는 것이 고구려뿐만이 아니옵니다. 제발…… 황후마마를 지켜 주시옵소서.

무 현 : (순간 움찔하며 안면이 굳어지는데)

대 신 관 : (눈물이 한 방울 흐르고 고개를 숙이며) 그분께서 황궁 안에 계속 머무신다면 비극만 불러올 뿐입니다. (천천히 고개를 들어 무현을 바라보며) 황후마마의 안위가 조금이라도 걱정되신다면 아니 됩니다.

무 현 : (비웃음을 지으며) 황후가 낳은 자식이 아니면 고구려가 피로 물들 것이라고 했지?

대 신 관 : (담담하게) 예. 그렇사옵니다.

무　　현 : (싸늘한 시선으로 대신관을 바라보다 뒤에 서 있는 한을 쳐다보며) 피로 물들기 전에 싹을 잘라 버려야 하지 않겠나. (웃으며 대신관을 바라보며 자리에서 일어나며) 황후가 죽든 차마 입에 담기도 꺼림직스러운 내 애첩이 죽든. 둘 중 하나가 죽으면 그놈의 신탁 타령은 할 수 없지 않겠나.

대 신 관 : (놀라서 무현을 바라보는데)

무　　현 : (천천히 대신관에게로 다가가며) 그래야 대신관도 하루가 멀다 하고 시끄럽게 떠들어 대는 다섯 부족장들이 그 입들을 다물지 않겠는가.

한　　 : (안색이 굳어지며) 폐하, 그 무신!

무　　현 : (한을 쳐다보며) 내 말이 틀렸으면 말해 보아라. 대신관은 지금 내게 신탁을 받아들이라 강요하며 이미 태기가 비친 초원을 내치라고 하지 않는가. (대신관을 내려다보며) 감히. 황태후도 내게 하지 않는 말을 대신관 주제에 나불거리고 있지 않는가. 하늘의 말? 대관절 그것이 무엇이냐. 그 말들이 실체가 있었다면 지난날 내 아비는 어찌하여 국내성에 피바람을 몰고 왔는가. 그런 예언은 해 주지 않은 것인가? 그렇다면 신탁이라는 것도 다 거짓이 아닌가.

대 신 관 : (고개를 숙인 채 떨리는 목소리로) 저는 단지 하늘의 말을 대신 전해 주는 통로일 뿐이옵니다. 제 말도, 하늘의 말도 믿으시지 못하신다면…… 원하시는 대로 하시옵소서. (고개를 들어 무현을 똑바로 쳐다보며) 다만, 폐하께오서 무엇을 하시든 하늘은 노할 것이옵니다. 그 노기를 황후마마가 고스란히 받기를

원하신다면, 그렇게 해서 황후마마가 눈을 감기를 원하신다
면, 고구려에 또 한 번의 피바람이 불기를 원하신다면 원하
시는 대로 하시옵소서.

무 현 : (호탕하게 웃으며) 지금 대신관은 짐에게 황후를 죽일 방법을
알려 주는 것인가 아니면, 살릴 방법을 알려 주는 것인가.

15회 엔딩신이 막바지로 치닫고 있었다. 주인공인 무현이 그
동안 냉대하고 괄시하던 황후 단아에 대한 진실과 마주하며 자
신의 감정을 깨닫는 중요한 엔딩이었다. 이 부분을 기점으로 전
반부가 마무리되고 16회부터는 애달픈 로맨스와 더욱 짙어지는
판타지적인 요소들이 더해지며 엔딩을 맞이할 예정이다.

벌써부터 CG 작업 때문에 그래픽 감독이 몇 차례 파일을 보
내오기도 했다. 생각보다 잘 나온 거 같아 재영은 색감만 영상
으로 잘 보이면 완벽하다는 피드백을 보냈고 최 감독 역시 같은
생각이었다.

전반부보다 후반 작업에 상당한 시간이 들 것으로 예상했기
때문에 촬영을 더욱 빨리 시작한 면도 없지 않았다.

재영이 엔딩신을 마무리하고 최 감독에게 15회 초고를 메일
로 보내 놓은 뒤 기지개를 켜며 거실로 나왔다.

벌써 날이 어두워졌다. 재영은 하품을 하며 주방으로 들어가
냉동실에서 아이스크림을 꺼냈다. 커다란 아이스크림 통을 품에
안고 숟가락을 입에 문 채 거실로 나온 그녀는 소파에 앉아 한
가득 떠먹었다. 멍했던 머리가 상쾌해져 갔다. 그의 목소리처럼
달달했다.

"아이스크림을 끊으면 금단 현상 같은 게 생기나?"

그때였다. 기척도 없이 다가온 그의 목소리가 갑자기 들려오자 뒷골이 서늘해졌다.

재영은 고개를 휙 돌려 실체를 확인했다. 현관문 여는 소리가 났었나 싶을 정도로 아이스크림에 푹 빠져 있었다.

강현은 재영의 옆에 앉아 그녀의 손에 들린 숟가락을 뺏어 아이스크림을 한입 가득 넣었다. 초코와 바닐라 맛이 입안에 퍼지자 단맛에 머리가 아파 왔다.

"가만 보면 하린이보다 더 어린애 입맛이야."

"인정했잖아요. 내 대본의 힘이 이 녀석이라는 거."

강현은 재영의 손에 숟가락을 들려 주며 고개를 끄덕였다.

"그래도 밥 대신은 안 돼. 적당히 먹자."

"요즘 누구 때문에 밥이라면 아주 질릴 정도로 먹고 있으니까 걱정 마세요."

재영이 그의 어깨를 툭툭 치며 말했다. 볼 때마다 밥 타령을 하는 강현 덕분에 점심이나 저녁은 따뜻한 쌀밥을 먹는 중이었다. 밤샘도 지양하고 있었고, 아이스크림이 식사 대용이었던 건 지나간 옛말이었다.

"근데 왜 내려왔어요? 내가 올라갈 텐데."

강현은 누가 봐도 집에 있었던 사람처럼 검은 트레이닝복 차림이었다. 한강에서 치킨을 먹고 각자의 집으로 헤어진 지 세 시간이 조금 넘었다. 아이스크림을 다 비우면 저녁을 먹기 위해 위층으로 올라갈 예정이었다.

강현은 방문의 목적을 여실히 드러냈다. 트레이닝복 상의 지퍼를 내리며 회색 서류 봉투를 꺼내 재영에게 건넸다.

"내가 원래 거짓말하고 그런 사람이 아닌데……."

"응?"

"본의 아니게 거짓말하는 남자가 됐어."

"그게 무슨 말이에요? 이건 또 뭐고?"

강현의 말을 단번에 이해하지 못한 재영이 고개를 갸웃거리며 서류 봉투의 정체를 물었다. 그는 조심스레 서류 안에 든 사진 뭉치를 꺼내어 재영의 손에 쥐여 주었다.

"다 알고 거짓말한 건 아니야. 맹세해. 하지만 안일했던 건 맞아. 어디서부터 따라붙은 건지 모르겠는데, 아무튼 내 잘못이야."

재영은 사진을 한 장 한 장 넘길 때마다 나방이 나오는 사오정마냥 입을 쩍 벌렸다. 말로만 듣던 파파라치 사진 속에 찍힌 자신을 발견하자 심장이 벌렁거리고 눈에 띌 정도로 손을 떨었다.

순간 커다란 따뜻한 손이 그녀의 차가운 손을 감싸 왔다. 사진에 콕 박혔던 재영의 시선이 강현에게 머물렀다.

"일반인으로 나갈 거야. 네 얼굴은 전부 모자이크로 처리될 거고, 하린이 사진은 한 장도 안 내보내기로 했어. 한강 사진도 안 나갈 거야."

"이, 일반인이요?"

"네가 그랬잖아. 넌 직업이 드라마 작가일 뿐이지 일반인이라고."

"……그랬죠, 내가."

"직업 공개할 필요는 없어."

커다란 그의 손이 어느새 그녀의 작은 머리를 어루만졌다. 그의 손길을 알아차렸을 때 재영이 강현의 손을 끌어내리며 입을 뗐다.

"그럼 이제 우리 오빠랑 한강에서 돗자리 펴고 치킨 먹어도 되나?"

예상하지도 못했던 말에 강현의 입에서 피식 웃음이 새어 나왔다. 재영이 눈을 동그랗게 뜨며 조잘거렸다.

"막 손잡고 밖에 돌아다녀도 괜찮나? 그래도 그건 좀 그렇죠? 사람들이 막 쳐다보고 사진 찍고 몰려들면 곤란하니까. 그죠?"

정말이지 이 예쁜 여자를 만나지 못했으면, 손을 잡지 않았더라면, 놓쳐 버렸더라면 일생일대 최악의 선택이었지 않을까 싶을 정도로 하나부터 열까지 전부 사랑스러웠다.

강현은 울컥하는 마음을 삼키며 재영을 와락 품에 안았다. 그녀의 뒷머리를 어루만지며 그는 떨리는 목소리를 애써 숨기기 위해 목에 핏대까지 세우며 말했다.

"이런 식으로 기사 나가게 해서 미안해."

목소리의 작은 떨림조차 느껴진 탓이었을까. 재영은 살며시 그의 너른 등을 토닥이며 말했다.

"난 괜찮아요. 이미 알 만한 사람들은 다 아는데, 뭐. 나 끌고 결혼식장 간 사람이 누구더라?"

"결혼식 온 사람들 중에 함부로 입 놀릴 사람 없어. 이건 결혼식에 같이 간 거랑 차원이 다른 문제야. 알고는 있는 거야?"

"실감은 안 나지만 차차 알게 되겠죠?"

이미 정혁과 문소은의 결혼식에 나란히 참석함으로서 이강현의 연애 소식이 퍼진 상태였다. 그러나 정작 확인을 위해 물어보면 그 누구의 입에서도 듣지 못했었기에 한 달이 훌쩍 넘도록 잠잠했던 것이었다.

하지만 기사는 달랐다. 급한 불부터 꺼야 해서 재영이 일반인으로 기사화될 테지만 기자들은 집요하게 파헤치려 들 것이다. 그녀가 드라마 작가 '박재영'이라는 사실을 알게 되는 건 시간문제였다. 끈질기게 쫓아다니는 기자들의 습성을 강현 또한 잘 알았기에 더욱 미안했다.

"신경 쓰지 마요. 나 정말 괜찮아."

재영은 그의 얼굴을 어루만지며 샐쭉하게 웃었다.

"우리 오빠는 생각도 많고 걱정도 많다니까."

"그래서 별로야?"

"그럴 리가 있나. 원래 사람은 완벽할 수 없어요. 하나쯤 빈구석도 있어야 인간미가 넘치는 거죠."

그의 얼굴엔 어느새 옅은 미소가 자리 잡았다. 얼굴을 어루만지는 그녀의 손을 잡으며 강현은 살며시 입술을 포갰다. 재영의 뒷목을 감싸 안은 채 달달한 아이스크림을 음미하듯 그녀의 입술을 삼켰다.

"으음."

그의 손길이 그녀의 팔목을 타고 팔꿈치를 지나 허리선에 머물렀다.

"박재영, 우리 나흘 동안 못 볼 거야."

"어디 가요?"

어느새 재영은 소파에 푹 파묻혀 등을 대고 누워 있었다. 그녀의 얼굴 옆으로 한쪽 팔을 지탱한 채 강현은 재영의 쇄골로 입술을 옮겼다.

"아침에 비엔나로 출국."

"진짜 미워 죽겠어."

한껏 몸을 달아오르게 만들어 놓고 출국 소식을 전하는 강현의 목을 껴안으며 재영이 속삭였다.

"우리 집에…… 콘돔 없어요."

몸이 달아오른 건 그녀뿐만이 아니었다. 지난 일주일 동안 전쟁터를 구르느라 박재영이 고팠던 그에게 그녀의 말은 뻐근해진 하체를 쓸모없게 만들기에 충분했다. 짓궂은 아이처럼 그녀가 배시시 웃었다.

"콘돔 홍보 대사 시켜 줘야겠어. 아주 철저해, 우리 박재영."

강현은 재영의 머리를 헝클어트리며 가슴팍까지 밀려 올라간 그녀의 티셔츠를 끌어 내렸다.

"오늘 저녁에 잘 생각은 하지 말도록."

소름이 쫙 돋은 재영은 거실을 벗어나 멀어지는 그의 뒷모습을 보며 마른침을 삼켰다. 곧이어 현관문이 닫히는 소리가 들려왔다. 한껏 뜨거웠던 공기가 차갑게 식어 갔지만 그녀의 얼굴엔 열꽃이 피어나듯 붉어졌다.

간담을 서늘케 만들었던 파파라치 사진 따위는 그녀의 머릿속에서 새까맣게 사라졌다.

사위가 어슴푸레 밝아지기 시작할 무렵이었다. 비엔나로 출국하는 9시 비행기를 타기 위해서 강현은 잠에서 깨어났다. 그러나 그는 말똥말똥한 눈으로 침대 헤드에 기대앉아 곁에서 잠들어 있는 재영의 머리카락을 어루만지고 있었다.

지쳐서 잠이 든 거라고 해야 할지 아니면 기절이라고 해야 할지. 재영은 강현의 품에서 몇 번이고 절정을 맛보고 쓰러지듯 잠이 든 상태였다. 누가 업어 가도 일어나지 못할 정도로.

재영이 잠들기 시작할 무렵 강현은 자신의 커다란 셔츠를 그녀에게 입혀 주었다. 첫 단추까지 꽉 채워 두고 이불도 목 언저리까지 덮어 주며 하염없이 그녀를 바라보았다. 시계가 6시를 조금 모자라게 가리킬 무렵 강현이 침대를 내려왔다.

이틀 일정의 화보 촬영은 패션 잡지와 더불어 지면 광고 촬영이 한번에 진행된다고 했다. 본격적인 드라마 촬영 전 마지막 개인 스케줄이라 한결 몸이 가벼웠다.

욕실에서 씻고 나온 강현은 드레스 룸으로 들어가 민이 전날에 스타일링을 해서 걸어 둔 옷으로 갈아입었다. 장시간 비행에도 전혀 불편함이 없을 검은 팬츠와 깔끔한 티셔츠, 카디건은 활동성을 고려한 민의 선택이었다.

"미녀는 잠이 많다더니."

침대 맡에 걸터앉은 채 그는 곤히 잠든 재영의 얼굴을 매만지며 말했다. 그는 그녀의 이마에 입맞춤하고 침실을 나왔다.

짐이나 여권은 이미 세훈이 다 챙겨 둬서 그의 두 손은 매우

가벼웠다. 거실로 나온 강현은 곧장 테라스로 이어지는 아래층으로 내려갔다. 꿈나라에 빠져 있는 또 다른 미녀를 찾아 방문을 열었다.

베이비파우더 향기가 그의 코끝에 감돌았다. 달 모양의 수면등이 켜져 있는 침대엔 꿈나라를 헤매는 하린이 누워 있었다. 이불 밖으로 삐져나온 다리를 넣어 주며 아이의 볼에 가벼운 입맞춤을 하고 수면 등을 끈 뒤 집을 나섰다.

"형, 공항 도착하면 말하지 마요. 알죠?"

주차장에 대기하고 있던 차에 오르자마자 세훈이 강현을 돌아보며 말했다. 기자들의 쏟아지는 질문에도 입을 꾹 다물라는 말이었다. 강현은 대답 대신 손을 휘저었다.

그가 탄 차가 공항에 도착하기 20분 전, 대한민국을 또 한 번 떠들썩하게 만드는 이강현의 열애가 보도되면서 출국장 앞으로 기자들이 속속 모여들었다.

"이강현 왜 이래."

"일반인 맞아?"

"정혁이랑 문소은 결혼식에 어떤 여자랑 같이 왔다고 하더라. 그 여잔가 봐."

"결혼식 갔던 사람들은 다들 말을 안 해."

이강현의 공항 패션이나 찍자고 온 기자들은 간만의 대어에 흥분 상태였다. 서로 이야기를 주고받으며 주인공이 오기만을 손꼽아 기다렸다.

저 멀리서 검은색 밴 한 대가 출국장 입구 쪽으로 들어오자

삼삼오오 모여 있던 기자들이 벌떼처럼 달려들었다.

"잠시만요! 비켜 주세요!"

이강현이 탄 차에서 매니저가 내렸다. 이윽고 뒤따라 온 승용차에서 검은 정장을 빼입은 경호원들까지 내려 인간 바리케이드를 치기 시작했다. 이내 문이 열리고 선글라스를 쓴 채 포커페이스를 유지한 이강현이 내렸다.

"열애가 사실입니까!"

"데뷔 이후 첫 열애설입니다! 한마디만 해 주세요!"

"이강현 씨!"

휴대폰과 마이크를 쥔 손들이 사방에서 뻗쳐 왔다. 하지만 경호원의 손에 저지되어 그에게 도달하지는 못했다. 기자들의 시끄러운 음성에 귀가 따가웠지만 강현은 입을 꾹 다문 채 힘겹게 발걸음을 뗐다.

"보도가 정말 사실입니까!"

"한 말씀만 해 주세요!"

기자들의 애타는 마음 따위 알 바가 아니었다. 강현은 마음을 차분히 가라앉히며 출국장으로 들어섰다. 이미 공항 쪽에 보안 요원들을 요청해 놓은 상태라 기자들은 들어오지 못하고 공항 쪽 보안 요원들에 의해 취재를 멈춰야 했다.

"이제 인터뷰는 절대 안 할 거니까 스케줄 잡기만 해."

"아하하."

"웃기냐? 웃겨?"

매체 인터뷰는 절대 하지 않겠다는 그의 말에 세훈은 곤란한 듯 웃었지만 강현의 일침에 입을 다물어야만 했다. 강현은 세훈에게서 태블릿 PC를 받아 들며 기사를 읽어 갔다.

[단독] 배우 이강현. "핑크빛 달달함♥" 데이트 가는 길.

4월 5일. 배우 이강현은 드라마 '불멸의 사랑' 촬영차 제주도에 일주일가량 머물렀습니다.

4월 12일. 김포공항에 도착한 그는 곧장 청담동의 한 아파트로 향합니다.

그리고 얼마 후 주차장에 나타난 건 미소로 여심을 녹이던 이강현이었습니다. 그의 옆엔 아리따운 미모의 여성이 함께였습니다.

시종일관 다정하게 서로를 바라보던 두 사람.

이강현은 직접 조수석 문을 열어 주기도 합니다.

그렇게 두 사람은 데이트를 나섭니다.

배우 이강현(37)은 영화 '월하정인'을 끝으로 종적을 감췄습니다. 얼마 전 그 배경이 밝혀졌는데요. 조카를 입양해 육아에 전념하며 최근 복귀의 신호탄을 쏘아 올린 이강현에게 사랑이 찾아왔습니다.

열애의 상대는 일반인으로 상당한 미모의 소유자였습니다. 데뷔 후 스캔들 한 번 없었던 이강현. 그의 첫 열애설이 좋은 결실로 나타나길 바랍니다.

프라이버시 주민상, 김명준 기자

말끔히 모자이크 처리한 사진과 함께 기자의 사심이 가득 담긴 문장으로 기사는 마무리되었다.

강현은 기사 속의 사진들을 보고 또 봤다. 해상도가 높아 얼굴이 선명하게 찍혀 있었다. 그는 이내 태블릿 PC를 세훈의 품으로 던지며 눈을 감았다.

"후속 기사는 한 시간 뒤에 올라올 거예요."

인정하는 기사의 원본을 이미 봤었기에 강현은 굳이 궁금해 하지 않았다. 열애를 인정함과 동시에 뒷말을 염려하는 보도 자료는 주민상 기자를 통해 오픈될 예정이었다.

어차피 연예계 스캔들은 대부분 짜고 치는 고스톱이니 강현은 큰 걱정 없이 수속을 마친 뒤 비행기에 올랐다. 9시 출발 비엔나행 아시아나 항공기는 활주로를 내달렸다.

그 무렵 배우 이강현의 열애설에 대한 인정 기사가 뜨면서 프라이버시 홈페이지는 다운되는 사태가 발생하고 말았다.

[단독] 배우 이강현. 일반인과 열애 인정.

배우 이강현(37)이 일반인 여성과의 교제를 인정했다.

이강현의 소속사인 더블에이치 엔터테인먼트 측은 "이강현의 열애는 사실이다"고 밝혔으며 "상대방이 일반인이라 공개가 조심스러운 부분이다"라고 말하며 일반인인 여자 친구에 대한 염려를 잊지 않았다.

또한 2월에 있었던 배우 정혁(36)과 문소은(34)의 결혼식에 함께 참석한 것으로 알려져 두 사람의 결혼이 임박한 것이 아니냐는 말들이 불거져 갔다.

하지만 소속사 관계자는 "결혼은 사실무근이다"라고 말하며 "드라마 촬영이 시작되어 눈코 뜰 새 없이 바쁜 스케줄을 소화하고 있다. 결혼은 시기상조이다"라고 소문을 일축했다.

앞선 열애설로 이강현은 지난 2년 전 조카를 입양했던 사실이 재조

명되며 인터넷을 뜨겁게 달구기 시작했고 그에 파생되는 악성 댓글들이 심심치 않게 보였다.

그와 관련해 소속사 관계자는 "확인되지 않은 사실을 사실인 것처럼 부풀려 말하는 악성 댓글은 강경 대응할 것이다"라고 말하며 "어린아이와 일반인 여자 친구를 배려해 부디 자극적인 기사와 댓글은 지양하길 바란다"며 인터넷을 순식간에 달궈 놓은 루머를 잠식시키고 나섰다.

프라이버시 주민상 기자.

18화 · 대면

"하린이 맛있어?"

"네!"

봄바람이 포근한 어느 날이었다. 재영은 하린의 손을 꼭 잡은 채 집 앞 편의점으로 아이스크림 쇼핑을 나섰고 아이의 손엔 막대 사탕 하나가 들려 있었다.

"아빠한테는 비밀이야. 알지?"

하린은 입에 사탕을 문 채 고개를 끄덕였다. 강현은 아이에게 마카롱을 먹일지언정 사탕을 먹이지 않는 특이한 남자였다.

하린의 미소를 보자 쌓였던 피로가 사라지는 듯했다. 이틀 동안 일곱 시간밖에 자지 못하고 주말이 돼서야 겨우 작업실에서 벗어나 아이를 돌볼 수 있었다.

"……박재영?"

경비실을 지날 무렵이었다. 익숙한 목소리가 들려오더니 익

숙한 손길이 그녀의 팔을 덥석 잡아 왔다. 순식간에 몸이 반쯤
틀어진 재영은 눈앞에 서 있는 여인을 보며 기함을 했다.

"엄마?"

갑작스레 나타난 여인은 다름 아닌 그녀의 어머니인 강주선
여사였다. 한 손에 캐리어를 끌고 나타난 모친은 가벼운 옷차림
으로 선글라스까지 써 누가 봐도 여행을 온 사람의 전형적인 모
습이었다.

"너 왜 전화를 안 받아!"

강 여사의 손이 그녀의 등짝으로 날아왔다. 휴대폰을 집에 놔
두고 나왔는데 그사이 모친이 전화했던 모양이다.

재영은 등짝을 움찔거리며 옆에 서 있는 하린의 눈치를 살폈
다. 하필 이럴 때 엄마와 맞닥뜨리다니. 오늘은 동찬의 어머니
가 오지 않는 주말이었다. 주말 동안 강현도 없어서 아이를 보
는 건 온전히 재영의 몫이라 갑작스런 모친의 방문이 썩 달갑지
않았다. 이 상황을 어떻게 설명해야 할까.

"일단 집에 가자."

여장부인 모친은 재영의 등을 떠밀었다. 동과 호수를 몰라서
딸에게 몇 차례 전화했는데 마침 아파트 입구에서 딱 만나 다행
이었다.

강 여사는 그녀의 손에 들린 검은 봉지를 힐긋거리며 혀를 내
둘렀다. 다 큰 처녀가 아이스크림이라니. 잔소리를 하기에 앞서
재영의 반대쪽 손에 잡힌 하얗고 작은 손의 존재감이 엄청나 딸
의 손목을 덥석 잡았다.

"애, 누구니?"

제발 조용히 지나가길 바랐지만 그녀의 바람일 뿐이었다. 재영은 어설픈 웃음을 지으며 말했다.

"아하하…… 집에 가서 얘기해. 응?"

재영의 간절한 눈빛을 읽은 것일까. 그녀의 모친은 입을 꾹 다물었다.

그녀는 아이의 손을 붙잡고 성큼성큼 걸었다. 나란히 올라탄 엘리베이터 안은 적막강산이 따로 없었다. 강 여사는 재영의 손을 잡고 있는 작은 아이를 힐긋거렸다. 알 수 없는 이 불안감은 뭐지.

강 여사는 엘리베이터에서 내리는 재영을 따라 캐리어를 끌었다. 그녀의 손을 꼭 잡은 아이는 현관문이 열리자마자 익숙한 듯 제일 먼저 집으로 들어갔다. 강 여사는 손에 들린 캐리어를 뺏어 드는 딸을 노골적으로 노려봤다.

"박재영."

"엄마, 일단 들어가자. 응?"

재영의 머릿속은 복잡하기만 했다. 결혼하라고 닦달인 엄마한테 남자가 있다고 무작정 지른 것까진 좋았지만 그 후가 문제였다. 딸에게 결혼할 남자가 있다는데 가만히 있을 강 여사가 아니었다. 모친에게 강현의 존재를 알려야 할 때가 왔다.

재영은 현관 앞에서 들어갈 생각을 하지 않는 모친의 등을 떠밀어 집으로 들어왔다. 캐리어를 드레스 룸으로 가져다 놓은 재영은 거실 소파에 앉아 있는 아이에게로 다가갔다.

"하린아, 엘사 볼까?"

"네에!"

아이는 몇 번을 봐도 좋은지 디즈니 로고가 나오자 엉덩이를 들썩이며 TV를 봤다.

그 모습을 멀찍이 서서 보던 강 여사는 소파 귀퉁이에 앉아 재영의 손을 덥석 붙잡았다.

"말해 봐."

"엄마, 일단 우리 밥 먹을까?"

"뭐?"

"배고프잖아. 엄마 비행기에서 기내식도 잘 안 먹으면서. 내가 밥해 줄게!"

일단 시간을 벌어 놔야 했다. 모친이 충격을 받지 않는 선에서 어떻게 말해야 좋을지 정리할 필요가 있었다. 모친의 손을 뿌리친 재영은 주방으로 들어갔다. 하린이 엘사에 푹 빠져 있으니 괜찮을 거라 생각한 그녀는 냉장고를 뒤적였다.

재영의 생각과 달리 거실의 상황은 애매모호하게 진행되었다. 아이는 먹고 있던 막대 사탕을 테이블에 툭 내려놓고 아까부터 자꾸 자신을 바라보는 시선을 향해 눈을 맞췄다.

"안녕하세요."

하린이 소파에서 내려와 고개를 숙이며 강 여사에게 인사를 했다. 쭈뼛거렸지만 그녀는 정확히 아이의 목소리를 들었다. 마른침을 꿀꺽 삼키며 하린에게 다가와 앉았다.

"몇 살이야?"

"여섯 살, 이하린입니다."

또박또박 나이와 이름을 말하는 아이는 눈을 깜빡이며 강 여사를 바라보았다.

"집이 어디니?"

머리를 굴리느라 바쁜 딸 대신에 순수한 아이에게 물어보는 게 훨씬 나을 거라고 판단한 강 여사는 하린의 작은 손을 잡으며 다정하게 물었다. 그러자 아이가 곧장 대답했다.

"앞집이에요!"

"아, 앞집?"

"위에는 아빠 집이에요!"

"뭐, 뭐?"

강 여사는 귀를 의심했다. 어린아이가 뭘 잘 몰라서 하는 소리이겠거니, 생각하려고 해도 뭔가 구체적인 말이었다.

"오늘은 아빠가 없어서 재영이 언니랑 노는 날이에요."

"아, 아빠가 어디 갔는데?"

"비행기 타고 일하러 갔어요."

"엄마는?"

"엄마는 없는데⋯⋯."

아뿔싸. 괜한 상처를 건드린 듯했다. 강 여사는 하린의 머리를 쓰다듬었다. 동시에 속이 부글부글 끓어오르는 것을 감추기 위해 안간힘을 쓰며 입꼬리를 올렸다.

"미안해. 아줌마가 잘 몰랐어."

"그렇지만 재영이 언니가 엄마 해 줬어요. 그래서 친구들이 같이 놀아 줬어요."

박재영, 이 망할 년!

강 여사는 차마 입에 담기 힘든 욕을 삼키며 심호흡을 했다. 결혼할 남자가 있다더니 애 딸린 남자였어? 혹시 모르니 전후 사정을 정확하게 파악한 후에 매타작을 해야 했다.

"아빠는 뭐 하는 사람이야?"

강 여사는 순수한 아이의 눈을 바라보았다. 하린은 활짝 핀 꽃처럼 화사한 미소를 지으며 TV를 가리켰다.

"저기 나오는 사람이에요!"

아빠가 뭐 하는 사람인지 말해도 된다던 강현의 말을 하린은 아주 완벽하게 지켰다. 강 여사는 고개를 갸웃거렸다.

"TV에 나온다고?"

"네에. 아빠는 TV에서 병원 놀이도 하고 칼싸움도 해요!"

"……아빠 이름이 뭐야?"

TV에 나온다니 이름을 물어보면 알 수 있지 않을까 싶어 강 여사가 물었다. 하린이 아주 씩씩하게 대답을 했다.

"이강현!"

누구?

"아가, 아빠 이름이 진짜…… 이강현이야?"

"아빠는 이강현! 나는 이하린!"

맙소사. 강 여사는 양손으로 다물어지지 않는 입을 가리며 딸을 힐끗거렸다.

한국에 살지 않는다고 한국 소식을 듣지 못하는 게 아니었다. 요즘 같은 세상에 휴대폰으로도 얼마든지 소식을 들을 수 있었고 TV만 켜면 한국 프로도 볼 수 있었다.

배우 이강현이 조카를 입양했다는 기사를 보고 참사람이라며 칭찬하던 남편이 떠올랐다. 이번에 방송될 재영의 드라마에 이강현이 남자 주인공으로 캐스팅됐다고 해서 기사를 더 자세히 보기도 했다.

강 여사는 하린을 머리부터 발끝까지 재빠르게 훑었다. 어디 하나 모자람 없이 참 예뻤다. 엄마가 없다는 그늘이 보이지 않을 만큼. 마음속엔 상처가 있는 듯했지만 활짝 웃는 아이의 미소엔 특유의 천진난만함이 배어 있었다.

"아빠가 잘해 주니?"

"우리 아빠는 놀아 줘도 재미없어요. 근데 재영이 언니는 잘 놀아 줘요! 엘사도 보여 주고! 아빠는 엘사 안 보여 줘요. 옛날에는 아빠가 집에 만날 있었는데 이제는 없어요. 엄청 바쁘대요. 그래도 아빠 좋아요!"

조잘조잘 설명하던 아이는 다시 소파에 앉아 TV를 시청했다.

강 여사는 한숨을 내쉬며 밥을 차리고 있는 재영에게로 다가갔다. 싱크대 앞에 서서 파를 씻던 딸의 옆구리를 꼬집으며 말했다.

"이년아. 네 앞가림도 못 하는 것이 남의 애를 퍽이나 잘도 키우겠다."

"아아! 아파!"

강 여사는 옆구리를 비틀던 손을 털어 내며 컵을 꺼내 냉수를 들이켰다.

옆에서 잘 챙겨 주지 못했던 딸이었다. 부모의 사랑이 조금 모자랄 법했지만 이만하면 혼자서 잘 컸다고 대견할 만했다. 그렇게 별 탈 없이 자란 딸이 대형 사고를 쳤는데 속에서 천불이 나지 않으면 부모도 아니었다.

시집도 안 간 젊은 애가 자기 자식 낳아서 건사하기도 힘든

판에 남의 애를, 그것도 여섯 살짜리 애를 키운다는 건 보통 일이 아니었다.

"애한테 뭘 물어본 거야."

"아빠 뭐 하는 사람이냐고 물어봤지! 내가 오죽 답답했으면 애한테 물어봤겠니."

"엄마가 뭘 걱정하는지 아는데, 걱정할 거 하나도 없어."

"어떻게 걱정을 안 해!"

재영은 덩달아 한숨을 쉬며 냉수로 속을 달랬다. 모친이 무엇을 걱정하는지 이해 못 하는 것은 아니었지만 항상 자신의 의견을 존중하고 적극적으로 도와주던 엄마였기에 이번 일도 의연하게 받아들여 줄 거라고 생각했다. 자신도 아무 생각 없이 하린을 받아들인 건 아니었다.

"하린이 착해. 혼자서도 잘해서 손 갈 게 없는 애야."

"잠깐 보는 거랑 평생 데리고 사는 거랑 같니? 살다 보면 내 새끼 챙기기도 힘든데 남의 자식을 어떻게 보듬고 가겠어."

"왜 못 해. 피 한 방울도 안 섞인 애 입양도 하는데. 하린이 남 아니라 강현 씨 조카고 딸이야."

"자기 새끼도 내다 버리는 세상에 조카 입양한 거, 잘한 거야. 대견한 일이고. 근데 엄마는 내 딸이 편하게 살았으면 좋겠어."

"안 편할 게 뭐가 있어."

"평범한 남자 만나서 평범하게 살았으면 좋겠어."

"엄마."

"배우라는 것도 내키지 않는데 딸린 식구까지…… 재영아, 너

진지하게 생각해 보긴 한 거야?"

모친의 물음에 재영은 눈을 지그시 감았다. 이렇게 진지해 본
적은 참 오랜만이었다. 딸을 걱정하는 부모가 보기엔 한없이 충
동적으로 보이겠지만 그녀는 그 어느 때보다도 신중했다. 자신
의 결정으로 한 남자의 인생과 한 아이의 삶이 바뀔 수 있는 문
제였다. 물론 자신의 삶과 미래도 바뀌는 아주 중요한 일이기에
충동적인 감정에 얽매어 결정한 것이 아니었다.

재영은 차분히 마음을 가라앉히고 눈을 떴다. 그리고 모친을
보며 무거운 입을 뗐다.

"나 못 믿어?"

이거면 충분했다. 다른 말을 할 필요가 없었다. 그녀의 말 한
마디에 모친은 입을 꾹 다물었다.

"좋은 사람이야. 하린이도 예쁘고 너무 착해."

"누가 별로라고 했어?"

"그 사람한테 피붙이라고는 하린이밖에 없어. 이 세상에 달랑
둘뿐이야."

"……."

"내가 같이 있어 주고 싶어."

물기에 젖은 딸의 목소리에 강 여사는 한숨을 삼키며 하린을
힐끗 쳐다봤다. 아이는 웃기도 하고 울상을 짓기도 하고 노래를
따라 부르며 몸을 흔들기도 했다. 강 여사는 입을 뻐끔거리다가
작은 목소리를 냈다.

"애가 예쁘긴 하네."

작디작은 목소리였음에도 재영은 똑똑히 들을 수 있었다. 안

도의 미소가 그녀의 얼굴에 스며들었다.

재영은 휴대폰을 꺼내 들었다. 인터넷 포털 사이트로 들어가자 여전히 검색어 10위권에 강현의 이름이 수두룩했다.

1. 이강현
2. 이강현 열애
3. 이강현 열애설
4. 이강현 일반인
5. 이강현 파파라치
6. 이강현 스캔들
7. 이강현 입양
8. 프라이버시
9. 이강현 공항
10. 이강현 조카

온통 이강현이었다. 검색을 따로 할 필요도 없이 검색어 순위를 클릭하자 자연스레 열애 기사가 제일 먼저 떴다. 기사를 클릭한 재영은 엄마에게 슬쩍 휴대폰을 건넸다. 그녀의 모친은 딸을 슥 바라보다 휴대폰을 집어 들었다.

"야!"

강 여사가 소리를 빽 질렀다. 모자이크된 사진이었지만 영락없이 자신의 딸이었다. 불과 하루 전에 난 기사였다. 비행기를 타고 한국에 오는 사이에 스캔들이 터진 것이다.

"엄마 딸 이제 시집은 다 갔어. 빼도 박도 못 해."

"미쳤어, 진짜!"

"그래도 나 누군지 아무도 몰라."

"자랑이다. 자랑이야!"

"우리 오빠가 기사 막아 준 거야. 엄청 능력자라니까."

"우리 오빠 같은 소리 한다."

딸의 해맑은 미소에 복장이 터지는 건 어미의 몫이었다. 강 여사는 주섬주섬 휴대폰을 꺼내 아직 잠자리에 들지 않았을 남편에게 전화를 걸었다. 연결음이 그리 길지 않았다.

—응. 도착했어?

아내의 전화를 기다리던 부친의 목소리가 또렷하게 들려왔다. 강 여사는 딸을 날카롭게 노려보며 입을 뗐다.

"여보, 날 밝는 대로 비행기 타요."

—왜. 무슨 일 있어?

"당신 딸이 아주 대형 사고를 쳤어."

—재영이가? 우리 딸이 그럴 리가 없는데.

아빠의 말에 재영은 빙그레 미소를 지었다. 아빠는 언제나 자신의 편이었다. 엄마에게 꽉 잡혀 살면서도 딸 바보의 면모를 톡톡히 보여 줬다.

"당신 사위가 아주 대단한 인물이니까 티켓 날짜 변경해서 최대한 빨리 들어와요."

—진짜? 정말 결혼할 남자가 있었던 거야?

"당신 기절이나 하지 마요."

—얼마나 대단한 남자길래. 우리 딸 능력 있는데?

"능력은 개뿔. 이런 능력은 없는 것만 못 해."

―알았어. 제일 빠른 걸로 날짜 변경해 볼게.

통화가 끝나자 재영은 모친의 곁으로 다가와 옷자락을 붙잡으며 몸을 배배 꼬았다.

"엄마아."

"얘, 징그러. 저리 가. 엄마 말은 죽어라 듣지도 않아요."

"원래 딸들이 다 그렇지, 뭐."

"됐고. 어디 있니?"

"응?"

"우리 오빠지 뭔지."

"비엔나 갔어. 화보 촬영 때문에."

"뭐?"

"그래서 주말 동안 내가 하린이 지킴이 하잖아."

"아주 보모 나섰다. 응?"

재영의 팔을 뿌리치며 강 여사는 고개를 절레절레 내저었다.

"언제 오니."

"우리 오빠?"

"그놈의 우리 오빠 소리 좀 그만해!"

"왜? 우리 오빠는 우리 오빠라고 하면 엄청 좋아해."

"닭살이야."

"나도 내가 이럴 줄 몰랐어."

"나도 내 딸이 이럴 줄 정말 몰랐다."

재영은 웃음을 삼켰다. 상황을 쉽게 받아들이지 못하면서도 모친은 격렬하게 반대하지 않았다.

"3일 뒤에 올 거야. 엄마 막 트집 잡고 그러면 안 돼!"

"내가 그렇게 교양이 없는 줄 알아?"

"엄마 좀 아줌마 같은 면 있잖아."

"뭐?"

"우리 오빠 보고 반하지나 마."

"얘가 정말 못 하는 말이 없어!"

"실물이 훨씬 잘생겼어. 카메라가 우리 오빠의 조각 같은 외모를 다 담아내지 못하는 거 같아."

"박재영, 정신 차려. 어쩌다 이 모양이 됐니? 내가 칠푼이로 낳진 않았는데."

강 여사는 온몸에 닭살이 돋는 듯 양팔을 손으로 비비며 주방을 나갔다.

재영은 안도의 한숨을 크게 내쉬었다. 엄마에게 욕을 한 바가지 들을 각오를 하고 있었는데 다행이었다.

모친은 TV 앞에서 어깨춤을 추는 아이를 바라보았다. 그 눈빛 속에 미움은 찾아볼 수 없어 재영의 입가에도 흐뭇한 미소가 걸렸다.

하린이에게 또 다른 가족이 생길 것 같다. 아주 좋은 할머니가.

✳   ✳   ✳

인천국제공항에 비엔나발 서울행 비행기가 도착했다. 게이트에는 카메라와 휴대폰 녹음기로 중무장한 기자들이 깔려 있었고, 공항 보안 요원들과 경호원들이 인간 바리케이드가 되어 줄

지어 서 있었다.

문이 열리자 하나둘 나오는 사람들의 뒤쪽으로 선글라스와 마스크를 쓴 강현이 보였다. 카메라의 셔터 소리와 플래시가 마구잡이로 터지기 시작했다. 열애설이 터지고 4일이 지났음에도 여전한 취재 경쟁에 강현은 경호원들의 보호를 받으며 공항을 빠져나와야 했다.

"이강현 씨! 한마디만 해 주세요!"

강현은 밴에 올라타자마자 선글라스와 마스크를 벗어 던지며 창밖의 기자들을 째려봤다.

"저것들 좀 어떻게 안 돼? 완전 좀비가 따로 없어."

"하루 이틀도 아닌데 그냥 그러려니 해요. 다 먹고 살자고 저러는 건데."

"나도 좀 살자. 아주 피곤해 죽겠어."

"그러게 더는 귀찮게 기사 내지 맙시다."

깐족거리는 세훈을 째려본 그가 손에 집히는 두루마리 휴지를 집어 던졌다. 이내 밴은 공항을 빠져나왔다.

"스케줄 없지?"

"촬영 전까지 푹 쉬세요."

"그럼 내일 주호 촬영할 때 맞춰서 촬영장 갈 거니까 간식차 섭외해 놔."

"예썰!"

서울 시내로 차가 들어설 무렵 강현이 휴대폰을 꺼내 들었다. 입국하는 날짜와 시간을 미리 알고 있었던 재영의 문자가 날아왔다. 반가운 문자를 확인하던 강현의 동공이 확장되어 갔다.

〈우리 부모님 오셨어요. 사위 얼굴 보자고 난리예요. 큰일 났어요.〉

절규하는 이모티콘까지 날아온 문자에 강현은 마른침을 삼키며 통화 버튼을 눌렀다. 얼마간의 연결음 끝에 그리웠던 목소리가 들려왔다.

─어디쯤이에요?

"다 와 가."

─엄마가 하린이 보시고는 다 알아 버렸어. 하린이가 다 말했어요.

"아, 이하린."

강현은 이마를 짚으며 깊은 탄식을 뱉었다. 꼬마 아가씨가 제대로 사고를 친 모양이었다. 눈앞에 선명하게 상황이 그려지는 건 왜일까.

자못 심각해진 강현의 표정은 석고상처럼 굳어져 갔지만 재영의 목소리는 꽤나 발랄하게 들려왔다.

─우리 아빠가 엄마한테 꽉 잡혀서 살아요. 우리 엄마 성격 대충 알겠죠?

"예쁜 딸 잡아간 도둑놈으로 보시겠네."

─그 정도는 아니고, 걱정하지 마요! 내가 있잖아.

"그럼 나는 박재영만 믿고 있을게."

─나만 믿어요!

"보통 그런 말은 남자가 하는 거 아닌가?"

—그런 건가?

"대사 쓸 때 그런 말 안 써?"

—내가 진부한 건 딱 별로라서 그런 대사는 별로.

재영의 유머 아닌 유머에 강현은 미소를 지었다. 한결 표정이 부드러워졌다.

—아빠는 무조건 내 편이니까 걱정 마요. 우리 엄마도 겉으론 툴툴거려도 이미 하린이한테 넘어왔어요.

"나 없는 동안 혼자 고생했네. 미안해서 어쩌지."

씁쓸함은 배가 되었다. 딸 가진 부모의 마음을 그는 이해했다. 분명 그녀의 부모님은 반대했을 것이다. 아무리 조카를 입양했다고는 하나 자신에겐 딸이었다. 누가 봐도 기우는 조건이다.

—왜 미안해요. 진짜 아무 일도 없는데. 우리 엄마랑 아빠 되게 쿨해요. 아메리칸 마인드!

"집으로 바로 갈게."

—응. 기다릴게요. 하린이도 아빠 엄청 보고 싶대요.

"기다려."

—빨리 와요. 나도 엄청 보고 싶으니까.

눈앞에 재영의 얼굴이 절로 그려졌다. 강현은 전화를 끊으며 깊은 한숨을 쉬었다. 생각보다 빨리 찾아온 고비였지만 언젠가 한 번은 넘어야 할 산이었다. 드라마 촬영 전이라 그나마 천만 다행이었다.

세훈에게 빨리 가자고 재촉했지만 도로 사정이 녹록지 않았다. 초조함은 그를 긴장하게 만들었고, 긴장감은 곧 심장을 벌렁이게 했다.

29층 재영의 집 앞. 초조함과 긴장감에 강현의 다리는 달달 떨려 왔다. 차마 현관문 비밀번호를 누를 만큼의 배포는 없었는 지 그는 초인종 버튼을 눌렀다.

딩동— 딩동—

초인종 소리가 들려오고 기다렸다는 듯 문이 벌컥 열렸다.

"왔어요? 보고 싶었어."

자연스레 품으로 파고드는 그녀를 안으며 이마에 가벼운 키 스를 했다. 평소 같았으면 당장 입술을 덮치고 봤을 텐데 지금 은 그럴 때가 아니었다.

"아빠!"

아이가 아빠를 외치며 와다다 달려 나왔다. 재영이 강현의 품 을 벗어나자 그는 맨발로 현관에 뛰쳐나온 하린을 번쩍 안아 들 었다.

"잘 있었어?"

"응응! 언니랑 엘사도 보고 빵 먹었어요! 있잖아, 할머니랑 할 아버지도 있어! 할아버지가 비행기도 막 태워 줬어요. 엄청 재 밌어!"

아이의 말에 강현이 재영을 힐긋거리며 말했다.

"그랬어? 재밌었어?"

"할머니가 하린이 예쁘다고 했어. 그래서 나도 할머니 예쁘다 고 했어. 할머니랑 재영이 언니랑 똑같이 생겼다? 신기하지!"

"할머니도 엄청 예쁘겠네."

"응!"

강현은 아이의 머리를 헝클어트리며 품에서 내려놓고 손을 붙잡았다. 재영이 그의 허리를 한쪽 팔로 감싸 안으며 데리고 들어갔다.

"하린이가 복덩인 줄 알아요."

그 말을 이해하기까지 그리 오랜 시간이 걸리지 않았다. 거실로 들어서자마자 하린은 쪼르르 달려가 재영 부친의 품에 폭삭 안겨 들었다. 강현이 흠칫 놀라며 허리를 숙였다.

"처음 뵙겠습니다. 이강현이라고 합니다."

소파에 앉아 과일을 먹던 부모님의 시선이 그에게 박혀 들었다. 하린에게 사과를 포크로 찍어서 건네던 부친이 제일 먼저 말문을 열었다.

"서 있지 말고 와서 앉아."

처음 카메라 앞에 설 때보다 더 가슴이 쿵쾅거렸다. 강현은 테이블 맞은편에 무릎을 꿇고 앉았다.

"편하게 앉아요."

"아닙니다. 괜찮습니다."

순간 적막이 흘렀다. 나란히 앉은 두 분은 나이가 짐작되지 않았다. 특히 강 여사는 누가 봐도 재영의 엄마였지만 상당히 젊어 보였다. 강현은 재영의 모친을 바라보며 입을 뗐다.

"재영이가 어머니를 닮았나 봅니다."

"그게 무슨……."

"미인이십니다."

"어머."

강현의 말에 강 여사는 손으로 입을 가리며 호탕하게 웃었다. 옆에 앉은 재영이 별소리를 다 한다고 속삭였지만 그의 진심이 담긴 말이었다. 정말 그녀는 어머니를 닮아 예쁜 거였다.

"미인이라는 소리 수십 년 만이네."

강 여사는 옆에 앉은 남편을 바라보며 말했다. 그러자 멋쩍은 듯 딴청을 하며 재영의 부친이 말문을 열었다.

"흠흠. 그래. 우리 재영이랑 교제를 한다고."

"예, 아버님."

"재영이가 기사까지 났으니 자네랑 결혼해야 한다고 제 엄마를 달달 볶았어."

부친의 말에 강현이 재영을 바라보았다. 그녀는 모른 척 시치미를 떼며 강현의 시선을 피했다. 그녀의 부친은 평소에도 과장을 살짝 보태서 말하곤 했는데 오늘도 변함없었다. 그러나 재영은 아니라고 손사래를 친다거나 고개를 내젓는 등의 변명을 하지 않았다.

"제가 먼저 결혼하자고 했습니다. 같이 살고 싶다고. 죽을 때까지."

힘이 잔뜩 들어간 그의 목소리엔 조금의 떨림도 없었다. 긴장이라곤 하나도 모르는 사람처럼 보였지만 강현은 지금 자신이 무슨 말을 하고 있는지조차 인식하지 못했다.

애초에 반대할 생각이 전혀 없었던 부친은 강현의 말에 아내의 눈치를 살폈다. 딸과 강현의 교제가 탐탁지 않은 건 강 여사 혼자였으니 말이다.

"잘 살 수 있겠어요?"

뜻 모를 강 여사의 말에 정적이 찾아왔다.

"결혼해서 안 맞는다고 싸우고, 그러다가 헤어지고. 그럼 두 사람보다 상처 받는 건 하린이야. 그건 알고 있어요?"

재영이 강현과 연애하기로 결심했을 때부터 생각했던 부분이었다. 제일 큰 문제가 아이였다. 강현과 연애를 하다가 헤어져도 마찬가지였다.

그녀가 입을 떼려는 순간 강현이 손을 꽉 잡아 왔다. 나흘 동안 턱 선이 더 날렵해진 그가 말문을 열었다.

"제가 재영이 없으면 안 됩니다."

그의 말에 그녀의 눈엔 의미 모를 눈물이 스며들었다.

"걱정하시는 일, 없을 겁니다. 놔 달라고 해도 제가 안 놔 줄 겁니다."

재영은 고개를 돌려 애써 눈물을 삼켰다. 강현은 더욱 그녀의 손을 꽉 잡아 왔다. 울지 말라며 꼭 안아 주고 싶은데 그럴 수 없어 속이 새까맣게 타들어 갔다.

"예쁘게 키운 딸 고생 안 시키겠습니다. 재영이랑 잘 살겠습니다."

그의 굵직한 목소리가 더욱 진실하게 와 닿았다. 재영의 부친은 품에 안고 있던 하린의 머리를 쓰다듬으며 미소를 지었고, 모친은 짧은 한숨과 함께 굳게 다물었던 입을 뗐다.

"어쩔 수 없는 상황이니, 말 편하게 하겠네. 재영이 저거 더럽게 말 안 들어. 데리고 살면 골치 아플 거야."

뼈가 있는 말이었다. 혼자 한국에 남겠다고 고집부린 것도 모자라 이젠 결혼까지 멋대로 하겠다는 딸을 흘겨 봤다.

어느새 재영은 눈물을 쏙 감춘 채 빙긋 웃음을 지었다.

"엄마, 나 엄청 말 잘 들어. 오빠 말은 무조건!"

"야, 박재영!"

참다못한 강 여사가 고함을 내질렀다. 자신도 모르게 욱하는 성질이 튀어나오자 그녀는 강현의 눈치를 살피며 헛기침을 내뱉었다. 벌써부터 지 남자 편만 드는 딸이 얄미웠다.

"제가 재영이 말 잘 들어서 괜찮습니다. 걱정하지 않으셔도 됩니다."

강현은 옅은 미소를 띠며 말했다. 아주 팔불출 커플이 따로 없었다. 시종일관 손을 꼭 잡고 있는 모습도 강 여사는 아주 눈꼴셔 죽을 판이었다. 자신을 닮아 무뚝뚝할 줄 알았던 딸에게 이런 모습이 있을 거라곤 생각도 못 했던 그녀는 낯선 재영의 모습에 조금 마음이 쓰렸다.

"우리 재영이 많이 예뻐해 주시게."

"매일 매일 예쁩니다. 걱정하지 마십쇼."

흐뭇한 미소를 머금은 채 부친이 강현에게 당부했다. 강현은 당연하다는 듯 말했다.

"그래서 재영이는 언제 데리고 살려고?"

저렇게 좋다는데 반대할 이유가 더는 없었다. 매번 딸에게 지는 엄마였다. 재영을 온전히 믿는 탓이었다.

"드라마 끝나는 대로 결혼하려고 합니다."

"그게 언젠데?"

"9월에 첫 방이니까…… 11월에 종영이야!"

강현 대신에 재영이 명쾌하게 말했다. 지금이 4월이니까 7개월 정도 남았다. 손을 꼽아 날짜를 계산하던 강 여사는 휴대폰을 꺼내 내년 3월 달력을 화면에 띄우더니 입을 열었다.

"내년 3월 31일이 좋겠네. 그때 결혼해."

뜻밖의 말이 나오자 모두의 시선이 일제히 강 여사를 향했다.

"말일쯤 되면 날도 풀릴 거고, 주말이니까 좋고."

"어, 엄마. 진짜 그때 하라고?"

"왜, 싫으냐. 안 할래, 결혼?"

"아니, 해! 그, 그날 할게!"

"어머님. 저는 더 일찍 해도 좋은데……."

"여자는 준비할 게 많아. 더 일찍은 안 돼."

강 여사는 고개를 내저으며 단호하게 말했다. 일단 오늘은 한 발이 아니라 두 발은 물러나야 했다.

"그렇게 알고. 피곤할 텐데 이 서방은 그만 가서 쉬어."

"예, 예?"

"나이가 몇인데 벌써 가는귀먹었어?"

"아, 아닙니다!"

"엄마, 지금 이 서방이라고 했어?"

"그럼 이 서방이지 김 서방이냐?"

순식간에 호칭이 변했다. 재영은 별일이 다 있다며 구시렁거렸지만 강현은 시원스레 미소를 지었다.

"아빠랑 언니랑 딴딴따딴 하는 거야?"

부친의 품에 안겨 있던 하린이 결혼행진곡 멜로디를 섞으며 말하자 어른들의 시선이 아이에게 향했다.

"하린이는 결혼이 뭔지 알아?"

"네! 결혼하면 엄마 아빠 하는 거예요."

부친의 물음에 하린이 똑 부러지게 대답했다.

"하린이 이제 엄마 생기는 거야. 재영이 언니가 하린이 진짜 엄마 하는 거야."

강 여사가 아이의 얼굴을 어루만지며 말했다. 아이는 눈을 반짝이며 어느 때보다도 활짝 웃었다.

"우와, 하린이는 좋아요!"

누구보다 두 사람의 결혼을 좋아하는 건 하린이었다. 아이는 손뼉을 치고 발을 동동 구르며 온몸으로 기쁨을 표현했다.

그 모습을 바라보는 이들의 만면에도 기분 좋은 미소가 드리워졌다.

19화 · 일상

"슛 들어갑니다!"

조감독의 목소리가 세트장에 울려 퍼졌다. 너덜너덜해진 대본을 보고 있던 강현은 스태프에게 대본을 건네며 목청을 가다듬었다.

"빨리 찍고 밥 먹으러 갑시다!"

모니터 앞에 앉은 최 감독은 NG 없이 한 번에 가자는 말을 유쾌하게 돌려 말했다. 강현은 소품 팀에서 건네준 전갈을 펼쳐 들고 금세 감정을 몰입하여 얼굴을 굳혔다.

"액션!"

감독의 액션 소리와 동시에 카메라엔 빨간불이 들어왔다.

굳게 닫혔던 세트장 문이 벌컥 열렸다. 고운 한복을 차려입은 단아가 울먹이며 뛰어 들어왔다.

"어찌, 어찌하여 폐하께오서!"

단아의 시선은 무현의 손에 들린 전갈에 가 있었다. 무현은 읽어 내려가던 전갈을 단숨에 구겨 버렸다.

"황후는 생각이라는 것을 하는 것인가."

화를 억누르며 목에 핏대를 세운 무현은 전갈을 움켜쥔 손을 부들부들 떨었다.

"눈물에 얼룩진 전갈을 본다면 황후의 어미와 아비가 어찌 생각하겠는가. 귀한 딸을 하늘의 말이라며 해괴한 이유로 데려가더니 볼모로 잡고 있다고 생각하지 않겠는가."

"제 어미의 눈물을 보셨습니까."

떨리는 단아의 목소리에 무현은 이를 꽉 깨물었다. 좀처럼 불안감에 사로잡힌 마음이 다스려지지 않았다. 무현은 당장이라도 자신을 떠날 것 같은 황후의 위태로운 모습에 마음이 쓰렸다.

무현의 감정을 고스란히 내비치는 강현의 겉모습은 누가 봐도 사랑에 갈피를 잡지 못하는 옹졸한 남자의 상처 받은 모습이었다. 소아는 치맛자락을 움켜쥐고 눈물 한 방울을 뚝 흘리며 단아의 대사를 읊었다.

"잘 지내고는 있는지, 살아는 있는 건지 궁금하여 매일 밤낮을 눈물로 지새우십니다. 제가 지내던 처소에서 제 소식이 당도하기만을 기다리고 계신단 말입니다!"

"알게 뭐냐. 내가 황후처럼 앞을 내다보는 신기도 없거니와 알고 싶지도 않다."

"폐하!"

"그대는 고구려의 황후이며 짐의 여자다."

"……."

"더는 백제의 그 어떠한 것은 보지도, 듣지도 말라."

마주 보고 선 두 사람의 시선이 서로 다른 감정으로 얽혀 들어갔다. 정적이 찾아왔다. 모니터를 보고 있던 최 감독의 목소리가 들려왔다.

"컷. 오케이!"

오케이 소리와 함께 분장 팀은 소아에게 티슈를 건넸고, 조명의 열기로 달아오른 강현의 얼굴에 부채질을 해 주었다.

촬영이 제법 길어지고 있었다. 생수를 들이켜며 대기실로 들어온 강현은 테이블 위로 다리를 쭉 뻗어 소파에 기대앉았다. 부득이한 상황이란 바로 이런 것이었다. 벌써 일주일째 밤샘 촬영 불가 원칙이 어그러졌다.

꼼꼼하다 못해 병적으로 디테일한 최 감독 덕분에 강현은 대본이 너덜너덜해질 때까지 봐야 했다. NG 없이 한 번에 오케이가 될 수 있게 토씨 하나 틀리지 않도록 끝없이 외웠다. 이젠 상대 배우의 대사까지 전부 외울 지경이었다.

강현은 세훈에게 맡겨 두었던 자신의 휴대폰을 받아 들고 액정을 켰다. 역시나 재영의 문자가 와 있었다.

〈엄마랑 아빠는 출국했고 나는 배웅하고 집에 왔어요. 하린이는 동찬 씨 어머니랑 잘 놀고 있어요. 열심히 일해요♥〉

피로가 말끔히 사라지는 듯 그의 입가에 미소가 스며들었다.

지난 주말, 사촌의 결혼식에 참석했던 재영의 부모님은 오늘 미국으로 돌아갔다. 촬영 때문에 공항까지 함께 가지 못하게 된 강현은 집을 나서면서 재영의 부모님께 인사를 드렸다.

"공항까지 모셔다드려야 하는데 죄송합니다."
"일하느라 바쁜데 무슨. 우리 그렇게 꽉 막힌 사람들 아니야."

재영은 어머니를 많이 닮았다. 외모부터 성격, 심지어 눈웃음
까지 판박이였다. 웃으며 괜찮다고 말하던 재영의 어머니는 가
는 길에 먹으라며 손수 싼 도시락을 손에 들려 주었다.

"처자식 안 굶기려면 열심히 해!"

어머니는 진지하게 파이팅까지 외치며 등을 토닥이셨다. 그
모습에 아버지는 혀를 내두르며 말씀하셨다.

"당신 딸이나 좀 챙겨. 애가 굶는지 먹는지 신경도 안 쓰면서."
"사위 사랑은 장모인 거 몰라요? 재영이는 당신이 잘 챙기니까
나는 우리 아들 챙겨야죠!"

순간 식탁 위엔 정적에 휩싸였고 재영은 먹은 것도 없이 사레
가 들렸다. 강현은 아들이라는 단어가 주는 생경함에 머릿속이
하얗게 됐다.

"나이도 있는데 건강도 챙겨 가면서 일해. 우리는 결혼식 준비
할 때쯤 들어올 거야."

"그 전에 여유 있으면 재영이랑 하린이랑 가겠습니다."

"세 식구 비행깃값이 얼마야. 됐어, 오지 마. 셋보다는 둘이 움직이는 게 효율적이야."

아침에 재영의 모친과 나눴던 대화를 곱씹은 강현이 통화 버튼을 눌렀다. 얼마 가지 않아 비몽사몽 전화를 받은 재영의 목소리가 들려왔다.

─으음…… 쉬는 시간이에요?

"다음 신 준비 중."

생각보다 대본이 빨리 완성되어 재영은 간간히 낮잠을 즐겼다. 밤샘은 사라졌지만 그녀는 어두워져야 더 잘 써진다며 올빼미족 생활에서 벗어나지 못했다. 재영과 한 침대에서 일어나 본 게 언젠지 기억도 나지 않았다.

─오늘도 새벽에 끝나요?

"아마도."

─감독님이 계약서를 하나도 안 지키네. 계약 위반으로 고소해 버려요.

"어쩌겠어. 최 감독님 스타일인데."

─우와. 우리 오빠 마음이 이렇게 태평양일 줄이야.

감탄하는 재영의 목소리는 여전히 잠에 취해 가라앉아 있었지만 강현의 피로는 금세 달아났다.

"피곤할 텐데 계속 자."

─응. 촬영 잘해요. 쪼옥.

수화기 너머에서 들려오는 입맞춤 소리에 그의 얼굴에선 달달한 미소가 피어났다. 스트레스는 남의 일인 듯 쌓일 틈도 없었다.

전화가 끊어졌는데도 강현은 꿀 떨어지는 눈으로 한참 동안 휴대폰을 바라보았다. 소아가 대기실로 들어온 것도 눈치채지 못할 만큼.

"뭐 보는데 그렇게 웃어요?"

양손에 커피를 든 소아가 강현에게로 다가오며 물었다. 갑작스런 인기척에 화들짝 놀란 그는 휴대폰을 팔 아래로 급하게 숨기며 소아를 바라보았다.

"촬영 준비 안 해?"

"꼭 나쁜 짓 하다가 걸린 애 같은데. 혼자 좋은 거 봤어요?"

그녀는 들고 있던 커피 하나를 강현에게 건네며 휴대폰을 흘끔거렸다.

"좋은 건 같이 좀 봅시다."

소아는 장난스레 강현의 팔 아래로 손을 뻗어 왔다. 촬영장에서조차 철벽으로 유명하던 이강현이 때때로 휴대폰을 보며 세상 좋은 사람처럼 웃고 있어 스태프들이 얼마나 수군거리는지 모른다. 그의 미소에 여자 스태프들의 심장이 남아나질 않았다.

마침 그 미소를 짓고 있기에 소아는 빈틈을 비집고 들어가 강현의 휴대폰을 낚아챘다.

"임자도 있으신 분이 촬영장에서 자꾸 웃으니까 스태프들이 김칫국을 마시고……. 어, 어!"

소아는 기함을 하며 휴대폰 속 사진과 강현을 번갈아 봤다. 그는 굳이 휴대폰을 뺏기 위해 힘 낭비를 하지 않고 소파에 주저앉았다.

"일반인 애인이 작가님이었어요? 설마 했더니 진짜였네!"

소아 역시 정혁과 문소은의 결혼식에 참석했던 지인을 통해서 전해 들었던 터라 큰 충격은 없었다. 하지만 사진 속엔 재영 혼자만이 아니었다.

"어머, 선배 딸 진짜 예쁘다!"

어디에서도 노출된 적 없는 아이의 모습에 소아가 감탄을 터트렸다. 이강현의 딸은 인형처럼 예뻤다.

"작가님이랑 되게 친한가 보다. 전부 웃고 있는 사진이네."

사진 속 두 여자는 얼굴을 맞대고 환하게 웃고 있었다. 덩달아 소아도 미소 지으며 휴대폰을 강현에게 건넸다.

"둘이 친해. 나보다 더 친한 거 같기도 해."

"선배랑 작가님은 상상이 잘 안 됐었는데, 오늘 보니까 잘 어울리는 거 같아요."

"칭찬인가?"

소아는 손에 들린 커피가 찰랑거릴 정도로 고개를 끄덕였다. 강현이 대본을 챙겨 들고 자리에서 일어났다.

"비밀인 거 알지."

"혁이 오빠랑 소은이 결혼식에 같이 갔었다면서요. 확신이 없어서 그렇지 다들 아는 눈치예요."

"모르는 척해 달라는 소리야."

강현의 당부에 소아는 알았다며 짧게 대답했다. 이내 슛 들어간다는 조감독의 부름에 대기실을 빠져나갔다.

강현은 휴대폰 전원을 끈 뒤 너덜거리는 대본을 챙겨 들고 세트장으로 들어섰다. 항상 그랬다는 듯 스태프들을 보며 해사한 미소를 지었다.

⁂ ⁂ ⁂

모처럼 오전 촬영이 없는 날이었다. 새벽녘에 마지막 신 촬영을 마치고 귀가한 강현은 죽은 듯이 침대에 뻗어 있었다. 햇살에 눈이 부실 법도 한데 조금의 미동도 없었다. 강현과 마주 누워 있던 재영이 그의 앞머리를 만지작거렸다.

밤샘 촬영 불가 조항은 언제부터 계약서에 있었냐는 듯 그 누구도 강현의 퇴근 시간을 보장하지 못했다. 조감독이 열심히 짜 놓은 스케줄로 촬영이 진행되었다면 늦어도 9시 퇴근은 할 수 있었을 테지만 최 감독의 디테일 앞에선 소용없는 짓이었다.

제일 억울한 건 계약서에 도장을 찍은 강현이었다. 무슨 일이 있어도 퇴근 시간만은 보장해 달라고 액션 신에서 대역까지 양보했다. 촬영이 길어질수록 강현의 얼굴은 점점 반쪽이 되어 갔다.

"보약이라도 지어 먹여야 하나."

강현의 얼굴을 어루만지는 재영의 손길은 조심스러웠다. 혹시라도 잠에서 깰까 싶었지만 자꾸 손이 그를 더듬어 댔다. 정말 중병이다.

"그렇게 만지면…… 곤란한데."

강현이 눈을 감은 채 입을 뗐다. 미동조차 없이 잠들었던 강현을 결국 깨우고만 재영은 그의 허리에 팔을 두르며 가까이 다가갔다.

"며칠 만에 보는 건데 좀 봐줘요."

요즘 재영은 20회 대본을 쓰고 있었다. 최종회 탈고까지 고지가 얼마 남지 않아서 밤낮없이 대본을 붙잡고 있었기 때문에 바쁜 강현과 얼굴을 마주할 시간이 없었다.

"첫 방 같이 봤어야 했는데. 미안."

강현은 재영의 어깨를 두 팔로 감싸 안으며 이마에 가벼운 입맞춤을 했다.

어제는 불멸의 사랑 첫 방송이 있던 날이었다. 첫 방을 챙겨 볼 시간도 없이 촬영을 진행한 강현은 돌아오는 차 안에서 태블릿 PC로 다시 보기를 할 수밖에 없었다. 같이 보기로 한 약속을 지키지 못해서 재영에게 미안함을 표했다.

"나 쪼잔한 여자 아닌 거 알면서."

삐지지 않았으니 미안해할 거 없다는 그녀만의 표현 방법이었다. 두 눈은 감겨 있었으나 그의 얼굴엔 미소가 피어났다.

"시청률은 확인했어?"

지금쯤이면 시청률이 떴을 시간이라는 걸 그는 알고 있었다. 강현의 물음에 재영이 고개를 끄덕였다.

"21.8%."

그녀의 목소리에 웃음기가 묻어났다. 강현은 그녀를 더욱 끌어안았다.

"잘했어. 수고했어."

이 작은 머리로 얼마나 힘들게 대본을 썼는지 알기에 그는 재영의 뒤통수를 하염없이 쓰다듬었다.

"나만 고생했나. 감독님이랑 스태프들, 배우들까지 다 고생했는데."

첫 방송 시청률은 온전히 배우와 대본에 기대어 간다. 배우의 연기가 극의 몰입을 방해한다거나 스토리가 조금이라도 산만하면 2회 때 시청률이 떨어지는 사태가 벌어진다. 시청자의 반응을 실시간으로 느낄 수 없기 때문에 사전 제작 드라마는 성공하기 힘들었다.

그래서 최 감독이 디테일에 집착하고 영상에 심혈을 기울였다. 대본으로도 어쩌지 못하는 걸 커버해 보려는 초조함에서 비롯된 현상이었다. 이미 찍어 놓은 분량들을 폐기하고 재촬영을 할 수 없어 처음부터 대본을 잘 뽑아야 했다. 그 탓에 재영의 수면 시간도 보장되지 않고 있었다.

그래도 첫 방 시청률이 20%를 넘어서 그간의 고생을 보상받는 거 같았다. 요즘은 휴대폰으로 실시간 TV를 보거나 다시 보기를 하는 시청자들이 많아서 시청률이 10%만 넘어도 대박이라고 말하는 판이었다. 물론 주말극과 일일극은 상황이 달랐지만 평일 10시에 방영하는 드라마들은 상황이 여의치 않았다. 악조건 속에서 첫 방 시청률이 21%가 넘는 기염을 토해 내어 재영은 마냥 기분이 좋았다.

"시작하고 3분 만에 시청률 최고 찍었어요. 30%."

"황제 즉위하는 거?"

"응. 다들 이강현 얼굴 보려고 드라마 본 거죠."

"어쩌지. 5회까지 어린 무현이만 나와서."

현재에서 과거로 돌아가 5회까지 아역이 나오고, 5회 마지막 장면에서 현재로 돌아오는 구조라서 강현은 1회 초반 20분 정도 등장하는 게 전부였다. 짧은 등장이지만 오랜만에 드라마로 복귀하는 이강현을 보기 위해 시청자들이 TV 앞에 모여든 것으로 봐도 무방하지 않았다.

"그럼 큰 무현이 나오면 시청률 40%는 나오려나?"

"대대손손 기록으로 남길 시청률 만들어 줄게."

시청률이 잘 나와 기분이 좋은 재영의 장단에 맞춰 주는 건 어렵지 않았다. 이미 검증된 작가의 대본이었다. 감독 역시 연출로는 정평이 나 있었기에 배우들만 잘 따라와 준다면 문제 될 게 전혀 없었다.

입꼬리가 잔뜩 올라간 재영의 입술에 제 입술을 맞췄다. 스케줄에 치인 피로가 사라지는 기분이었다.

자연스레 뻗은 손에 잡히는 것이 아무것도 없어 눈이 저절로 떠졌다. 강현은 텅 비어 있는 옆자리를 보며 눈살을 찌푸렸다. 맨살에 닿았던 그녀의 촉감은 여전히 생생한데 감쪽같이 사라졌다.

강현은 서둘러 침대에서 내려와 옷을 챙겨 입고 침실을 나왔다. 제법 이른 시간에 주방에서 깔깔거리는 아이의 웃음소리가 들려왔다.

"우와! 문어다, 문어!"

주방으로 들어선 강현은 아일랜드 식탁 앞에 나란히 있는 아이와 재영을 발견했다. 의자에 앉은 하린은 재영의 손끝에서 만들어지는 무언가를 보며 깔깔 웃었다.

하린이한테까지 질투를 느끼는 자신이 한심스러웠다. 재영을 끌어안은 채 잠에서 깨야 하루 종일 기분이 좋은데 오늘은 아이가 뺏어가 버렸다. 강현은 뒷머리를 긁적이며 한숨을 내쉬었다.

"깼어요? 우리가 너무 시끄럽게 떠들었나?"

"네가 없는데 어떻게 자."

강현의 노골적인 말에 재영은 헛기침을 하며 아이의 눈치를 슬쩍 살폈다.

"하린이 앞에선 자제 좀 해요."

곁에 다가선 강현에게 작은 목소리로 재영이 말했다. 그러나 강현은 시큰둥하게 한쪽 어깨를 들썩이며 그녀의 허리를 끌어안았다.

"뭐하는 거야?"

"도시락 만들어요!"

강현의 물음에 하린이 대답했다. 갑자기 웬 도시락?

"오늘 하린이 소풍 간대요. 준비물은 도시락!"

재영이 끓인 라면은 많이 먹어 봤지만 그녀가 만든 도시락은 처음이었다. 강현은 식탁 위에 널브러진 갖은 재료들 속에서 빨간 도시락 통 하나를 발견하곤 고개를 갸웃거렸다.

도시락 메뉴는 김밥이 아니면 유부초밥이 기본인데 도시락 안에 든 건 두 개 다 아니었다.

"요즘 캐릭터 도시락이 유행이래요. 이 정도는 해 줘야 극성 엄마죠!"

"무슨 도시락?"

"캐릭터 도시락이요! 이건 곰돌이. 초보자들한테 쉽다고 해서 골라 봤어요. 어때요? 곰돌이 같아요?"

재영이 도시락을 강현에게 들이밀며 물었다. 노란 밥 덩어리 위에 눈, 코, 입이 있는 걸 봐서는 곰돌이가 확실했다. 김밥이 없는 도시락이라니. 생전 듣도 보도 못 한 캐릭터 도시락에 강현은 옆에서 웃기 바쁜 아이를 힐긋거렸다.

"아빠, 이거 봐! 문어래!"

비엔나소시지에도 눈, 코, 입이 붙어 있었다. 사방으로 쫙 벌린 다리는 누가 봐도 문어를 연상케 했다.

"그럼 이건 뭐야."

아이의 도시락 뒤로 투명 플라스틱 용기들이 가지런히 자리를 잡고 있었다. 그 속엔 갖은 과일들이 들어 있었다. 아이가 먹기에는 양이 상당했다.

"그건 선생님 거. 다른 엄마들이 선생님 도시락 준비한다더라고요. 그래서 나는 디저트 도시락으로 준비했죠!"

"뭐?"

"이거 먹어 봐요. 완전 맛있어!"

도마 위에 놓여 있던 식빵 뭉치를 칼로 쓱쓱 잘라 낸 재영은 조각 하나를 강현의 입에 넣으며 회심의 미소를 지었다.

"어때요? 맛있지?"

"엄청 맛있어요!"

아이가 대답을 했다. 입안 가득 들어 온 샌드위치를 오물거리느라 그는 대답 대신 고개를 끄덕였다.

"이건 친구들이랑 나눠 먹어. 알았지?"

"네에!"

아이들이 먹기 좋은 크기로 잘려 있는 또 다른 과일 도시락은 하린이와 친구들의 몫이었다. 강현은 샌드위치를 삼켜 내며 씁쓸하게 웃었다.

하린의 첫 소풍 땐 세훈을 통해 분식점에서 산 김밥을 일회용 도시락에 넣어 보낸 게 전부였다. 캐릭터 도시락은 고사하고 예쁜 도시락에 넣어 주지도 못했다. 순간 눈시울이 붉어졌다.

"이거는 세훈 씨랑 민 씨랑 나눠 먹어요. 스태프들 몫까지 준비할 시간은 없었어요. 몰래 먹어야 해요."

재영이 또 하나의 도시락 통에 샌드위치를 가지런히 담으며 말했다. 촬영장에서 매번 끼니를 놓친다는 걸 누구보다 잘 알기에 간단히 먹을 수 있는 샌드위치를 만들었다. 샌드위치는 전적으로 강현 때문에 만든 거였다. 틈틈이 먹을 수 있도록 한입 크기로 잘라 넣은 샌드위치 도시락의 뚜껑을 닫으며 재영은 아무말이 없는 강현을 돌아보았다.

"왜 그래요?"

그의 표정이 이상했다. 그러나 곧 들려온 그의 목소리에 걱정은 씻은 듯이 사라졌다.

"자꾸 예쁘지 말라니까."

재영은 웃음을 뱉으며 까치발을 하곤 뺨에 입맞춤을 했다.

"당신이 매일 잘생겨서 나는 좋아요."

그의 얼굴에도 웃음이 피어났다. 재영의 머리를 헝클어트리며 강현이 입을 뗐다.

"말발로 작가님을 어찌 이기겠습니까."

"내가 또 한 말발 하잖아요?"

"그러니까."

"시간 늦겠어. 세훈 씨 올 시간 됐어요. 어서 씻고 준비해요."

아침의 유희는 짧았다. 오늘도 어김없이 오전 촬영이 잡혀 있어 서둘러 집을 나서야 했다. 강현은 재영의 입술 위로 가벼운 키스를 하고 도시락에 흠뻑 빠져 있는 아이에게도 뽀뽀를 잊지 않았다.

"아빠 돈 벌어 올게."

"돈 많이 벌어서 우리 맛있는 거 사 먹자!"

"그래. 그러자."

강현은 하린의 장단을 맞추며 재영과 눈인사를 했다. 욕실 문이 닫히는 소리가 들릴 무렵 초인종 소리와 함께 세훈이 강현을 픽업하러 왔다. 재영은 문을 열어 주며 세훈을 맞이했다.

20화 · 마침내 그들은

이른 아침. 데이드림 픽처스 사무실 주차장에 박재영 작가가 나타났다. 그녀는 사무실 1층에 위치한 카페에서 트레이 가득 아메리카노를 사 들고 달달한 돌체라테를 마시며 엘리베이터에 올랐다.

7층에 내린 재영은 직원들에게 트레이가 담겨 있는 종이 가방 두 개를 건네며 반갑게 인사했다.

"다들 잘 지냈죠?"

"작가님은 더 예뻐지셨어요!"

홍보 팀 팀장은 재영이 건네는 커피를 받아 팀원에게 나눠 주며 그녀의 외모를 아낌없이 칭찬했다. 호탕하게 웃은 재영이 고맙다는 말을 잊지 않았다.

"다들 바쁘죠?"

"시청률 잘 나와서 바빠도 기분 좋아요!"

"어제도 37% 넘은 거 아시죠? 완전 대박이에요."

"어떻게 시청률이 쭉쭉 오를 수가 있죠?"

불멸의 사랑은 그야말로 초대박 행진을 이어 가고 있었다. 어제 방영된 14회가 37%를 돌파했고 순간 시청률은 40%가 훌쩍 넘어가는 수치를 자랑했다. 그 탓에 바쁜 건 보도 자료를 뿌리는 홍보 팀이었다. 시청률이 잘 나와서 몸은 힘들었지만 기분 좋은 바쁨이었다.

재영은 쑥스럽게 웃으며 수고하라는 말을 남기고 자신을 기다리고 있을 지훈의 사무실로 들어섰다.

"우리 작가님 오셨네!"

책상 앞에 앉아 서류를 검토하던 지훈은 버선발로 달려 나와 재영을 반겼다. 재영은 새삼스럽다며 소파에 앉아 커피를 홀짝였다.

"시청률 봤지?"

흥분으로 들뜬 지훈의 물음에 재영이 고개를 끄덕였다.

"이건 설명도 필요 없어. 아니, 설명할 방법이 없다. 진짜 말도 안 돼."

매 회 방송이 끝나고 아침마다 지훈이 전화를 해서 하는 말이었다. 말도 안 된다고.

불멸의 사랑은 재영의 전작이었던 '그대가 가르쳐 준 이별'의 마지막 방송 시청률보다 3% 높았다. 이제 중반 정도 방송되었는데 40%의 고지가 3%밖에 남지 않은 것이다.

방송국은 연일 축제 분위기였다. 드라마국은 회식의 연속이었고, 국장은 촬영장에 밥차까지 사비로 보내 주며 열성을 다해 기뻐했다.

"이게 다 이강현 씨 덕분인 거 알죠?"

"그럼, 그럼. 이 배우 연기가 아주!"

"내가 이강현 아니면 안 된다고 할 때 다른 배우 찾아보자고 한 사람이 누구더라?"

"내가 언제 그랬더라? 기억이 안 나네."

"이런 진부한 대사…… 우리 그렇게 살지 말아요."

재영은 빨대로 커피를 쪽쪽 빨며 고개를 내저었다.

이강현의 캐스팅에 빨간불이 들어왔을 때 제일 먼저 다른 배우를 찾아보자고 한 사람이 지훈이었기에 그는 어색하게 웃을 뿐이었다.

대박 행진을 이어 가는 불멸의 사랑의 인기 비결은 두말할 것 없이 이강현이었다. 나쁜 남자의 표본인 무현의 감정에 시청자들이 설득당해 버릴 만큼 그는 촘촘한 감정선을 선보였다. 괜히 이강현이 아니었다. 숨소리조차 컨트롤한다는 그의 연기력은 회가 거듭될수록 탄탄해져 갔다.

"수정할 신 있어서 바쁜데 아침부터 왜 불렀어요?"

급한 일이라며 아침부터 그녀를 호출한 지훈은 책상 위에 올려 두었던 서류 하나를 재영에게 건넸다.

"내년 8월 편성. 케이블이야. MK."

"MK요?"

계약서를 펼쳐 본 재영은 눈살을 찌푸리며 도로 덮어 버렸다.

"최 감독님 아니면 안 하는 거 알면서."

"최 감독님 우리가 모셔 오려고."

"네?"

"MK 쪽에서 연봉을 꽤 많이 불렀다고 하더라고. 방송국에 묶인 것보다 프로덕션 쪽이 감독한테는 좋지."

"그래서 대표님도 최 감독님한테 억대 연봉 제시하려고요?"

"우리 박 작가가 벌어 놓은 돈이 얼만데. 그 정도는 기본 아니겠어?"

"그럴 거면 내 원고료나 올려 줘요!"

재영의 앙탈에 지훈은 괜히 시선을 피했고, 그녀는 투덜거리며 계약서를 테이블에 내팽개쳤다. 어쩐지 아침부터 왜 부르나 했다.

대본은 마지막 회차까지 탈고했지만 드라마는 중반까지 방송되었다. 촬영이 후반부를 향하고 있어 요즘 재영은 완고한 대본에서 수정 사항을 체크하느라 바빴다. 그 전보다는 널찍했지만 시청률이 잘 나오는 바람에 더욱 심혈을 기울였다. 그런데 벌써 차기작 준비라니.

"내년 8월 너무 빨라요."

"뭐? 지금 10월이야. 조금씩 준비해 놓고 종영한 다음에 바로 들어가면 충분해!"

"그럼 난 언제 쉬어요?"

"젊을 때 바짝 벌어야 한다고 말했던 사람 어디 갔어. 나 지금 딴 사람이랑 얘기하는 거야?"

지훈의 말에 재영은 머리를 긁적였다. 본격적으로 드라마를 쓰기 시작한 이후로 지금까지 쉬어 본 적이 없었다. 쉴 틈 없이 차기작을 준비하고 드라마가 끝나면 곧바로 다음 작품에 열을 다했다. 덕분에 지훈은 방송국에 편성을 따내느라 이리저리 바삐 뛰어다녔다. 이제는 뛰어다니지 않아도 먼저 들어왔지만, 편성을 놓고 고민을 해야 하는 건 처음이라 당황스럽기만 했다.

"그래서 안 한다고? MK에서 제작비 빵빵하게 준다는데?"

"해외 올 로케도 할 수 있게 준대요?"

"뭐?"

"아니면 됐다고 해요. 나도 좀 쉴래. 이번 편성은 다른 작가한테 넘겨주라고 해요."

"박 작가 왜 이래?"

악바리 근성으로 보조 작가도 필요 없다며 오직 혼자서 대본을 쓰던 작가였다. 시청률이 잘 나와 원고료를 몇천씩 받아도 그녀는 악착같이 일했다. 모든 것을 혼자 감당해야 했기에 남들보다 준비 기간도 길어서 편성을 따내면 선잠을 자는 것도 마다하지 않았다. 그런 박재영 작가에게 무슨 심경의 변화가 있었던 걸까.

"내년 편성은 일단 킬. 1년만 쉴게요."

"뭐, 뭐라고?"

"그동안 많이 벌어다 드렸잖아요. 이번에 모은 돈만 해도 몇 년간 걱정 없을 텐데?"

"야, 박재영!"

"선배. 나 1년 쉰다고 제작사 안 망하는 거 알면서."

대표와 소속 작가의 관계에서 순식간에 선후배가 된 지훈과 재영은 서로 다른 의미로 기 싸움을 펼쳤다. 재영은 능글맞은 웃음으로 지훈의 이글거리는 눈빛을 차단했다.

"내가 나이도 있는데 이제 한 가정을 꾸리고 살아야 하지 않겠어요?"

"뭐? 너 시집가?"

"내조라는 걸 해 볼 참이니까 내년엔 나 찾지 마요."

"진짜 결혼한다고?"

"그럼 가짜로 하는 결혼도 있어요?"

"이강현이랑 진짜 결혼한다는 거야?"

몸을 한시도 가만히 두지 못하는 지훈을 보며 재영이 고개를 끄덕였다. 이미 업계에선 두 사람의 관계를 모르는 이가 없었다. 그렇게 되길 바라는 마음으로 강현이 재영을 비공식석상에 데리고 갔으니 그의 뜻대로 이뤄진 셈이었다.

모자이크로 얼굴을 가렸지만 알 만한 사람들은 사진 속 여자가 박재영이라는 것을 단번에 알아차렸다. 지훈도 그중 한 명이었다. 대놓고 아는 척하지 않았지만 결혼한다는 말에 그는 혀를 내둘렀다.

"일밖에 모르더니 대형 사고다, 진짜."

"선배는 언니랑 결혼한 게 사고였나 봐요?"

"사고지. 암, 사고야."

"언니 전화번호가 뭐였더라?"

재영은 휴대폰을 꺼내 들며 주소록을 뒤적였다. 안 된다며 지훈이 손을 뻗어 오자 주머니에 휴대폰을 재빠르게 집어넣었다.

"선배는 언니한테 잘해요! 그만 한 여자 또 없어."

"압니다. 알아요."

"하여튼! 나는 내년엔 내조에만 집중하겠어요."

재영의 고집을 알기에 그는 더 이상 가타부타 말을 하지 않았다. 지훈은 아쉬운 듯 입맛을 다셨다. 아무래도 내년 편성은 다른 작가에게 넘겨야 할 거 같다.

❈   ❈   ❈

21회 대본에 있는 야외 신을 촬영장의 날씨 상황이 여의치 않아 실내 세트로 수정해 달라는 최 감독의 연락이 왔다. 재영은 저잣거리 신을 CG 세트장인 후원으로 변경하고 대사와 지문들을 수정한 뒤 메일로 대본을 보냈다.

조감독에게 수정본을 확인해 달라는 문자를 보내 놓고 바닥에 내팽개쳐 놓은 청소기를 챙겨 들었다. 내 집 마련이라는 꿈을 위해서 모아 둔 원고료에다 대출까지 받아 가며 장만한 집인데 어느새 작업실로 변해 버려 온기라곤 찾아볼 수 없었다. 구석구석 쌓인 먼지들 때문에 목이 칼칼할 지경이었다. 이대로는 안 되겠다 싶어 거실 창문을 활짝 열고 통풍을 시키고 청소기를 돌렸다. 사람이 아니라 먼지가 사는 집 같았다.

집 안 구석구석 청소기를 돌리고 밀대로 바닥을 깨끗이 닦은 뒤 걸레를 빨기 위해 욕실로 들어섰다. 구정물이 계속 나와 재영은 인상을 찌푸리며 더러운 걸레를 빨고 또 빨았다.

깨끗해진 걸레를 들고 거실로 나오자 소파에 둔 휴대폰이 요란하게 울렸다. 재빠르게 받아 든 전화 너머에선 뜻밖의 목소리가 들려왔다.

—박 작가님, 잘 지내시죠?

"유 대표님?"

강현의 소속사 대표인 인후였다. 번지수를 잘못 찾은 게 아닐까 싶어 잠시 의아했다.

"어쩐 일이세요?"

—우리 작가님께 긴히 부탁드릴 일이 있어서요.

"저한테요?"

뒷골이 서늘해지는 건 왜일까.

—우리 이 배우께서 또 잠수를 타겠다고 선언을 했습니다.

"……뭐, 뭐라고요?"

—강현이한테 들어온 시나리오랑 대본이 많은데, 안 하겠다고 합니다.

심각한 인후의 목소리에 재영도 덩달아 진지해졌다. 2년간의 공백 끝에 그는 화려한 복귀를 했다고 해도 과언이 아니었다. 쏟아지는 광고는 물론, 충무로와 방송국에서도 이강현을 모셔가기 위해 천문학적인 개런티를 부르고 있는 판이었다. 슬슬 차기작을 물색해야 할 그가 돌연 작품 중단 선언을 하고 나선 까닭에 인후는 재영에게 SOS를 칠 수밖에 없었다. 부디 그를 설득해달라며.

—좀 쉬겠다고 하더라고요. 사실 그동안 많이 쉬었는데……작가님, 강현이 좀 설득해 주세요.

"아……."

—내년 3월에 날짜 잡았다는 얘기는 들었습니다. 그래서 한 달 동안 스케줄을 비우기로 했는데, 당분간 작품을 아예 안 하겠다고 하니까 제가 너무 난감하네요.

난감한 건 재영도 마찬가지였다. 강현을 설득해 보겠다는 말도, 걱정하지 말라는 말도 할 수 없었다. 영화를 찍든 드라마를 찍든, 그건 전적으로 강현의 일이었고 선택이었다. 재영은 인후에게 속 시원한 대답을 해 주지 못했다.

"무슨 말인지 알겠어요. 물어보긴 할 건데 기대는 하지 마세요."

—작가님이 말하면 아마 들을 겁니다!

"그, 글쎄요. 은근 고집이 있어서……."

—알죠. 잘 알죠. 이강현 똥고집.

"일단 물어는 볼게요."

—감사합니다. 조만간 한 번 찾아뵙겠습니다.

"네. 들어가세요."

전화가 끊기자 그녀의 입에서 낮은 한숨이 터져 나왔다. 오죽하면 제게 전화까지 했을까. 인후의 마음을 헤아려 찔러나 보자는 마음으로 강현에게 문자를 남겼다.

〈오늘 촬영 언제 끝나요?〉

칼 답장은 기대도 하지 말아야 했다. 촬영 중이라면 반나절은 지나서야 답장이 오곤 했으니 재영은 휴대폰을 테이블에 내려 두고 주방 청소를 위해 다이닝 룸으로 들어갔다.

그때 진동과 함께 강현의 문자가 재빠르게 도착했다.

〈마지막 신 하나 남았어. 세 시간쯤 걸릴 거 같아.〉

재영은 주방과 욕실 청소를 마치고 나서 그의 문자를 확인한 뒤 옷을 갈아입고 아파트를 나왔다. 하린의 하원 시간이었다. 등원은 동찬의 어머니가 도와주었지만, 하원은 시간적인 여유가 생긴 재영의 몫으로 돌아왔다.

아파트 단지 입구로 나오자 노란 유치원 버스가 들어섰다. 같은 아파트에 사는 아이들이 없어 하린은 선생님의 손을 붙잡고 홀로 버스에서 내렸다.

"어머님, 안녕하세요."

선생님이 고개를 숙이며 재영에게 인사를 해 왔다. 그녀는 어머님 소리를 들을 때마다 적응이 안 되어 깜짝깜짝 놀라기 일쑤였다. 이미 유치원에선 재영을 하린의 엄마로 알고 있었다. 입학 원서를 쓸 때 학부모란 한 칸을 비워 둘 수가 없었기에 자신의 이름을 썼다. 보호자 연락처에도 자신의 휴대폰 번호를 적었다. 이젠 어머님이란 호칭에 적응을 해야 했다.

재영이 겸연쩍게 웃으며 하린의 손을 잡았다.

"하린이는 오늘도 잘 놀았어요."

"그랬어요? 친구들이랑 재밌게 놀았어?"

"네에!"

아이가 환하게 웃으며 대답했다. 이내 선생님과 인사를 하고 아파트 단지로 들어선 재영의 어깨엔 노란색 유치원 가방이 걸쳐져 있었다.

"집에 가서 간식 뭐 먹을까?"

"으음…… 마카롱!"

"마카롱?"

"아빠가 사 오는 거! 엄청 맛있는데 아빠가 늦게 와서 이제 안 사 와요."

재영은 마카롱 생각에 뾰로통해진 하린의 볼을 가볍게 꼬집었다.

하린이 좋아하는 마카롱은 청담동에 있는 유명한 베이커리에서 강현이 공수해 오는 것이었다. 근처 제과점이나 프랜차이즈 빵집에서는 살 수 없었다.

재영은 엘리베이터에서 내리며 휴대폰을 꺼내 강현에게 문자를 남겼다. 지금쯤이면 서울에 도착했을 테니 집에 오는 길에 들릴 수 있을 것이다.

〈하린이가 마카롱 먹고 싶대요. 아빠가 사 주는 게 제일 맛있대!〉

현관에 들어서자 아이는 신발을 벗고 드레스 룸으로 들어가 원복을 벗기 시작했다. 아이의 유치원 가방에서 도시락 통을 꺼내 주방으로 가져가 깨끗하게 씻어 놓은 재영은 휴대폰 진동이 울려 문자를 확인했다.

〈꼬맹이가 먹고 싶다는데 친히 사 가야지.〉

웃음이 터져 나왔다. 요즘 부쩍 문자가 다정스러워졌다. 마냥 까칠하던 이강현은 적어도 그녀의 앞에선 말랑말랑한 남자로 변모했다.

흐뭇한 미소를 지으며 재영은 혼자 옷을 갈아입느라 낑낑거리는 하린에게 다가갔다.

"팔은 이쪽으로, 옳지."

하린은 최근에 부쩍 독립심이 강해졌다. 혼자서 옷을 갈아입다가 거꾸로 입기 일쑤였고, 밥을 먹을 때도 유아용 젓가락은 쓰지 않겠다며 선언하기도 했다. 자기는 이제 언니니까 그런 거 쓰는 거 아니란다. 그 소리에 재영과 강현은 웃음을 참아야만 했다. 유치원에서 언니 소리를 들은 모양인지, 부쩍 자신감이 생긴 하린은 얌전히 앉아서 그림을 그리고 퍼즐을 맞추는 시간이 점점 줄어들고 있었다.

"우리 놀이터 가자!"

옷을 갈아입고 나온 아이가 놀이터에 가자며 재영의 팔을 잡아끌었다.

"아빠가 하린이 마카롱 사서 온다고 했는데? 조금만 있으면 아빠 올 텐데?"

오늘은 미세먼지 농도가 높아 놀이터에서 노는 건 무리였다. 미세먼지가 뭔지 알 리가 없는 아이를 설득해야 하는 재영은 아빠가 온다는 말을 넌지시 흘렸다.

"정말?"

하린이 눈을 동그랗게 뜨자 재영은 웃으며 고개를 끄덕였다. 아이는 박수를 치며 제자리에서 발을 구르기까지 했다.

"아직 깜깜한 밤 아닌데 아빠 와? 우와!"

해가 쨍쨍한 대낮에 아빠가 온다는 사실이 아이를 들뜨게 했다. 드라마 촬영이 중후반부에 들어서면서부터 새벽까지 이어지는 촬영은 현저히 줄어들었지만 자정쯤에 귀가하는 강현을 아이는 볼 수 없었다.

다행히 후반부에 들어서면서부터 생각보다 촬영이 빨리 진행되어 강현이 이른 귀가를 할 수 있게 됐다. 아빠의 빠른 퇴근은 놀이터를 가고 싶어 했던 아이의 마음을 사로잡아 버렸다.

"아빠 와서 좋아?"

"네! 만날, 만날 밤에 와서 아빠 못 봤는데."

비록 잘 놀아 주지 못했지만 아이는 마냥 아빠가 좋았다.

하린은 재영의 손을 잡아끌며 현관이 아닌 테라스로 향했다. 요즘 아이는 장난감이 가득한 아래층보다 위층을 선호했다.

"아빠 올 때까지 우리 뭐 하면서 기다릴까?"

"저기 나오는 거! 아빠 보자!"

아이는 벽에 걸린 TV를 가리키며 말했다. 테이블 위에 가지런히 올려져 있던 리모컨을 가져와 재영에게 건넸다. 아무래도 하린은 위층에서 보는 TV 맛을 알아 버린 듯했다. 강현이 알면 또 잔소리를 하겠지만 도착하려면 시간이 남았으니 재영은 전원 버튼을 눌렀다.

"오늘은 어떤 거 볼까? 의사 선생님? 아니면 왕자님? 음, 사진 찍는 선생님?"

"의사 선생님!"

"하린이는 의사 선생님 좋아하는구나!"

"병원에 가면 의사 선생님 많아요! 아빠처럼 멋있어!"

"정말?"

"응응! 어제 유치원에 의사 선생님 와서 아, 하고 벌레 있는지
봐 줬어요."

"맞아. 어제 치과 진료했다고 했지? 치과 선생님도 멋있었
어?"

"근데 선생님은 머리가 없었어. 아빠는 머리가 많은데!"

"푸흡. 그랬어? 선생님이 탈모가 있나 보다. 크흡……."

재영은 웃음을 삼키며 다시 보기 카테고리에서 강현의 드라
마를 찾았다. 하린은 유난히 하얀 가운을 입은 강현을 좋아했다.
TV에서 강현의 얼굴이 나타나자 아이는 소파에 앉아 눈을 크게
떴다.

"저기 예쁜 언니는 왜 만날 아빠한테 혼나요?"

한참을 보던 아이가 강현에게 혼이 나는 여자의 모습을 가리
키며 재영에게 물었다. 레지던트 4년 차로 나오는 조연이었다.
매번 똑같은 실수를 반복해 강현에게 혼나는 레지던트 역할이었
다.

"예쁜 언니가 공부 안 해서 혼나는 거야."

"공부?"

"아픈 사람 고쳐 주려면 공부 많이 해야 하는데 예쁜 언니는
공부 많이 안 해서 아픈 사람 못 고쳐 줬나 봐."

"아아."

재영의 말을 이해한 건지 하린은 고개를 끄덕이며 다시 TV에
시선을 고정했다. 의학 용어들이나 대사들이 어려운데도 놀라운
집중력으로 TV를 보는 아이가 귀여워 웃음을 감추지 못했다.

유치원을 옮긴 뒤 하린은 웃음도 많아지고 더 활발해졌다. 천

412

사 같던 웃음이 더욱 해사해져 보고 있으면 엔도르핀이 솟아날 정도였다. 삶의 반경이 넓어진 하린은 유치원에 가는 걸 제일 좋아했다.

"아빠다!"

그리고 아빠를 부쩍 따르기 시작했다. 초인종 소리에 소파에서 폴짝 뛰어 내려와 한달음에 강현의 품속으로 안겼다.

"또 TV 보고 있었지, 이하린."

"아니야. 아빠 보고 있었는데."

강현은 하린을 한쪽 팔로 안아 들며 따가운 시선을 보냈지만 아이는 눈웃음을 지으며 애교를 부렸다. 여우가 따로 없었다. 아기 여우는 아빠를 다루는 스킬이 제법 좋았다.

"TV에 나오는 아빠 그만 보고 여기 있는 아빠나 봐."

툴툴거리면서도 강현은 하린의 뺨을 어루만졌다. 목을 껴안아 오는 아이는 배시시 웃으며 고개를 끄덕였다.

"오늘도 수고했어요."

퇴근한 그를 맞이하는 건 딸아이뿐만이 아니었다. 하린이 귀여워 어쩔 줄 몰라 하던 재영은 부녀의 상봉이 끝날 즈음 한 발짝 그에게 다가가 허리를 껴안으며 말했다.

재영의 향기가 훅 다가오자 그는 고개를 돌려 입을 맞췄다. 딸기 맛이 날 듯한 입술을 확 먹어 버리고 싶었지만 6세 이하 관람 불가를 고려해 뽀뽀로 만족하며 입술을 뗐다.

"촬영장에 밥차, 잘 먹었어."

"맛있었어요?"

"엄청."

"많이 먹었죠?"

"완전."

단답일지언정 어느 때보다도 더 반짝이는 그의 눈빛을 보며 재영이 미소 지었다.

드라마는 도착점을 향해 탄탄대로로 뻗어 나갔다. 방영은 막 중반부를 넘어섰지만 추가 촬영이 없다면 곧 끝이 날 것이다. 재영이 마지막까지 힘내라며 사심을 듬뿍 담아 촬영장에 밥차를 보냈다.

"이제 극성 엄마를 넘어서 극성 와이프도 좀 해 보려고요."

"뭐?"

"내조의 여왕이 되겠어요."

재영은 주먹을 불끈 움켜쥐며 비장한 각오를 다졌다. 내년 편성도 걷어차고 왔으니 내조의 여왕쯤은 돼야 했다.

"밥 잘 먹고 잠 잘 자는 게 나한텐 내조야."

"누가? 내가?"

"어. 박재영이 밥 잘 먹고 잠 잘 자고. 내 걱정은 그거뿐이거든."

그가 원하는 내조가 너무도 소박해 재영은 민망하기까지 했다. 얼마나 밥을 안 챙겨 먹고 잠을 안 자면 강현이 이토록 집착하는지 짐작하고도 남았다. 그가 원하는 내조를 하려면 내후년 편성도 무리일 듯했다. 지훈이 가만히 있을지도 의문이었고.

"아빠, 마카롱!"

사뭇 진지해진 강현의 얼굴을 양손으로 부여잡고 하린이 다급하게 외쳤다. 강현은 아이를 내려놓으며 손에 들린 제과점 종이봉투를 건넸다.

"하루에 하나씩. 알지?"

"네에!"

아이는 알록달록 예쁜 마카롱이 담긴 종이봉투를 들고 쪼르르 거실로 달려갔다. TV에선 하얀 가운을 입은 멋진 아빠가 나오고 있었다.

"하린이 TV 시청 금지라니까."

거실로 들어선 강현이 재영에게 말했지만 그녀는 들은 척도 하지 않고 아이의 곁으로 달려갔다.

"우와. 우리 하린이 마카롱 부자네! 얼마나 맛있는지 하나 먹어 볼까?"

"네!"

하린과 짝짜꿍을 맞추며 재영은 포장지를 벗겨 아이에게 건넸다. 그 모습을 바라보던 강현은 미소를 짓는 한편 한숨을 삼켰다.

TV를 통해서 아이가 혹시라도 자극적인 것을 접하게 될까 걱정이었다. 다행히도 하린은 재영의 통제 아래 그가 나왔던 드라마만 보고 있었지만 찝찝함은 좀처럼 가시지 않았다. 더 늦기 전에 아이에게 이야기해 줘야 할 거 같다.

"어서 씻고 와요. 오늘 저녁엔 닭볶음탕이에요!"

재영은 멀뚱히 서 있던 강현을 보며 말했다. 닭볶음탕은 그가 제일 좋아하는 음식이었다. 박재영은 요리도 잘했다. 물론 자주 하지는 않지만.

강현은 곧장 욕실로 들어갔고, 재영은 아이와 함께 달달한 마카롱을 먹으며 수술실에서도 카리스마를 뽐내는 그를 감상했다. 7년 전 드라만데 그때나 지금이나 변함없는 외모는 얼굴을 반이나 감싼 마스크 틈에서도 빛났다.

거참, 누구 남잔지. 잘생겼네.

❋   ❋   ❋

보름달이 유난히 밝은, 자정이 훌쩍 넘은 시간이었다. 재영은 그의 단단한 가슴팍을 손으로 어루만지며 입을 달싹거리다 조심스레 입을 뗐다.

"있잖아요. 할 말이 있는데, 그게……."

"박재영 스타일 아닌데."

강현의 말에 눈을 동그랗게 뜬 재영이 고개를 살짝 들어 그를 바라보았다.

"뜸 들이고 갈팡질팡하는 거 박재영 스타일 아니잖아."

그래. 아니다. 지르고 보는 게 자신의 스타일이라는 것을 알면서도 재영은 선뜻 입을 떼지 못했다.

"괜찮으니까 말해."

재영은 입안에서 내내 맴돌았던 말을 꺼냈다.

"드라마 끝나고, 작품 안 하겠다고 했다면서요."

인후에게 걸려 왔던 전화를 무시할 수 없었다. 오죽하면 자신에게 연락했을까 싶어 재영은 강현의 반응을 살폈다.

그녀의 말에 그의 짙은 눈썹이 움찔거렸다.

"작품을 하든 안 하든 난 다 좋아요! 진짜!"

"인후 형이지?"

묵직한 그의 음성에 가슴이 선득해졌다. 당장이라도 인후에게 사자후를 내뿜을 것만 같은 그의 표정은 살벌하기만 했다.

"유 대표님은 그냥 걱정되니까……."

"이 인간을 진짜."

"나는 하나도 걱정 안 해요!"

강현은 바득바득 이를 갈았다. 공적인 일에 사적인 부분을 끌어들이다니. 자신의 약점인 박재영에게 일러바치면 어쩌자는 거야.

그는 깊은 한숨을 내쉬며 이내 말문을 열었다.

"안 하겠다는 게 아니라 쉬겠다고 한 거야."

그의 말엔 약간의 모순이 있었다. 유 대표의 말처럼 그는 2년 동안 쉬다 못해 아주 푹 퍼져 있었다. 주가가 폭등했을 때 활동을 하는 건 당연한 이치였다. 대중들의 사랑으로 드라마가 대박 났으니 활발한 활동으로 보답해야 마땅했다. 그것이 인후의 생각이었다.

그러나 강현은 달랐다. 불멸의 사랑은 배우의 감정이 치달아 절정을 넘어설 때가 많은 작품이었다. 액션 신도 많았고, 하필 촬영 중간에 여름이 겹쳐 체력적 소모도 꽤 심한 상태였다.

드라마 촬영이 끝나기 무섭게 광고와 화보 스케줄을 소화하고, 컨디션 회복도 되지 않은 상태에서 다음 작품을 한다는 건 무리였다.

"재계약한 광고도 있어서 촬영이 많이 밀렸어."

"아……."

"나 이제 3개월 뒤에 서른여덟이다."

"어떡해. 완전 아저씨 다됐네요."

재영은 두 손으로 입을 가리며 말했다. 새삼 그의 나이를 피부로 느낀 탓이었다. 누가 그를 30대 후반으로 볼까. 아무도 그렇게 보지 않으니 제 자신도 그의 나이를 새까맣게 잊고 있었다.

"아저씨라서 후회하나 봐. 응?"

"어머. 이렇게 잘생기고 멋있는 아저씨가 어디 있어요."

강현의 얼굴을 양손으로 그러잡으며 재영이 호들갑을 떨었다. 여길 뜯어보고 저길 뜯어봐도 그는 핸섬한 남자였다.

"근데 피부과 어디 다녀요?"

"뭐?"

뜬금없는 그녀의 물음에 강현은 웃음을 터트리며 고개를 내저었다. 이 타이밍에서 이런 질문을 할 수 있는 사람은 박재영뿐일 것이다.

"무슨 남자 피부가 여자보다 더 고와요? 이 탄력 좀 봐. 난 완전 푸석푸석한데."

강현의 볼을 손가락으로 푹푹 찌르던 재영은 자신의 볼을 쭉 잡아당기며 울상을 지었다. 그러자 강현의 커다란 손이 볼을 늘어트리는 재영의 손을 쳐내며 붉어진 뺨을 어루만졌다.

"여기서 더 예뻐지면 곤란해."

예쁘다고 말하는 그의 목소리는 언제나 들어도 기분이 좋았다. 연애의 설렘이 얼마나 큰 행복인지 온몸으로 느낄 수 있어 발끝까지 전율이 일었다.

"예쁘다는 말, 처음엔 엄청 오글거려서 별로라고 생각했는데 이젠 안 해 주면 섭섭할 거 같아요."

"매일 해 줄게."

해사한 미소를 지으며 재영은 그의 단단한 가슴팍에 얼굴을 파묻었다. 쿵쾅대는 강현의 심장을 가까이에서 느낄 수 있는 이 시간이 참 좋았다.

"사랑해요."

재영의 목소리가 유난히 맑게 들려왔다. 강현은 재영의 머리를 쓰다듬다가 그녀의 고백에 미소를 지었다.

"예쁜 박재영. 나랑 연애해 줘서 고마워."

"……."

"같이 살아 준다고도 하고."

"……."

"사랑해."

닳아 없어질까 봐 서로에게 잘 하지 않는 고백이었다. 말하지 않아도 알고 있기에. 새삼스러울 것도 없었지만, 그래도 좋았다.

사랑이 주는 감동은 참 특별했다.

❋   ❋   ❋

"감독님, 빨리 오세요! 초 꺼지겠어요!"

"작가님도 여기 오셔야죠!"

청담동 한우 전문점에 백여 명이 넘는 스태프들과 배우들로 가득했다. 중앙 홀엔 3단 케이크가 놓여 있었고 그 위에 촛불이 한가득 꽂혀 있었다.

마지막 회가 방송되는 날에 종파티를 잡았다. 스태프들과 배우들이 한자리에 모여 종영을 기념하고 서로의 노고를 치하했다.

스태프들은 맥주를 마시던 최 감독과 나가지 않겠다며 한사코 버티던 재영을 끌고 홀 중앙으로 나갔다.

"자자! 우리 멋진 감독님부터 한 말씀 하시겠습니다!"

조감독이 빈 소주병에 숟가락을 꽂아 마이크를 대신하며 언성을 높였다. 스태프와 배우들의 박수 소리가 이어지고 최 감독은 마이크를 겸한 소주병을 뺏어 들더니 기념사를 읊조렸다.

"지난 6개월 동안 쓸데없이 NG를 많이 외치는 감독 밑에서 모두 고생 많았습니다! 무려 세 계절을 함께하면서 정도 많이 들었고 촬영장 분위기도 좋아서 더할 나위 없이 좋은 작품이 나온 거 같습니다. 모두 수고 많았습니다!"

"와아!"

꽤나 진지한 기념사에 스태프들의 고함 소리가 식당 안을 가득 메웠다. 이미 몇 잔의 술을 마신 최 감독은 반쯤 거나해진 상태였다. 그의 손에 들렸던 숟가락이 꽂힌 소주병은 이내 조감독에게 돌아갔다.

"자! 우리 감독님 소감 잘 들었습니다. 그럼 우리 미녀 작가님!"

자연스레 재영에게 차례가 넘어왔지만 그녀는 손사래를 쳤다. 역시나 주목받는 건 불편했다. 종방연 파티 때마다 한마디를 해 달라는 조감독의 멱살을 잡고 싶을 때가 한두 번이 아니었다. 조감독은 한결같이 짓궂었다.

"지난 작품 회식할 때는 오셨었는데! 이번엔 한 번도 안 오셨어요. 혹시 애정이 없으셔서…… 흑흑."

조감독은 눈물 연기까지 해 가며 재영을 붙잡았다. 절대 아니라고 손사래를 쳐도 스태프들과 배우들의 야유가 점점 커져 가자 재영은 결국 빈 소주병을 받아 들었다.

"아, 이런 자리 민망해서…… 그래도 절대! 오해는 하지 마세요. 애정이 없는 거 아니에요!"

"와아! 작가님, 예뻐요!"

저 멀리서 조명 팀 스태프의 굵직한 목소리가 들려왔다. 홀에 앉아 있던 사람들이 웃기 시작하자 재영의 얼굴이 새빨개졌다.

"예쁘게 봐 줘서 고마워요."

민망한 건 민망한 거고 고마운 건 고마운 거였다. 재영의 화답에 역시 사람들은 웃어 재꼈다.

"흐흠. 우선, 첫 사극이었고 24부작이라는 긴 흐름도 처음이라…… 대본에만 전념한다는 게 우리 스태프, 배우분들이랑 함께하는 자리에 거의 참석하지 못했어요. 작가로서 같이 힘냈어야 했는데, 종파티 때나 보게 돼서 민망하네요."

"아닙니다! 오늘 오신 것만 해도 감사합니다!"

"작가님 짱!"

술에 반쯤 취한 건 최 감독뿐만이 아니었다. 마지막 회를 시청하며 두 대의 술 냉장고를 가뿐히 비워 취한 이들이 드문드문 보였다.

"6개월 동안 고생하신 우리 스태프들이랑 배우분들 다들 너무 감사하고 고맙습니다. 덕분에 부족한 제 대본이 빛났던 거 같아요. 다음에도 꼭 다 같이 만나서 좋은 작품 함께했으면 좋겠습니다!"

"와아!"

"작가님!"

남자들의 목소리는 하염없이 커졌다. 최 감독이 시끄럽다며 입단속을 시켰지만 술에 취해 버린 이들을 통제하는 건 불가능이었다.

감독과 작가의 기념사를 들은 후 주연 배우들의 말이 이어졌지만 스태프들의 시선은 여전히 재영에게 향해 있었다. 촬영장에서 매일 보던 미모의 여배우보다 처음 보는 박재영 작가에게 새삼 눈길이 갔다.

늑대들의 눈빛을 느낀 강현은 이를 꽉 깨물었다. 어쩌자고 화장까지 하고 와서는. 술을 몇 잔 마신 탓에 볼 터치를 한 듯 두 뺨이 발그레해져 더욱 시선을 끄는 듯했다. 몇 차례 이어졌던 회식 자리에 그녀가 한 번도 참석하지 않았던 게 다행이었다.

이를 바득바득 갈던 그에게 이내 소아가 빈 소주병을 건네 왔다. 강현은 소주병을 받아 들고 헤벌쭉해진 스태프들을 한 명, 한 명 훑으며 입을 뗐다.

"무현이로 사는 6개월 동안 스탭들과 동료 연기자들에게 감사했습니다. 덕분에 마음 편히 연기할 수 있었습니다. 공백 끝에 오랜만에 한 작품이었는데 많은 도움을 주신 감독님과 작가님께도 감사 인사 전합니다."

강현의 말 뒤에는 여자 스태프들의 환호성이 이어졌다. 재영과 별반 다를 게 없었다. 그러나 굵직한 남자의 목소리와 얇은 여자의 목소리는 데시벨 차이부터 확연했다.

강현의 인사말이 끝난 듯했다. 조감독이 빈 소주병을 건네받으려 손을 뻗어온 순간이었다. 강현은 결연한 표정으로 소주병에 꽂힌 숟가락을 입 가까이 가져다 대며 다시금 말문을 열었다.

"저희 3월에 결혼합니다."

마침표를 찍음과 동시에 그의 오른팔이 재영의 어깨를 감싸 안았다. 순간 정적이 찾아왔다. 강현에게서 벗어나려 재영이 어깨를 들썩거렸지만 그의 손엔 더한 힘이 실렸다.

"오빠, 안 돼!"

그때 왼쪽 구석에서 한 여자의 절규가 들려왔다. 정적 속에서 또렷하게. 미술 팀 막내였다. 소주 두 병에 모든 정신을 잃어버린 그녀는 두 팔을 허공에 허우적거렸다. 그의 미소에 온 마음을 빼앗겨 버린 추종자 중 한 명인 그녀는 빈 소주병을 붙잡고 눈물을 보였다. 주위에 앉아 있던 스태프들이 위로의 술잔을 기울였고 하나둘씩 사람들의 축하 인사가 쏟아졌다.

"노총각 탈출이네요!"

"축하드려요."

"예쁜 작가님을 보내야 하다니!"

"축하드립니다!"

두 사람의 결혼 소식에 조금도 의아해하는 이가 없었다. 그들의 연애는 스태프와 배우들 사이에서 공공연한 비밀로 부쳐지고 있었다.

"우리 박 작가를 이렇게 보내다니!"

재영의 손을 덥석 잡으며 최 감독이 얼굴을 묻었다. 우는 시늉을 하던 그는 고개를 들더니 강현의 팔뚝을 토닥이며 입을 뗐다.

"우리 박 작가 성질 받아 줘서 고맙다, 강현아."

최 감독의 말에 사람들이 박장대소를 했다. 재영은 눈을 치켜뜨며 팔꿈치로 최 감독의 배를 푹푹 찔러 댔다.

"저한텐 천삽니다."

듣는 이들에겐 술이 역류할 정도로 가혹한 말이었다. 사람들의 입에서 야유가 터져 나왔다. 박재영 작가가 천사라니. 얼굴은 천사일지언정 성격은 지랄스럽기로 정평이 나 있었다.

다행히도 이번 작품에선 작가의 지랄을 보지 못했다. 연기 못하는 배우에게 그따위로 할 거면 분량을 줄여 버리겠다고 협박 전화를 불사하던 그녀가 이번 작품에는 일절 터치하지 않았다. 연기 못하는 배우가 없어서 그랬던 것 같기도 하고, 워낙 드라마가 잘 되니까 기분이 좋아서 그랬던 것 같기도 했다. 그 부분은 여전히 미스터리였지만 그녀의 성질을 직접 봤던 스태프들은 야유를 끊지 않았다.

"저희는 박봉이니까 축의금 몰아서 드릴게요!"

분장 팀 막내가 크게 외치자 박수 소리가 쏟아져 나왔다.

"가볍게 오셔서 식사하고 가세요."

사람 좋은 웃음으로 무장한 재영은 인심을 팍팍 썼다. 사람들의 환호는 이어졌지만 강현의 눈총은 피하지 못했다. 이 인원이 가볍게 와서 밥을 먹고 가면 도대체 식대가 얼마야.

"두 사람 잘 살아. 살면서 화나는 일 있다고 성질대로 살다가
는 제 명에 못 살아. 서로 대화도 많이 하고."

극 중 무현의 아버지로 나와 극 초반을 이끌었던 중년 배우의
덕담이 이어졌다. 배우들의 나이대가 낮았던 탓에 대선배였던
그는 강현의 손을 덥석 잡으며 말했다.

강현은 재영을 단단하게 끌어안은 채 입을 뗐다.

"잘 살겠습니다."

짧은 한마디였지만 모든 의미가 담겨 있는 말이기도 했다. 그
의 진심이 느껴지는 사뭇 진지한 태도에 여기저기서 박수가 터
져 나왔다.

"근데! 드라마 덕분에 두 분 만나셨으니까 한턱 쏴야 하는 거
아닙니까!"

"맞아요!"

"결혼식에 빈손으로 오라는데 뭘 또 쏴!"

"오늘 2차는 두 분이 쏘시는 겁니까!"

"한 턱 쏴! 한 턱 쏴!"

여기저기서 동시 다발적으로 터져 나온 말들이 순식간에 홀
안을 뒤덮어 버렸다. 조용히 하라는 최 감독의 언성이 높아질수
록 더 아수라장이 됐다.

"우리 도망가자."

"응?"

"2차 가면 지갑 털려."

목청껏 외치는 이들 틈에서 강현은 재영의 귓가에 속삭였다.
재영이 얼른 고개를 끄덕였다. 100여 명의 스태프들의 2차 술값

을 계산하는 건 내조할 여자가 할 일이 아니었다.

강현은 재영의 손을 그러잡았다. 사람들의 눈치를 살피며 그는 조심스레 한 발짝씩 걸음을 옮겼다. 거나해진 스태프와 배우들은 어느새 법에 걸리니까 얻어먹는 건 곤란하다는 주제로 넘어갔다. 그 틈에 그녀를 데리고 식당을 벗어났다.

두 사람이 사라진 것을 눈치챈 이는 아무도 없었다. 화제의 중심에서 순식간에 변두리가 되어 버린 두 사람은 손을 맞잡은 채 청담동 거리를 걸었다.

"벌써 12시야."

강현은 손목시계를 확인했다. 시간이 벌써 자정이었다. 7시부터 모여 밥을 먹고 술을 마셨으니 꽤 오랜 시간 동안 회식이 진행된 것이다.

"마지막 회식이었는데 인사라도 하고 나올 걸 그랬어요."

"붙잡혀서 2차까지 가면 밤새 집에도 못 가."

"그렇긴 한데……"

"다시 볼 사람들인데, 뭘. 다들 취해서 기억도 못 할 거야."

11월의 밤은 꽤나 추웠다. 초겨울 날씨에 강현은 재영의 코트를 여미며 손에 들고 있던 자신의 목도리를 그녀에게 둘렀다.

"8월 편성 안 한다고 했다며."

"우리 오빠는 영화 하겠다고 했다면서요?"

강현의 물음에 재영이 배시시 웃으며 영화 출연 계약서에 도장을 찍은 그를 올려다봤다.

촬영 준비 기간이 생각보다 길어져 6월부터 첫 촬영을 시작하는 범죄 액션 영화에 그는 출연 의사를 밝히고 계약서에 도장을 찍었다. 재영의 입김은 조금도 없었다고 자신할 수 있었다. 온전히 인후의 끈질긴 설득 끝에 이뤄진 캐스팅이었다. 인후의 잔소리를 더는 듣고 싶지 않았기에 도장을 찍어야만 했다.

"나 편성 깐 거 어떻게 알았어요?"

"내가 박재영에 관해서 모르는 게 있을 거 같아?"

"역시. 우리 오빠는 날 너무 사랑해."

"사랑하는 거 알면 건강 챙기면서 일해."

"그래서 편성 걷어찼어요. 이젠 오빠가 돈 많이 벌어 와야 해요."

강현이 커다란 손으로 재영의 머리를 쓰다듬었다. 헤어라인을 타고 어느새 그의 손은 밤바람에 붉어진 뺨을 어루만졌다.

"박재영 덕분에 출연료가 어마어마해."

"내 덕분이라기보다는 우리 오빠가 워낙 출중하니까."

"자꾸 예뻐서 진짜, 너무 곤란한 거 아냐? 확 먹어 버리고 싶게."

"내일 실시간 검색어에 오를 순 없어요."

강현이 입을 쫙 벌렸다 닫으며 잡아먹는 시늉을 하자 재영은 조심스레 주변을 살폈다. 길거리에 차만 몇 대 지나다닐 뿐 행인은 없었다.

차디찬 바람이 불어왔다. 하지만 그녀의 입술엔 온기가 찾아왔다. 그녀의 윗입술을 베어 물고 벌어진 틈 사이로 따뜻한 숨결을 불어넣었다. 차갑게 얼어붙은 재영의 얼굴을 온기 가득한 손으로 감싸 안은 채 달콤한 그녀의 입안을 훑었다.

"정말……."

그녀가 맞닿은 입술을 떼고 강현의 가슴팍을 작은 주먹으로 내려쳤다. 실시간 검색어가 두렵다, 정말.

"하린이 기다리겠다. 집에 가자."

그는 어느 때보다도 편안한 얼굴이었다. 입가에 드리워진 미소까지 부드러웠다. 집으로 가는 갈림길 앞에서 걸음을 뗐다. 저 멀리 아이가 잠들어 있을 아파트가 보였다.

찬바람에 손이 시릴까 강현은 재영의 손을 그러잡아 자신의 코트 주머니 속으로 손을 넣었다. 그녀의 온기가 맞잡은 손에 고스란히 느껴졌다.

따뜻했다. 박재영의 손은.

그녀의 손을 잡고 있는 지금이 참 좋다. 더할 나위 없이 행복한 밤이다.

끝 나지 않은 이야기

―2017년 SBC 드라마 작가상, 수상자는…….

12월 31일. 방송 3사에선 연말 시상식이 한창이었다. 올해의
마지막 밤을 하린과 단둘이 보내게 된 재영은 TV 앞에서 아이스
크림을 퍽퍽 퍼먹고 있었다.

―축하드립니다. 불멸의 사랑, 박재영 작가님!

TV 속 시상자가 그녀의 이름을 크게 호명했다. 입안에 가득
들어 있던 아이스크림을 꿀꺽 삼킨 재영은 자리에서 벌떡 일어
나 연신 허리를 숙이며 감사를 전했다.
"감사합니다. 정말 감사합니다!"
감격스러운 그녀의 수상 소감은 소파에 앉아 있는 하린만 들

을 수 있었다.

"언니 상! 상 받았다!"

곁에 같이 앉아 있던 아이가 엉덩이를 들썩이며 손뼉을 쳤다. 이윽고 TV 속엔 박재영 작가를 대신해 최 감독이 무대 위로 올라가고 있었다.

—박재영 작가가 개인적인 사정으로 참석하지 못했습니다. 시청자분들이 주신 이 귀한 상, 제가 잘 전달하도록 하겠습니다.

최 감독의 대리 수상을 지켜 보며 재영은 으스러질 듯 하린을 꽉 끌어안았다.

"언니 상 받았으니까 내일은 특별히 하린이가 좋아하는 크림 떡볶이 해 줄게!"

"우와! 매일매일 상 받으면 좋겠다!"

재영의 품에서 하린이 환하게 웃었다. 그때 테이블 위에 덩그러니 있던 휴대폰이 진동을 울렸다. 그녀는 아이를 다리 위에 앉힌 채 문자를 확인했다.

〈축하해. 작가님.〉

예상대로 강현의 문자였다. 그는 시상식 참석을 위해 생방송으로 보이는 TV 속에 있었다. 언뜻 카메라에 그의 모습이 잡힐 때면 하린은 아빠가 나온다며 좋아했다. 어차피 내일은 빨간 날이었다. 늦잠을 자도 괜찮을 거라고 판단한 재영은 아이를 제지

하지 않았다.

〈고마워요. 이 배우님.〉

강현에게 답장을 보내 놓고 재영은 하린을 소파에 앉힌 뒤 또다시 아이스크림을 퍼먹었다.

"하린이도 먹을래?"

벌써 몇 번째 하린에게 권했지만 아이는 단호하게 고개를 내저었다. 하린은 아빠 말을 잘 들었다. 아주 많이.

"아빠가 먹으면 혼낸다고 했어요."

"그럼 언니 혼자 다 먹을게."

"그거 다 먹으면 배 아야 한다고 했는데. 아빠가 언니 못 먹게 하라고 했는데……."

재영은 한번 아이스크림을 입에 가져다 대면 바닥까지 보는 스타일이었다. 아이스크림 막대기가 수북이 쌓일 때까지 먹는 건 기본이었고, 커다란 통에 담긴 아이스크림도 단숨에 클리어했다.

"아빠한테는 비밀이야. 절대 말하면 안 돼."

"안 되는데. 아빠한테 혼나는데."

아이는 급격히 시무룩해졌다. 아빠가 화를 내면 무서웠다. 소리를 지르지 않는데도 무서웠다.

"비밀로 해 주면 언니가 마카롱 두 개 준다!"

"으응?"

"마카롱, 지금 먹을래?"

여섯 살, 이제 몇 시간 뒤면 일곱 살이다. 마카롱의 유혹을 뿌리칠 수 없는 나이였다. 아이는 곧장 주방으로 달려가 마카롱 두 개를 꺼내 온 재영을 보며 환하게 웃었다. 천사처럼.

"마카롱 두 개 먹은 거 알면 혼나니까 우리 서로 비밀하자!"

"네!"

환하게 웃으며 대답하는 하린의 시선은 마카롱에 쏠려 있다. 포장지를 벗겨 내자마자 앙증맞은 입으로 노란색 마카롱을 앙 베어 물었다. 입안에 달달함이 가득 퍼지자 아이의 얼굴에 미소가 번졌다. 그 미소를 흐뭇하게 바라보며 재영은 숟가락을 들어 아이스크림을 떠먹었다. 두 여자의 만면에 웃음이 가득했다.

재영은 반쯤 비운 아이스크림을 챙겨 들고 부엌으로 갔다. 냉동실 한편에 통을 넣어 두고 싱크대에서 손을 씻었다.

—저희는 곧 2부로 찾아뵙겠습니다.

TV 속에서는 시상식 1부를 끝내는 MC들의 멘트가 흘러나왔다. 시계는 벌써 10시를 훌쩍 넘긴 시각을 가리켰다. 아빠를 보려고 끝까지 버티던 아이는 끝내 쏟아지는 잠을 떨쳐 내지 못하고 소파 위에 곤히 잠들어 있었다.

재영은 하린을 안아 들어 손님방으로 사용하는 작은 방의 침대 위에 눕히고 이불을 덮어 줬다. 방문을 닫고 나오면서 재영은 방 안을 휙 둘러보고 불을 껐다. 그녀는 다시 소파에 앉아 이어지는 시상식을 보았다.

2부에선 주요 부분 시상이 이어졌다. 연기자들의 수상이 연달아 이어지면서 불멸의 사랑 팀의 조연들과 중견 배우들이 수상자로 하나둘 호명되었다. 독식이라고 봐도 무방할 만큼 화제성이나 시청률 부분에서 불멸의 사랑을 넘볼 드라마가 없었다.

―여자 우수 연기상, 수상자는…… 축하드립니다. 불멸의 사랑, 연하늘.

뜻밖의 수상에 놀란 듯 눈물이 고인 하늘의 얼굴이 화면에 가득 잡혔다. 같은 테이블에 앉아 있던 배우들과 감독의 축하를 받으며 긴 드레스 자락을 붙잡고 무대 위로 올라가는 그녀의 뒷모습은 누가 봐도 떨고 있었다.

연하늘의 재발견이라는 말이 연일 기사 타이틀을 장식했었다. 안쓰럽다 못해 불쌍한 초원 역을 훌륭하게 소화해 낸 그녀에 대한 평가는 칭찬 일색이었다. 애국가 시청률로 조기 종영을 맞본 여배우의 반란이었다.

"되게 예쁘네."

우는 데도 왜 예쁜 걸까. 이래서 배우는 다르구나 싶었다. 북받치는 울음을 삼키며 하늘은 수상 소감을 이어 나갔다.

―부족하기만 한 저를 믿고 초원이를 맡겨 주신 작가님, 감독님, 너무 감사드립니다. 두 분이 아니었으면 지금쯤 집에서 시상식을 보고 있었을 거예요. 고맙습니다. 흐흑…….

재영은 하늘을 따라 눈물을 쓱 닦으며 맥주 캔을 들이켰다. 괜한 주책이었다.

하늘은 생각보다 연기를 잘해 주었다. 마치 독을 가득 품은 독사처럼. 상을 받은 건 전부 그녀의 노력 덕분이었다. 오히려 연기를 너무 잘해 줘서, 덕분에 초원의 캐릭터가 잘 살아 자신이 더 고마웠다.

재영은 휴대폰을 들어 하늘에게 문자를 남겼다. 진심으로 축하한다는 짧은 문자였지만 남자 최우수 연기상을 시상할 때쯤 하늘에게서 답장이 왔다.

〈작가님 덕분에 연기를 더 사랑할 수 있게 됐어요. 감사합니다.〉

흐뭇한 미소가 재영의 입가에 감돌았다. 남자 최우수 연기상은 월화 드라마의 남자 주인공에게 돌아갔고 새해를 알리는 제야의 종 타종식이 시작됐다. 다사다난했던 올해가 저물어 가고, 고요하던 집 안에 종소리가 울려 퍼졌다. 새해가 밝아 왔다.

제야의 종소리를 혼자 듣게 될 줄이야. 그래도 맥주 한 캔이 위로가 되었다. 아침엔 강현이 좋아하는 만두를 넣어 떡국을 끓여야지. 내년 제야의 종소리는 꼭 그와 함께 듣기를 소망하며 재영은 이어지는 여자 최우수 연기상 시상을 지켜봤다.

—SBC 드라마, 여자 최우수 연기상……. 불멸의 사랑의 김소아, 축하드립니다!

예상대로였다. 요즘 쏟아지는 러브콜에 몸살을 앓고 있다는 소아는 볼살이 쏙 빠진 얼굴로 무대 위에 올라갔다.

함께 작업한 배우들이 상을 받으면 덩달아 기분이 좋았다. 스태프들이나 자신이 상을 받을 때와는 또 다른 감정이었다. 내 새끼가 1등을 해서 상장을 받아 오는 기분이랄까.

—너무 감사합니다. 불멸의 사랑을 사랑해 주신 시청자분들이 없었으면 이 상은 없었을 거예요. 드라마가 끝난 지 한 달이 넘었는데 여전히 많은 사랑을 주셔서 아직도 단아로 살고 있는 거 같습니다. 너무 큰 사랑을 받아서 아직도 헤어나지 못하고 있나 봐요.

소아는 해사하게 웃으며 차분하게 수상 소감을 끝마쳤다. 글썽이는 두 눈으로 카메라를 향해 허리를 숙인 뒤 무대 뒤편으로 멀어져 갔다.

이내 TV 속엔 전년도 대상 수상자와 함께 SBC 방송국 사장이 새해 덕담을 나누며 대상 시상을 이어 갔다. 손에 들린 금색의 봉투를 펼쳐 드는 사장님이 뜸을 들이자 속이 타들어 갔다.

재영은 작가상 시상 때보다 더 떨리는 가슴을 부여잡은 채 침을 꿀꺽 삼켰다. 맥주 캔은 이미 처참히 구겨져 테이블 위를 나뒹굴고 있었다.

—2017년 SBC 드라마 연기 대상, 수상자는…….

1초가 1분처럼 느껴졌다. 마치 슬로모션으로 시상식이 중계되는 듯 아주 느리게 보였다.

―불멸의 사랑. 이강현!

기다렸던 이름이, 너무 자랑스러운 그 이름이 시상식장에 크게 울려 퍼지고 꽃가루가 흩날리기 시작했다.

카메라 앵글에는 무대 아래쪽에 앉아 있던 강현이 크게 잡혔다. 동료 배우들의 축하를 받으며 그는 담담한 표정으로 무대에 올라 반짝이는 트로피와 꽃다발을 받아 들었다.

―2017년 SBC 드라마 연기 대상은 불멸의 사랑의 주인공이었던 이강현 씨에게 돌아갔습니다. 이강현 씨? 소감 부탁드립니다.

시상식의 MC들이 강현에게로 다가왔다. 메인 MC가 꽃다발에 파묻힌 강현을 마이크 앞으로 안내했다. 그는 두 팔에 가득 쌓인 꽃다발을 무대 위에 내려놓고 반짝이는 트로피를 든 채 마이크 앞에 섰다.

몇 초간의 정적이 찾아왔다. 강현은 트로피를 내려다보며 좀처럼 입을 떼지 않았다. 장내가 술렁이는 소리가 재영에게까지 들려오는 듯했다. 그녀는 눈이 시큰거리는지 연신 눈꺼풀을 깜빡였다. 왜 눈물이 나려고 하는 걸까.

―……많은 일이 있었습니다.

침묵 끝에 그가 입을 열었고 트로피를 꽉 움켜쥐었다.

—그럼에도 저에게 믿고 맡겨 주신 최우식 감독님. 한 번도 시원하게 오케이를 해 주신 적 없었고, 16년 동안 연기하면서 제일 많은 NG 소리를 들었습니다.

객석에서 한바탕 웃음이 쏟아졌다. 무안한 듯 웃는 최 감독의 얼굴이 화면 가득 비치다가 곧 강현의 모습이 카메라에 잡혔다.

—그런 감독님 덕분에 더 좋은 연기, 더 멋진 무현이가 나올 수 있었습니다. 대사 한 줄도 허투루 넘기지 않는 배우가 되겠습니다.

온전히 최 감독에게 하는 말이었다. 그의 시선은 빨간 불이 들어온 메인 카메라가 아니라 테이블에 앉아 있는 최 감독에게 향해 있었다. 이윽고 박수 소리가 들려왔다. 객석에서는 강현의 팬들이 지르는 환호 소리도 함께였다.

괜히 눈물이 핑 돌기도 하고 가슴이 벅차기도 했다. 마치 대상을 받은 이강현에게 빙의가 된 것처럼. 재영은 환한 미소를 좀처럼 감추지 못했다.

—7개월 동안 고생한 스태프들이 없었다면 완성도 있는 드라마가 나올 수 없었을 겁니다. 너무 고맙고 감사합니다.

감사하다는 말을 끝으로 트로피를 쥔 손을 힐긋 쳐다보며 고개를 떨궜다. 감정이 복받쳐 오르는 듯 눈물을 삼켜 내는 것처럼 보였다. 그와 동시에 울지 말라는 팬들의 외침이 마이크에 녹아들어 재영에게도 똑똑히 들려 왔다.

숱한 시상식에서 남우 주연상은 물론, 연기 대상도 수차례 받은 강현은 이제껏 눈물을 보인 적이 없었다. 언제나 듬직하고 당당하게 감사의 인사를 전하며 수상 소감을 이어 나갔던 그의 모습이 아니었다.

재영은 눈을 부릅떴다. 혹시 강현이 눈물을 보이는 게 아닐까 하는 염려를 안고. 하지만 들려오는 목소리는 물기는커녕 한없이 담백했고 실크처럼 부드러웠으며 꿀처럼 달달했다.

―제가 곧 결혼을 합니다.

찬물을 끼얹은 듯 숨소리조차 들리지 않을 정도로 고요해졌다. 강현의 모습을 잡고 있던 메인 카메라가 순간 흔들렸지만 언제 그랬냐는 듯 그의 얼굴을 클로즈업했다. 곧 웅성거리는 소리가 들려왔다. 짐작건대 시상식장 안이 엉망이 되었으리라.

―예기치 못한 기사로 두 번이나 시끄러웠었는데, 결혼은 축하받고 싶습니다.

전혀 예상치 못한 발언이었다. 사전에 어떠한 언질도 없었다. 재영은 입을 쩍 벌린 채 정신을 놓아 버렸다.

―몹시 사랑하고 있습니다.

도망가 버린 정신은 돌아올 줄을 몰랐다. 의미 모를 눈물만
차오르고 TV가 뿌옇게 보여 강현의 얼굴이 흐려지기만 했다.

―제겐 하나뿐인 여잡니다. 그 여자가 아니었다면 불멸의 사랑
이라는 작품으로 다시 시작하지 못했을 겁니다. 어쩌면 아직까지
숨어 있었을지도 모르겠네요.

끝내 재영의 두 눈에선 눈물이 후드득 쏟아져 내렸다.

―저를 세상 밖으로 다시 끌고 나와 준 내 여자에게 이 상을
바칩니다.

그 어느 때보다도 기분 좋은 전율이 일었다. 머리부터 발끝까
지. 하린이가 본다면 엉덩이에 뿔 난다고 놀릴 만큼 재영의 얼
굴엔 눈물과 웃음이 공존했다. 닭똥 같은 눈물을 흘리면서도 주
책없이 웃음이 참아지지 않았다.

―사랑해, 박재영.

시종일관 무표정으로 대상 트로피를 받을 때조차 담담하던
그의 입가에서 미소가 피어났다. 화면 가득 잡힌 강현의 얼굴이

그 어느 때보다도 환하게 빛났다. 객석에선 팬들의 찢어질 듯한 함성 소리가 시상식장 안을 가득 메웠다.

진정되지 않는 건 재영의 터질 듯한 심장이 아니라 팬들의 울화인 듯했다. 당장 인터넷이 발칵 뒤집혀 팬들의 원성이 쏟아져도 이상할 게 없었다. 그들의 입장에서는 이기적인 고백이었다.

하지만 박재영. 그녀에겐 한 남자의 떨림 가득한 고백일 뿐이었다.

그가 카메라 앞에서, 마이크 앞에서, 팬들 앞에서 결혼을 발표하고 사랑을 고백하는 일이 얼마나 힘들고 어려운지 알기에 재영은 그의 고백에 가슴이 뛰는 한편 걱정이 먼저 앞섰다. 기쁨의 눈물 반, 걱정스런 눈물 반이었다.

—SBC 시상식 중에서 역대급 고백이었습니다.
—혹시 못다 한 소감이 있으시면 해 주세요.

수상 소감이 끝난 강현을 MC들이 재차 붙잡았다. 시상식 시청률도 역대급으로 뽑아내려는 심산이었다. 그물에 걸린 물고기처럼 강현은 다시 마이크 앞에 서야 했다. MC들의 눈치와 객석의 반응도 스리슬쩍 살피며 그는 수줍게 입을 뗐다.

—아, 한 명 더 있는데…….
—하세요, 하세요. 얼마든지 하세요.

남자 MC가 능청맞게 강현을 부추겼다. 그 순간 무대 아래에서 굵은 목소리가 터져 나왔다. 화면에 비친 최 감독까지 그를 부추기자 배우들이 둘러앉은 테이블에서 박수가 하나둘씩 터져 나왔다. 옅은 미소를 품은 강현의 얼굴이 화면에 클로즈업으로 들어왔다.

　—지금 시간엔 자고 있겠지만, 내일 아침에 눈 뜨자마자 아빠 나오는 TV 보겠다고 생떼를 쓸 내 딸, 이하린.

　공개적인 자리에서 딸을 거론한 게 처음이었다. 사랑 고백보다 더 큰 감동이 재영의 가슴을 쾅 내려쳤다.

　—사랑한다.

　방금 시상식장을 가득 메웠던 박수보다 더 큰 함성 소리가 고스란히 들려왔다.
　내일 아침에 하린이가 일어나면 바로 보여 줘야지. 리모컨을 들고 와서 아빠 보여 달라며 애교를 부릴 아이에게.

못다 한 이야기

하린의 주말은 평범했다. 혼자서 노는 것이 익숙한 아이는 오늘도 하얀 스케치북 위에 그림을 그리고 있었다.

"이하린, 뭐 해."

토끼 한 마리를 분홍색 크레파스로 칠하고 있던 찰나 강현이 아이의 곁으로 다가왔다. 한 손에는 두꺼운 책을 들고서.

"그림 그려요."

그의 물음에 하린이 대답했다.

주말엔 항상 강현과 하린 둘이었다. 매일 집에 오는 재영도 주말만큼은 부녀만의 시간을 보내라며 오지 않았다. 사실 하린은 그녀와 노는 게 더 좋았지만 강현과 있는 것도 즐거워했다.

"아빠랑 이거 보자."

강현은 커다란 책을 스케치북 위에 펼치며 공주님을 그리려는 아이를 방해했다.

"이게 뭐야?"

책이 아니었다. 강현이 펼쳐 든 책 속에는 많은 사진이 있었다. 전부 아기 사진이었다. 그는 자신의 어릴 적 모습이 고스란히 담긴 앨범 한 권을 펼친 것이다.

"아빠 사진이야."

"아빠아? 이거 아빠야? 아빠 아기야."

사진 속 아기의 모습을 한 강현을 보며 하린은 호기심 가득한 눈을 반짝반짝 빛냈다. 어린아이는 점점 키가 크더니 어른이 되었다. 강현의 옆엔 그와 똑 닮은 남자가 서 있었다. 하린이 낯선 남자를 가리켰다.

"아빠가 또 있어. 이것도 아빠고 이것도 아빠야."

"이 사람은 아빠 형이야."

"응?"

"아빠한테 형이 있어."

하린은 사진 속의 두 어른을 보며 고개를 갸웃거렸다.

"하린이는 아빠가 두 명이야."

"응? 왜? 어째서?"

"하린이가 이 세상에 태어날 수 있었던 건 아빠 형이 있어서 가능했던 거야."

여섯 살의 머리로는 강현의 말을 온전히 이해할 수 없었다. 아이의 눈높이에 맞춰 설명하는 재영에 비해 강현은 그러지 못했다.

때때로 하린은 재영의 말도 이해하지 못했지만 고개를 끄덕이며 아는 척을 했다. 그러면 언니가 웃으며 좋아하기에 아빠도 좋아할 거라 생각한 모양이다. 하린은 사진을 뚫어져라 쳐다보며 고개를 끄덕였다. 조금도 이해하지 못했지만.

"나중에 조금 더 크면 그때 또 알려 줄게."

"응? 하린이 다 컸어!"

"더 크면."

"얼마나?"

"하린이가 혼자 옷 입을 수 있을 때?"

"지금도 혼자 잘 입어!"

"옷 거꾸로 안 입으면."

열 번 옷을 갈아입으면 그중 여섯 번은 거꾸로 입었다. 네 번 똑바로 입은 건 거의 우연이나 마찬가지였지만 아이는 혼자 옷 입는 걸 고집했다.

"아빠 형은 왜 같이 안 살아?"

"형은 멀리 있어."

"할머니랑 할아버지처럼 저기 미국에 있어?"

강현은 고개를 끄덕였다. 재영과 닮은 할머니와 할아버지는 비행기를 타야 갈 수 있는 미국에 살아서 자주 올 수 없다고 아이에게 말해 줬었다. 하린은 그 정도로 생각하는 거 같았다.

"그러면은 아빠 형한테 아빠라고 부르는 거야?"

"다음에 만나면…… 그렇게 불러 줘."

아빠는 한 명인데, 아빠라고 또 부르면 아빠가 둘인가? 왜?

하린은 강현의 말을 조금도 이해하지 못했지만 고개를 끄덕였다.

아직 어린아이에게 친아빠의 존재와 삼촌이 아빠가 된 경위를 설명하는 건 무리였다. 조금씩 받아들일 수 있을 때까지 천천히 설명해 주기로 마음먹은 그는 또 다른 아빠의 존재를 인식시켜 주는 것으로 시작했다.

다행히도 아이는 큰 거부감이 없어 보였다. 그것만으로도 강현은 마음을 쓸어내렸다. 많은 것을 바라지 않았다. 자연스럽게 형의 존재를 받아들이기를 바랐다.

형은 하늘에서 잘 보고 있으려나. 하린이가 얼마나 예쁘게 자라고 있는지 지켜봐 줬으면 좋겠다.

오랜만에 펼쳐 본 앨범 속 사진들을 보고 있으니 오늘따라 형이 참 보고 싶다.

—fin

아이를 좋아합니다. 그래서 하린이가 탄생했습니다. 제가 아이를 좋아하지 않았더라면 그래서 하린이의 캐릭터가 존재하지 않았더라면 이 작품은 없었을 겁니다. 작품 속 캐릭터이지만 하린이에게 고마움을 전합니다.

어둡고 무거운 분위기의 글을 쓰다가 아주 오랜만에 밝은 분위기의 캐릭터들을 만나 그 어느 때보다도 많은 사랑을 받아서 더할 나위 없이 감사했습니다.
이 작품 속 캐릭터들은 큰 우여곡절 없이 마냥 행복합니다. 고난과 역경은 현실에서도 충분하다 생각했습니다.

2017년을 강현이와 재영이, 하린이와 함께 시작했는데 벌써 여름이 끝나가네요. 반년이 넘도록 함께해 온 작품 속 주인공들

과도 정말 헤어질 때가 된 모양입니다. 시원섭섭하지만 한 권의
책으로 많은 분들이 미소 짓게 되기를 바라봅니다.

　그동안 함께해 주신 모든 분들, 너무 감사드립니다.

　입장 정리와 함께한 시간들이 행복했기를.

　　　　　　　　　　　　　　—2017년 여름의 끝자락에,
　　　　　　　　　　　　　　　　　　정지유 올림.

참 고 자 료

『드라마 아카데미—우리시대 최고 작가들의 TV 드라마 작법
강의』 김수현, 노희경, 이금주, 박찬성